T0033309

LA CHICA DEL CUMPLEAÑOS

LA CHICA DEL CUMPLEAÑOS

SUE FORTIN

Cualquier forma de reproducción, distribución, comunicación pública o transformación de esta obra solo puede ser realizada con la autorización de sus titulares, salvo excepción prevista por la ley. Diríjase a CEDRO si necesita reproducir algún fragmento de esta obra.
www.conlicencia.com - Tels.: 91 702 19 70 / 93 272 04 47

Editado por HarperCollins Ibérica, S.A.
Núñez de Balboa, 56
28001 Madrid

La chica del cumpleaños
Título original: The Birthday Girl
© Sue Fortin 2017
© 2020, para esta edición HarperCollins Ibérica, S.A.
Publicado por HarperCollins Publishers Limited, UK
© De la traducción del inglés, Carmen Villar

Todos los derechos están reservados, incluidos los de reproducción total o parcial en cualquier formato o soporte.
Esta edición ha sido publicada con autorización de HarperCollins Publishers Limited, UK.
Esta es una obra de ficción. Nombres, caracteres, lugares y situaciones son producto de la imaginación del autor o son utilizados ficticiamente, y cualquier parecido con personas, vivas o muertas, establecimientos comerciales, hechos o situaciones son pura coincidencia.

Diseño de cubierta: Rudesindo de la Fuente - www.rudydelafuente.com
Imágenes de cubierta: Getty Images y Shutterstock

ISBN: 978-84-9139-554-6
Depósito legal: M-13226-2020

A mis encantadoras amigas, Laura, Catherine y Lucie que, sin dudarlo, aceptaron mi invitación de pasar un fin de semana fuera, en nombre de la investigación.

amigo

1. sustantivo
Un amigo es alguien a quien conoces y te cae bien, pero con el que no te une ninguna relación de parentesco.
2. sustantivo en plural
Ser amigos, si eres amigo de alguien quiere decir que tú eres su amigo y él es tu amigo.

CAPÍTULO 1

Las amistades se forjan en torno a los detalles que importan. Afinidad vital, intereses comunes, cosas que gustan y cosas que no, buenas y malas rachas. Las amistades son importantes y son tangibles. Como estrellas en el cielo nocturno, las amigas pueden iluminar la oscuridad. A veces, puede que olvidemos que están ahí y, aun así, sabemos que siempre podremos contar con ellas. También hay amistades que entran en nuestras vidas como una exhalación y nos ciegan con la emoción de la novedad, seduciéndonos con promesas de aventura. Algunas cumplirán con esa promesa, otras se desvanecerán con un chisporroteo e incluso las habrá que cruzarán el cielo nocturno entonando un último hurra antes de desaparecer de nuestras vidas.

Creo que puedo contar a mis mejores amigas con los dedos de una mano, y todavía me sobraría alguno. Joanne, Andrea y Zoe son las estrellas en mi cielo nocturno. Juntas creamos una estupenda constelación. Permanecemos unas al lado de las otras. Nos cuidamos mutuamente. Nos perdonamos.

Esto último me viene a la mente mientras sostengo la invitación en la mano, consciente de que debería aceptar, con elegancia y madurez, la rama de olivo que representa.

Queridas Carys, Zoe y Andrea:
Os invito a la celebración de mi cuarenta cumpleaños.
Acompañadme en un fin de semana de aventuras, lleno de misterios y sorpresas que no os podéis ni imaginar.
La gran revelación tendrá lugar la tarde del domingo.
Del viernes 8 al lunes 11 de septiembre.
Nos encontraremos en la catedral de Chichester a las nueve de la mañana del viernes.

Un beso,
Joanne

P. D.: Como el cumpleaños de Carys es el lunes, he pensado que también podríamos celebrarlo.

Hace dos meses, Joanne nos pidió que reserváramos esa fecha o, más bien, ese fin de semana, y nos aseguró que más adelante nos daría más información. Con sumo gusto habría ignorado la llegada de mi trigésimo noveno cumpleaños, pero Joanne había insistido mucho en que ese fin de semana debía ser una celebración doble. También insistió en que, a pesar de ser su cumpleaños, todo el fin de semana iba a ser una sorpresa para mí. Tenía la esperanza de que nos diera los detalles antes, y lo cierto es que avisar justo la noche anterior no dejaba mucho margen, pero hasta ahora se había negado categóricamente a desvelarnos nada.

Le doy la vuelta a la tarjeta y veo que hay un mensaje manuscrito; la alargada, casi puntiaguda, caligrafía de Joanne es inconfundible.

P. D. 2: Sé que últimamente las cosas han sido un poco difíciles, pero ya es hora de hacer las paces. Por favor, anímate, es importante que vengas.

Me siento a la mesa de la cocina y releo la invitación. No estoy segura de qué va lo de la segunda posdata del reverso, pero suena… raro. Creo que esa es la mejor forma de describirlo. Le doy vueltas a su posible significado, pero antes de que pueda llegar a una conclusión clara, suena mi teléfono móvil.

El nombre de Andrea Jarvis resplandece en la pantalla.

—Holi —respondo mientras me quito las zapatillas de correr.

Pequeñas escamas de barro seco de mi carrera de media tarde campo a través caen desperdigadas por las baldosas del suelo como si fueran sucios copos de nieve. Dejo escapar un suspiro para mis adentros al observar el desastre. A veces parece no haber diferencia entre mi hijo adolescente y yo. Paso por encima de la suciedad de un brinco en dirección a la nevera, la abro, saco una botella de vino y me sirvo una copa, algo que normalmente me reservaría para la noche del viernes, pero teniendo en cuenta que mañana partimos bien temprano, me parece que un poco de alcohol está perfectamente justificado.

—No me digas más: te ha llegado la invitación.

—Exacto —dice Andrea—. ¿La tuya también tiene una segunda posdata?

—¿Donde dice eso de «hacer las paces»?

—¿Qué querrá decir?

Me encojo de hombros aunque sé que Andrea no puede verme.

—Ni idea. Puede que simplemente quiera asegurarse de que vayamos, que piense que quizá nos veamos tentadas a rajarnos ahora que tiene toda la pinta de que se trata de un fin de semana tipo aventura en la naturaleza.

—A mí eso no me preocupa —responde Andrea—. Ni que fuera la primera vez que hacemos una cosa así. El año pasado todas nos apuntamos a esa caminata benéfica en Snowdon. Y antes de eso, a la ruta en bicicleta de montaña. En cualquier caso, tú vas a estar en tu salsa.

Tiene razón. Soy una yonqui de los deportes de aventura y, últimamente, el hecho de trabajar en el centro local de actividades de ocio al aire libre tiende a satisfacer mi adicción por el piragüismo, la escalada y demás. También echo una mano con las actividades al aire libre del Premio Duque de Edimburgo, así que no me amedrenta particularmente la perspectiva de lo que sea que Joanne nos haya preparado.

—Va a ser como si trabajara en fin de semana, la verdad —digo—. Y tú también te las vas a apañar.

—Sí, puede ser, pero desde que adquirí el gimnasio me paso la mayoría de los días atada a la pata del escritorio, en la oficina. Di una clase de aeróbic de alto impacto el otro día y después de aquello pensé que las piernas no me iban a responder nunca más.

—Te irá bien. ¿Has hablado con Zoe de la invitación? —pregunto mientras me siento de nuevo a la mesa. Echo un vistazo a la carta de aspecto oficial que también me estaba esperando en el felpudo de entrada cuando llegué a casa esta tarde y la aparto a un lado para leerla después.

—Tampoco tiene ni idea de qué significa todo eso. Pero se ha puesto en modo cachorrito de labrador: está emocionadísima, deseando que llegue el fin de semana. Además, piensa que Joanne es absolutamente maravillosa.

Suelto una breve carcajada mientras me acerco la copa y Andrea imita a la perfección la voz de Zoe, que se va haciendo cada vez más chillona cuanto más emocionada y entusiasmada está acerca de algo.

—Es demasiado tarde para cambiar de opinión —le digo.

—Sería terrible que un virus estomacal me dejara en cama hecha una pena, ¿no? —dice Andrea.

—Ni se te ocurra. Tenemos un trato, ¿recuerdas?

—Puede que me encontrara bajo los efectos del alcohol cuando me comprometí a toda esa mierda del «una para todas y todas para una».

14

—Lo prometiste, y no se puede romper una promesa. Y menos tratándose de una de tus mejores amigas. Además, también es mi cumple.

—Creo que a eso se le llama chantaje.

Me río mientras imagino el rostro con el ceño fruncido de Andrea.

—Ahora en serio, Andrea. No puedes echarte atrás. Joanne te mataría.

—Mmm. Cuando dijo que se trataba de una sorpresa, me esperaba algo más tipo fin de semana de *spa*. Ya sabes, albornoces peluditos y blancos, manicuras… Toneladas de mimos y relajación.

—Mira, como te he dicho, creo que esta es su forma de compensarnos por haber estado tan distante últimamente.

A la vez que pronuncio estas últimas palabras, para mis adentros me doy cuenta de que más bien me estoy refiriendo a cómo ha sido mi relación personal con Joanne de un tiempo a esta parte. Antes estábamos muy unidas, pero pasaron muchas cosas y el equilibrio de la balanza de nuestra amistad se vio alterado, abriendo un vacío entre nosotras.

Se hace un breve silencio mientras ambas evaluamos cómo nos sentimos respecto al fin de semana. Andrea es la primera en hablar.

—Supongo que se lo debo. Ya sabes, darle la oportunidad de compensarme por la forma en que se ha comportado desde que tomé las riendas del gimnasio.

—¿Todavía no habéis zanjado todo ese tema? Pensaba que ya se habían calmado las aguas.

—Más o menos. Por mi parte, he hecho borrón y cuenta nueva, pero Joanne no. Tengo la sensación de que está enfadada conmigo. No es algo evidente o que pueda explicar, pero cuando hablo con ella es como si existiera entre nosotras una especie de tensión invisible. ¿Entiendes lo que quiero decir?

—Sí, desde luego. —Parece que Andrea está describiendo mi propia relación con Joanne.

—En fin, como te digo, le daré la oportunidad de «hacer las paces», pero si empieza con eso de tener que trabajar para mí en lugar de ser mi socia, lo siento, pero no pienso quedarme callada. Me da igual que sea su cuarenta o su noventa cumpleaños.

—¿Y desde cuándo te quedas callada, querida? —le pregunto.

—Creo que lo hice en una ocasión, allá por 1986. Aunque, bueno, puede que me falle la memoria —responde Andrea entre risas—. En fin, pues ya que no me dejas escaquearme, más vale que averigüemos de qué va todo esto mañana. Al final, ¿Alfie viene a mi casa a pasar el finde?

—Todavía no ha llegado del instituto, creo que dijo que se quedaba a echar un partido de cinco contra cinco. Pero sí, sin duda irá para allá. Va para tu casa con Bradley. ¿Estás segura de que a Colin no le importa?

—Para nada, va a estar en su salsa. Comida a domicilio y videojuegos. Va a ser todo un fin de semana de chicos.

—Qué majo. Muchas gracias.

—No hay de qué. Ya lo sabes. Sin embargo, me sorprende que Alfie no se quede en casa de Joanne, con Ruby y Oliver.

Ignoro el vuelco que da mi estómago al oír mencionar a la hija de Joanne. Es el tipo de sensación ingrávida que uno experimenta cuando una montaña rusa llega a lo alto del primer tramo de subida del recorrido y tus órganos internos tardan unos segundos en reaccionar a la caída. Estoy acostumbrada a esa sensación. Igual que dos y dos son cuatro, siempre que surge el nombre de Ruby en una conversación experimento esa misma sensación. Y, como siempre, me recupero como si tal cosa.

—Al parecer, Tris también está fuera este fin de semana, así que Ruby se quedará en casa de la madre de Joanne.

Intento mantener un tono neutro mientras mis pensamientos se desvían del rumbo previsto y cambian de trayectoria. Si mis amigas son como una constelación que guía mi vida en los momentos más complicados, Ruby es el agujero negro cuya fuerza gravitacional es tan enorme que nada, ni siquiera la luz, puede evitar sentirse atraído hacia él para finalmente ser engullido. Sé de lo que hablo. He sido testigo de cómo algunas estrellas de mi particular cielo nocturno cruzaban el punto de no retorno, el horizonte absoluto del agujero negro, hasta desaparecer para siempre, y ahora observo cómo otras se tambalean en los extremos, viéndose arrastradas cada vez más sin darse cuenta de lo que ocurre hasta que finalmente les resulta imposible regresar al punto de partida.

Me obligo a concentrarme en la conversación. Andrea está hablando de una película que están echando en el cine a la que puede que Colin lleve a los chicos. Dejo que hable sin interrumpirla durante un rato antes de que la conversación llegue a una pausa natural y Andrea le pone punto final.

—Bueno, pues nada. Tengo que ir colgando. Te veo mañana por la mañana.

—Sipi. Hasta mañana. No me dejes tirada.

—¿Alguna vez lo he hecho?

Después de colgar me quedo un rato sentada a la mesa de la cocina con la mirada fija en la invitación y las palabras de Andrea retumbando en mi cabeza.

Nunca me ha dejado tirada. En los momentos más bajos, cuando Darren se suicidó, ella estuvo ahí para mí. «Eso es lo que hacen las amigas», me dijo una vez. «Cuidan las unas de las otras».

Doy un pequeño suspiro, pestañeo y aparto de mi mente el recuerdo de Darren, para centrarme en lo que me espera en los próximos cuatro días. Pese a haberle asegurado a Andrea que va a ser un fin de semana estupendo, me empiezan a surgir dudas. Puede que tenga demasiadas esperanzas puestas en la reconciliación. ¿De verdad vamos a poder dejar atrás todo lo ocurrido? Incluso aunque así lo queramos, ¿de verdad podemos reparar esta amistad fracturada o no es más que otro agujero negro en un horizonte no muy lejano?

¿Cuántas veces te has engañado a ti misma? Supongo que habrás perdido la cuenta. Seguro que te mientes cada día de tu vida. Tanto es así que las mentiras brotan con facilidad de tu lengua y probablemente incluso te las creas de verdad. Puede que seas capaz de engañar a todo el mundo, pero a mí no.

Escucho la lástima en la voz de la gente, veo la compasión en sus ojos mientras intercambian miradas cuando hablan de ti. No sabes cuánto lo odio. No eres digna de su empatía y, aun así, puedo perdonarlos. Has sido muy cuidadosa a la hora de construir una historia falsa, escondiéndote detrás de la figura de viuda afligida si los amigos se acercaban demasiado a la verdad, o si mostraban demasiado interés en tu pasado y empezaban a hacer preguntas que podrían dar al traste con las capas de engaño que has creado.

Como dijo Shakespeare, «La verdad saldrá a la luz». He sido muy paciente, he esperado a que llegara el momento oportuno para hacerte pagar por lo que has hecho. Y ahora ese momento ha llegado, casi no me lo creo. Mi cuerpo se estremece de expectación y emoción ante la perspectiva de lo que ocurrirá en los próximos días. Tengo el poder y lograré llevar a cabo mi venganza.

VIERNES

CAPÍTULO 2

—Alfie, me voy ya —digo mientras asomo la cabeza por la puerta de la habitación de mi hijo. Me quedo de piedra al ver que todavía no se ha levantado de la cama—. ¿No deberías ir levantándote?

—No seas pesada. —La contestación llega amortiguada por el edredón que se echa sobre la cabeza.

Echo un vistazo al reloj de pulsera; no me puedo permitir ni un segundo más, así que, sin pensármelo dos veces, agarro el edredón de Alfie por el extremo de los pies y le pego un tirón, dejando a la vista su cabeza y sus hombros.

—Venga, tienes que levantarte ya.

—¡Eh! —Alfie se incorpora y se aferra al edredón—. ¿A qué ha venido eso?

—Es hora de levantarse. Vas a llegar tarde al instituto y yo me tengo que marchar ya.

—Adelante, no pienso detenerte.

—¡Alfie! Levántate ahora mismo.

Me dispongo a tirar del edredón de nuevo, pero esta vez está prevenido y lo sostiene con fuerza a la altura de los hombros.

—¡Déjame en paz! ¡Lárgate!

Hago caso omiso de sus malos modales. Hay batallas que no merecen la pena.

—Levántate de la cama —insisto.

No espero que se levante demasiado rápido, pero en apenas un segundo, Alfie se ha puesto en pie de un brinco y se ha plantado frente a mí, desafiante.

—Ya me he levantado. ¿Contenta? —me gruñe con el rostro pegado a unos centímetros del mío; está tan cerca que me llega de lleno su aliento mañanero.

—De acuerdo —concedo mientras doy un paso atrás, e instantáneamente me digo a mí misma que ojalá me lo hubiera pensado dos veces antes de presentar batalla.

Noto cómo mi talón golpea la parte inferior de la puerta de la habitación, que vibra violentamente cuando el canto de la hoja se encaja entre mis omóplatos. Dejo escapar un tímido grito de dolor.

—Creo que a eso se le llama karma —dice Alfie. Me empuja cuando sale de la habitación, golpeándome con el hombro de manera deliberada—. ¿No te tendrías que ir ya? Llegarás tarde si no te vas ahora mismo.

Entra en el baño y cierra la puerta de un portazo.

Mis intentos por obtener una respuesta de Alfie cuando me despido de él a través de la puerta del baño son ahogados por el sonido del agua de la ducha a toda presión.

Normalmente haría un esfuerzo por suavizar las cosas antes de irme, pero hoy voy contra reloj y creo que Alfie se está entreteniendo en la ducha más de lo habitual a propósito para evitar calmar mi culpa al despedirnos de manera amistosa.

Mientras camino calle abajo, llego a la conclusión de que la batalla de hoy ha resultado bastante floja. A veces, las discusiones y los enfrentamientos pueden ser mucho peores, y entonces pienso en el futuro, cuando ya no vivamos juntos, y me pregunto si nuestra relación será mejor. Estoy cansada de este *statu quo*, que me drena emocionalmente, en el que estamos encallados, y ansío la llegada de días más tranquilos, cuando viva sola. Antes de llegar al final de la calle, ya me siento culpable por desear que llegue ese momento, y recuerdo que la forma de ser de Alfie no es culpa suya. Es toda mía.

Me duele la espalda de cargar con la mochila los apenas ochocientos metros que llevo recorridos desde que salí de casa, y estoy segura de que el golpe que me he dado antes contra la puerta no hace más que empeorar la sensación ya que, a poco que toque la zona, la noto sensible.

Giro por South Street, donde los oscuros escaparates y los cierres metálicos echados, todavía a la espera de ser despertados de su hibernación con la llegada de los madrugadores dependientes, parecen un reflejo del cielo encapotado que se cierne sobre ellos, anunciando la posibilidad de lluvia. Ajusto las correas de la mochila y la subo un poco más hacia los hombros mientras me dirijo hacia el final de la calle, donde confluyen cuatro calles comerciales y la catedral de la ciudad se levanta en una de las esquinas. Echo un vistazo rápido a los bancos cercanos, alineados con la acera, con vistas a los jardines de la catedral.

Andrea está sentada en el banco de en medio sosteniendo una taza de café desechable en una mano y el teléfono móvil en la otra. Me ve y me saluda con la mano en la que tiene el teléfono. Me aproximo a ella con pesadez.

—¡Bien! Has venido. Y eres la primera. Debes de estar ansiosa por la aventura.

—Sí, no he podido dormir en toda la noche pensando en qué nos deparará el fin de semana —dice Andrea, sarcástica—. Lo cierto es que Colin me acercó en coche y no tuve que coger el bus. No confundas mi aversión hacia el servicio de transporte público con entusiasmo por lo que nos espera. —Echa la mano hacia el suelo y recoge una taza de debajo del banco. Me la tiende—. Toma, te he cogido un café con leche.

—Gracias. —Cojo la taza y me la llevo a los labios con indecisión. Le doy un sorbo para comprobar la temperatura—. ¿Todavía no sabemos nada de Zoe?

—Me ha enviado un mensaje. Ha dicho que llegará en cinco minutos.

—¿Y Joanne te ha comentado algo acerca de lo que va a pasar ahora?

Le doy un trago al café más convencida después de haberme asegurado de que tiene una temperatura aceptable para poder beberlo.

—No. Nada de nada. Así que no nos queda otra que sentarnos y esperar —concluye Andrea, que se recuesta contra el respaldo de madera del banco a la vez que frunce los labios como suele hacer cuando algo le ronda la cabeza. Espero a que continúe—: Sé que dijiste que esta era una buena oportunidad para arreglar nuestra relación con ella, pero no estoy demasiado segura de que las cosas puedan volver a ser como antes entre Joanne y yo. Los roles han cambiado, y me parece que ella no va a ser capaz de hacerse a la idea.

—Intenta ser positiva. Esta puede que sea su manera de disculparse. —Lo último que quiero es avivar las ascuas de la duda que logré extinguir con éxito anoche antes de irme a dormir—. Mira, es el cuarenta cumpleaños de Joanne, y puede que se haya dado cuenta de lo importante que es tener buenas amigas. Sí, es posible que no estemos siempre de acuerdo y que riñamos de vez en cuando, pero al final, la amistad es mucho más valiosa.

Andrea me mira con cara de pocos amigos.

—Vas a tener que esforzarte más para convencerme.

—Seré sincera. Anoche, después de hablar contigo, pensé que esto no era muy buena idea. Que quizá fuera mejor olvidar el pasado.

—¿Acaso no es eso lo que llevo diciendo todo el tiempo?

—Lo sé, pero una parte de mí está convencida de que esta es la forma que Joanne tiene de disculparse, de que es una oportunidad inmejorable de aclarar las cosas entre nosotras. De este modo, quizá las cosas sí que puedan volver a ser como antes.

—Cierto, pero todo esto va a ser muy incómodo para Zoe. No creo que ellas hayan peleado ni reñido por nada.

—Yo también había caído en eso. Mi teoría es que Zoe va a ejercer de embajadora de buena voluntad en este viaje.

—Pero ¿a qué viene todo este secretismo? ¿Por qué no limitarnos a comer fuera y ya está? ¿Acaso no es eso lo que hace la gente normal?

—Recuerda que es de Joanne de quien estamos hablando. Le encanta todo ese rollo de intriga y misterio. —Le doy una palmadita en el muslo—. Estoy segura de que lo vamos a pasar fenomenal.

Mientras nos bebemos nuestros cafés, distingo en la distancia la inconfundible silueta de casi metro ochenta de Zoe atajando por el jardincillo de la catedral. Lleva una bolsa de viaje colgada del hombro, la melena rubia recogida en una coleta y viste unos *leggins* con deportivas. Tiene más pinta de ir directa al gimnasio que a disfrutar de un fin de semana de aventura. La saludo con la mano.

—Hola, chicas —dice Zoe—. ¡Por fin he llegado! ¡Oh, café! ¿Es para mí? —Acepta la taza que le tiende Andrea—. ¡Genial! ¿Estáis listas para este misterioso fin de semana de aventuras? —Nos dedica una amplia sonrisa y me recuerda a un niño emocionado en Nochebuena.

—Sí, Andrea no cabe en sí de la emoción —digo, y le guiño un ojo a la recién llegada.

Zoe saca la tarjeta del bolsillo. Reconozco la escritura en blanco sobre el fondo negro de la invitación inmediatamente y la segunda posdata escrita por Joanne. Zoe la lee en voz alta:

—«Un fin de semana de aventuras, lleno de misterios y sorpresas que no os podéis ni imaginar». —Nos mira—. ¿Qué es lo que no os gusta?

—La parte de la sorpresa es lo que no me convence demasiado —dice Andrea—. Por no mencionar esa en la que pone «hacer las paces».

Zoe se encoge de hombros.

—A mí me encantan las sorpresas. Me pregunto qué nos tendrá preparado.

—Madre mía. No sé si voy a ser capaz de soportar tu entusiasmo a estas horas de la mañana —dice Andrea a la vez que niega con la cabeza—. Gracias a Dios que me he traído una botella de vodka en la mochila. ¿Dónde la habré metido?

Andrea empieza a revolver en su mochila y Zoe y yo nos reímos.

—Menos mal que tus clientes no te conocen de verdad —dice Zoe—. Bueno, y ahora ¿qué? ¿Sabéis qué hacemos aquí?

—Supongo que toca esperar a Joanne —digo mirando a mi alrededor en busca de algún rastro de nuestra infame anfitriona.

Como si fuera una señal, un monovolumen negro se detiene a nuestra altura junto a la acera. La puerta de atrás se abre automáticamente, deslizándose, y el conductor hace sonar el claxon.

—Debe de venir a por nosotras —dice Zoe—. Qué emocionante.

—O puede que estemos a punto de ser secuestradas —añade Andrea recogiendo su mochila.

Yo me cuelgo la mía del hombro y sigo a Zoe hacia el coche; de camino tiro mi café con leche a medio beber en una papelera.

Zoe se sube al coche sin dudarlo.

—¡Oh, qué elegante! —nos grita desde el interior.

Cruzo una mirada con Andrea en cuanto llegamos a la altura del coche. Andrea examina el vehículo.

—Al menos no es una furgoneta. Me ha tranquilizado un poco ver que tiene toda la pinta de ser un monovolumen pijo, exactamente del tipo que Joanne alquilaría.

—Venga, subid, hay un montón de sitio —dice Zoe—. Y un sobre a nuestro nombre.

—¿Ni rastro de Joanne? —Primero meto mi mochila y luego me acomodo en el asiento situado de espaldas al sentido de la marcha. Echo un vistazo al conductor por encima del hombro. Por lo que acierto a ver, se trata de un hombre de mediana edad vestido con camisa y corbata—. Buenos días —le saludo con una sonrisa.

—Buenos días —responde sin volverse, pero observándome por el espejo retrovisor.

—¿A dónde vamos?

—Me temo que no puedo decírselo. Solo estoy autorizado a proporcionarles la información mínima necesaria —responde dándose un golpecito en el lateral de la nariz con el dedo. Se desplaza ligeramente en el asiento y extiende la mano hacia el asiento del copiloto para alcanzar una pequeña bolsa de tela azul—. La señora Aldridge me ha encargado que les diga que deben guardar sus teléfonos móviles en esta bolsa.

—¿Cómo dice? —Andrea se deja caer en su asiento de golpe—. De eso nada.

—Lo siento, pero la señora Aldridge ha dicho que forma parte de la sorpresa. Al parecer, todo viene explicado en el interior del sobre.

—Dame eso —dice Andrea arrebatándole el sobre a Zoe. Lo abre de un tirón y lee en voz alta la carta que hay en su interior.

Queridas amigas:

Bienvenidas a bordo de la Fase Uno del viaje. Espero que este medio de transporte sea de vuestro agrado. ¡Siempre lo mejor de lo mejor para mis mejores amigas!

Supongo que tú, Zoe, estarás superemocionada y ansiosa por descubrir a dónde vais. Te encantan los secretos y las sorpresas, puede que incluso más que a mí, pero creo que en esta ocasión seré yo la que ría la última.

Andrea, me imagino que ahora mismo tendrás el ceño fruncido y estarás maldiciéndome por tanto secretismo. Lo siento, sé que toda esta situación va en contra de tu naturaleza y tus dotes de mando.

Carys, en tu caso, me imagino que estarás ahí sentada tratando de asimilar todo lo que ocurre y de anticiparte a mi siguiente movimiento, preguntándote cómo jugar esta baza y analizando si podrás ser más lista que yo. ¿Estoy en lo cierto? Seguro que sí. ¡Jajajaja!

Bueno, queridísimas amigas, no malgastéis el tiempo tratando de sonsacarle al conductor; he pagado generosamente por su silencio. Os queda por delante casi una hora de viaje, así que os recomiendo que os pongáis cómodas y os relajéis.

Venga, sed buenas y entregad vuestros móviles. No quiero que hagáis trampas y os pongáis a seguir la ruta con el GPS.

¡Por cierto! Disfrutad del espumoso que hay bajo el asiento. ¡Chin, chin!

Besos, Joanne.

El conductor ondea la bolsita de tela delante de nuestras narices y me la entrega. A regañadientes, introduzco mi teléfono en su interior.

—Lo mejor es que le sigamos el juego —digo, aunque soy la primera que no está en absoluto conforme con las instrucciones.

¿Y si Alfie necesita algo y me llama? O Seb. Me consuelo con la idea de que seguro que Joanne nos los devuelve en cuanto lleguemos. No es más que una forma de mantener en secreto el lugar al que nos dirigimos.

—Venga, solo es un caprichito de cumpleaños —dice Zoe. Ella también introduce el móvil en la bolsa.

Ambas miramos a Andrea con expectación. Una expresión de desafío se apodera de su rostro durante un segundo y luego, con un exagerado resoplido y una melodramática caída de hombros, se saca el móvil del bolsillo de la chaqueta.

—Y no queremos disgustar a la cumpleañera, ¿verdad? —dice con muy poca gracia. Me entrega el teléfono y lo meto en la bolsa para luego entregársela al conductor.

—Pues hale, ya está —digo.

—Eeeh —masculla Andrea tirando la carta sobre el regazo de Zoe antes de disponerse a rebuscar bajo su asiento—. ¿Dónde está el espumoso? —Con brusquedad, saca una neverita y escuchamos el inconfundible tintineo del entrechocar del cristal—. ¡Ajá! Allá vamos. A ver, ¿qué tenemos aquí? *Prosecco* y tres copas de cristal, no de plástico. Todo muy Joanne. —Formalidades aparte, Andrea reparte las copas y abre la botella con un sonoro pop justo cuando el coche se pone en marcha. A pesar de que nos topamos con algunos baches, Andrea llena las tres copas con éxito—. ¡Salud!

No estoy muy segura de que mi estómago pueda soportar demasiado alcohol tan temprano, pero como no quiero ser una aguafiestas, decido unirme a la celebración y le doy un sorbito a mi copa.

—Y bien, ¿quién se ha quedado a cargo de Alfie? —pregunta Zoe.

—Va a pasar el fin de semana en casa de Andrea. Supongo que Bradley y él no se despegarán de los videojuegos, y solo se levantarán para comer.

—Colin también va a estar en su salsa —añade Andrea—. Va a poder disfrutar de los canales de deportes sin interrupciones.

—¿Quién se ha quedado con tus chicos? —le pregunto a Zoe.

—Se lo he pedido a mi madre. Los niños intentaron convencerme de que ya tienen quince y diecisiete años y que se pueden quedar en casa solos durante el fin de semana sin problema. —Zoe pone los ojos en blanco—. ¡No soy tan tonta! Si su padre no viviera tan lejos, podrían haberse quedado con él, pero lo de mandarlos a Liverpool solo durante un fin de semana es prácticamente imposible. Además, no quería pedirle ningún favor.

Zoe enfatiza eso de «su padre». No creo que la haya escuchado nunca referirse a su exmarido por su nombre. Zoe es la incorporación más reciente a nuestro grupo de cuatro; se mudó a nuestra zona como un año después de que se rompiera su matrimonio. Un nuevo comienzo, nos dijo la primera mañana que compartimos un café juntas. No recuerdo quién se hizo amiga suya primero. Apareció un día en nuestra clase habitual de mantenimiento físico y poco después ya habíamos entablado conversación y estaba sentada con nosotras tomando café después de clase. Encajó a la perfección. Era como si ella nos conociera de siempre y nosotras a ella. Una nueva estrella que se sumó a nuestra constelación.

Mientras el monovolumen abandona Chichester sin complicaciones, echo un vistazo al exterior en busca de pistas que me descubran a dónde nos dirigimos. Vamos hacia el norte, y esbozo mentalmente un mapa de la zona y de los lugares a los que podemos llegar en el transcurso de una hora. Podemos salir de Sussex, eso desde luego. Aunque también cabe la posibilidad de que sea parte de la sorpresa y volvamos al punto de partida. No me extrañaría nada viniendo de Joanne.

Media hora después, el coche toma una salida y se desvía por una estrecha carretera secundaria bordeada de árboles que no dejan pasar demasiada luz solar. El vehículo toma otro desvío, pero no alcanzo a leer el letrero. Ninguna de mis compañeras de viaje parece preocupada lo más mínimo por el lugar al que nos dirigimos. La botella de *prosecco* está vacía y Zoe se afana en abrir otra mientras Andrea nos habla de la clase de *spinning* que impartió al equipo local de *rugby* ayer.

—Me gusta mi trabajo, pero hay días que me gustan más que otros —dice—. Esos jugadores de *rugby*…, ¡madre mía!, sí que tienen resistencia. Qué piernas más musculosas. No sabía a dónde mirar. Bueno, en realidad, sí que lo sabía, ¿lo pilláis? —Se abanica con la mano y suspira.

—Anda, no nos vengas con esas. ¡Si solo tienes ojos para Colin! —le digo.

Por mucho que a Andrea le guste hacer como que se queda embobada con todos esos hombres bien bronceados que se dejan caer por el gimnasio, Colin y ella son una pareja estable.

El coche empieza a aminorar la marcha y, poco a poco, los

árboles a ambos lados de la calzada empiezan a ser cada vez más escasos hasta que desparecen por completo a nuestra izquierda. Un pequeño aeródromo aparece ante nosotras.

—«Aeropuerto Farnstead» —leo el cartel en voz alta mientras el conductor cruza el portón del recinto y se detiene en una plaza de aparcamiento—. ¿Está seguro de que este es el lugar al que debía traernos?

—Segurísimo —responde el conductor. Abre la guantera y extrae otro sobre—. Estas son las siguientes instrucciones. Mientras las leen, llevaré esto a la terminal de salidas. —Recoge la bolsa de tela azul y nos deja con el sobre.

Zoe se encarga de leer la información en esta ocasión:

—«Bueno, ya habéis llegado al aeropuerto de Farnstead. Habéis completado la Fase Uno del viaje. Ahora, ¡a por la Fase Dos! Por favor, dirigíos a la terminal de salidas. Una vez allí, descubriréis que tenéis un vuelo reservado a vuestro nombre. No os preocupéis, no necesitáis el pasaporte, solo el carné de identidad. Disfrutad de las vistas y ¡hasta pronto!». —Zoe levanta la mirada hacia nosotras. Le brillan los ojos de la emoción—. ¡Nos ha reservado un vuelo, nada menos!

Veinte minutos más tarde estamos sentadas en una avioneta, todavía sin idea alguna de hacia dónde nos dirigimos.

—Está claro que no vamos a salir de Reino Unido —dice Andrea—. Aunque lo cierto es que no me está haciendo mucha gracia estar encerrada en esta cosa. Nada que ver con un Boeing 747.

—A mí me parece emocionante —dice Zoe.

Andrea mira hacia el techo, desesperada.

—Venga ya, Andrea. No seas ceniza —le digo dándole un empujoncito con mi pie al suyo—. Joanne se ha tomado muchas molestias. Relájate y disfruta.

Andrea me dedica otra mirada de exasperación, pero adivino que es fingida.

—Me relajaré cuando hayamos llegado a donde quiera que nos

dirijamos y mis pies estén pisando tierra firme de nuevo. —Curiosea debajo de su asiento—. Nada de *prosecco* en esta ocasión.

Zoe y yo intercambiamos una sonrisa. A Andrea le encanta interpretar el papel de heraldo del pesimismo.

El piloto es muy agradable, pero Joanne también ha pagado por su silencio, así que no nos queda otra opción que mirar por la ventana y hacer estimaciones de las localizaciones del Reino Unido que estamos sobrevolando y especular sobre a dónde vamos. Reconocer que esta situación escapa totalmente a mi control empieza a inquietarme. La idea de «sorpresa» que tiene Joanne ha alcanzado nuevas cotas, literalmente. Y no me gusta la sensación de estar a su merced.

CAPÍTULO 3

Cuanto más al norte nos dirigimos, más convencida estoy de cuál será nuestro destino.

—Creo que vamos a Escocia —digo.

—¿Escocia? Allí fue donde Joanne pasó las vacaciones el año pasado —añade Zoe—. Tris, ella y los niños fueron a practicar espeleología, piragüismo y demás.

—Pues vaya vacaciones —concluye Andrea.

Zoe y yo miramos perplejas a Andrea.

—Pues tengo entendido que se lo pasaron fenomenal —digo.

—Seguro que sí. —El sarcasmo en la voz de Andrea es más que evidente.

—¿Qué quieres decir? —pregunto.

—No me hagas caso. Es que todo eso de crear vínculos practicando actividades de tiempo libre en la naturaleza es muy Joanne, y no es precisamente la idea que tengo yo de unas vacaciones. —Andrea me pone ojitos—. ¿Qué pasa?

—Las dos sabemos que no es eso lo que querías decir.

—No te gusta nada Tris, ¿a que no? —dice Zoe.

Parece que Andrea está a punto de protestar, pero la parte rebelde de su naturaleza sale a la superficie, sin duda, alentada por las copas que se ha tomado antes.

—No es más que un choque de personalidades.

—Y una mierda —digo fingiendo un golpe de tos que contengo con la mano, a lo que Andrea reacciona dedicándome su mejor y menos convincente mirada de inocencia.

—Totalmente de acuerdo —añade Zoe. Cambia de postura en su asiento—. ¿Por qué no te cae bien?

—Pues ya que lo preguntas, te diré que creo que está demasiado pagado de sí mismo —responde Andrea—. Va por ahí convencido de que es un regalo enviado por los dioses para satisfacer a las mujeres.

Me río.

—Siempre ha sido así. Os juro que tarda más tiempo en arreglarse que Joanne. Deberíais ver todos los productos de belleza que tiene. Que si un antiarrugas por aquí, que si una crema que potencia tu brillo natural por allá. Debe de gastarse una fortuna.

—A las pruebas me remito —dice Andrea.

—Que un tío cuide su aspecto no es razón para que no te caiga bien. Me parece un poco frívolo, incluso para ti.

Noto el tono quisquilloso en la voz de Zoe y me doy cuenta de que hay un cambio en el humor de Andrea.

—No tiene nada que ver con que yo sea más o menos frívola, gracias por la parte que me toca. Lo cierto es que tengo otras razones.

—¿Por ejemplo? —Está claro que Zoe no tiene pensado dejarlo correr.

—Pues como… —Andrea hace una pausa—. Muy bien, pues si tanto interés tenéis… En una ocasión se me insinuó.

—¿Cómo? —decimos Zoe y yo al unísono.

—Hace un par de Navidades. En aquella fiesta a la que fuimos, ¿os acordáis?

Asiento con la cabeza y recuerdo que tuvo lugar en las últimas Navidades que Darren estuvo vivo. El ambiente estaba un poco enrarecido aquella noche, y no era solo por la discusión que habíamos tenido Darren y yo antes de llegar a la fiesta. Joanne había estado realmente nerviosa y Tris ya estaba bastante borracho desde primera hora de la tarde. He rememorado aquella noche en muchas ocasiones desde entonces y he llegado a la conclusión de que la hija de Joanne, Ruby, ya había lanzado el bombazo y los efectos colaterales estaban fraguándose en mis narices, tan a cámara lenta que fui incapaz de percibirlo en el momento.

—¿Tris se te insinuó? ¿En serio? ¿Estás segura? —La voz de Zoe me devuelve al presente.

—Pues claro que estoy segura, joder —responde Andrea—. Hombre, estar esperando a que quede libre el baño y de pronto encontrarte envuelta por los abrigos colgados del perchero mientras te intentan meter la lengua hasta la campanilla y la mano entre las piernas, creo que va un poco más allá de la insinuación.

La expresión del rostro de Zoe es una mezcla de ira e incredulidad.

—¿Hizo eso? ¿Tris te metió mano?

—Creo que el término legal es que me agredió sexualmente —puntualiza Andrea.

—Dios mío —digo entre susurros dejando escapar un largo suspiro—. ¿Y qué pasó? ¿Se lo dijiste a Colin o a Joanne? —Me pregunto si este fue el punto de inflexión entre Andrea y Joanne. Si este fue el momento en que su amistad empezó a hacer aguas.

—No —responde Andrea—. Todos estábamos bastante borrachos. Le pegué un empujón y le dije que se fuera a la mierda. Se disculpó y nos lo tomamos a broma.

—Salvo que, en realidad, no parece que de verdad te lo hayas tomado a broma —añado.

—Pues no. Así que ahora, como comprenderéis, tiene sentido que no sea la admiradora número uno de Tris.

Andrea mira a Zoe.

—No me lo puedo creer. No viniendo de Tris —dice Zoe y rápidamente añade—: Es decir, claro que te creo, pero nunca imaginé que Tris sería capaz de algo así. ¿Por qué lo haría? No te ofendas.

—Para nada —dice Andrea—. Sé perfectamente que soy irresistible. —Sonríe y se dispersa la tensión que se acumulaba en el ambiente—. Me gustaría decir que todo fue culpa del alcohol, pero Tris se pavonea constantemente, es todo un pretencioso. Creo que intenta compensar su falta de destreza en la cama.

Niego con la cabeza. Honestamente, a veces Andrea es terrible.

—¿Y qué insinúas con eso? —exige saber Zoe. Debe haber captado la expresión de sorpresa que se dibuja en mi rostro de manera involuntaria al percibir el tono defensivo de su voz, porque rápidamente reformula la pregunta—. Es decir, ¿cómo lo sabes? Joanne nunca me ha dicho nada referente a… temas de alcoba.

—No me corresponde a mí contártelo. —Andrea nos mira y sospecho que, a pesar de la advertencia, va a contárnoslo—. Pero… ya sabéis cuánto le gusta a Joanne controlarlo todo, ¿no? —Ambas asentimos con la cabeza y Andrea continúa—: Pues también se aplica a la cama. Una vez me dijo que no tenía ninguna intención de dejar que Tris tuviera el control, que podía ser un psicólogo cualificado, pero que ella le manipulaba a su antojo.

—Para ser sincera, no me sorprende —digo conociendo a nuestra amiga—. A Joanne no se le da bien cumplir con las órdenes de nadie.

—Y yo más que ninguna debería saberlo —añade Andrea—. Si no fuera mi amiga, estoy segura de que a estas alturas ya la habría despedido por la forma en que me habla, en especial frente a otros miembros del personal. Francamente, ¡parece que ella es la dueña y no yo!

La conversación se ve interrumpida cuando el avión vira a la derecha y escuchamos la voz del piloto a través del interfono informándonos de que deberíamos abrocharnos los cinturones y prepararnos para el aterrizaje.

Mientras me ajusto el cinturón, echo un vistazo hacia Andrea. Las últimas revelaciones respecto al estado del matrimonio de Joanne tan solo sirven para confirmar mis propias suposiciones: puede que seamos amigas, pero es mucho lo que desconocemos las unas de las otras. Todas tenemos nuestros secretos y, en mi caso, tengo la firme intención de que siga siendo así.

—Creo que vamos a aterrizar en un puñetero campo —exclama Andrea mientras mira por la ventanilla. Zoe y yo nos esforzamos por atisbar el espacio que se extiende a nuestros pies. No hay ni rastro de ninguna pista de aterrizaje.

Un minuto más tarde, el tren de aterrizaje hace contacto con la hierba y todas experimentamos una ligera sacudida provocada por la inercia del aterrizaje. Zoe deja escapar un gritito, pero está claro que el piloto cuenta con una dilatada experiencia y, en cuanto las tres ruedas se hallan en el suelo, la velocidad desciende rápidamente y el motor ronronea de un modo suave y contenido a medida que nos deslizamos por tierra firme.

—Hemos aterrizado en un campo, literalmente —dice Andrea—. Ni siquiera acierto a ver una torre de control ni nada semejante.

El avión se detiene tras una serie de trompicones, pero el motor sigue en marcha. El piloto sale de la cabina sosteniendo algo que se está convirtiendo en una tradición: un sobre blanco.

—Creo que es para ustedes —dice tendiéndome el sobre—. Yo me despido. Espero que hayan disfrutado del vuelo.

—¿Y nuestros teléfonos? —pregunto.

—Me los quedaré por ahora —responde—. No se preocupen, viajarán con ustedes.

Un inesperado frescor en el aire nos envuelve cuando salimos del avión. Dejo la mochila en el suelo para poder abrocharme el forro polar. Efectivamente, nos encontramos en mitad de un campo. Miro a mi alrededor y me pregunto si habrá alguna granja o algo parecido en las inmediaciones, pero no hay ninguna señal de vida. El paisaje es de esos en los que varios campos se extienden hasta donde alcanza la vista para terminar fundiéndose en un océano de colinas finalmente coronadas por el contorno de las montañas.

—¿Vas a abrir la carta o qué? —dice Andrea mientras deja caer su bolsa de viaje en el suelo junto a la mía.

La complazco y leo el mensaje de Joanne.

—«¡Bienvenidas a la hermosa Escocia! Espero que hayáis disfrutado del viaje en avioneta. Y ahora, si os dirigís al extremo más alejado del campo, encontraréis un portón, donde la Fase Tres de vuestro viaje os espera. Dios, cómo lo estoy disfrutando. ¡Espero que vosotras también!».

—¿Lo estás disfrutando? —le pregunto a Andrea, divertida.

—Claro, ¿acaso no se nota? —responde sombría.

Me río ante la expresión melancólica de Andrea y sonrío a Zoe, que mantiene su entusiasmo inicial mientras da un giro de trescientos sesenta grados para deleitarse con el paisaje que nos rodea. Debo admitir que mi entusiasmo está disminuyendo por momentos. Mi estómago se queja ante la falta de alimento y podría matar a alguien por una taza de té. Miro campo abajo, en dirección al portón.

—Venga, vamos para allá —digo.

Sin embargo, en cuanto llegamos al portón no hay ni rastro de la Fase Tres.

—Supongo que ahora nos toca esperar.

—Supongo que sí —coincide Andrea—. No parece que nuestro superpiloto salido de *Top Gun* vaya a irse a ningún lado por ahora, así que no nos vamos a quedar tiradas. Además, todavía tiene nuestros móviles. Imagino que él también estará esperando a quienquiera que nos vaya a venir a buscar para dárselos en mano.

—Me siento prácticamente perdida sin mi teléfono —confieso sin quitarle el ojo a la bolsita azul que el piloto lleva en la mano—. Le dije a Seb que le mandaría un mensaje cuando llegáramos para que se quedara tranquilo.

—¿Y cómo está el encantador Seb? —pregunta Zoe—. Supongo que igual de encantador que siempre, ¿no?

—Sí. Sigue igual de encantador —respondo sonriendo.

—Oooh, ¿se escuchan campanas de boda? —dice Andrea mientras me da un codazo cariñoso.

—No lo creo. Casarnos no está entre nuestros planes. No en los míos, al menos. —Me doy la vuelta y apoyo los brazos en el portón con la esperanza de no quedarnos aquí atrapadas durante mucho tiempo—. Esto es precioso —digo en un intento por desviar la conversación.

—Sí que lo es —coincide Andrea. Se apoya contra el portón, junto a mí—. Y ahora, cuéntanos por qué el matrimonio no entra en tus planes.

—Eso. ¿Por qué no? —interviene Zoe—. Por lo poco que conozco a Seb, me parece que está totalmente enamorado de ti.

Suspiro y me resigno ante la idea de que el tema de conversación no va a cambiar.

—No solo debo pensar en mí a la hora de valorar el matrimonio. Ya sea Seb o cualquier otro, tengo que pensar en Alfie.

—Tienes razón, pero a estas alturas el año que viene ya estará en la universidad. Y ya no tendrás que preocuparte por él entonces —dice Zoe.

—A mí me parece que estás utilizando a Alfie como excusa. —Andrea se tira a la piscina, como de costumbre—. ¿Cuál es el trasfondo? ¿Darren?

No puedo responder de inmediato, Andrea es demasiado perspicaz. Zoe extiende la mano hacia mí y me aprieta cariñosamente el brazo.

—No puedes dejar de vivir tu vida para siempre. Darren está muerto. No puedes cambiar lo que pasó. Tienes que aceptarlo.

—No puede chantajearte desde la tumba —añade Andrea—. Te mereces algo mejor que eso. Hay que joderse…, ¡con lo que te hizo pasar, no sé cómo sigues siéndole tan leal! Tu matrimonio ya era lo bastante malo; la separación, desagradable; pero hacer lo que hizo… Y no solo a ti, lo que también le hizo a Alfie… Fue diabólico.

Que Andrea sea mi mejor amiga es maravilloso la mayor parte del tiempo, pero hay ocasiones en las que puede llegar a ser brutalmente honesta. Cierro los ojos con fuerza ante el súbito recuerdo de lo que ocurrió hace dos años, cuando llegué a casa del trabajo y me encontré a Alfie en la puerta. Darren se las había arreglado para entrar; se había encerrado dentro y había dejado a Alfie fuera. Nunca olvidaré lo que me encontré en cuanto atravesé el umbral. Darren se había colgado de la barandilla de las escaleras. Intenté utilizar mi cuerpo como escudo para evitarle el trago a Alfie y echarlo de la casa, pero ya era tarde. Lo había visto. ¿Cómo puede un chaval de dieciséis años superar algo así?

—Andrea, para. —La voz de Zoe es suave y su tono es de preocupación. Noto cómo me acaricia la mano con los dedos.

—Lo siento —dice Andrea—. No pretendía disgustarte, pero a veces me frustra muchísimo que estés constantemente castigándote por lo que le ocurrió a Darren.

—¡Andrea! —interviene Zoe de nuevo—. Ya es suficiente.

—No importa. —Le dedico una media sonrisa a Andrea—. Sé que tienes razón, pero todavía cargo con una pesadísima sensación de culpa, y no importa lo que haga, no soy capaz de quitármela de encima. —Lo cierto es que no me merezco que desaparezca, no después de lo que ocurrió aquel día.

—Lo entendemos —añade Zoe, y le da un codazo a Andrea—. ¿A que sí?

—Sí, por supuesto.

—¿Podemos no volver a sacar el tema? Por lo menos no este fin de semana. —Miro primero a una y luego a la otra—. Se supone que estamos aquí para pasar un par de días celebrando el cumpleaños de Joanne.

Evito mencionar la verdadera razón por la que no quiero hablar de mi recientemente fallecido marido. Reflexiono sobre la expresión «recientemente fallecido marido» y pienso en lo ridícula que suena. ¿Recientemente? Lleva muerto dos años. Un marido de mierda, un marido egocéntrico, un marido inseguro, o incluso un marido cabrón, habrían sido una mejor descripción. Como siempre, relego estos pensamientos a lo más profundo de mi mente, lo que permite que mi lealtad hacia Darren se malinterprete.

El sonido del motor de un coche pone fin al silencio que se ha hecho entre nosotras. Todas miramos hacia la carretera. El rugido del motor va aumentando y se aproxima una furgoneta negra tipo Transit que se detiene al otro lado del portón.

Un hombre vestido con un peto de color azul, de unos treinta años, sale del vehículo.

—Buenos días, señoras —nos saluda con un marcado acento escocés—. Me alegro de que hayan llegado bien. —Abre la puerta corredera lateral de la furgoneta y luego se dirige hacia el portón, lo desengancha y lo abre de par en par. Nos señala la furgoneta—. Suban por favor, su anfitriona las espera.

Miro hacia el piloto y me siento aliviada al verle acercarse con los teléfonos. Solo cuando he visto que le ha entregado la bolsa y me aseguro de que no se separarán de nosotras, me subo al vehículo.

La parte de atrás de la furgoneta está forrada de contrachapado y a cada lado cuenta con asientos tipo banco. Las ventanillas de atrás han sido tapadas completamente, así que no hay riesgo de que veamos a dónde vamos. El asiento del conductor y la parte de atrás están divididos por un panel también de contrachapado, que tiene un pequeño rectángulo recortado en el medio.

—Esto es ridículo —dice Andrea tomando asiento a mi lado—. ¿Qué ha sido del lujoso monovolumen y de la avioneta privada? Ahora nos encontramos en una furgoneta tipo Transit sellada a cal y canto.

—Venga ya —dice Zoe—. Es divertido.

Andrea refunfuña, pero lo deja estar. El conductor aparece en la puerta.

—¿Se han abrochado los cinturones? Bien. Así me gusta. No queremos ningún accidente en el camino. Estoy seguro de que la señora Aldridge quiere que lleguen de una pieza.

41

—Por favor, dígame que esta es la última fase del viaje —pide Andrea mientras se cruza de brazos y suspira contrariada.

—Efectivamente. En menos de treinta minutos habrán alcanzado su destino final —nos dice el conductor antes de deslizar la puerta para cerrarla y dejarnos en penumbra. Un pequeño rayo de luz se cuela por el hueco del panel de contrachapado.

No sé muy bien por qué, pero me estremezco involuntariamente al escuchar la forma de hablar del conductor.

CAPÍTULO 4

Permanecemos en un incómodo silencio mientras la furgoneta avanza con dificultad, provocando un vaivén que nos mece de un lado a otro a medida que el conductor atraviesa lo que presupongo serpenteantes y estrechas carreteras. No estoy muy convencida de que los cinturones abdominales sean de mucha ayuda en caso de que tuviéramos un accidente y, justo cuando la furgoneta coge un bache que nos sacude hacia delante, me aprieto el mío por si acaso. Aunque fuera corre el aire, aquí no hay ventilación y empiezo a sentirme un poco sofocada. Apoyo la cabeza contra el contrachapado que reviste la furgoneta. Aunque estoy lúcida y sé que todo esto no es más que un poco de diversión para Joanne a nuestra costa, y que pronto saldremos de aquí, mi cuerpo interpreta la situación de otro modo.

Percibo mi ritmo cardiaco acelerado y noto cómo el sudor se me está acumulando bajo los brazos. Me concentro en inspirar lentamente por la nariz y en controlar la espiración por la boca; técnicas de relajación que me he visto obligada a aprender desde la muerte de Darren.

Dejé de ir a terapia hace seis meses y es posible que esta sea la primera vez que me he sentido bajo tanta presión desde entonces. Desde lo de Darren, los espacios reducidos pueden conmigo. Desconozco lo que originó esta sensación de claustrofobia cuando me lo encontré ahí colgado, pero desde luego es un síntoma. Mi terapeuta sugirió que podría ser algo tan sencillo como el haber cerrado la puerta tras de mí aquel día, la sensación de sentirme encerrada en una casa y tener que enfrentarme a la imagen devastadora que se presentaba ante mis ojos. De algún modo, mi mente conectó ambas cosas.

Veo mi mochila en el suelo de la furgoneta. En el bolsillo lateral está mi cajita de pastillas. Hace poco he descubierto una nueva forma de enfrentarme a los ataques de pánico. Ni Andrea ni Zoe saben nada de las pastillas. De hecho, nadie lo sabe; ni siquiera mi médica de cabecera.

—¿Te encuentras bien, Carys? —La voz preocupada de Andrea se cuela en mis pensamientos.

Me yergo en mi asiento y respiro profundamente mientras abro los ojos. Me giro hacia ella y le dedico una sonrisa.

—Sí. Solo que ahora no me parece todo tan divertido.

Andrea asiente.

—Típico de Joanne. Llevar las cosas un poco más lejos de lo debido.

Se echa hacia delante y da un golpe al panel de contrachapado que nos separa del conductor.

—¿Qué ocurre? —dice la voz a través del hueco.

—¿Cuánto falta? —grita Andrea para hacerse oír por encima del rugido del motor—. Esto ya me está tocando las narices.

—Paciencia, señoras, paciencia —responde—. Ya casi hemos llegado.

La furgoneta aminora y gira inesperadamente a la izquierda. El sonido de las ruedas contra el suelo cambia. Ahora parece que cruzamos una pista de tierra. Alcanzo a oír piedras chocando contra las llantas de las ruedas, y el vaivén de la furgoneta aumenta, como si sorteara baches y badenes en el terreno irregular.

Vuelvo a cerrar los ojos y me rindo ante el hecho de que gritar y estresarme no va a hacer que lleguemos antes. Hago un esfuerzo consciente para que mis pensamientos sean más optimistas. Es más fácil decirlo que hacerlo. Pienso en Seb y se me alegra el corazón en cuanto evoco su rostro. Su tez clara y sus casi translúcidos ojos azules. Sonrío mientras lo recuerdo contándome por qué lleva el pelo tan corto.

—Es para impedir que los malos me puedan dar un tirón, y así me ahorro una pelea —me había dicho, haciendo referencia a su trabajo como detective de la policía metropolitana.

Después de responderle con la admiración apropiada, rompió en una amplia sonrisa antes de continuar.

—No puedo mentirte. La verdad es que, si me dejo crecer el pelo, se convierte en una maraña de rizos…, parece vello púbico.

Ambos nos reímos durante un buen rato al imaginarnos esa posibilidad. Creo que fue en ese momento cuando me di cuenta de lo mucho que disfrutaba de la compañía de Seb y de pasar mi tiempo libre con él. Le echo de menos cuando no está conmigo y quiero que esté más presente en mi vida. Sin embargo, mi siguiente pensamiento es para Alfie, y debería ser positivo, pero no lo es.

Antes de que pueda darle más vueltas, la furgoneta aminora. Reduce la marcha y el ruido del motor se atenúa. Finalmente nos paramos; una ligera sacudida nos indica que el conductor ha echado el freno de mano y que el motor se ha detenido.

La voz del conductor nos llega a través del hueco.

—Señoras, ya pueden desembarcar. El servicio ha llegado a su fin.

—Aleluya —dice Andrea.

La puerta lateral se abre y emergemos de las entrañas de la furgoneta parpadeando a causa del chorro de luz que nos deslumbra. El conductor se acerca al trote hasta la pequeña casa rural, abre la puerta principal y deja la bolsa de tela azul con nuestros móviles en su interior. Cierra la puerta y regresa corriendo a la furgoneta.

—Disfruten del fin de semana, señoras —nos dice subiéndose al vehículo.

45

Observamos cómo hace un cambio de sentido y desaparece por la pista de tierra.

Miro a Andrea y a Zoe, que me devuelven la mirada con igual desconcierto.

—Bueno, no cabe duda de que este ha sido el traslado vacacional más extraño de mi vida —dice Andrea.

La diversión se ha desvanecido y dedicamos un momento a estudiar el edificio que se presenta ante nosotras.

Se trata de una típica *croft*[1] escocesa, una casita de campo de piedra compuesta de planta baja y primera planta. Una sólida puerta de roble preside la fachada, flanqueada por ventanas a cada lado. En el tejado hay dos tragaluces y junto al edificio, una ampliación de una sola planta que, a juzgar por el color más claro del mortero empleado en la factura, probablemente se hizo después.

—Pues aquí estamos —digo innecesariamente—. Será mejor que entremos. Supongo que Joanne ya estará dentro.

—Yo no daría nada por supuesto a estas alturas —dice Andrea—. Puede que esa sea su sorpresa.

—¿El qué? —inquiere Zoe, frunciendo el ceño.

—La sorpresa es que ella no está aquí —responde Andrea.

Recojo mi mochila.

—Solo hay un modo de averiguarlo. —Le doy un codazo a mi amiga—. Venga.

Antes de que demos un paso más, la puerta de entrada se abre de par en par y Joanne aparece en el umbral. Su melena morena a lo *bob*, tan impecable como siempre, enmarca sus facciones delicadas. Abre los brazos de par en par.

—¡Habéis llegado! —Viene a nuestro encuentro y nos abraza

---

[1] Pequeña parcela de tierra de cultivo y, por extensión, se denomina así a la granja construida dentro de sus límites, en la que vive quien la explota. Son típicas de las Tierras Altas escocesas y algunas se han acondicionado como casas rurales. (N. de la T.).

por turnos con la bolsita azul en la mano—. Y de una pieza. Espero que hayáis disfrutado del viaje. ¿Qué os ha parecido? —Joanne nos mira expectante.

—¡Me ha encantado! —dice Zoe, dándole quizá demasiada emoción a su voz.

—Sí, genial —dice Andrea. Su falta de entusiasmo equilibra la exaltación de Zoe.

—Digamos que me alegro de que por fin hayamos llegado —digo—. Espero que el viaje de regreso sea un poco más ortodoxo.

—Oh, no te preocupes por el viaje de regreso. —Joanne aletea la mano en el aire—. También os va a encantar.

—Eso es lo que me preocupa —dice Andrea—. Por Dios, entremos. Me estoy congelando aquí fuera.

—¿Y qué esperabas con ese forro polar tan finito? Espero que te hayas traído una chaqueta que te abrigue un poco más.

—Esta debe de ser la mejor sorpresa que hayas organizado nunca —dice Zoe colgándose la bolsa de viaje de un hombro y enganchando su brazo libre al de Joanne.

—Puede que no la mejor de mi vida, pero sí la mejor hasta la fecha —responde Joanne—. No tenéis ni idea de las sorpresas que os tengo preparadas. —Joanne se acerca más a Zoe y le devuelve el gesto dándole un apretoncito cariñoso en el brazo. Entonces nos busca con la mirada a Andrea y a mí, y no me pasa inadvertido el ligero destello en sus ojos—. Permitidme que os muestre vuestras habitaciones. Ya he preparado algo de comer y luego podemos abrir la primera botella de vino.

—Planazo —digo mientras las sigo. Me fijo en Andrea—. Venga, doña Penas. Esto no es un *casting* de los siete enanitos de Blancanieves, ¿sabes?

—Si lo fuera, Andrea conseguiría el papel sin despeinarse —añade Joanne. Su risa hace eco en el techo del porche.

Andrea hace una mueca que me hace reír irremediablemente.

Dentro de la casa, nos dan la bienvenida un recibidor, una

escalera de roble y un suelo de baldosas de cerámica sin esmaltar de color rojo. El uso continuado ha deslustrado el centro de las baldosas, pero los bordes conservan parte de su antigua apariencia. Desde la entrada miro a mi izquierda. Hay un salón, con dos grandes y cómodos sofás, uno a cada lado de una gran chimenea de ladrillo y, entre ellos, un baúl de madera que hace las veces de mesa de café. La tarima de esta habitación ha sido pulida y barnizada, proporcionándole un toque más moderno a la habitación, y una piel blanca y negra se extiende en el suelo enfrente de la chimenea.

—Piel de vaca —indica Joanne—. Al parecer es lo último. A mí no me apasiona. Desde luego no a doscientas o trescientas libras la pieza.

—A mí me gusta bastante —dice Andrea curioseando.

—Ahora que eres la exitosa dueña de un negocio, supongo que puedes permitirte lujos como estos —dice Joanne.

Clavo la mirada en Joanne. ¿Había un toque de tirantez en su voz? Un tema de conversación que siempre evitamos con cierta sensación de incomodidad. Ahora veo cómo Andrea le dirige a Joanne una mirada interminable, que esta aguanta sin parpadear.

—¿Qué hay más allá de esos árboles? —interviene Zoe mientras mira por la ventana.

No creo que el cambio de tema haya sido deliberado por parte de Zoe, pero salimos del aprieto.

—Más árboles —responde Joanne, volviéndose hacia la ventana de atrás, junto a la que se encuentra Zoe—. Es la linde de un enorme bosque, que se extiende alrededor de la propiedad trazando un gran arco y continúa bordeando la pista de tierra.

Zoe se estremece y continúa:

—Incluso a plena luz del día pone los pelos de punta.

—Después de comer saldremos a explorar —dice Joanne, y hace un movimiento de cabeza en dirección a los árboles—. Hay un camino a través del bosque que lleva a un claro. Cuenta la leyenda que una vez fue un lugar para rituales paganos y sacrificios humanos.

—Suena encantador —dice Andrea murmurando.

Zoe se aparta de la ventana y se deja caer en uno de los sofás.

—Me alegra no estar aquí sola. ¿Cuándo llegaste tú, Joanne?

—Anoche.

—¿Has pasado la noche aquí tú sola? —Zoe se recuesta y mira a Joanne.

—No ha sido para tanto. En cualquier caso, tú misma te pasas las noches sola, ¿no? ¿O me equivoco? ¿No tendrás por ahí algún amante secreto del que no nos has hablado? —Roza con los dedos la coleta de Zoe y le guiña un ojo.

—¡No! —protesta Zoe poniéndose colorada. Se endereza en su asiento y nos mira a todas.

—¡Ah! Te has puesto roja —la provoca Joanne—. Mirad lo colorada que se ha puesto Zoe.

Zoe se ha puesto muy roja, y no puedo evitar sentir pena por ella; aunque al mismo tiempo me pregunto si la provocación de Joanne tiene algún fundamento. A pesar de su entusiasmo vivaz e infantil y ese encanto aparentemente inocente, siempre me ha parecido que todo eso encubría las secuelas de una mala relación. Aunque nunca ha entrado en muchos detalles acerca de su exmarido, está claro que hay cuestiones sin resolver en ese aspecto. Para aliviar su bochorno, me encargo de desviar el tema de conversación esta vez.

—Joanne, ¿vas a enseñarnos el resto de la casa?

—Claro. Seguidme.

Salimos del salón y cruzamos el recibidor hacia la habitación de idéntico tamaño que hay enfrente. También tiene una chimenea en la pared del fondo, flanqueada a la izquierda por un sillón orejero, desde donde se ve el jardín, y a la derecha, por una antigua hornacina transformada en puerta. Una mesa de comedor y seis sillas ocupan el centro de la habitación.

—Por aquí está la cocina —dice Joanne.

La cocina parece haber sido renovada recientemente, pero en afinidad con la época de la propiedad. Los módulos son independientes y de estilo rural, con encimeras de madera. Hay un fregadero Belfast bajo la ventana que da a la parte delantera de la propiedad, y una puerta, con paneles de cristal en la mitad superior cubiertos con un visillo, que conduce al jardín trasero.

Descorro el visillo para mirar al exterior. Se ve un porche trasero y, más allá, un edificio anexo del tamaño de un cobertizo.

—¿Qué hay ahí dentro?

Joanne viene a la puerta.

—Nada emocionante, supongo. Está cerrado con llave, pero por lo que he visto a través de la ventana está lleno de viejas herramientas de jardín y un cortacésped. Aunque tampoco es que se preocupen demasiado por mantener el césped perfecto: parece más un pastizal que un jardín.

No le falta razón. La parte trasera de la propiedad no tiene un cercado que deslinde sus límites, y se mezcla con el paisaje abierto de los alrededores, plagado de matorrales. Una pequeña zona contigua a la puerta trasera ha sido solada con adoquines para hacer un patio, y en sus márgenes se ha cavado un parterre lleno de arbustos que marca el final del jardín.

—Lo cierto es que parece que estemos en medio de la nada. Debe de ser difícil conseguir que un jardinero venga hasta aquí —digo—. No creo que quieran pagar a alguien para que venga aquí cada semana.

—Exacto —coincide Joanne.

—¿A cuánto estamos de la civilización? —pregunta Zoe mientras regresamos al recibidor.

—A unos cuantos millones de kilómetros —responde Andrea.

Joanne se ríe con el comentario, pero ignora la pregunta.

—¡Oh! Antes de que se me olvide. Tenemos que sacarnos una foto. Un selfi. Esperad aquí un momento, voy a por la cámara.

Joanne desaparece en el salón y nos deja esperando en el recibidor. Como ocurre en el resto de la casa, la decoración es una mezcla de épocas. Algunos muebles y objetos parecen llevar aquí años; otros no desentonarían en un catálogo de Ikea. Hay una mesa supletoria con sofá para el teléfono de madera oscura, con un cojín de terciopelo de un verde desvaído, lo que me resulta extraño ya que no parece haber ningún teléfono por aquí; recuerda un poco a los años setenta. Encima de él, hay un cuadro colgado de un niño llorando, otra reliquia de una época pasada. Y en la pared de enfrente hay una hilera de fotografías modernas con marcos blancos. Tienen casi un sabor playero, ya que muestran unos monigotes con trajes marineros y banderas en diferentes posiciones, cada una deletreando una palabra en código de señales. Me acerco para ver si las palabras aparecen impresas debajo de las imágenes, pero no alcanzo a ver nada. En el suelo, apoyada contra la pared, hay una litografía de flores primaverales de un metro de alto, que, personalmente, creo que quedaría mejor colgada de la pared.

Joanne reaparece casi al instante.

—Me he dado el gusto de una cámara Polaroid. Fotos instantáneas —dice sosteniendo en la mano la cámara de aspecto retro.

—Muy de la vieja escuela —añade Andrea.

—Exacto. Como nosotras —responde Joanne—. Ahora necesito que os pongáis ahí, en el recibidor. Zoe, tú aquí. Así. Andrea, ahí. —Deja un espacio entre ellas y me toma por el brazo—. Carys, tú en el medio. Pondré el temporizador y luego me uniré a la foto.

Joanne mueve la maceta de una planta del estante y prepara la cámara.

—Lo probé antes. Tiene la altura perfecta —nos explica—. Vale, ¿listas? Voy a darle al botón del temporizador.

—Rápido, antes de que se dispare —apremia Zoe mientras Joanne sale disparada en nuestra dirección y se une a nosotras—. ¡Sonreíd!

Todas permanecemos allí rígidas mientras que, al mismo tiempo, tratamos de mantener una pose natural con enormes sonrisas impostadas. Justo cuando pienso que el temporizador no va a funcionar, la cámara dispara el *flash*.

—Ahora veremos el resultado —dice Joanne volviendo a por la cámara—. Me encanta, es tan ochentero… —Tras unos segundos, una fotografía aparece lentamente de la parte inferior de la cámara. Joanne agita la foto en el aire para secar la tinta—. ¿Alguna echa de menos el pasado? Cuando la vida era sencilla, antes de que tuviéramos que hacernos cargo de todas estas cosas de adultos.

—No sé —dice Andrea—. Lo cierto es que me gusta mi vida ahora, de adulta.

—Mmm… Supongo que en tu caso sí —dice Joanne—. ¿Y tú, Carys? ¿Te gusta más tu vida ahora? —Veo que Andrea y Joanne cruzan una mirada; esta parece confundida un segundo y, a continuación, en una muestra de disimulo, se lleva la mano a la boca, con la foto todavía sujeta entre el índice y el pulgar—. Oh, lo siento mucho, Carys. No he tenido mucho tacto.

Me fuerzo a curvar las comisuras de la boca en un intento por sonreír. No sé lo efectiva que resulta mi acción, pero la intención está ahí.

—No pasa nada —respondo—. Nadie tiene que andarse con pies de plomo conmigo, de verdad.

Se hace un silencio incómodo tras mis palabras hasta que Andrea lo barre definitivamente con su poco sutil intento de cambiar de tema:

—Venga, va. Veamos cómo ha quedado la foto.

Nos arremolinamos alrededor de la imagen demasiado entusiasmadas.

—Encantadora —dice Joanne—. Adoro la forma en que nuestro verdadero yo resplandece.

No creo que ninguna de nosotras sepa exactamente a qué se refiere, pero para restablecer el ambiente desenfadado, todas asentimos y dejamos que Joanne coloque la foto contra el reloj que preside la repisa de la chimenea del salón.

—¿Qué hacemos con nuestras bolsas? —pregunta Andrea mientras Joanne se toma unos instantes para admirar la foto desde el centro de la estancia.

Joanne se da la vuelta.

—Sí, claro. Os mostraré vuestras habitaciones.

Abre camino hacia el recibidor y desde allí subimos las estrechas escaleras de roble.

—Dos de vosotras tendréis que compartir. —Nos mira a Andrea y a mí—. ¿Os parece bien quedaros con la habitación doble?

—Sí, claro —digo, y Andrea coincide conmigo.

—Estupendo, entonces ya está. —Joanne abre una de las puertas y se retira para dejarnos pasar primero a nosotras.

Se trata de una habitación agradable y amplia, con vistas de las partes delantera y trasera de la propiedad. Todo en la habitación es de color blanco, desde las paredes hasta los muebles y la ropa de cama. Desde el pequeño tragaluz de la parte delantera se puede ver la pista de tierra, y por primera vez me doy cuenta de que hay un río más allá de una pequeña cima, que no vimos cuando el conductor nos dejó en la propiedad. Acerco mi cara al cristal y a lo lejos, a la izquierda, donde el río se pierde de vista, alcanzo a ver un pequeño puente de piedra, lo suficientemente ancho como para que pase un vehículo. Parece sacado de una postal.

—Es una vista maravillosa —digo mientras me acerco a la ventana que da a la parte de atrás.

En esta ocasión el paisaje no es tan atractivo. Los árboles de atrás parecen casi más altos desde el primer piso. Están como amontonados y da la sensación de que absorben toda la luz del sol, convirtiéndose así en una gran masa de oscuridad que me impide ver bosque adentro.

—¿Qué cama prefieres? —me pregunta Andrea.

—La que está cerca de la ventana que da a la parte delantera.

—Muy bien, yo me quedaré cerca de la puerta. —Andrea deja caer su mochila sobre la cama.

—El baño está justo al lado —dice Joanne desde la puerta—. No es que sea una habitación *ensuite*, pero casi. —Ahora se dirige a Zoe—: Nuestras habitaciones están al otro lado del rellano. Yo estoy en la parte delantera y tú en la trasera. Ahora dejaré que os instaléis y os refresquéis. Bajad en diez minutos y la comida estará preparada.

—¿Podrías devolvernos los teléfonos? —pregunto—. Quiero comprobar que Alfie está bien.

Una expresión sombría cruza el rostro de Joanne, pero es tan fugaz que por poco me hace preguntarme si realmente la he visto. Sin embargo, la mirada compasiva que me dedica a continuación parece tan falsa que sé que no me la he imaginado.

—Lo siento, pero no —dice abrazando la bolsita de tela azul—. Todo forma parte del juego. Nada de comunicarse con el exterior durante el fin de semana. Además, aquí arriba no hay cobertura.

—¿Y cómo se las apaña aquí la gente en una emergencia? —pregunta Andrea.

—Hay un radiotransmisor en la cocina, pero parece tan viejo como las montañas—dice Joanne—. Probablemente, la última vez que se utilizó fue en la Segunda Guerra Mundial.

—No me puedo creer que no haya nada de cobertura —dice Andrea—. Pues sí que estamos en medio de la nada.

—Supuse que por lo menos habría teléfono fijo —añado.

—¿Qué pasa? —pregunta Joanne—. ¿Hay algún problema? ¿Necesitas ponerte en contacto con Alfie?

—No pasa nada. Alfie se ha quedado en casa de Andrea con Colin y Bradley.

—Entonces estará bien. No tienes nada de lo que preocuparte —dice Joanne—. Aunque ya sabes que a Tris le habría encantado cuidar de él si no hubiera tenido la escapada de golf. Y tampoco es que Alfie necesite a nadie que le cuide, cumplirá dieciocho a finales de mes.

—Sí, lo sé, pero Bradley y Alfie están disfrutando de un fin de semana de videojuegos. En cualquier caso, gracias, lo tendré en cuenta en el futuro —digo sintiéndome un poco incómoda con la mentirijilla.

La verdad es que me sentí aliviada al saber que Tris estaría fuera este fin de semana. Alfie ya había dicho que le gustaría quedarse con Tris y Ruby, pero no me hace ninguna gracia la forma en que se está pegando a Tris. Es casi como si se estuviera convirtiendo en un sustituto de Darren. El tiempo que pasa en su casa me preocupa. Lo siguiente será que me sustituya por Joanne. Como siempre, este pensamiento provoca en mí una ola de inseguridad y celos. Me alejo de Joanne y empiezo a deshacer mi mochila para ocultar el miedo irracional de que, de algún modo, sea capaz de leerme la mente.

—Siempre es bienvenido, ya lo sabes —dice Joanne, sin intención de dejar correr el asunto—. Nos gusta que venga. Ruby y él se llevan fenomenal. Deberías motivarle, no desalentarle.

—¿Quién ha dicho nada de eso? —salto, sintiendo que mi culpa se reaviva disfrazada de ira.

—No te pongas a la defensiva —dice Joanne cruzándose de brazos—. Lo conozco desde hace tanto tiempo y pasa tanto tiempo en casa que somos como una extensión de su familia.

—Eh, venga, vosotras dos —dice Zoe desde el rellano—. No os peleéis. Se supone que estamos aquí para disfrutar de un divertido fin de semana de cumpleaños, ¿recordáis?

Joanne y yo nos estudiamos mutuamente durante unos segundos. No quiero echar a perder el fin de semana. Fuerzo una sonrisa.

—No nos estamos peleando.

—No, claro que no —dice Joane antes de darse la vuelta y acompañar a Zoe por el pasillo hasta su habitación.

Empiezo a sacar mi ropa de la mochila con una furia que me consume por dentro. Noto que Andrea no me quita ojo y cruzamos una mirada. Levanta las cejas y me lanza una mirada que me dice que no se lo ha tragado.

—¿Qué? —digo a la defensiva—. No nos estábamos peleando.

—No, claro que no —dice mientras saca una camiseta de su bolsa y la extiende sobre la cama—. Cero tensión entre las dos.

Le lanzo un jersey que acabo de sacar de mi bolsa.

—Cero patatero. No tengo ni idea de qué estás hablando.

Ambas nos reímos cuando me lanza de vuelta el jersey, pero también sabemos que Andrea tiene razón.

CAPÍTULO 5

Cuelgo mis últimas prendas de ropa en el armario dejando espacio a un lado para Andrea.

—Es una habitación agradable —digo mientras me pongo una camiseta limpia—. Quizá demasiado sencilla, pero muy funcional.

—Es mejor de lo que me esperaba —dice Andrea—. ¿Cómo van las cosas con Alfie?

Juguetea con su neceser de maquillaje en un intento por parecer relajada, pero sospecho que las palabras que intercambiamos Joanne y yo hace un momento han dado pie a la pregunta.

—Un poco como siempre. Bueno, en realidad no. No tengo ni idea de cómo van las cosas. Nunca habla de Darren. —Me detengo antes de continuar. Me siento desleal hablando de Alfie, incluso a pesar de que Andrea es una de mis mejores amigas.

—¿Le preguntas por él alguna vez?

—Ya no. Es un tema espinoso —admito. Cruzo la habitación, me siento en mi cama y dejo escapar un suspiro mientras lidio con mi necesidad de hablar con alguien acerca de Alfie y mi deseo de proyectar una imagen optimista de mi vida familiar. La necesidad gana la partida—. Últimamente parece mucho más distante. Y todavía tiene sus momentos, ya sabes, cuando le puede el temperamento.

—¿Ha pasado… algo más? —me pregunta Andrea. Su tono de voz es amable.

Niego con la cabeza.

—Últimamente, no.

Me doy cuenta de que me estoy rascando el brazo inconscientemente. Desde la muerte de Darren, Alfie ha tenido dificultades para expresar sus emociones, lo que ha resultado en frecuentes ataques de ira. En una o dos ocasiones me he visto en medio.

—¿Y esa marca en tu espalda, entonces? —pregunta Andrea.

—¿En mi espalda?

—Sí, me he fijado en ella justo cuando te has cambiado la camiseta. Tienes una marca roja, justo entre los omóplatos.

—Ah, ya. Me la hice esta mañana. Me golpeé con la puerta por accidente.

Es la verdad. Puede que no se trate de toda la verdad, pero eso fue lo que ocurrió. A veces me da vergüenza hablar del comportamiento de Alfie.

—¿No puedes hablar con su terapeuta? —pregunta Andrea mientras me aprieta la mano con cariño en un gesto de apoyo.

—Dios, no. Lo sugerí en una ocasión, pero Alfie me lo dejó bien claro: no quiere que me inmiscuya. Además, no estoy segura de lo que me podría contar el terapeuta. Se supone que no pueden compartir nada de lo que tratan en las sesiones. Confidencialidad médico-paciente.

—Aun así, podrías hablar con él. Con su terapeuta, digo. Podrías decirle cómo se comporta Alfie en casa. Puede que no esté al tanto. Puede que Alfie no le esté contando la verdad.

—Pero entonces sentiría que estoy actuando a espaldas de Alfie y si se enterara… —Dejo la frase a medias mientras trago saliva con fuerza, como si tuviera un inesperado nudo en la garganta.

—¿Alguna vez te has planteado buscar consejo sobre cómo lidiar con ello? No me refiero a acudir a tu terapeuta, quiero decir a aprender estrategias. Algo parecido a grupos de ayuda para padres, como esos que hay para cuando tienes un bebé. Debe de haber algún tipo de grupo de apoyo para padres con niños que han perdido a un ser querido.

—A mí esas cosas no me van —admito—. Una vez se lo mencioné a mi médica de cabecera y me dijo que por el momento siguiera el ritmo de Alfie.

—¿Traducción?

—Que no hablemos de la muerte de Darren a no ser que él quiera hacerlo y tratar de apaciguar las situaciones en las que pierde los estribos.

—Pero ¿evitar el tema no puede hacer que se convierta en tabú?

—No es solo eso —digo, sorprendida de mí misma al ver cómo todas mis preocupaciones salen a borbotones. Normalmente me controlo a la perfección cuando hablo de Alfie y Darren—. Alfie pasa muchísimo tiempo en casa de Joanne y está empezando a hacer mella en mí. Es decir, que me está empezando a molestar de verdad. No sé por qué no quiere pasar tiempo conmigo. Es como si estuviera de visita en casa.

—Puede que tenga que ver con lo que ocurrió con Darren. —Andrea se acerca a mi cama y se sienta a mi lado.

—Qué me vas a contar… Ni siquiera yo soy capaz de cruzar el recibidor sin recordar la imagen de Darren, ya sabes, ahí colgado. Hace que me den ganas de vomitar. Sabe Dios cómo afectará a Alfie.

—Entonces ¿sigue sin haber suerte con la venta de la casa?

—No. Vinieron a verla anteayer y pareció que les había gustado. Estaban a punto de hacer una oferta, pero entonces descubrieron lo que ocurrió y cambiaron de opinión. Es la tercera vez que pasa. Nadie quiere vivir en una casa cuyo anterior dueño se suicidó.

—¿Y si bajas el precio?

—Creo que me veré obligada a hacerlo, pero eso significará que no podré permitirme un lugar nuevo tan agradable al que mudarme. Por favor, te pido que no comentes nada de esto con las otras. No me gusta hablar de ello, especialmente con Joanne.

—No lo haré. Pero ¿se te ha ocurrido pedirle a Joanne que anime a Alfie y a Ruby a ir a tu casa para variar?

—Esa es la cuestión. Ruby no quiere venir a casa porque Darren se suicidó allí y Joanne se siente bastante contenta con que Alfie esté en su casa. —Noto la leve llamarada de la irritación en mi interior—. De hecho, hablé con Joanne al respecto en una ocasión y me dijo que Alfie necesitaba un lugar seguro.

—¿Un lugar seguro? ¿Qué demonios significa eso?

—Según Joanne, mi hijo necesita disponer de un lugar al que poder ir para relajarse e inconscientemente saber que nada malo va a suceder. Dijo que debería estar agradecida de que ese lugar fuera su casa y que no anduviera deambulando por las calles buscando problemas.

Andrea da un resoplido indignado por mí.

—Mira que tiene morro a veces.

El sonido de la voz de Joanne llamándonos al pie de la escalera pone fin a nuestra conversación:

—¡La comida está casi lista! —Escuchamos su voz cantarina.

—Puede que las cosas mejoren después de este fin de semana —dice Andrea—. Como dijiste, esta puede ser la forma que tiene Joanne de disculparse.

—Sí, y también puedo estar totalmente equivocada en eso —añado con una sonrisa irónica.

Empleamos unos minutos más en deshacer nuestras bolsas.

—Yo ya estoy —anuncia Andrea empujando su mochila bajo la cama—. ¿Preparada para bajar a comer?

—Ve yendo tú. Ahora mismo bajo —digo—. Necesito refrescarme un poco.

En cuanto Andrea abandona la habitación, me siento en la cama y respiro lenta y profundamente mientras una sensación de claustrofobia se apodera de mí. No es la casa. No es la compañía.

Se trata del ambiente. Definitivamente, Joanne está susceptible. ¿Acaso fui ingenua al pensar que este era un fin de semana de reconciliación? Si tuviera mi teléfono a mano, llamaría a Seb para escuchar su voz tranquilizadora y sus palabras reconfortantes que pueden ser realistas y empáticas al mismo tiempo, lo que necesito ahora mismo.

Para empezar, estoy molesta conmigo misma por haber entregado mi teléfono. Fue una idea estúpida y me dejé llevar por ella sin reparos, sin más esperanza que la de apaciguar a Joanne. Estoy decidida a hablar de esto con ella después de comer. No es razonable que nos exija estar aquí aisladas.

Aun así, antes de bajar a comer, cojo el pequeño pastillero que guardo en la mochila y saco una pastilla blanca de su envoltorio plateado. Me la trago sin necesidad de agua. Ya me siento mejor incluso antes de ser absorbida por mi torrente sanguíneo. Saber que me la he tomado me ayuda.

Una vez en la cocina, me encuentro a Zoe removiendo una enorme cazuela de sopa y el dulce olor terroso de las zanahorias y el cilantro flota en el aire.

—Voy a poner la mesa —digo a la vez que abro varios armarios antes de encontrar los platos hondos.

—Estaba a punto de hacerlo yo —dice Andrea entrando en la cocina—. Joanne está encendiendo el fuego. Al parecer, se espera que haga más frío. Yupi. —Su expresión es ahora taciturna.

—Típico —digo entregándole los platos hondos a Andrea para después mirar en los cajones en busca de las cucharas.

—¿Te encuentras bien? —me pregunta Andrea en voz baja mientras Zoe atraviesa el comedor a toda prisa con una caja de cerillas para Joanne.

—Sí. Aunque no me importaría que me devolvieran el teléfono. Me gustaría comprobar que Alfie está bien.

—¿Solo Alfie? —Andrea levanta una ceja.

—Vale, puede que también quiera saber de Seb —confieso.

Andrea se aleja hacia la cocina entre carcajadas.

—¿Solo «puede»? —me pregunta—. Más bien me parece que se trata de un «me muero de ganas».

Miro por la ventana del comedor y contemplo el paisaje, del camino de acceso a la ribera del río a lo lejos. Los arbustos amarillos de tojo se mecen, hipnóticos, por el viento que los trae y los lleva. Es un lugar hermoso, e imagino que, en un día de verano, cuando el sol brilla, debe ser un lugar delicioso que visitar para escapar del mundo. Sin embargo, ahora mismo, los cielos nubosos y el tiempo inestable no hacen más que incrementar el desasosiego reinante.

Andrea entra en el comedor con los vasos, que coloca junto a cada cubierto.

—No te preocupes por Alfie. Seguro que está bien con Bradley y Colin.

—Lo sé, no me hagas caso. Estoy bien —digo de espaldas a la ventana y dedicándole una sonrisa a mi amiga.

—El fuego ya está encendido —anuncia Joanne entrando en la habitación—. Venga, voy a por la sopa. Sentaos a la mesa.

—Huele de maravilla —dice Zoe mientras se sienta—. No sé cómo he sido capaz de resistirme al impulso de probar un poquito antes, cuando no miraba nadie.

—Te entiendo perfectamente —coincide Andrea—. Ahora mismo podría comerme hasta el tablero de la mesa.

—Bueno, pues la espera ha llegado a su fin. —Joanne trae la cazuela y la coloca sobre la mesa antes de servir la sopa con cuidado en cada uno de nuestros platos—. Estoy muy contenta de que hayáis venido todas —dice mientras devoramos el contenido de nuestros platos—. Me preocupaba que alguna no fuera a venir si os decía de antemano lo que había planeado.

Me resisto a mirar a Andrea, podría ser un evidente signo de nuestro remordimiento.

—No nos lo habríamos perdido por nada del mundo —dice Zoe—. ¿A que no?

Todas confirmamos reiteradamente que estamos encantadas de estar aquí. Tomo una enorme cucharada de sopa para ocultar mis verdaderos sentimientos.

La conversación se encamina ahora hacia los hijos y me pongo tensa, expectante ante la posible mención de Alfie y Ruby. Desde la muerte de Darren, se han vuelto inseparables. Demasiado para mi gusto. Como si esa niña no me hubiera atormentado ya suficiente. Bueno, digo niña, pero casi tiene veinte años, aunque la conozco desde que tiene seis, y me cuesta verla como una mujer hecha y derecha.

Como si me leyera el pensamiento e intuyera mi deseo de cambiar de tema, Joanne se dirige a mí.

—A Ruby no le ha hecho mucha gracia tener que quedarse en casa de mi madre. Habría preferido quedarse en casa con Alfie, pero dijo que ya habíais acordado que él fuera a casa de Andrea.

Noto como si se me cerrara la garganta y las palabras se quedaran atrapadas en el interior de mi boca. Incluso aunque esperaba algo así, mi reacción física supera con creces a mi reacción mental. Mi cuerpo está desbocado.

Entonces, noto la sensación de quemazón en los labios y mi garganta se contrae un poco más. Reconozco los síntomas. No se trata de una reacción a la conversación, sino de una reacción a algo que he comido. Estoy sufriendo un choque anafiláctico. Un síntoma de mi alergia a los frutos secos.

Dejo caer la cuchara sobre la mesa a la vez que arrastro hacia atrás la silla para levantarme. Mi estuche de epinefrina está arriba, en mi mochila. Me he olvidado completamente de bajarlo conmigo, algo que hago siempre que como en un lugar donde otra persona ha preparado la comida.

—¿Te encuentras bien, Carys? —pregunta Joanne.

—Mierda. —Escucho la voz de Andrea y doy por hecho que se ha dado cuenta de lo que está ocurriendo.

Me pierdo el resto de la conversación mientras me apresuro

escaleras arriba todo lo rápido que puedo. Mis piernas se tambalean y, a medida que se contraen mis vías respiratorias, como respuesta a la alergia, cada vez me cuesta más respirar. Saco el estuche de epinefrina del bolso y tomo una de las jeringuillas. Le quito el capuchón azul antes de inyectármela en el muslo. Mientras respiro con dificultad cuento hasta diez antes de retirar el inyectable de mi pierna. Me dejo caer en la cama y, cerrando los ojos, hago un esfuerzo consciente por mantener la calma y concentrarme en mi respiración a la vez que casi inmediatamente la epinefrina hace efecto. Me masajeo el muslo al mismo tiempo, para ayudar al músculo a absorber la medicación.

—Carys, ¿te encuentras bien? —Es la voz de Andrea y noto cómo el colchón se hunde ligeramente a mi lado cuando se sienta. Me aparta un mechón de pelo de la cara y me sostiene la mano.

Le devuelvo el gesto con un apretoncito cariñoso para tranquilizarla mientras voy notando poco a poco que la reacción desaparece. Lo primero en desvanecerse es esa sensación de entumecimiento en los labios, similar a lo que uno experimenta cuando se pasa el efecto de la anestesia local después de una visita al dentista. Cada vez respiro con menos dificultad, a medida que mis vías respiratorias se dilatan, y puedo tomar grandes bocanadas de aire.

—¿Quieres un poco de agua? —Ahora es la voz de Joanne. Está al otro lado de la cama.

Abro los ojos y veo a Zoe al pie de la cama con expresión preocupada, y a Joanne y Andrea cada una a un lado. Me incorporo y miro a Joanne.

—Esa sopa debía de contener algún tipo de fruto seco —digo mientras tomo el vaso de agua que me tiende. Me tiembla un poco la mano cuando me llevo el vaso a los labios.

—No había nada. Lo prometo —dice—. No soy tan estúpida. Estoy al tanto de tu alergia.

—¿Comprobaste los ingredientes? —pregunta Andrea.

—Pues claro que sí —zanja Joanne—. Puedes echar un vistazo al envase si no me crees. Nada de frutos secos. Ni siquiera trazas de frutos secos.

—Ahora no tiene remedio —añade Andrea—. El daño ya está hecho.

—Ya está todo solucionado —intervengo con la intención de evitar que esto desemboque en una discusión—. Me voy a poner bien. Solo necesito descansar un poco.

—Pero algo tenía que llevar esa sopa —insiste Andrea—. Es bastante improbable que sea una cuestión de contaminación cruzada. ¿Quizá le añadiste algo? —Mira a Joanne, que le devuelve la mirada con el ceño fruncido.

—Te he dicho que yo no le he puesto nada a la sopa. ¿Por qué habría de hacerlo? —Joanne se pone en pie con los brazos en jarras, fulminando a Andrea con la mirada, que continúa sentada al otro lado de la cama—. Y si se añadió algo, ¿por qué he tenido que ser yo?

—Esto es absurdo —dice Zoe—. ¿Estás insinuando que alguna de nosotras ha puesto algo en la sopa?

—Alguien ha tenido que ser, y yo no he sido —dice Joanne—. Te dejé en la cocina sola, removiendo la sopa.

—¿Me tomas el pelo? —dice Zoe negando con la cabeza.

Joanne la ignora.

—¿Y qué hay de ti, Andrea? ¿Te llegaste a quedar sola en la cocina?

Parece que la acusación ha tomado por sorpresa a Andrea. Me mira antes de pronunciarse.

—Bueno, sí, pero solo entré a por los vasos. Mirad, esta conversación no lleva a ningún sitio.

—No pasa nada —digo—. Está claro que ninguna de vosotras ha hecho nada a propósito. Lo más probable es que se trate de un caso de contaminación cruzada en origen. —Me doy cuenta de que mi choque anafiláctico ha puesto a todo el mundo un poco nervioso—. Pasemos página. Bajemos. Me muero por una taza de té.

—Buena idea —coincide Zoe—. Toda esta situación nos tiene un poco nerviosas.

—Y tanto que sí —añade Joanne—. Por Dios, nos has dado un buen susto. Venga, yo me encargo del té. Además, podemos tomar un trocito del bizcocho que he hecho. Prometo que no lleva frutos secos.

Andrea insiste en que me siente en el salón con una taza de té mientras recogen la mesa de la comida. Ahora me encuentro mucho mejor y doy gracias de que mi alergia pertenezca al tipo menos severo del espectro. Aunque me ha afectado, la reacción no ha sido tan grave como para necesitar un médico. Y menos mal, teniendo en cuenta dónde nos encontramos. No tengo ni idea de lo lejos que estamos del hospital más cercano.

Andrea, Joanne y Zoe están al tanto de mi alergia y, a pesar de que les he asegurado que fácilmente podría tratarse de una cuestión de contaminación cruzada en origen, sé que es improbable, sobre todo hoy en día, que los controles de salud y seguridad son tan estrictos. Esta presunción me lleva a husmear en los vericuetos de mi mente, donde se esconden otros pensamientos: qué fue exactamente lo que se puso en la sopa y cómo llegó hasta allí... Preguntas que irremediablemente me llevan a querer saber quién lo hizo y por qué.

Me inquieta pensar en ello y trato de distraerme inspeccionando la estantería, echando un vistazo distraído a los lomos de los libros. Hay una amplia variedad de ficción, aunque la mayoría de las novelas parecen tener ya varios años y estar bastante manoseadas, como si hubieran sido rescatadas de una tienda de beneficencia. Hay algunos tomos de lujo ilustrados en los estantes inferiores. La mayor parte parecen tratar de los paisajes de Escocia y sus tradiciones. Hay uno acerca del Londres victoriano, que parece estar fuera de lugar, pero, de nuevo, todo apunta a que se trata de un libro «rescatado». En un extremo del estante hay un pequeño montón de DVD.

Una película de Disney, *El Rey León*; una de vaqueros protagonizada por John Wayne, y una de suspense llamada *El gran farol*. Ninguna me atrae en absoluto. Entonces me doy cuenta de que no he visto ninguna televisión en la casa, y menos un reproductor de DVD.

—¡Ajá! Te pillé —dice Joanne entrando en la habitación.

Doy un respingo y me giro. Joanne sostiene una taza de té.

—Se supone que deberías estar descansando —dice mientras deja la taza sobre la mesa de centro.

—Estaba echando un vistazo a los libros.

—¿Has encontrado algo interesante?

—Lo cierto es que no. Aunque hay tres DVD y no hay ni rastro de una tele. Me resulta extraño. —Le muestro las películas.

Joanne les echa una ojeada rápida.

—Puede que antes sí que hubiera una tele, o quizá los últimos huéspedes se los dejaron olvidados.

Vuelvo a poner las películas en su lugar y me siento junto a Joanne.

—Es una casita encantadora —digo—. Te has tomado muchas molestias con la preparación de todo el fin de semana.

—Llevaba un tiempo dándole vueltas a la idea —dice Joanne—. De hecho, fue Zoe la que hizo que me decidiera a planearlo todo.

—¿En serio? —Le dedico una mirada incrédula a Joanne—. Pensaba que ninguna conocíamos los detalles.

—Oh, no, ella no sabía nada. Simplemente surgió un día en una conversación y me puse manos a la obra.

—Es todo un detalle por tu parte.

—El placer es todo mío. Ya sabes que me encanta organizar fiestas. ¿Quién mejor que yo para organizar la mía propia? Así mismo se lo expliqué a Tris. De esta forma, lo hago todo a mi gusto.

—No te falta razón.

—Por no mencionar tu cumpleaños. —Se levanta y grita desde la puerta—. ¡Venga, vosotras dos! ¡Tenemos que jugar a un juego!

CAPÍTULO 6

—¿Todas preparadas para la siguiente sorpresa? —nos pregunta Joanne en cuanto Andrea y Zoe se instalan por fin en el salón.

—Todo lo preparadas que podríamos estar —dice Andrea recostándose en la silla.

—Estupendo. —Joanne saca del bolsillo de sus vaqueros tres sobres blancos—. Vamos allá. Uno para ti, Carys. Otro para Zoe y, Andrea, el último para ti. Un momento, no los abráis todavía. Tengo que explicar las reglas.

—¿Las reglas? —repite Andrea mientras inspecciona su sobre cerrado.

—Prestad atención. He llamado a este juego «¿Cuál es mi secreto?». Dentro de cada sobre encontraréis una tarjeta con el nombre de un personaje famoso que puede estar vivo o muerto. Esa será vuestra identidad secreta durante el fin de semana. En el margen inferior de la tarjeta encontraréis su famoso secreto. —Hace el gesto de comillas imaginarias en el aire—. No podéis descubrir vuestra identidad ante las otras, sino que vosotras mismas deberéis hacer especulaciones para adivinarlo e intentar descubrir cuál es el secreto de cada una. ¿Alguna duda hasta aquí?

—¿Hay algún premio si lo adivinamos? —pregunta Zoe.

—Desde luego que sí, pero…

—Deja que lo adivine —la interrumpo—. Es una sorpresa.

—Un premio sorpresa —masculla Andrea, en apariencia muy poco impresionada con el juego.

—Por supuesto —corrobora Joanne resplandeciente—. Hay pistas que os ayudarán a averiguar las identidades y sus respectivos secretos por toda la casa, y obtendréis puntos extra por cada pista que encontréis.

—¿Cuánto tiempo tenemos para descubrir la identidad y el secreto? —pregunto.

Debo admitir que, cuando menos, es intrigante. Si algo bueno caracteriza a Joanne, es que tiene una imaginación desbordante y que se le da de maravilla planear este tipo de actividades. Recuerdo una cena con el tema de «asesinato misterioso» a la que nos invitó hace unos años. Fue todo un éxito, y al año siguiente se encargó de preparar todo un fin de semana de «asesinato misterioso» para celebrar el treinta cumpleaños de Darren. Nos lo pasamos genial.

Como cada vez que pienso en Darren, una punzada de culpa me atraviesa. Me esfuerzo por que ese sentimiento no me afecte, sin intención de regodearme en él. Probablemente, cerrar los ojos ante ello no sea la mejor manera de afrontarlo, pero, ahora mismo, es la única estrategia de la que dispongo.

—El juego termina el domingo por la tarde —dice Joanne mientras nos entrega un lápiz a cada una—. Una vez que hayáis decidido quién creéis que es cada una, lo escribiréis en estas libretas—. Nos entrega una libreta de tamaño A6 a cada una—. Por cada dato que adivinéis correctamente obtendréis un punto. La persona que consiga el mayor número de puntos será la ganadora. Si nadie adivina tu personaje, también serás ganadora. Dos ganadoras, dos sorpresas.

—¿Y si pierdes? —pregunta Andrea.

—La perdedora también tendrá una sorpresa —explica Joanne.

—Esto va a ser divertidísimo —añade Zoe—. Solo una cosa, ¿cómo descubrimos quién es quién?

—Cada día podéis hacer tres preguntas a cada una, pero a quien le toque responder solo puede contestar con «sí» o «no». Debéis elegir vuestras preguntas cuidadosamente. Y si te preguntan, tienes que responder con sinceridad. ¡Nada de hacer trampas! ¿Todas lo tenéis claro?

Las tres asentimos.

—Creo que lo pillo —digo—. ¿Cuándo abrimos los sobres?

—Abridlos ahora, pero poned cuidado en que nadie más lo vea.

—¿Y qué vas a hacer tú todo este tiempo? —pregunta Andrea—. No puedes participar porque ya sabes las respuestas.

—Exactamente. Yo soy el Oráculo y todo lo sé. Cuando hayáis realizado las tres preguntas, si seguís atascadas, podréis acudir a mí en busca de una pista, pero si así lo decidís, se os descontará medio punto del total.

—Abramos las tarjetas —digo sin tan siquiera molestarme en seguir prestando atención a la explicación del enrevesado sistema de puntuaciones de Joanne.

Me recuesto en mi silla y deslizo el pulgar bajo el borde de la solapa del sobre, rasgándolo. Dentro hay una tarjeta negra con el mismo diseño y la misma fuente de color blanco que los de la invitación original. Leo lo que pone.

DIANA, PRINCESA DE GALES
1 de julio de 1961 - 31 de agosto de 1997
Primera mujer de Su Alteza Real el príncipe Carlos
Tuvo una aventura

—Llevad con vosotras la tarjeta en todo momento para que nadie la vea —nos indica Joanne.

Levanto la mirada de mi tarjeta y veo a Andrea abrir la suya, frunciendo el ceño antes de guardarla en el sobre. Zoe está dándole golpecitos a la esquina de su tarjeta con el índice y el pulgar.

—¿Son personajes reales? —pregunta Zoe.

71

—¿Se trata de una pregunta para el Oráculo? —responde Joanne.

—No, yo solo…

—Sssh. No digas nada. Recuerda las reglas. Solo puedes hacer tres preguntas y luego puedes pedirle al Oráculo una pista.

—Vale, lo he pillado —concluye Zoe—. ¿Puedo empezar?

—Adelante —dice Andrea sosteniendo el sobre contra el pecho.

—Le preguntaré primero a Carys. —Zoe se gira hacia mí—. ¿Estás viva o muerta?

Joanne me interrumpe antes de que pueda contestar.

—Carys solo puede contestar «sí» o «no».

Zoe le saca la lengua a Joanne y me vuelve a mirar a mí.

—¿Estás muerta?

Me río.

—No me lo parece… Vale, perdona, esa no es la respuesta. ¿Que si estoy muerta? Sí.

—Mi segunda pregunta —continúa Zoe—. ¿Eres una mujer?

—Sí.

—Mi última pregunta por hoy. ¿Naciste en el siglo xx?

—Sí.

—Mmm. Eso no ha sido de mucha ayuda.

—Venga, ahora me toca a mí —dice Andrea dejándose llevar por el espíritu del juego—. ¿Eres una criminal?

—No.

—¿Falleciste antes de tu sesenta cumpleaños?

—Sí.

Andrea tamborilea sobre la mesa.

—Esto es muy difícil. —Echa un vistazo a la habitación—. Y dices que hay pistas en la casa, ¿no?

—Correcto. Y no olvidéis que podéis consultar al Oráculo para conseguir una pista al día. Por supuesto, puede ser que queráis interrogar al Oráculo en privado, o también podéis compartir la información entre vosotras.

Andrea entorna los ojos.

—Le preguntaré al Oráculo luego. A ver, Carys, mi última pregunta. ¿Tienes hijos?

—Sí.

—Eso tampoco ha sido de mucha ayuda —repite Zoe—. Voy a darme una vuelta en busca de algunas pistas. A no ser que alguien quiera preguntarme algo.

—Yo sí —digo.

—Y yo —se suma Andrea—. Luego podréis preguntarme a mí.

A medida que hacemos las preguntas y obtenemos las respuestas de sí o no, tomamos notas en nuestras libretas.

—Por ahora, esto es lo que sabemos de ti, Andrea —digo al término de la ronda de preguntas—. Eres una mujer, estás muerta y viviste en el siglo XIX. Te casaste más de una vez y tuviste hijos. Eras una criminal.

—No tengo ni idea de quién puede ser —confiesa Zoe.

—Ni yo —admito. Echo un vistazo a la siguiente página de mi libreta—. Zoe, tú eres un hombre y estás vivo. Eres un británico famoso por haber cometido un crimen no violento. No eres ninguna celebridad.

—Lo estáis haciendo estupendamente —nos anima Joanne dándonos un aplauso.

—Para ti es muy fácil decirlo, tú ya conoces las respuestas —señala Andrea.

—Así es. Y al terminar el fin de semana, vosotras también las sabréis. Estoy ansiosa por ver la cara que ponéis —dice Joanne—. En fin, si sois medianamente listas, os daréis cuenta de que la respuesta está delante de vuestras narices. —Por un momento deja de sonreír, pero rápidamente recobra su típico desenfado. Joanne se pone de pie—. Ha llegado la hora del paseíto por el bosque, antes de que se ponga a llover. El tiempo es impredecible aquí arriba.

Evita deliberadamente mirarme mientras se afana en colocar la silla en su sitio y meternos prisa. No sé por qué, pero esa miradita que vi en su rostro me ha dejado un poco inquieta. No había en ella ni pizca de calidez, más bien lo contrario, era fría y dura. No puedo evitar preguntarme en qué estaría pensando en ese preciso instante.

Me quedo donde estoy mientras Zoe y Andrea suben a por sus chaquetas y sus botas de senderismo. Miro por la ventana, me asombro al ver cómo una ligera neblina se arremolina en el cielo sin sol y las nubes grises que lo cubren dan al paisaje una apariencia sombría.

Al escuchar pasos en el piso de arriba, aprovecho la oportunidad.

—Te has tomado muchas molestias al preparar este juego de secretos —digo mientras Joanne permanece de pie junto a la puerta abrochándose la chaqueta.

—Me gustan estas cosas, son divertidas.

—Diversión para todas, ¿no?

—Puede que sean más divertidas para mí, si te digo la verdad. —Levanta la vista de la cremallera.

—¿Y no es más que un juego?

—Por supuesto —dice—. A no ser que te preocupe que pueda conocer tus secretos. —Estalla en una risa falsa mientras Andrea y Zoe bajan las escaleras con paso firme. En ese momento, Zoe me reprende por no estar preparada todavía. Cuando me aparto de Joanne, que sigue junto a la puerta, me sonríe.

—No es más que un juego —dice, como si no hubiera roto un plato en su vida.

CAPÍTULO 7

Después de calarme el gorro de lana y ponerme los guantes, me siento bastante protegida frente a los elementos y lista para explorar la campiña escocesa. Espero a Andrea y juntas caminamos detrás de Joanne y Zoe hacia la parte de atrás de la casa, en dirección a la ladera y la zona arbolada.

El bosque es un muestrario de árboles, en su mayoría abetos altos, aunque también se dan algunas especies de hoja caduca, con predominio de tonos amarillos, rojizos y marrones por la inminente llegada del otoño. El terreno es irregular, y pequeñas rocas y piedras obstaculizan nuestro paseo, de manera que debemos tener cuidado por donde pisamos. Las hojas han empezado a caer y yacen desperdigadas por el terreno como si se tratara de una especie de confeti natural.

A medida que nos adentramos en el bosque, noto la caída de la temperatura a pesar de ir abrigada con un forro polar.

—¿Soy yo o aquí hace más frío?

—No, no eres tú. Ha refrescado —coincide Andrea—. ¡Eh, Joanne! Sabes a dónde nos dirigimos, ¿verdad?

Todos los árboles me parecen iguales a medida que avanzamos por un sendero que serpentea a su alrededor colina arriba.

—Sí, no te preocupes —responde Joanne a gritos—. Aunque, como buena *scout*, siempre voy preparada. Llevo una brújula y un mapa, pero sí, sé a dónde vamos.

Las ramitas se parten a nuestro paso, y en un par de ocasiones me parece oír una especie de crujido entre los arbustos y matorrales.

—Este sitio me está dando escalofríos —digo, y en cuanto pronuncio las palabras, otro ruido capta mi atención—. ¿Has oído eso? Ha sido como un crujido procedente de esos arbustos.

Todas nos paramos a escuchar.

—Habrá sido el río —dice Joanne—. Fluye colina abajo y desemboca en el río principal que viste junto a la casa. Hay un paseo, Archer's Path, que discurre paralelo a su ribera. Iremos allí mañana.

—Olvídate de mañana —dice Andrea—. Y hoy ¿qué? ¿Cuánto queda? Las piernas me están matando.

—Pues tú deberías ser la que más en forma está de todas —dice Joanne—. Tú eres la del gimnasio.

—Sí, pero soy la dueña, ¿recuerdas? —puntualiza Andrea—. Por desgracia, es más probable que me encuentres pegada al escritorio, peleándome con un montón de papeleo, que impartiendo una clase dirigida. Salvo en el caso de nuestros muchachos del equipo de *rugby*.

Joanne parece no saber de qué va la película.

—Impartió una clase de *spinning* al equipo local de *rugby* —le explico.

Joanne dirige una mirada de exasperación al cielo.

—Oh, se me parte el corazón. ¿Alguien más puede oír esos violines? —Empieza a gesticular como si tocara dicho instrumento mientras tararea una cancioncilla triste y deprimente. Joanne se da la vuelta y echa a caminar de espaldas—. No creas ni por un momento que vas a conseguir inspirarme compasión alguna, tú fuiste la que decidió que quería ser propietaria única.

Nos da la espalda y se apresura para alcanzar a Zoe.

—Y punto —dice Andrea.

—Así que sigue un poco mosqueada con todo eso —digo, aunque es más una afirmación que una pregunta.

—Tú también te has dado cuenta, ¿eh?

—No te preocupes.

—No lo hago —dice Andrea—. Pero me toca las narices que siempre tengamos que estar disculpando a Joanne. Ella siempre puede decir lo que le dé la gana y nosotras tenemos que aguantar. ¿Por qué?

—Así es Joanne. Ya la conoces. Es divertido al principio, sobre todo cuando la toma con otra gente, pero en algún momento siempre se las apaña para que cambien las tornas. Entonces te preguntas: «¿Cómo es que ahora soy yo la diana de sus hirientes comentarios?». Lo hace de tal forma que nadie se atreve a decir nada porque, al fin y al cabo, hace cosas bastante generosas. Como organizar este fin de semana.

—Lo sé. Puede ser totalmente adorable ahora y pasado un minuto convertirse en una auténtica cabrona y, a pesar de todo, la seguimos queriendo —responde Andrea—. Ahora mismo está claramente en modo cabrona total.

Caminamos en silencio unos cuantos minutos más. Delante de nosotras, Joanne está charlando con Zoe. De vez en cuando nos llama a Andrea y a mí, apurándonos.

—¡Ya hemos llegado! —anuncia por fin, con un ademán triunfal.

—¡Gracias a Dios! —exclama Andrea.

Salimos de la espesura del bosque en dirección a un pequeño claro que parece casi un círculo perfecto. En el centro se alza una imponente lancha sobre cuatro piedras más pequeñas, de tamaño casi idéntico, que miden un metro de alto, más o menos.

—Es un altar —nos explica Joanne—. Al parecer, los vikingos solían hacer sacrificios humanos aquí en honor a sus dioses. Cuando un jefe moría, sus esclavas se presentaban voluntarias como sacrificios para seguir a su amo al más allá y poder cuidarle. Las bañaban y vestían con lino blanco, luego les daban algún tipo de droga para que se relajaran y eran llevadas hasta el altar, sobre el que se tendían y les rebanaban el cuello.

—Encantador —digo.

—No me veréis hacer algo parecido por mi jefe —dice Zoe—. Yo me pondría a bailar sobre el maldito altar.

—Menos mal que Tris ya no es tu jefe —puntualiza Andrea.

Me había olvidado de que Zoe trabajaba para Tris cuando todavía estaba en el centro local del servicio nacional de salud. Zoe era secretaria en el Departamento de Psicología donde Tris era uno de los psicólogos jefe. Aunque ya hace un tiempo que Tris se ha pasado a la consulta privada, donde los beneficios son más jugosos.

Zoe se lleva la mano a la boca.

—Cuánto lo siento, Joanne. No me refería a Tris. Solo pretendía dejar claro que yo no haría eso por ningún hombre.

Joanne sonríe.

—No pasa nada. De hecho, coincido contigo. Yo tampoco me ofrecería como sacrificio para Tris. ¿De verdad crees que quiero ir al Valhalla y pasarme la eternidad lavando sus calcetines y pantalones sucios?

—¿Y esos pétalos sobre el altar? —pregunta Andrea a medida que nos aproximamos a las piedras.

Ahora que estamos más cerca, alcanzo a ver una docena o así de pétalos rojos esparcidos por la losa. Parecen pétalos de rosa, pero no hay rosas a la vista.

—Se trata de otra leyenda nórdica —explica Joanne—. No recuerdo todos los detalles, pero la señora Calloway, la dueña de la casa, me la contó en una ocasión. Al parecer, el hijo de un rey vikingo se enamoró de una chica escocesa de la zona, pero su madre estaba en contra de la relación. Ella imploró al rey que se opusiera al matrimonio, pero él dijo que los dioses se ofenderían, así que, para desagraviar a los airados dioses, la madre tendría que sacrificarse. Y eso hizo.

—¿Y funcionó? —pregunta Andrea.

—No me acuerdo. Pero después de aquello, los jóvenes que quieren casarse vienen aquí y esparcen pétalos en el altar para recibir la bendición de los dioses. O algo así. Se supone que los pétalos representan la sangre de la madre y el sacrificio que hizo por su hija.

—Menudo montón de estupideces —dice Andrea.

Joanne se encoge de hombros y observa los pétalos.

—No sabía que la gente siguiera haciéndolo. Pensaba que era una de esas leyendas del lugar. Supongo que debemos agradecer que no sean más que pétalos de rosa y no un sacrificio humano.

—Ay, dejadlo ya. Solo con pensar en que se ha matado a gente sobre esta losa, se me ponen los pelos de punta —dice Zoe mientras se frota los brazos con ambas manos.

De pronto, Andrea toma una repentina bocanada de aire y se me agarra con fuerza al brazo.

—¿Has visto eso?

—¿El qué? —Miro en la misma dirección que ella.

—Me ha parecido ver algo detrás de esos árboles. —Da un paso a su izquierda, todavía bien aferrada a mi brazo—. Por ahí. Estoy segura de que he visto algo.

—Solo estás un poco nerviosa —dice Joanne—. Allí no hay nada.

Veo cómo Joanne empieza a caminar bordeando el claro. No parece en absoluto preocupada.

—Yo no veo nada —digo en un intento por tranquilizar a Andrea, y a mí misma también.

—Nos estás tomando el pelo —dice Zoe—. Intentas asustarnos.

—De verdad que no. Os juro que había algo o alguien allí —insiste Andrea—. ¡Joanne! No vayas, quédate aquí.

—De verdad, aquí no hay nada —dice Joanne a medida que se adentra cada vez más en la espesura del bosque—. Os lo demostraré. ¡Hola! —grita—. Hola, señor Zorro o don Hombre del Saco. ¿Estáis ahí? —Su voz hace eco alrededor de los árboles y rebota en todas partes.

—¿Qué es eso? —dice Andrea señalando al suelo.

Cuando miro me encuentro con los restos de un conejo, que evidentemente ha sido presa y alimento de otros animales del bosque.

—Qué asco —dice Zoe.

—Puaj —añade Andrea dándose la vuelta y mirando en la dirección por la que Joanne se ha adentrado en el bosque—. ¿Dónde demonios se ha metido?

Echo un vistazo al claro y entre los árboles más cercanos, pero no la veo.

—¿Joanne? ¡Joanne! ¿Dónde estás?

Me suelto del brazo de Andrea y me dirijo hacia donde la vi por última vez.

—No te alejes tú sola —me grita Andrea. Se acerca a mí corriendo, con Zoe pisándole los talones.

—No puede haber desaparecido —razona Zoe—. No creeréis que...

—Cállate —la interrumpe Andrea—. ¡Joanne!

—Pero tú misma has dicho que has visto algo o a alguien allí —insiste Zoe.

Vuelvo a llamar a Joanne, pero no obtengo respuesta. Las otras me siguen.

—No nos perdamos de vista —indica Andrea—. Yo miraré por aquí. Zoe, ve por allí. Carys, sigue todo recto.

Vamos en fila, y a la vista unas de otras, nos adentramos en el bosque. Noto cómo mi ritmo cardiaco aumenta y siento cefalea tensional. ¿Dónde se habrá metido Joanne? Hace un minuto estaba ahí mismo, y ahora ha desaparecido.

Un ruido, a mi izquierda, del crujir de unas hojas, hace que me dé la vuelta. De pronto, una figura se abalanza sobre mí.

—¡Bu!

Pego un grito, que tiene un efecto en cadena y hace que Andrea y Zoe también griten.

Joanne está plantada frente a mí, partiéndose de risa.

—¡Pero serás imbécil! —le suelta Andrea—. ¿Por qué narices has hecho eso?

—¡Madre mía! Esto sí que ha sido divertido —dice Joanne, y hace una pausa para reírse de nuevo—. Deberíais haberos visto la cara. Sobre todo tú, Carys. Ha sido buenísimo.

—Desternillante, no te jode —respondo.

—Oooh, ¿estabais preocupadas por mí? —pregunta Joanne. Sus risotadas remiten, pero sonríe de puro divertimiento—. ¿Pensabais que me había atrapado el Hombre del Saco? Me conmueve vuestra preocupación.

—No tiene ni pizca de gracia —añade Zoe.

—¿Dónde tenéis el sentido del humor? —pregunta Joanne—. Se supone que este fin de semana es para pasárselo bien.

—Pero en este momento parece que solo tú te estás divirtiendo —puntualiza Andrea.

—No seas amargada. Estás mosca porque no eres tú la que lleva la batuta. —Joanne se da media vuelta y echa a andar obligándonos a seguirla.

CAPÍTULO 8

—¿A quién le apetece una copa de vino? —pregunta Joanne en cuanto nos reunimos en el salón después de quitarnos las chaquetas y las botas, que dejamos en el recibidor.

—Este fuego es muy agradable —digo mientras me caliento las manos frente a la chimenea—. Siempre quise una chimenea en casa.

—Está bien, pero da mucho trabajo —explica Joanne—. Doy por hecho que todas os apuntáis al vino, ¿no?

Todas coincidimos en que no estaría mal tomar una copita y Joanne va a la cocina.

—¿Habéis visto esto? —pregunta Andrea. Está al fondo de la habitación observando las fotografías dispuestas en diferentes marcos en una rinconera antigua—. Los dueños deben de ser unos monárquicos de los pies a la cabeza como para poner una foto de Diana y Carlos el día de su boda en un marco al lado de sus propias fotografías. ¡Qué raro!

Aguzo el oído ante la mención de Diana y me pregunto si tiene algo que ver con mi tarjeta de personaje. Me acerco como quien no quiere la cosa hacia las fotos.

—Y yo que pensaba que los escoceses no le tenían mucho cariño a la familia real —dice Zoe desde el sofá—. Y de ser así, ¿por qué no colgar una foto de Carlos y Camila?

—¿Serían fans de la princesa Diana? —sugiero. Cojo el marco de la fotografía en cuestión y la miro de cerca con indiferencia.

—Puede ser. —Andrea sigue merodeando por la habitación y echa un vistazo a los libros que hay en la estantería de la pared.

—Voy a subir un momentito a cambiarme de pantalones —dice Zoe levantándose del sofá—. Creo que me voy a poner los pantalones de chándal. Son mucho más cómodos.

—Ya lo dije yo cuando llegamos —dice Andrea—. ¿Dónde se habrá metido Joanne con el vino?

—¡Ya voy! —Oímos la voz de Joanne que llega desde el recibidor—. Es que tuve que ir al baño. —Entra en la habitación con el vino—. Aquí está —dice dejando la bandeja que lleva sobre la mesita situada en el centro de la habitación y abre la botella.

Zoe regresa brincando por las escaleras.

—¡Eh, chicas! Mirad lo que he encontrado. —Abre la mano y en la palma tiene una alianza de oro que resplandece con la luz del fuego de la chimenea.

—¿Una alianza de boda? —Me acerco para verla mejor y la cojo de la mano de Zoe—. ¿Dónde la has encontrado?

—Estaba en mi mesilla de noche —explica Zoe—. Lo que es bastante raro, porque no recuerdo para nada haberla visto ahí. Estoy segura de que me habría dado cuenta mientras deshacía la bolsa.

—Debe de pertenecer a los anteriores inquilinos —dice Andrea, tomando el anillo de mis manos. Se lo prueba—. Parece la alianza de una mujer. Es demasiado pequeña y fina para ser de un hombre.

—Yo diría que, a estas alturas, ya la habrán echado en falta —digo—. No es una joya cualquiera que solo te pones de vez en cuando.

Automáticamente palpo el dedo anular de mi mano izquierda y con el pulgar toco la piel desnuda. Joanne no me quita ojo y me siento como un niño travieso al que han pillado en plena fechoría, así que aparto las manos de su indiscreta mirada.

—Uno nunca debería quitarse la alianza de boda —dice Joanne—. Yo no me la quito nunca. ¿No estás de acuerdo, Andrea?

—Yo llevo la mía veinticuatro horas al día, siete días a la semana —responde.

Joanne me mira de nuevo.

—No es tuya, ¿verdad, Carys? ¿La llevas puesta?

—No, no es mía.

Por suerte, Zoe habla antes de que Joanne pueda decir nada más.

—Y, desde luego, mía tampoco es, porque no se me ocurriría lucir otra ni en sueños. No después de lo que me hizo ese cabrón infiel. No soy tan estúpida como para cometer el mismo error por tercera vez.

—¿Por tercera vez? —pregunta Andrea a la vez que levanta las cejas en dirección a Zoe.

—Es decir, por segunda vez —dice y, a continuación, para aplacar nuestras miradas de sorpresa, puntualiza—: Me refería al primer tipo con el que tuve una relación seria, hace mucho tiempo. No nos casamos, solo estuvimos prometidos, pero como si lo hubiéramos estado, es lo mismo. Otra pérdida de tiempo. Se me da de maravilla escogerlos. Así que, volviendo a lo que pretendía decir: no se me ocurriría cometer el error de casarme una segunda vez.

—¿Qué edad tenías entonces? —pregunta Andrea.

—Oh, era muy joven. No tenía más de veinte años —responde Zoe, y le da un largo trago a la copa de vino—. No éramos más que un par de críos y teníamos una idea romántica del amor y del matrimonio. Creo que mis padres se sintieron más decepcionados que yo cuando rompimos.

—¿Fuiste tú quien terminó la relación? —Andrea continúa con el interrogatorio.

Zoe hace dar vueltas al contenido de su copa con pequeños movimientos circulares.

—Fue él, si tanto os interesa. —Frunce el entrecejo y baja la vista, pero antes de que lo haga alcanzo a ver dolor e ira en sus ojos.

Siento pena por Zoe. Por lo que la conozco, no ha tenido demasiada suerte en cuanto a hombres se refiere. No me extraña que no le guste hablar de ello, sobre todo después de un matrimonio fallido y un compromiso roto.

Andrea le dedica una sonrisa compasiva.

—No te preocupes, algún día conocerás a alguien que te amará tanto como tú a él.

—Lo sé —dice Zoe. Me doy cuenta de que se pone ligeramente colorada. A Joanne tampoco le pasa desapercibido.

—Uy, uy, Zoe. Me temo que te estás sonrojando de nuevo. Venga, ¿cómo se llama?

—No hay nadie —dice Zoe—. De verdad que no. No hay nadie. En fin, volvamos a la alianza. Deberíamos avisar a los dueños de que la hemos encontrado, por si acaso los últimos huéspedes han informado de su pérdida. Aunque es un misterio que yo no la haya visto hasta ahora.

—Por el momento colócala en la repisa de la chimenea —indica Joanne—. Les escribiré un correo electrónico tan pronto lleguemos a casa para tenerlos al tanto. —Coge el anillo, que sostenía Andrea, y lo coloca junto a la fotografía que nos tomamos antes. Luego se dirige a mí—: ¿Hace cuánto que no llevas tu alianza de boda?

Noto cómo empiezo a enfurecerme, pero me doy cuenta de que sonaría demasiado infantil si le dijera a Joanne que no es asunto suyo.

—Pues como hace un año —respondo.

—¿No te sientes rara sin ella? —pregunta Joanne. Me tiende una copa de vino que acaba de servir.

—Ya no. Al principio un poco, pero no me parecía bien seguir llevándola —contesto.

—¿No te sientes ni siquiera un poco desleal hacia Darren?

—Nos pasa el resto de las copas y le da un trago a la suya.

Me siento obligada a responder.

—No, lo cierto es que no. Nos habíamos separado y estábamos a punto de divorciarnos.

—¿Y qué hay de Alfie? ¿Cómo se siente él porque ya no la lleves?

—De verdad, Joanne, no es algo que deba preocuparte. Y los pensamientos de Alfie no son, ni por asomo, de tu incumbencia.

—No te lo tomes así, como una ofensa. Solo preguntaba.

—No me ofendo, en absoluto. Dejémoslo ahí, ¿vale? No tiene importancia, de verdad que no.

—Claro. —Joanne me dedica un sonrisa tensa—. Por cierto, ¿cómo está Alfie? Dijo que estaba pensando en dejar la terapia.

No tengo ni idea de a qué se refiere Joanne. Decir que me fastidia que ella parece saber más de mi propio hijo que yo misma es quedarse corta. Sin embargo, no es nada comparable con el dolor que siento al descubrir que él ha preferido confiarle algo así a Joanne y no a mí, su madre. Me calmo, ya que no quiero darle a Joanne la satisfacción de haberme pasado por encima.

—No creo que ahora sea el momento apropiado para hablar acerca de la terapia de Alfie.

Echo un vistazo a mi alrededor. Zoe baja la mirada; de pronto sus zapatos son interesantísimos. Andrea, por su parte, pone cara de comprenderme, como diciendo «esto es muy incómodo».

—Claro, tienes razón —dice Joanne—. Lo siento. Brindemos por nuestros cumpleaños.

Todas nos unimos al brindis con la careta del entusiasmo para obviar otra conversación incómoda. Zoe empieza a parlotear acerca de la última dieta en la que se ha embarcado, que, claramente, se irá a la porra estos días, pero ¡a quién le importa, hemos venido a pasarlo bien!

Fuerzo una sonrisa y me uno, aunque el ánimo festivo me ha abandonado por completo. Fue una estupidez pensar que este fin de semana traería consigo algún tipo de reconciliación. Ahora mismo, lejos de perdonar a Joanne, solo deseo estrangularla.

CAPÍTULO 9

—¿Y qué me dices de que Zoe estuviera prometida? —pregunta Andrea mientras nos preparamos para ir a la cama—. ¿Sabías algo?

—No, pero lo cierto es que siempre lleva con mucha discreción lo de su matrimonio.

—Sí, no le gusta hablar del tema. Todo lo que sé es que el tipo es un cabrón con pintas y que ahora vive en Liverpool.

—No creo que ni siquiera se hablen. Cuando necesitan tratar algún tema de los niños, se comunican por mensaje de texto.

—Está bastante resentida con su ex.

—Resentida. Sí, bueno, podría decirse así. Pues casi mejor que vivan tan lejos. Ella lo detesta.

Dejo escapar un suspiro y vuelvo a pensar en Darren. Me pregunto si, una vez separados, nosotros también habríamos llegado al punto de llevarnos tan mal como para terminar odiándonos. Me gusta pensar que no.

—¿Estás bien? —pregunta Andrea.

—¿Yo? Sí, estoy bien —digo, aunque me doy cuenta de que no resulto en absoluto convincente. Pensar en Darren, sumado a los comentarios de Joanne acerca de Alfie, me ha dejado emocionalmente exhausta.

—Joanne se ha pasado de la raya —continúa Andrea—. Debería dejar de meter las narices en tu vida.

—Pues buena suerte en el intento de hacérselo comprender —digo mientras me quito la camiseta y cojo el pijama del cajón—. Cree que todo lo que gira en torno a Alfie es de su incumbencia. —Me pongo la parte de arriba del pijama y luego echo las manos a mi espalda para desabrocharme el sujetador. Deslizo los tirantes por los brazos y luego me lo quito por debajo de la camiseta del pijama—. Como te dije, Alfie pasa tanto tiempo en su casa que le cuenta más cosas a ella que a mí. —Dejo caer el sujetador sobre la cama—. Y duele que no veas.

—Puede que le resulte más fácil hablar con ella. Está en esa edad en la que a veces resulta más complicado hablar de ciertas cosas con los padres. Estoy segura de que Bradley no me cuenta ni la mitad de lo que piensa o hace.

—Agradezco tus palabras, pero, aun así, duele. No he hecho más que dejarme la piel en apoyarle, cuidarle y estar pendiente de él. Me odia. Estoy segura.

—No te odia —dice Andrea. Se sienta en su cama—. Eres su madre y te quiere. Evidentemente, está pasando por una mala época, tratando de asimilar lo que ha ocurrido.

—Le ha dañado psicológicamente, joder —digo. El efecto del vino que nos hemos tomado antes me está desatando la lengua—. Es culpa mía. No debería haber tenido esa bronca con Darren. Si me hubiera contenido, él no se habría sentido tan desesperado… —Me tranquilizo y evito seguir hablando.

—Nada de lo ocurrido es culpa tuya —dice Andrea.

Sabe que me siento culpable, pero su apreciación de mi remordimiento está supeditada a su limitado conocimiento de lo ocurrido.

Me tumbo sobre la cama y me tapo la cara con el brazo. Si escondo mi rostro, no podrá ver que hay algo más que pesa sobre mi conciencia.

—Ojalá hubiera podido evitar que Alfie viera a Darren así. Yo puedo sobrellevarlo. Soy lo suficientemente fuerte. Él no.

—No puedes cambiar lo ocurrido.

—¿Sabes qué es lo peor? —Me incorporo. Ahora la culpa da paso a la ira—. Darren sabía que Alfie estaba fuera, esperándome. Sabía que entraríamos en casa juntos, pero no le importó una mierda. En su mente retorcida, me estaba castigando. Quería asegurarse de que viviría con esto durante el resto de mi vida. Me odiaba por pedir el divorcio y quería vengarse de algún modo. Ni una sola vez se paró a reflexionar en lo que le haría pasar a su hijo. —Estrujo el edredón entre mis manos a medida que la furia me invade—. Eso es lo que no le puedo perdonar. Sabía de sobra que Alfie lo vería, joder, y no fue más que su modo de asegurarse de que me castigaría para siempre.

—En el mejor de los casos, estaba mal de la cabeza, y en el peor, no era más que un cabrón egoísta —dice Andrea. Se acerca a mi cama y se sienta junto a mí. Me rodea con un brazo en un gesto de consuelo.

—Y Joanne no está ayudando en absoluto. No debería insistir en sacar el tema de Alfie. Está totalmente fuera de lugar.

—Puedo hablar con ella si quieres.

—No, por favor, no lo hagas. —Niego con la cabeza categóricamente—. Puedo lidiar con ella. Gracias igualmente.

Andrea me da un apretoncito cariñoso en el hombro y un beso en la cabeza.

—Bueno, se acabó el hablar de Darren. Al menos por esta noche. —Intercambiamos una sonrisa antes de que continúe—: A ver, el juego de Joanne, ¿qué opinas? —Andrea se levanta, coge el neceser de su mochila y saca las toallitas faciales—. Se ha tomado muchas molestias.

—Muy típico de Joanne. —Me vuelvo a poner en posición horizontal sobre la cama y estiro bien las piernas, agradecida por que mi afición de correr campo a través me haya servido para subir la colina y atravesar el bosque.

—¿Quieres que formemos equipo? —me pregunta Andrea con una sonrisa en los labios.

—¿En plan «te enseño la mía si tú me enseñas la tuya»?

—Exacto. —Andrea se frota el rostro con la toallita.

—Por muy atractiva que me resulte la idea, creo que al menos deberíamos intentar averiguar las identidades —digo—. Sería un poco injusto para Zoe.

—Aguafiestas —dice Andrea de buen humor—. Mañana deberíamos intentar encontrar las pistas que mencionó Joanne.

Vuelvo a pensar en la foto de Carlos y Diana. Estoy bastante segura de que es una pista de mi personaje pensada para que las otras la encuentren. Saco mi libreta y repaso la información que he averiguado acerca de los otros personajes.

—Mañana podemos hacer otras tres preguntas.

—Voy a necesitar más ayuda —dice Andrea—. No tengo paciencia para esto. Nunca seré capaz de averiguarlo. Tendremos que pedirle una pista a Joanne.

—Buena idea. Consultaremos al Oráculo.

—Eso si mañana sobrevivimos a la jornada de senderismo que nos tiene preparada. —Andrea desecha la toallita facial sucia en la papelera y vuelve a coger su neceser—. ¿A dónde ha dicho que va a llevarnos?

—A Archer's Path —respondo—. Ha dicho que es un paseo fabuloso y que no dura más de un par de horas. Espero que el tiempo acompañe, no tenía buena pinta esta tarde.

—Me voy a lavar los dientes —dice Andrea—. No tardo nada.

Retiro el edredón y me meto en la cama. Necesito pensar en algo que no sea Alfie. No quiero pasarme la noche recordando mi enfrentamiento con Joanne y preocupándome de lo que Alfie puede haberle dicho.

Andrea regresa a la habitación. La expresión de su rostro me pone en alerta de inmediato, algo no va bien. Me incorporo.

—¿Estás bien?

—No, para nada. Mira lo que he encontrado en mi neceser… Y segurísimo que yo no lo he puesto ahí.

¿Cómo te sientes ahora? ¿Estás disfrutando del fin de semana? Probablemente no, y es una pena. Crees que nadie se ha dado cuenta, ¿verdad? Que nadie se ha fijado en tu lenguaje corporal, en la forma en que la palidez de tu rostro cambia cuando estás disgustada. La forma en que pasa de un resplandor rosado a un blanco cadavérico, casi translúcido. La forma en que se te dilatan las pupilas y se te acelera la respiración cuando se menciona la palabra que empieza por «D». No son más que pequeñas modificaciones en tu comportamiento, casi imperceptibles para quien no esté prestando atención, pero perfectamente visibles para que a alguien como yo le pasen desapercibidas.

No me importa admitir que esto me está proporcionando una emoción mayor de la que imaginaba. Me encanta ver cómo tengo poder sobre ti. Cómo tengo el control. Soy el titiritero. Yo soy Geppetto y tú eres Pinocho.

¿Estás nerviosa? Puede que no sepas por qué, pero puedes sentir que algo no marcha bien. Me gusta pensar en el miedo y el pánico que todo esto te hace sentir. Me pregunto si fue así como reaccionaste en el pasado, cuando tuviste que hacer frente a tu peor pesadilla. ¿Te entró pánico entonces? Nunca hablas de ello, ¿por qué? No respondas. Ya sé por qué. Si hablas de ello, la gente se sentirá con derecho a hacerte preguntas, preguntas incómodas. Esas que preferirías no tener que responder. Nunca le has contado a nadie tu secreto.

Y eso ¿por qué? Porque te sientes culpable…, y deberías. Eres la culpable. Has arruinado mi vida y yo estoy a punto de arruinar la tuya. Voy a por ti, así que más vale que tengas cuidado.

SÁBADO

CAPÍTULO 10

Cualquier idea que hubiera tenido respecto a poder dormir un poco más a la mañana siguiente, se desvanece en cuanto Joanne golpea las puertas de nuestras habitaciones a las ocho en punto para luego asomar la cabeza por el umbral y anunciar que el desayuno estará listo en media hora.

—¿Va en serio? —se queja Andrea acurrucándose bajo las sábanas—. Y yo que pensaba que el servicio de habitaciones nos despertaría amablemente e incluso nos traería el desayuno a la cama.

Me río.

—Y tanto que va en serio. Creo que quiere que salgamos a eso de las diez.

Andrea se desprende del edredón.

—Supongo que debería mostrar un poco de buena voluntad.

Me siento en el borde de la cama.

—¿Vas a compartir con el resto lo que encontraste anoche?

—Supongo. Debe formar parte del juego. Aunque no entiendo qué significa.

Extiendo la mano y alcanzo el billete de dólar que Andrea encontró en su neceser.

—Está claro que iba dirigido a ti, no hay duda. Anoche me estuve preguntando si la alianza de boda que encontró Zoe no la habría puesto ahí Joanne como parte del juego. Podría tratarse de una pista.

—Sí, yo también lo había pensado. Pero vamos, que ni idea de qué significa. Y si Zoe y yo hemos encontrado algo dirigido a nosotras, eso quiere decir que también habrá algo para ti.

—Ahora estoy un poco inquieta —digo con una carcajada—. Voy a estar con los nervios de punta todo el día, esperando que aparezca algo.

Me levanto y voy al baño. En la ducha, elucubro con el juego y las pistas que tenemos por el momento. Un vago pensamiento me ronda la cabeza, pero no acierto a concretarlo; tal vez algo relacionado con la alianza.

Cuando he terminado de ducharme y estoy lavándome los dientes, de repente lo veo claro.

El personaje de mi tarjeta, Diana, princesa de Gales, la alianza y la fotografía fuera de lugar de Diana y Carlos están conectados. Mi tarjeta decía que soy una adúltera. La alianza significa matrimonio y la fotografía es algo que no encaja en absoluto en la casa.

Escupo la pasta de dientes en el lavabo y me enjuago la boca mientras le doy vueltas al billete de dólar que ha encontrado Andrea. Obviamente, es algo relacionado con dinero. Pienso en el día de ayer, cuando descubrimos que el personaje de Andrea había cometido un crimen no violento. ¿Robar un banco es un crimen no violento? ¿Acaso su personaje era una famosa ladrona de bancos? De inmediato, visualizo a Bonnie y Clyde. Tendré que echarle un vistazo a mi libreta para comprobarlo, y luego me daré una vuelta por la casa en busca de otra pista.

No puedo evitar sonreír para mis adentros. Ahora me empieza a gustar el juego. No puedo contárselo a Andrea, por descontado. No. Me lo tengo que guardar para mí.

Diez minutos más tarde me encuentro en el piso de abajo con las chicas dando buena cuenta del desayuno que amablemente nos ha preparado Joanne.

—Es todo un detalle por tu parte —digo tratando de empezar el día con buen pie—. No es algo que tomaría en casa un día cualquiera, pero no sé por qué, cuando estoy fuera es diferente. Me puedo meter entre pecho y espalda un desayuno inglés completo.

—Totalmente de acuerdo —coincide Zoe.

—Debemos tener la energía a tope para el día de senderismo que nos espera —explica Joanne.

—Ojo, que no ha dicho «caminata» —puntualiza Andrea levantando una ceja—. La palabra «senderismo» me tiene un poco preocupada.

—Te va a encantar —concluye Joanne—. Es un recorrido precioso, y la cascada y el mirador que hay al final compensan el esfuerzo. He preparado unos bocadillos. Si cada una lleva los suyos, evitará que una de nosotras tenga que cargar con demasiado peso.

—Antes de salir tengo algo que deciros —anuncia Andrea.

Coloca el cuchillo y el tenedor en el plato y lo pone a un lado. Se echa ligeramente hacia atrás para poder meter la mano en el bolsillo delantero de sus pantalones y saca el dinero que encontró la noche anterior. Lo pone sobre la mesa.

—¿Qué es eso? —pregunta Zoe mientras coge el billete.

—Eso estaba en mi neceser anoche. —Andrea mira hacia Joanne.

—A mí no me mires —dice nuestra anfitriona.

—Demasiado tarde —digo con una carcajada—. Tu cara lo dice todo.

—En fin, como decía, lo he encontrado en mi neceser. Os puedo asegurar que no es mío, así que no me queda otra más que dar por hecho que forma parte del juego —concluye Andrea.

—¿Qué quiere decir? —pregunta Zoe mientras observa detenidamente ambos lados del billete.

—No hemos llegado a tanto —dice Andrea—. ¿Se te ocurre algo?

Zoe frunce el ceño.

—Lo siento, no tengo ni idea. No creo que vaya a ganar este juego. Estoy más perdida que un pulpo en un garaje.

—Todo terminará aclarándose —añade Joanne—. Seguid jugando.

—¿Podemos hacer nuestras tres preguntas del día? —pregunto—. Así tendré la cabeza ocupada en algo durante la caminata.

Diez minutos y seis preguntas más tarde, podemos añadir algunos detalles a nuestras libretas.

—Resumiendo —digo—. Zoe, esto es lo que sabemos de tus actividades delictivas: actuaste sola; fuiste a prisión, pero ahora estás en libertad; saliste en los periódicos; tienen algo que ver con un banco, y ocurrió en los últimos veinte años.

—Ajá, creo que sé quién puedes ser —dice Andrea visiblemente satisfecha—. Todo lo que necesito ahora es encontrar una pista en la casa.

—Recuerda, no puedes decir nada hasta mañana por la tarde —insiste Joanne.

Andrea hace el gesto de cerrar una cremallera imaginaria en su boca y se apoya en el respaldo de la silla con los brazos cruzados.

—Muy bien, doña Sabelotodo —dice Zoe—. Ahora toca preguntarle a Carys. Empiezo yo.

—Dispara —digo.

Cinco minutos más tarde, Zoe está analizando su libreta.

—Esto es muy difícil. No se me ocurre quién puedes ser. Eras muy conocida por todo el mundo, muy querida, pero no eras una estrella televisiva. Tampoco eras cantante. Te casaste con alguien famoso. Un momento… Creo que sé quién eres. ¡Maldita sea! Quiero hacer otra pregunta, pero no puedo.

—¿Y tú qué, Andrea? ¿Todavía no te has dado cuenta? —le pregunto.

—Quién sabe. —Andrea da un golpecito en su libreta con el lápiz.

—Tenemos que salir en nada. ¿Vais a preguntarle alguna cosa a Andrea? —dice Joanne.

—Empiezo yo —dice Zoe—. Andrea, ayer nos dijiste que eres una criminal, así que mi primera pregunta es: ¿eres una asesina?

—Sí. —Andrea asiente con la cabeza.

—Pregunta dos: ¿te pillaron por el crimen que cometiste?

—Supongo que sí —interrumpo—. De no ser así no conoceríamos al personaje.

—Pero ya has hecho la pregunta y no puedes cambiarla —añade Andrea—. Y la respuesta es sí.

—Mecachis —bufa Zoe—. No se me pasó por la cabeza. Vale, última pregunta por mi parte: ¿te colgaron por tu crimen?

Un pesado silencio se cierne sobre la habitación. Joanne me mira de reojo y luego intercambia una mirada con Andrea. De todas las preguntas posibles, tenía que hacer precisamente esa. Parecen pasar minutos, aunque en realidad no transcurren más de un par de segundos. Me doy cuenta de que todas están expectantes ante mi reacción. Trago saliva, finjo una sonrisa y meto prisa a Andrea para que responda a la pregunta.

—Dios mío, lo siento —dice Zoe llevándose la mano a la garganta—. No pretendía…

Obvio sus disculpas con un gesto de la mano y le dedico una sonrisa tranquilizadora.

—No seas tonta. No pasa nada, de verdad. Y bien, Andrea, ¿sí o no?

No tengo muy claro a quién estoy tratando de convencer de que no pasa nada con más ahínco, si a mí misma o a ellas. Deseo que Andrea conteste ya para poder cambiar de tema.

—Sí —responde Andrea.

—Ahora me toca a mí —digo. Quiero terminar con esto cuanto antes. El ambiente es denso y agobiante. El demonio anda suelto. Necesito aire fresco. Necesito espacio. Espacio abierto. Me concentro en hacer mis preguntas—. ¿Vivías en Reino Unido?

—Sí.

—¿En el norte del país?

—Sí.

—¿En Manchester?

No tengo ni idea de por qué le pregunto por Manchester, solo quiero terminar con mis preguntas.

—No.

—Pues listo —digo.

La sensación de claustrofobia no remite. Las paredes del comedor se han desplazado varios metros. Las ventanas son más pequeñas y la salida está desapareciendo. Parece que estoy dentro de *Alicia en el País de las Maravillas*. Me levanto de golpe. El sonido chirriante de las patas de la silla al echarla hacia atrás se ve amplificado por el entorno empequeñecido, y el sonido se me incrusta en los tímpanos. Necesito salir de aquí antes de que la puerta se reduzca más y las paredes consuman el aire que me queda.

No soy capaz de accionar el picaporte de la puerta en un primer intento, pero, finalmente, me las apaño para salir, tambaleante, hacia el recibidor. Sin molestarme en ponerme el abrigo, me dirijo hacia la puerta de la calle. El aire frío y fresco de la campiña escocesa me golpea de lleno en la cara y me ayuda a recuperar el aliento. Trago saliva. Me pongo bien derecha. Vuelvo a tragar saliva. Respiro hondo, controlando la inspiración, aguanto el aire, cuento hasta tres y exhalo despacio; lo repito varias veces.

—¡Carys! ¿Estás bien? —Es Andrea.

Antes de darme la vuelta, noto el peso de mi chaqueta sobre los hombros.

—Ponte el abrigo, aquí fuera hace mucho frío por la mañana y estás temblando.

No me había dado cuenta, pero ahora que estoy más calmada, noto la bajada de temperatura. Echo un vistazo por encima del hombro y veo a Joanne y a Zoe de pie en el umbral de la puerta, parecen preocupadas.

—Estoy bien —digo levantando la voz en dirección a ellas. Sonrío y luego me vuelvo hacia Andrea—. Lo siento. He tenido un ataque.

—Pensaba que ya no los tenías.

—De vez en cuando sí. Hay cosas que los desencadenan. —Me subo la cremallera de la chaqueta.

—Me imagino que ha sido por… —La voz de Andrea se va apagando.

—Sí, ha sido por eso. —Asiento con la cabeza—. Me ha pillado por sorpresa, eso es todo. Olvídalo. Me siento como una idiota.

—No seas boba. Nadie piensa eso. Ha sido muy insensible por parte de Joanne incluir un personaje que…, ya sabes.

—Estoy segura de que no lo ha hecho a propósito —digo, y me doy cuenta de que a mi voz le falta convicción.

CAPÍTULO 11

—¿Por qué lo llaman Archer's Path? —pregunto mientras recorremos la pista de tierra.

—No estoy segura, pero según parece, está relacionado con lo recto que es el camino, trazado a través de la campiña por un cazador escocés —responde Joanne—. El sendero desemboca en el borde de un cañón, justo donde sobresale una roca con forma de punta de flecha. Según dicen, una flecha hizo blanco en el acantilado y formó el cañón, que permitió que el agua fluyera en cascada hacia el río, de ahí que se llame Archer's Falls[2].

—¿Es un lugar frecuentado por turistas? —pregunta Andrea—. Pensé que nos encontraríamos con otros senderistas.

Observo el camino desierto que se extiende ante nosotras. El bosque queda a nuestra izquierda, sobre la otra ladera de la colina. Aquí el paisaje es austero. Las colinas serpentean a ambos lados del camino que atraviesa el centro del valle. La hierba alta, las zarzas y el brezo añaden la única textura al entorno.

—No es demasiado famoso —dice Joanne—. Cuando estuvimos

---

[2] Los topónimos Archer's Path, Archer's Falls y Arrow's Head, que se emplean para denominar puntos geográficos de la ruta de acuerdo con la leyenda popular que explica su origen y su forma, se traducen en español por «sendero del arquero», «cascada del arquero» y «punta de flecha» respectivamente. (N. de la T.).

aquí el año pasado, tan solo nos encontramos con otra familia en toda la semana. No hay mucho más por aquí que atraiga a los turistas.

—¿A cuánto estamos de la civilización? —pregunta Andrea.

—A unos veinticinco kilómetros. Hay un pequeño pueblo al sur llamado Gormston. Aparte de eso, no te sabría decir, pero necesitas un medio de transporte propio para ir a cualquier parte. Aberdeen está como a unos ciento sesenta kilómetros al este.

Echo mano de mi precario mapa mental de Escocia, que lo cierto es que es bastante esquemático. Tengo una idea general de dónde está Aberdeen, pero eso es todo.

—Pues sí que estamos en el medio de la nada —dice Andrea—. ¿Y si hay alguna emergencia? En la casa no hay teléfono fijo, en la zona hay cero cobertura y no he visto ningún coche aparcado en la propiedad.

—Ya os lo he dicho, hay una radio en la cocina.

—Pero ¿y ahora? ¿Y si tuviéramos un accidente? —Andrea nos dirige una mirada de escepticismo.

—Relájate —responde Joanne—. A cada una os he dado un kit de supervivencia, pero, además, llevo un *walkie-talkie* y una bengala. No hay nada de lo que preocuparse.

Debo admitir que hacer frente a un contratiempo aquí no es en absoluto atractivo, pero sí que es cierto que llevamos un kit de emergencia básico y otro de primeros auxilios. Es lo que yo llevaría si saliera de senderismo. Cuando salgo a correr no llevo más que mi teléfono móvil, claro que, al contrario que aquí, disfruto del lujo de disponer de cobertura. Por lo menos Joanne tiene un dispositivo de apoyo, incluso a pesar de que esté en la casa. Trataré de comprobarlo cuando regresemos.

Después de otra hora de camino, nos detenemos para tomarnos un pequeño descanso.

—Llevo termos de té caliente para cuando lleguemos a Arrow's Head —explica Joanne—, pero por ahora podemos beber agua.

Abro la botella térmica y miro a mi alrededor. El camino se

abre paso entre dos colinas, trazando una ligera pendiente ascendente, para luego desaparecer tras las cimas. Nos queda otra hora de camino, así que supongo que nuestro destino final está todavía a cierta distancia.

«Destino final».

Las palabras resuenan en mi cabeza y me recuerdan el comentario que hizo el conductor de la furgoneta ayer. ¿Por qué me siento ahora igual que entonces? Incómoda. Nerviosa. Niego con la cabeza para librarme de los pensamientos negativos que amenazan con descontrolarse. Estoy sacando las cosas de quicio, y no sé por qué. Para distraerme, saco la cámara del bolsillo.

—Foto de grupo —anuncio—. Hagámonos un selfi.

Las chicas se juntan mientras equilibro la cámara sobre una roca, asegurándome de encuadrar bien la imagen. Pongo el temporizador y me apresuro a unirme al grupo. Posamos y esperamos lo que parecen mucho más que diez segundos antes de que se dispare el *flash*. Después de echar un vistazo al resultado, todas coincidimos en que no está nada mal, y luego saco unas cuantas fotos del paisaje.

—Pongámonos en marcha —nos dice Joanne mientras guarda su botella en la mochila—. A ver, ¿alguien tiene alguna idea más de cuáles son los personajes misteriosos?

—Qué va —se queja Zoe—. Este juego se me da fatal, mañana tendré que consultar al Oráculo, sin duda.

—¿Cómo escogiste nuestros personajes? —pregunta Andrea mientras nos disponemos a ascender por el camino—. ¿Los elegiste al azar o por algo en particular?

—Todo está muy pensado —responde Joanne—. Seleccioné cada personaje con mucho cuidado por sus cualidades y su relevancia.

Intento dilucidar por qué me ha tocado mi personaje. Una mujer que se casó con un príncipe y que Joanne ha etiquetado como adúltera. ¿Qué relación guarda conmigo? Darren y yo estábamos pasando por un divorcio, pero yo nunca he tenido una aventura.

—¿Estás segura de que nos has dado el personaje correcto? —pregunto.

—Sí, pero eso no tiene que significar necesariamente que os haya dado el personaje que tiene algo que ver con vosotras.

—¿Y el secreto relacionado con cada personaje? ¿Qué importancia tiene? ¿O es aleatorio? —pregunta Andrea.

—Ya deberías conocer la respuesta a eso —digo—. Joanne no deja nunca nada al azar.

—Gracias —añade Joanne a la vez que se da la vuelta y nos dedica una pequeña reverencia—. Está claro que me conoces demasiado bien.

Caminamos fatigosamente por el camino y vuelvo a pensar en las pistas: el personaje que me ha tocado podría estar relacionado con Andrea o Zoe, su secreto es que es una adúltera y ha sido seleccionado por Joanne específicamente para encajar con una de nosotras. Sé que no se trata de mí, así que debe de significar que Joanne cree que Andrea o Zoe han tenido o están teniendo una aventura.

Le doy vueltas a la idea pensando en ambas. Soy incapaz de imaginarme a Andrea teniendo una aventura. Colin y ella tienen un matrimonio sólido. Descarto la idea casi inmediatamente. ¿Zoe podría tener una aventura? Está soltera, así que tendría que estar liada con un tipo casado. De nuevo, descarto la idea de inmediato. No me imagino a Zoe haciendo algo así, no después de que su propio marido se lo hiciera a ella. No es su estilo, eso es todo. Joanne debe de estar equivocada al respecto. Al menos, eso espero.

Por fin la climatología se ha puesto de nuestra parte. Las nubes grises de esta mañana se han desplazado hacia el sur gracias a una suave brisa, que nos ha traído a cambio unas nubecillas más blancas y menos densas. Transcurridos otros cincuenta y cinco minutos, empiezo a ver cómo el camino que se abre ante nosotras se nivela y ensancha.

—Ya estamos —anuncia Joanne.

Cuando llegamos a la parte más ancha del camino nos encontramos con la hermosa vista de Archer's Falls. La cascada está situada al otro lado del cañón, a unos cincuenta metros delante de nosotras. La estrecha manga de agua bate lentamente sobre las rocas, discurriendo por la ladera del cañón hasta desembocar en una piscina natural situada a nuestros pies.

—Es impresionante —digo mientras permanecemos al borde del camino. Una roca enorme despunta en la piscina natural—. ¿Esto es Arrow Head? ¿Es seguro caminar sobre la roca?

—Desde luego —responde Joanne—. De hecho, deberíamos sacarnos otra foto aquí de pie.

Me acerco unos pasos a Arrow Head.

—Yo no voy a ir hasta ahí —dice Zoe—. Ni en un millón de años. Joder, es superpeligroso.

—¡Qué va! —argumenta Joanne. Se acerca al borde del saliente y se gira para mirarnos con los brazos en cruz—. ¡Mirad! —Joanne da un par de saltos antes de sentarse en el borde con los pies colgando.

—¡No seas estúpida! —grita Zoe—. ¡Vuelve aquí inmediatamente!

—¡No soy uno de tus hijos! —La respuesta de Joanne es cortante.

Me encamino hacia el límite del saliente, pero me detengo un poco antes y no me siento justo en el borde. A menudo practico escalada y rapel en el centro de actividades de tiempo libre en el que trabajo, pero siempre utilizo cuerdas de seguridad y tomo las precauciones necesarias.

—Esta es la vista más hermosa del mundo —digo mientras saco más fotografías del paisaje que tengo ante mí—. Ni pueblos ni edificios, solo valles y montañas.

—Ahora entiendes por qué os he traído hasta aquí —dice Joanne. Mira hacia abajo—. Esa piscina conduce a un pequeño río que pasa junto a la casa y llega hasta Gormston.

Me echo un poco hacia delante para dar una ojeada.

—Guau. ¿Hay algún modo de llegar a la piscina?

—Sí. Es una de mis sorpresas —dice Joanne mientras sube las piernas de nuevo a la roca y se pone de pie. Se sacude el polvo inexistente de sus pantalones con ambas manos—. ¡Ahora es cuando me vas a venir bien!

—¿Yo?

—Vamos a bajar haciendo rapel.

—¿Sí? —Enarco las cejas y miro a Zoe y Andrea—. Imagino que ellas no tienen ni idea.

—Por supuesto que no. De haberlo sabido no habrían venido. No te preocupes, no tienen elección. Es *fait accompli*.

CAPÍTULO 12

—Ni de puñetera broma —dice Andrea cruzándose de brazos y mirando a Joanne como si hubiera perdido totalmente el juicio.

Me compadezco de ella. A mí no me importa bajar haciendo rapel, pero entiendo que no sea el método de descenso preferido por todo el mundo.

—No seas quejica —dice Joanne mientras se arrodilla y empieza a abrir su mochila—. Es mi cumpleaños, piensa en esto como el regalo definitivo. —Levanta la vista hacia Zoe—. Tú te apuntas, ¿no?

Zoe pasea su mirada, incómoda, entre Andrea y yo antes de dirigirse a Joanne.

—No puedo decir que me encante la idea. ¿Desde dónde empezaríamos el descenso? Por favor, no me digas que desde ese saliente. —Señala en dirección al lugar desde el que Joanne ha estado sentada con las piernas colgando.

—Hay un lugar más bajo dando un pequeño rodeo al cañón. No serán más de cinco metros. —Joanne saca dos grandes rollos de cuerda, un arnés, un casco de seguridad y un buen surtido de ganchos, abrazaderas y calzas. Mira a Andrea—. No es muy distinto a escalar, salvo que vas en dirección contraria. No se te dio nada mal en la fiesta de cumpleaños de escalada de Bradley del año pasado.

—Eso fue diferente —puntualiza Andrea—. Tuvo lugar en un

polideportivo con instructores. Un entorno seguro. Con colchonetas y cuerdas de seguridad.

—Y esto es lo mismo. Todas llevaremos el equipo de seguridad apropiado. ¿Por qué demonios crees que he cargado con esta mochila gigantesca? Aquí tenemos todo lo necesario. Y es totalmente seguro. Yo os ayudaré desde arriba y Carys os esperará abajo.

—No habría estado mal saberlo antes de salir —digo.

—Pero entonces habría arruinado la sorpresa.

—También es verdad. —Analizo el kit de descenso que Joanne está esparciendo por el suelo. Resulta increíble que haya sido capaz de meter todo en la mochila—. ¿Cómo lo vamos a hacer? —pregunto al darme cuenta de que solo hay material para una persona.

—Primero bajas tú y luego izas el equipo para que lo utilice la siguiente. Cuando haya llegado abajo, lo enviáis de vuelta para arriba —explica Joanne—. No habría podido traer cuatro cascos, cuatro arneses, cuatro pares de guantes y demás, ¿no os parece?

—¿Dónde dices que está exactamente el lugar de descenso? —pregunta Andrea mirando a su alrededor.

—Tenemos que bajar por ese camino de ahí, que nos llevará a un nivel inferior. —Joanne se pone de pie y se gira hacia el cañón—. ¿Lo veis? Justo ahí, en ese saliente. Desde ahí hicimos rapel el año pasado Tris, Oliver, Ruby y yo.

—¿Y qué pasa cuando lleguemos abajo? No me digas que tendremos que escalar de nuevo hasta aquí arriba. —Andrea sigue sin estar muy convencida, pero el hecho de que esté interesándose por cómo hacerlo significa que su disconformidad es menor—. Y si me dices que hay un camino o algún tipo de escalera, entonces ve haciéndote a la idea de que NO voy a hacer rapel, sino que elijo los peldaños.

—Esa es mi siguiente sorpresa, pero si te la contara, la echaría a perder —dice Joanne con una sonrisa—. Confiad en mí, no hay ningún tipo de escalera para bajar y tampoco vamos a tener que escalar para regresar al punto de partida.

Zoe le da un suave codazo a Andrea.

—Va a ser…

Andrea la interrumpe.

—Si terminas la frase con «divertido», te juro que me pongo a gritar. Se me ocurren muchas palabras para definir lo que está pasando, y divertido no se encuentra entre ellas.

Durante unos segundos me pregunto si finalmente Andrea va a negarse en redondo. Se da la vuelta y mira por encima del hombro en dirección al camino por el que hemos llegado; luego se aproxima unos pasos al borde, echando un vistazo al punto desde el que vamos a descender. Frunce los labios.

—¿Estás segura de que no hay una escalera o algo parecido?

—Completamente —dice Joanne.

Andrea deja escapar un profundo suspiro.

—Teniendo en cuenta que no sé cómo volver y que es una caminata de dos horas, me parece que no tengo elección.

—Excelente —dice Joanne con una sonrisa de oreja a oreja. Le da un abrazo a Andrea—. Es por estas cosas por lo que te quiero tanto. Siempre calculas el riesgo y llevas las de ganar.

Andrea me dedica una mirada perpleja mientras se abraza con Joanne. Me encojo de hombros. Yo tampoco tengo ni idea de qué ha querido decir Joanne, pero agradezco que Andrea se haya animado al rapel.

Antes de emprender el desafío del descenso, decidimos comer algo. Joanne ha sido muy amable al prepararnos unos bocadillos.

—Esto me recuerda a cuando iba al cole —dice Zoe—. Sentada en el patio con nuestras tarteras.

—Es curioso, pero esa misma fue mi sensación cuando lo estaba preparando —dice Joanne—. Esto es como estar en una excursión con el cole.

—Mientras no tengamos que dirigirnos a ti como «profe» y pedirte permiso para ir al baño… —añade Andrea.

—Ni se me ocurriría —dice Joanne—. En cualquier caso,

supongo que terminaría excluyéndote. Seguro que eras la típica alumna traviesa que iba a contracorriente y que nunca hacía caso de lo que le decía la profesora.

—La tienes calada —coincido.

—Yo a eso lo llamo ser fuerte e independiente —se defiende Andrea dándole un mordisco a su sándwich.

—Y yo ser una tocanarices —digo de buen rollo.

—Amén a eso —dice Joanne—. ¡Ah! Y si queréis hacer pis, os sugiero que lo hagáis ahora. No volveréis a tener oportunidad hasta que estemos de vuelta en la casa.

—¿Al aire libre? —pregunta Zoe con un gemido—. Todavía me acuerdo de cuando participamos en la caminata de Snowdon y teníamos que buscar un lugar para hacer nuestras necesidades.

—No seáis tímidas —dice Andrea—. Estamos entre chicas.

—Oh, no creo que Zoe sea de las tímidas. Para nada —dice Joanne, y le propina a Zoe un codazo juguetón—. Y tampoco creo que le preocupara demasiado que no fuéramos solo chicas. Venga, ve.

Zoe suelta una risita mientras se levanta, claramente dándole vueltas a si debería leer entre líneas. Algo que también me pregunto yo.

Unos cuarenta minutos más tarde, después de haber comido y haber charlado sin más comentarios enigmáticos, emprendemos la marcha camino abajo en dirección al nivel inferior. Desde donde nos encontramos, me acerco al borde para hacerme una idea de la altura. Tal y como dijo Joanne, estamos a unos cinco metros del fondo del cañón. Aterrizaremos sobre un lecho de guijarros que se extiende a lo largo de la piscina natural.

Examino la pared de roca a nuestra espalda para encontrar los tres mejores lugares para asegurar los anclajes de nuestro descenso. Hay un montón de secciones escarpadas y peñascos a los que asegurar las fijaciones. Debo admitir que me siento un poco nerviosa ante la perspectiva de hacer rapel en una pared de roca desconocida.

Siempre que he hecho esto ha sido en zonas de descenso sólidas, seguras y fáciles de acometer por los chavales a mi cargo.

—¿Qué pinta tiene la pared en el descenso? —pregunto a Joanne.

—Por lo que recuerdo, es recta, fácil, incluso para principiantes —me responde Joanne con mucha más confianza de la que yo siento.

Me tiende una pequeña bolsa de red y saco el arnés de seguridad. Después de meter un pie por cada una de las perneras, me lo subo, como si estuviera poniéndome unos pantalones; luego, me ajusto el cinturón lumbar con firmeza. Una vez que está perfectamente asegurado, regulo la cinta ajustable de la parte de atrás.

—Tengo las cuñas aquí —dice Joanne sacando tres segmentos de cuerda, cada una con una cuña metálica en el extremo, diseñadas para ser introducidas por los agujeros y que funcionen como anclajes—. Hay un punto de anclaje aquí y otro por allí.

—¿Y qué me dices del tercero? —pregunto—. Siempre prefiero trabajar con tres anclajes.

Inspecciono la pared de roca y, después de mostrarme de acuerdo respecto a los dos lugares para fijar las cuñas, decido que el tercer anclaje podría ser una roca grande medio enterrada en un lado del cañón a la que puedo pasarle una cuerda alrededor.

No me lleva más de unos minutos asegurar los tres puntos de anclaje. Engancho la cuerda a los mosquetones y compruebo todo dos veces, hasta que estoy conforme con el resultado.

—¿Estás segura de esto? —dice Andrea mientras empiezo a tensar la cuerda con el peso de mi cuerpo y emprendo la maniobra de echarme hacia atrás, pasando por encima del borde del saliente.

—Totalmente —respondo.

Empiezo a sentir la adrenalina. Hacía bastante tiempo desde la última vez que hice rapel, pero, de pronto, ese subidón de emoción, unido a una pizca de inquietud me inunda. Antes hacíamos este tipo de cosas continuamente. Alfie, Darren y yo. Y nos pasamos muchas vacaciones haciendo senderismo, rapel, kayak y, en general, disfrutando del lado más salvaje de las actividades al aire libre. Por un momento, el recuerdo de nuestra luna de miel, cuando recorrimos con dificultad el parque natural de Exmoor, se cuela en mis pensamientos. La mayoría de nuestros amigos recién casados reservaban vacaciones playeras y destinos sofisticados, pero Darren y yo optábamos por lugares mucho menos convencionales. No nos importaba, de hecho, nos encantaba. Por aquel entonces a Darren le gustaban muchas cosas. Darren estaba enamorado de la vida. Intento no pensar en eso. No me lo puedo permitir. Es demasiado doloroso.

Respiro profundamente, asiento con la cabeza y sonrío a las chicas.

—Es como montar en bici —les digo—. Y recordad, este es el peor momento, pero debéis confiar en nosotras. No haría esto si pensara que no es seguro, y está claro que tampoco permitiría que lo hicierais ninguna de vosotras, ¿estamos?

—Si tú lo dices —responde Andrea.

—Dejad que la cuerda cargue con vuestro peso. Echaos hacia atrás de forma que vuestras piernas queden perfectamente rectas, perpendiculares a la pared, y doblad el cuerpo en L. —Sigo dándoles instrucciones claras y concisas de cómo tienen que sostener la cuerda con una mano y dejar que se deslice con la otra—. Esta cuerda estará detrás de vosotras todo el tiempo, así que no vais a ir a ninguna parte. Id soltándola con cuidado y podréis descender caminando sobre la pared. —Me echo hacia atrás y, para ilustrar mis palabras, muestro muy lentamente a Andrea y Zoe cómo hacerlo. A mitad de camino miro hacia arriba y grito—: ¡Ahora voy a saltar, pero vosotras dos bajad caminando por la pared, ¿entendido?!

Cuando llego abajo noto otro subidón de adrenalina. He disfrutado muchísimo de este pequeño descenso y de toda la emoción que he experimentado. Me libero del arnés, el casco y los guantes, los engancho a la cuerda y le digo a Joanne que los ice. Mientras espero a que las chicas se organicen, echo un vistazo a los alrededores.

Hay un terraplén embarrado cerca de la pared de descenso, donde la hierba que flanquea la piscina natural va desapareciendo bajo guijarros y piedrecitas. La cascada del otro lado del cañón cae chispeante por la vertiente rocosa, deslizándose hasta desembocar majestuosamente en la piscina. La manera en que el agua ondea en la piscina transmite una sensación de calma y tranquilidad. A mi izquierda, observo el lugar por donde el agua cruza los terraplenes que estrechan su cauce, y después de un recodo, se une al río que vimos desde arriba. El que Joanne ha dicho que pasa junto a la casa.

En cuanto me doy la vuelta caigo en la cuenta por primera vez de que, fondeados en el rincón más alejado, hay dos kayaks. Así que eso es lo que Joanne nos tiene preparado. Nos va a tocar remar corriente abajo. A mí me parece una idea genial, pero no tengo tan claro que a Andrea y a Zoe les vaya a hacer tanta ilusión. Aunque, bien mirado, ninguna de ellas ha puesto el grito en el cielo con el rapel. Un agradable paseo en kayak para volver a casa puede resultar bastante relajante.

Un grito procedente de lo alto me hace saber que ya están listas. Andrea aparece lentamente por encima del saliente mientras da pasos inestables hacia atrás.

—¡Más te vale que me cojas si me caigo! —me grita.

Sorprendentemente, después de unos segundos de vacilación, empieza a descender con bastante suavidad para tratarse de una principiante. Los primeros pasos siempre son los más duros, pero una vez que los has dado y te has permitido confiar en las cuerdas, todo resulta mucho más fácil.

Ansiosa por poner pie en tierra firme, Andrea apura el último metro de descenso y aterriza de forma poco ceremoniosa a mi lado, como si fuera un fardo caído del cielo.

—¡Lo lograste! No ha estado mal —digo encomiando su logro.

116

Ayudo a Andrea a levantarse y le desabrocho el cinturón lumbar del arnés mientras ella se quita el casco.

—Mmm. No es que me apetezca hacerlo de nuevo —dice—. Por lo menos no con estas prisas.

Poco después Zoe ya está con nosotras al pie del acantilado. Su descenso ha sido mucho más ruidoso.

—Dios mío. Ha sido impresionante —dice—. No puedo creer que lo haya logrado. Me siento como una aventurera de verdad. ¡Yujuu!

No puedo evitar reírme ante el entusiasmo de mi amiga. Eso es lo que más me gusta de Zoe, siempre tan entusiasta con todo lo que hace.

Joanne la aplaude desde las alturas.

—¡Bien hecho, Zoe!

Se asoma para mirar hacia nosotras y el estómago me da un vuelco. Madre mía, está realmente cerca del precipicio. Me apresuro a quitarle el arnés a Zoe y a engancharlo todo para mandarlo de vuelta. Le grito a Joanne para que suba el equipo por tercera vez.

Joanne desaparece y la cuerda comienza su errático viaje hacia lo alto del saliente. Esperamos por allí, mirando hacia arriba de vez en cuando, a la espera de verla aparecer por encima del saliente.

—¿Y qué hay del equipo? —pregunta Zoe.

—¿Los anclajes? Supongo que Joanne regresará a por ellos otro día —respondo—. Tampoco es raro dejarlos para que los aproveche el siguiente escalador que venga por aquí. —Miro hacia arriba, confiando en ver a Joanne descendiendo por la pared de roca, pero sigue sin haber señales suyas—. ¡Joanne! ¿Va todo bien? —Silencio—. ¡Joanne! —Pruebo de nuevo, aunque esta vez grito de verdad—: ¡Joanne!

Entonces, del cielo gris surge un trozo blanco de papel que desciende aleteando por encima del saliente. Gira y traza círculos en el aire varias veces antes de aterrizar a nuestros pies. Lo recojo y desdoblo el papel.

—«Os veo en la casa» —leo en voz alta.

—¿Cómo? —dice Andrea arrancándome el papel de las manos—. ¿De qué cojones va? ¿Joanne? ¡Jooaaannne! —Nos mira a Zoe y a mí—. ¿Se trata de algún tipo de broma de mierda?

—De serlo no tiene ni pizca de gracia —respondo.

Contemplo toda la pared de roca y me quedo mirando el saliente, medio esperando que Joanne aparezca y nos anuncie que no es más que otra de sus bromas de mal gusto, como la del bosque de ayer. Intento llamarla de nuevo. De hecho, todas lo hacemos, pero no obtenemos ninguna respuesta.

—Nos ha dejado aquí tiradas —digo.

La sorpresa da paso a la ira ante el comportamiento irresponsable de Joanne. No solo nos ha abandonado para que nos las apañemos como podamos, sino que ahora mismo anda sola por ahí. ¿Y si tiene un accidente de camino a la casa? Y entonces recuerdo que Joanne dijo que llevaba un *walkie-talkie* de emergencia. Bueno, pues que le aproveche, pero ¿qué pasa con nosotras? Suelto una buena tanda de improperios por lo bajini, alentada por la temeridad de Joanne.

—Os juro que me la cargo en cuanto la vea, joder —dice Andrea—. ¿Qué se supone que tenemos que hacer nosotras ahora?

CAPÍTULO 13

Debo admitir que, incluso tratándose de Joanne, esto ya es ir demasiado lejos. Sé que ella pensará que todo esto es superdivertido y, francamente, aunque la perspectiva de recorrer el río en kayak no me importe lo más mínimo, es la forma en que nos lo ha impuesto lo que de verdad me molesta. Estoy segura de que Andrea no va a tener ningún problema para desenvolverse en el kayak; no obstante, Zoe, a pesar de su complexión atlética, va a estar un poco fuera de su zona de confort. Ella es más de yoga, tenis y natación que de aventura salvaje.

Sin Joanne, soy la única con experiencia en el manejo de kayaks. Es muy injusto por su parte ponerme en esta situación. Sin embargo, no hay mucho que pueda hacer ahora para remediarlo. De nuevo, Joanne nos ha manipulado a su antojo. ¿Cómo lo llamó antes? ¡Ah, sí! Es *fait accompli*.

Miro los kayaks. Son de dos plazas, lo que significa que una de nosotras tendrá que remar sola.

—¿Cómo se os da remar? —les pregunto a las chicas con un entusiasmo que realmente no siento. Señalo en dirección a nuestro transporte.

—Tienes que estar de broma —dice Zoe. Mira hacia el saliente del que hemos descendido—. ¡Joanne! Si estás ahí arriba, más te vale mover el culo hasta aquí ahora mismo. —Se gira hacia mí—. ¿Puedes escalar y enterarte de qué está pasando?

—¿Escalar? Incluso si me pareciera que es una buena idea, que no es el caso, acabo de enviar el arnés y las cuerdas para arriba.

Observo la pared de roca. Hay unos cuantos salientes para las manos y los pies, pero solo un loco intentaría escalar hasta ahí sin equipo.

—Lo último que queremos es que Carys se caiga y se haga daño —dice Andrea mientras un ligero tono de impaciencia invade poco a poco su voz—. Entonces sí que tendríamos problemas.

—Lo siento. Ha sido una mala idea —se disculpa Zoe.

—Ni siquiera tenemos manera de pedir ayuda —digo—. Joanne tiene el *walkie-talkie* en su mochila. Bueno, lo doy por hecho. Tenía que haberlo comprobado.

Mientras me voy enfureciendo poco a poco, noto cómo crece en mí una nueva sensación; la intranquilidad. No puedo evitar preguntarme por qué Joanne ha montado esta escenita. Lo que más me preocupa no es el peligro físico al que nos ha expuesto, sino la conducta que esconden sus acciones. Es una mujer inteligente y está casada con un psicólogo, debe de ser perfectamente consciente del estrés y la ansiedad que nos está generando como individuos y como grupo.

Aunque no quiero expresar en voz alta mis preocupaciones, todavía no. No es el momento ni el lugar. Ahora mismo necesitamos ser prácticas. Sin embargo, en mi cabeza, todas mis dudas respecto al fin de semana han pasado de ser un zumbido distorsionado a un susurro coherente.

—Esto es de lo más irresponsable por su parte —dice Andrea con los brazos en jarras.

Asiento en señal de acuerdo.

—No perdamos más tiempo quejándonos —añade Zoe—. No tenemos opción. O en canoa o nada.

—En kayak —puntualizo innecesariamente.

Zoe se encoge de hombros.

—Qué más da.

—¡Eh! ¿Qué es eso? —dice Andrea señalando hacia el saliente de nuevo.

En cuanto miramos hacia arriba, otro trozo de papel desciende flotando hacia nosotras. Andrea intenta atraparlo, pero el papel se aleja de sus manos y aterriza en el suelo. En cuanto Andrea se agacha para recogerlo, algo hace que mire otra vez hacia arriba. Apenas me da tiempo a reaccionar, pero veo que algo cae en nuestra dirección.

—¡Cuidado! —grito a la vez que me cubro la cabeza con las manos y me aparto esquivándolo. Noto un golpetazo en el hombro y grito de dolor mientras algo aterriza en el suelo a mi lado.

—Es la cuerda —dice Andrea—. ¡Eh! ¡Joanne! ¡Di algo, idiota! —Percibo perfectamente la ira en la voz de Andrea.

Como era de esperar, no obtenemos respuesta.

—Y así es como descartamos definitivamente la posibilidad de escalar la pared —digo a la vez que me froto el hombro, que siento un poco dolorido. Lo más probable es que me salga un moratón o una quemadura—. En fin, ¿qué dice la nota?

Andrea la recoge del suelo y la desdobla.

OS VEO LUEGO. ¡DIVERTÍOS!

—«Divertíos» —repite Andrea—. Ya le daré yo diversión cuando la vea.

—Venga, terminemos con esto —digo al notar que Andrea está a punto de ponerse a despotricar. No le pasa muy a menudo, pero cuando ocurre, más vale que todo el mundo se aparte de su camino.

Se me pasan muchas cosas por la cabeza, por ejemplo que Andrea le dice a Joanne exactamente lo que piensa de su última artimaña. Me apena pensar que vuelvan a enfrentarse. Si este fin de semana era un intento por parte de Joanne de limar asperezas, no ha estado muy fina en cuanto a cómo proceder.

—¿Se os da bien el piragüismo? —pregunto distrayendo a Andrea de sus pensamientos homicidas respecto a Joanne.

—Yo solo he hecho kayak en un par de ocasiones —responde Zoe.

—Yo he ido en canoa —explica Andrea—. Cuando era la coordinadora de actividades de los cadetes marinos. Ya sabes, de cuando Bradley pasó por aquella fase en la que creía que quería unirse a la Marina.

Sonrío al recordarlo a la perfección. Bradley había liado a Alfie para acudir a un par de reuniones, pero entonces Darren murió y Alfie dejó de ir. Nunca le he atosigado con volver pero, quizá, pensándolo bien, sí que debería haberlo hecho. Si Alfie tuviera algo en lo que ocuparse, para distraerse de todo lo que ocurre en casa, en lugar de encerrarse en su habitación, quizá sería un chaval distinto al que es ahora. Una vez más, me atormenta la culpa.

—Tú puedes llevar uno de los kayaks —dice Andrea antes de que me dé tiempo a decir nada—. Y yo iré en el otro con Zoe.

—Puedo ir en cabeza marcando el ritmo, así no tenéis más que seguirme.

Me acerco a la orilla y miro hacia abajo, en dirección al río. El terraplén es más pronunciado más adelante, y pasa de estar compuesto por hierba y piedras a rocas y peñascos. Al otro lado del río, la pared rocosa que se alza ante nosotras es de unos sesenta o setenta metros de altura. El río cambia de curso hacia la derecha corriente abajo y ya no alcanzo a ver nada más, pero parecen aguas tranquilas. La agradable cascada que desemboca en el río apenas tiene efecto en la piscina natural.

—¿Como cuánto tendremos que remar? —pregunta Zoe acercándose a mí.

—No estoy segura. Joanne dijo que el río pasa por la casa. Es más que probable que por allí encontremos algún amarradero.

Los kayaks se mantienen bastante estables sobre el agua, y Joanne por lo menos ha tenido la previsión de dejarnos chalecos salvavidas y cascos de seguridad. Recojo la cuerda que nos tiró desde el acantilado y la enrollo con maña formando una espiral valiéndome de la mano y el codo antes de dejarla en la zona de proa de uno de los kayaks.

—¿Qué opináis de esto? —pregunta Andrea con los brazos en jarras de nuevo y un pie apoyado en el borde del otro kayak.

—¿Qué pasa? —pregunto mirando la embarcación—. Cascos de seguridad y chalecos salvavidas. ¿Qué problema hay?

—Cuéntalos.

—Cuatro de cada —respondo sin terminar de entender a dónde pretende llegar Andrea. Zoe parece igual de perdida que yo.

—Cuatro cascos y cuatro chalecos —repite Andrea—. ¿Y cuántas somos? Tres. ¿Para qué poner cuatro si ella no tenía pensado acompañarnos?

—Sí que es raro —coincido intentando hallar algún sentido a las acciones de Joanne. Entonces empiezo a cuestionarme todo lo que ha hecho a lo largo del fin de semana. Joanne no parece haber dejado nada al azar, pero me cuesta racionalizar todo lo que ha hecho—. Supongo que habrá dejado cuatro por si acaso cambiaba de idea y decidía acompañarnos. Ya sabes cómo es Joanne.

Y, en cuanto lo digo en voz alta, me doy cuenta de que no resulto particularmente convincente.

—Puede ser —dice Andrea, y detecto un tono de escepticismo en su voz—. Me pregunto qué le haría cambiar de opinión.

—Quién sabe.

Intento concentrarme en regresar a la casa. Ya analizaremos el comportamiento de Joanne más tarde. Uno a uno cojo los cascos y los reparto; hago lo mismo con los chalecos. Tardamos unos minutos en organizarnos y les doy un par de consejos a Zoe y Andrea sobre cómo meterse en el kayak.

—Tendremos que vadear el río hasta llegar a un punto donde haya más profundidad —digo.

—Joder, el agua está congelada —gruñe Andrea.

Nos hemos remangado los pantalones hasta la rodilla y el agua nos cubre hasta el elástico de la caña de los calcetines. Zoe camina de puntillas.

—Rápido, quiero subirme ya.

El agua está extremadamente fría. Hoy no ha salido el sol para templar ni tan siquiera el agua poco profunda. Sujeto el kayak mientras Zoe se sube en primer lugar. Por suerte, es de ese tipo de kayaks en los que te puedes sentar. Zoe trastea hasta acomodarse.

Andrea se sienta detrás de Zoe y el kayak se balancea mientras cogen los remos. Le doy un empujoncito a la embarcación hacia el centro de la piscina natural.

—Remad a la vez —les digo levantando la voz mientras regreso a la orilla para coger mi kayak y llevarlo a una zona más profunda.

A pesar de mis intentos por olvidarme de Joanne y sus jueguecitos, no paro de pensar en el nerviosismo que he percibido en ella. Empiezo a pensar que mi interpretación de los motivos por los que nos ha invitado a pasar juntas el fin de semana, esa idea de reconciliación, son totalmente erróneos.

Un alarido procedente del otro kayak me hace levantar la vista. Andrea y Zoe van directas a la orilla. Andrea le está ladrando indicaciones a Zoe, que parece tener problemas para distinguir la izquierda de la derecha.

—¡Baja el brazo derecho! —grita Andrea—. Derecha. Abajo. Rema. Arriba. Izquierda. Abajo. Rema. ¡No! Así no. Tienes que hacerlo más rápido.

—¡Zoe! ¡Deja de remar un momento! —grito—. Ahora, izquierda. La izquierda. Y repítelo. ¡Sigue! ¡Izquierda!

Veo con los ojos entornados cómo el kayak se dirige derecho a tierra firme. No sé cómo, pero Andrea se las arregla para evitar un completo desastre y el kayak cambia de rumbo, alejándose de la orilla, pero antes encalla en una rama colgante. Zoe trata de esquivarla, haciendo que el kayak vire bruscamente y se balancee de un lado a otro.

Las salpicaduras y los gritos retumban en el cañón en cuanto ambas caen al agua. El kayak, ahora sin peso, se mantiene en posición vertical.

—¡Serás imbécil! —grita con dureza Andrea a Zoe, que le contesta a gritos que no tiene la culpa, que pensaba que Andrea llevaba el timón y que cómo es que no había visto la puñetera rama.

En cuanto se las apañan para auparse y meterse en el kayak, para mi alivio, ambas estallan en carcajadas. Me acerco remando y me coloco a su lado, estabilizando su kayak con la mano.

—¿Estáis bien? —les pregunto en cuanto consigo dejar de reírme—. De verdad os digo que ojalá hubiera podido grabaros, ha sido desternillante.

—Menos mal que aquí el agua no es muy profunda —dice Andrea—. Tengo la mitad del cuerpo empapada. ¿Estás bien, Zoe? Siento haberte gritado de esa manera.

Zoe resta importancia a las disculpas de Andrea con un gesto de la mano.

—No te preocupes. Eso sí, estoy calada. Cuando vea a Joanne va a pagármelas.

—No estará observándonos desde la distancia, partiéndose de risa a nuestra costa, ¿no? —pregunto echando un vistazo a la cima de la pared de roca y luego a la orilla flanqueada por árboles, aunque tampoco es que alcance a ver mucho por culpa de la espesura del bosque, la verdad. Me quito la chaqueta y se la doy a Zoe—. Toma. Yo llevo una camiseta térmica debajo del jersey, estaré bien. Lo siento, Andrea, no tengo nada más que pueda prestarte.

—No te preocupes, sobreviviré. Venga, pongámonos en marcha o se nos hará de noche.

Remamos siguiendo el curso de la corriente y Andrea y Zoe finalmente consiguen mantener el ritmo, más o menos. A pesar de que comparten kayak, yo avanzo con más facilidad. En dos ocasiones me veo obligada a reducir la marcha para esperarlas.

Está oscureciendo cuando doblamos un recodo y vemos a lo

125

lejos un puente cerca de la casa. Miro hacia arriba a la izquierda y veo las dos chimeneas del inmueble por encima del terraplén que delimita el río.

—Gracias a Dios. ¡Buen trabajo, lo hemos conseguido!

Me arden los brazos por el esfuerzo de llevar un kayak de dos yo sola, pero me alegro de que por fin hayamos llegado. Remamos hacia el dique en el que encontramos un pequeño pontón, lo suficientemente grande para que dos personas estén de pie a la vez.

Después de perder un poco el tiempo, conseguimos salir de los kayaks y los amarramos al pequeño poste que hay a un lado del pontón.

El cielo gris se tiñe de un amenazante color carbón, y con la noche acechando y la neblina asentándose en el agua, la visión de la casa es más que bienvenida.

—No veo ninguna luz encendida —dice Andrea.

—Ni humo saliendo de las chimeneas —añado.

Tenía la esperanza de que Joanne estuviera esperándonos con un reconfortante fuego crepitando en la chimenea. Por desgracia, no parece ser el caso.

—No me digáis que esto también forma parte de la bromita —refunfuña Andrea.

A medida que nos acercamos a la casa, Zoe, que va dirigiendo la marcha, se detiene en seco y se da la vuelta hacia nosotras.

—Qué raro. La puerta está abierta.

—Yo fui la última en salir esta mañana y estoy segurísima de que la cerré —dice Andrea—. Estaba con Joanne cuando comprobó que llevaba la llave encima.

Me aventuro hacia el interior, empujando la puerta con cautela.

—¿Joanne? ¿Estás ahí?

—¿Dónde demonios se ha metido? —pregunta Andrea.

—¿Y si se ha perdido? O ha tenido un accidente —especula Zoe dándole voz a nuestros temores.

—Si no está en la casa, tendremos que volver y buscarla —digo.

Aparto la mirada, no quiero que lean la expresión de mi rostro. No me apasiona la idea de salir a buscar a nadie en la oscuridad cuando todas estamos heladas y empapadas. El comportamiento de Joanne ya me está tocando las narices de verdad.

—Es un juego estúpido. —Andrea resopla con fuerza al haber perdido por completo la paciencia—. Todo esto es culpa suya por haberse marchado sola.

Enarco las cejas y miro a mi amiga, que me devuelve la mirada desafiante.

—Solo verbalizo lo que estáis pensando. —Pasa apresuradamente junto a mí y enciende la luz—. Voy a subir a darme una ducha. —Andrea se detiene al pie de la escalera, deja escapar un suspiro y se da la vuelta para mirarnos—. A ver, seguro que está por aquí, pero ahora mismo no estoy de humor para jugar al escondite. Tengo frío, estoy empapada y exhausta. Me voy a duchar y si cuando termine todavía no ha aparecido, saldremos a buscarla. Pero ya me he hartado de consentírselo todo y de soportar sus estúpidos juegos.

Zoe me mira confundida, a lo que respondo encogiéndome de hombros. Después de reflexionar un momento, se desabrocha la chaqueta.

—De acuerdo. Debo admitir que me muero de ganas por quitarme toda esta ropa empapada. Pero si no ha aparecido para cuando hayamos terminado de ducharnos y vestirnos, tenemos que salir a buscarla, ¿estamos?

—De acuerdo —respondo.

Zoe me tiende mi chaqueta.

—Gracias por prestármela. Nos vemos en cinco minutos.

Cojo la chaqueta y la cuelgo del perchero.

—Dejad que me ponga ropa seca y luego pongo la tetera y enciendo el fuego.

Vestida con unos pantalones de chándal secos y una camiseta limpia, entro en el salón, medio a la espera de que Joanne esté sentada en el sillón, sonriéndome engreída, pero la habitación está vacía. Echo un vistazo rápido al comedor y la cocina, por si acaso estuviera ahí, pero, de nuevo, no hay ni rastro de ella.

Me estremezco y un escalofrío me recorre la espalda. Soy incapaz de quitarme de la cabeza la idea de que algo no marcha bien. La visión de mi reflejo en la ventana hace que dé un respingo, y me regaño a mí misma por dejar que el extraño ambiente que envuelve la casa me domine.

Mientras me dispongo a encender el fuego de la chimenea, alcanzo a oír la ducha en el piso de arriba y a Andrea decirle a Zoe que ya ha terminado. Las puertas se abren y se cierran, un ruido de pasos se escucha en el descansillo y el agua de la ducha empieza a correr de nuevo, en esta ocasión acompañada por los sonidos amortiguados de Zoe canturreando.

El fuego tarda siglos en encenderse, pero, finalmente, los leños y las pastillas blancas de encendido terminan prendiendo. El olor a parafina de las pastillas de encendido se esparce por la habitación a medida que el fuego adquiere fuerza. Me levanto y de reojo observo movimiento desde la ventana. Me doy la vuelta para mirar de frente hacia el cristal, pero solo me encuentro con mi reflejo.

Me pregunto si no será Joanne la que está fuera, intentando colarse en la casa sin que nos demos cuenta. La rabia contenida que he sentido toda la tarde se desata de pronto y cruzo el recibidor a zancadas en dirección a la puerta principal con la intención de que cambien las tornas y ser yo quien la asuste en esta ocasión.

Cojo la linterna del estante y abro la puerta bruscamente, pero solo me encuentro con el anochecer, que cae cada vez más; los tonos grisáceos de la tarde han envuelto por completo la luz diurna, y el tiempo empeora. Enciendo las luces del porche de la puerta principal y el camino de acceso a la casa se ilumina con un resplandor ámbar, que se atenúa y palidece a medida que se expande, alejándose de la casa.

Estudio el paisaje monocromático trazando lentos movimientos con la linterna a un lado y a otro, haciendo un barrido del camino de acceso con el haz de luz.

—¿Joanne? ¿Eres tú?

En cuanto abandono el resguardo del porche, el viento juguetea con un mechón de mi pelo y me lo echa sobre la cara. Lo atrapo con un dedo y me lo sujeto a un lado.

—Joanne, ¿estás ahí?

Los arbustos se agitan cuando una fuerte ráfaga de viento los alcanza cruzando la entrada. Las ramas de los árboles ceden ante el viento, doblegándose a la intemperie. El viento resuena en mis oídos, distorsionando los sonidos que me rodean y por un momento me desestabilizo, me desoriento y doy un traspié. La puerta principal se cierra de un portazo a mi espalda, y mientras mi cerebro registra el sonido como no amenazador, mi cuerpo va un nanosegundo por delante de mi mente y envía adrenalina a toda velocidad a través de mis terminaciones nerviosas, de manera que doy un respingo y dejo escapar un gritito.

Todos mis instintos me están diciendo que entre, pero otro sonido, un contenido ruido agudo, que desentona con el entorno y el ambiente, irrumpe en la pequeña tregua que da el viento. Enfoco con la linterna hacia la izquierda, de donde procede el sonido.

—¿Joanne? ¿Eres tú?

Mis pies me llevan involuntariamente hacia la parte de atrás de la casa.

Nada me está proporcionando tanto placer como saber que nada de lo que está sucediendo este fin de semana está saliendo como lo habías planeado. Que estás nerviosa e intranquila. Que las cosas escapan a tu control y son otros los que tienen la sartén por el mango, obligándote a hacer cosas que no quieres hacer. Todo el tiempo hay alguien desafiándote, cuestionándote. Y eso no te gusta ni un pelo.

Debes saber que las cosas no van a mejorar. Me juego lo que sea a que tu instinto te dice que algo marcha mal, pero tampoco quieres decir nada por temor a que todos te acusen de ser una paranoica o de estar sacando las cosas de quicio. Es posible que pienses que sacarán el tema de tus nervios y te preguntarán si sigues tomando tu medicación, o que quizá deberías volver al médico. Y, del mismo modo, si nadie expone en voz alta sus miedos, desde luego que te preguntarás si eso es precisamente lo que piensa todo el mundo.

No es agradable cuando eso ocurre. Créeme, lo sé. Y es culpa tuya. Dicen que la venganza es un plato que se sirve frío. Pronto mi paciencia se verá recompensada. Más vale que estés alerta.

CAPÍTULO 14

—¡Bu!

Grito, dejo caer la linterna y, casi al mismo tiempo, me doy cuenta de que es Joanne.

—¡Pero serás imbécil! —Me oigo gritar—. ¡Me has dado un susto de muerte!

Joanne se ríe mientras recoge la linterna y me la tiende.

—Debería disculparme, pero es que ha sido demasiado gracioso.

Paso por alto que me ofrezca la linterna, me doy la vuelta y entro con Joanne, que me sigue riéndose. Andrea aparece en lo alto de la escalera.

—Anda, mira quién se ha dignado a aparecer —dice al ver a Joanne. Se cruza de brazos—. Nuestra distinguida líder.

—Oh…, ¿detecto una ligera agitación en las tropas? —pregunta Joanne, disfrutando del momento—. No seáis aguafiestas.

Zoe aparece junto a Andrea envuelta en una toalla, con el pelo húmedo goteándole sobre los hombros.

—Me pareció escuchar tu voz —dice—. Y yo pensando que te había pasado algo. Debería haber reservado mis preocupaciones para alguien que las mereciera de verdad.

—Madre mía. Estamos todas un poco susceptibles, ¿eh? —dice Joanne y, para variar, parece algo molesta con nuestra reacción—. Sabía que Carys os cuidaría y os traería sanas y salvas. —Me pone la mano en el hombro—. Siempre podemos confiar en que Carys haga lo correcto, ¿no?

—Ahórratelo —digo mientras voy a la cocina—. A veces te pasas de la raya.

—No seas tan aburrida —replica Joanne siguiéndome—. Antes no eras así. Sé que fue una putada que Darren hiciera lo que hizo, pero no puedes permitir que siga afectándote de esta manera.

Noto cómo las palabras se me hacen una bola en la garganta, asfixiándome, pero antes de que pueda decir nada, Andrea interviene:

—Mira que eres insensible a veces, Joanne.

—Estoy siendo sincera, eso es todo —responde—. No pretendo disgustarte, Carys, lo juro. Pero ¿qué tipo de amiga sería si no te dijera la verdad?

Conecto el hervidor de agua para preparar un té.

—Estás dando por hecho que quiero conocer tu opinión.

—Mira, a pesar de la relación en la que estés ahora mismo, sé que todavía no has superado la muerte de Darren. Y por un buen motivo. —Me dispongo a interrumpirla, pero ella hace un gesto con la mano para silenciarme y continúa—: Pero tienes que pensar en el efecto que tu humor está teniendo en tu hijo.

Golpeo la taza que sostengo contra la encimera.

—¿Conoces esa expresión de entrar en terreno peligroso o de estar jugando con fuego? Pues bien, eso es exactamente lo que estás haciendo ahora mismo. —Doy un paso hacia Joanne, que ni pestañea—. Guárdate tus opiniones y teorías de lo que estoy haciendo y cómo afecta a Alfie para ti. No tienes ni idea de nada.

Paso junto a ella como una exhalación y dejo que mi hombro la golpee, y de inmediato me acuerdo de cómo Alfie me hizo lo mismo el viernes, y por un momento vislumbro su mentalidad. No sé si me gusta. Oigo cómo Andrea le dice a Joanne que es una idiota y que debería cerrar la bocaza. Me detengo en las escaleras y vuelvo a cruzar el comedor en dirección a la puerta de la cocina.

—¿Sabes qué? Pensaba que este fin de semana sería divertido, una oportunidad para retomar nuestra amistad, pero me equivocaba. Este fin de semana no va de eso, sino de ti, Joanne, de putearnos y hacer comentarios malintencionados siempre que se presente la oportunidad. Muy bien, lo pillo, estás cabreada conmigo y probablemente con Andrea y Zoe también, pero este no es el lugar. Si hubiera sabido de qué iba este fin de semana de verdad, no habría venido. Y si hubiera algún modo de poder largarme de aquí, en este preciso instante, lo haría.

En esta ocasión subo al piso de arriba sin volverme para despotricar. Doy un portazo al entrar en mi habitación subrayando lo furiosa que estoy con Joanne.

Respiro hondo varias veces, me asomo a la ventana y miro el jardín trasero y la arboleda que cercan la propiedad. Me doy la vuelta y cambio de ventana, esperando que el paisaje abierto me proporcione una sensación de amplitud y luz. En este momento, la neblina que se arremolina sobre el río no me deja ver nada y solo aumenta mi agobio.

Me paseo por la habitación hasta que finalmente me obligo a sentarme en la cama. Como siempre, mi rabia es efímera. No soy de arrebatos repentinos y atribuyo mi muestra de rabia a un día particularmente duro a nivel físico y a treinta y seis horas emocionalmente extenuantes. A medida que recupero la calma, noto cómo mi sentimiento de culpa empieza a tomar forma. ¿He reaccionado exageradamente? Puede ser. Mi modo de reaccionar me recuerda a Alfie, a cuando pierde los papeles. Puede que nos parezcamos más de lo que pensaba, aunque bien es cierto que yo no llego a los mismos extremos que él. Afortunadamente, me controlo y me tranquilizo mucho más rápido. Debería haberme dirigido a Joanne de manera más calmada y haberle explicado con claridad que me estaban disgustando sus comentarios.

Tras unos minutos más de contemplación, decido que debo hablar con ella para aclarar las cosas, pero antes de poder hacer nada, la puerta se abre y entra Andrea.

—Hola, ¿es seguro entrar o necesito un chaleco antibalas y un casco?

La invito a pasar con un gesto de la mano.

—No los necesitas. Ya me he tranquilizado.

—Me alegro. —Se sienta en la cama frente a mí—. ¿Te sientes mejor?

—Más o menos. Pero también me avergüenzo de haber estallado así. Estaba pensando en que debería ir y hablar con ella.

—Está abajo.

—¿Está bien? No la habré disgustado, ¿verdad?

—¿Disgustar a Joanne? ¡Tienes que estar de broma! Me ha dado la impresión de que ha disfrutado sacándote de tus casillas.

Dejo escapar un suspiro inquieto.

—Igualmente quiero hablar con ella.

—Bueno, me voy a secar el pelo y luego bajaré y abriré una botella de vino —dice Andrea—. Zoe también está terminando de arreglarse. Este podría ser un buen momento para hablar con Joanne.

Cuando llego al piso de abajo, no hay ni rastro de Joanne. El fuego arde agradablemente y las llamas parpadeantes crepitan alrededor del leño, iluminando la estancia de un suave tono amarillo.

Subo y me detengo delante de la puerta del dormitorio de Joanne. No alcanzo a escuchar ningún movimiento allí, pero llamo cuidadosamente con los nudillos y acerco la boca al marco de la puerta.

—¿Joanne? ¿Estás ahí?

No obtengo respuesta. Entonces me acuerdo de la libreta que tengo en mi habitación y rápidamente garabateo una nota para Joanne.

Siento haber perdido los papeles de esa manera.
¿Podemos hablarlo luego?

Meto el papel por debajo de la puerta para que pueda verlo antes de salir de la habitación. Espero que entienda la intención con la que la he escrito.

Cuando regreso al dormitorio, Andrea se ha quedado dormida en la cama. Cojo la manta del armario y la arropo con ella. Los esfuerzos de hoy parecen estar afectándonos a todas, ya que Zoe tampoco ha salido de su cuarto. Supongo que también estará echándose una siestecita.

Como no quiero molestar a Andrea, bajo de nuevo y me detengo en el recibidor para analizar las imágenes del código de señales que están colgadas de la pared. Deben de querer decir algo, pero sin el alfabeto de señales, no sé qué puede ser.

Mientras echo un vistazo a la librería con la esperanza de encontrar un libro con el código, noto que me observan. Me doy la vuelta y veo a Joanne de pie junto a la puerta.

—No quería asustarte de nuevo —dice levantando ligeramente las cejas.

—Gracias —respondo, consciente de que hay cierta tensión entre nosotras.

En una mano sostiene la nota que deslicé bajo la puerta de su dormitorio.

—¿Vamos fuera? Hay más privacidad.

Joanne no espera a que responda y se encamina hacia la puerta.

La neblina y el agradable resplandor de la luz de la cocina distorsionan las formas, de contornos nítidos y fondos borrosos. Es como si mirara por un visillo sucio a través del cual la luz se percibiera tamizada y se perdieran los detalles. Ahora, el cobertizo no es más que una sombra gris que se cierne sobre el jardín en una espiral de niebla, y los árboles que ascienden por la ladera parecen un boceto emborronado de carboncillo por la forma en que se alzan imponentes detrás de la casa.

Joanne está de pie en el patio con un cigarrillo en la mano. Lo enciende y suelta el humo delante de ella.

—Pensaba que lo habías dejado —le digo.

—Así es. Digamos que estoy en plena recaída.

Me pregunto si no la habré disgustado más de lo que me parecía en un primer momento.

—Siento haberme enfadado tanto antes. No dije todo aquello en serio.

—Sí que lo hacías. Y las dos lo sabemos. —Sigue mirando al frente. Sus mejillas se hunden al darle una calada al cigarrillo; aguanta el humo en los pulmones antes de expulsarlo por la nariz—. Desearías no haber venido.

Me meto las manos en los bolsillos.

—Ha sido fruto de los nervios.

—Solo estaba siendo sincera. No hacía falta que te pusieras de ese modo.

—No lo entiendes, ¿verdad? —Hago un breve gesto de negación con la cabeza. Incluso disculparse con Joanne resulta agotador. Noto cómo empiezo a calentarme de nuevo—. Pues si de verdad estamos siendo sinceras, deja que te diga un par de cosas que me han molestado. No me gusta que por sistema creas tener el derecho de saber lo que es bueno para Alfie y lo que no. Agradezco que pase tanto tiempo en tu casa con Ruby, pero eso no te da derecho a darme lecciones acerca de mi hijo.

—No te he dado ninguna lección. Tan solo he dejado caer que has cambiado. Estás más seria, más cauta, más alerta.

—¿Y a santo de qué te pones ahora a enumerar mis defectos?

—Porque veo lo que te está pasando, incluso aunque tú no puedas. Vas derecha al desastre. De cabeza.

—Joanne, no tengo ni idea de a qué te refieres.

—De acuerdo, iré al grano. —Se gira para mirarme de frente—. Sabes tan bien como yo que el afecto de Ruby hacia Darren era mutuo. He descubierto algo desde entonces. Algo que confirma lo que siempre he sospechado.

El miedo y la ansiedad se apoderan de mí. Sus reproches me han dejado aturdida y me falta el aire mientras intento respirar.

—¿De qué estás hablando? —respondo entre resuellos.

Joanne entorna los ojos y tensa la mandíbula.

—Parece que has olvidado, o has decidido olvidar, lo carismático que era Darren. Podía ser encantador, coqueto y muy persuasivo.

Quiero llevarle la contraria, pero lo cierto es que Joanne tiene razón. Darren era todo eso.

—¿A dónde quieres llegar? —alcanzo a decir en tono derrotista.

Aunque no me apetece continuar con esta conversación por los derroteros que está tomando, necesito saber qué es lo que ha averiguado Joanne. Necesito saber a qué me enfrento y cuánto tendré que luchar para mantener a Alfie a salvo.

—Tienes que abrir los ojos, Carys, y ver a Darren como realmente era.

—¿Y qué era?

—Un cabrón manipulador y mentiroso.

Imposible refutarlo. Eso es exactamente lo que era.

—Nadie es perfecto —digo.

—Pero existe una fina línea que divide lo que es moralmente aceptable de lo que no, ¿no te parece? Sé que Ruby tenía dieciocho años por aquel entonces, una adulta según la ley, pero era su alumna. Él tenía una posición de poder, y ella lo admiraba. Sí, también estaba encaprichada con él, pero Darren se aprovechó de ella, abusó de su posición.

No puedo controlar el miedo que crece dentro de mí. ¿Cómo voy a admitir, como madre que soy, que quizá Darren tuviera una aventura con una alumna? ¿Qué imagen daría de mí? Y lo que es más importante, ¿qué tipo de efecto tendría eso en Alfie? ¿Cómo gestionaría la posibilidad de que su padre fuera un inmoral? No puedo permitir que Joanne continúe con esto, a pesar de que sea cierto. Llevo mucho tiempo aferrándome a la negación de la realidad, ya no hay vuelta atrás.

—¿Por qué haces esto, Joanne? ¿Qué quieres de mí?

—Quiero que admitas que encubriste a ese pervertido que tenías por marido. —Su tono se endurece y me señala con el índice—. No solo fue una vez, por lo menos fueron dos. Y por lo que sé, puede haber habido otras.

—Dices que tienes información nueva, una prueba reciente. ¿De qué se trata?

—Todavía no tienes por qué conocerla. Lo descubrirás pronto.

—Eso no son más que patrañas —le suelto—. No tienes ninguna prueba. No creo que la tengas, te lo estás inventando porque no puedes pasarlo por alto. No puedes soportar que tal vez, para empezar, tu preciosa niña haya mentido con respecto a cómo era de seria la relación que mantenían, ni tampoco el hecho de que se comportara como una ingenua adolescente encaprichada —lo digo con tal convicción que casi me lo creo—. No estoy dispuesta a seguir hablando de esto —concluyo, pero antes de volver adentro, noto la mano de Joanne aferrándose a mi brazo.

—Ni se te ocurra ignorar esto. Ahora no. Tienes que escucharme.

Hay algo en su mirada que me deja helada. Veo a una Joanne completamente diferente a la que me enfrenté por este mismo motivo hace dos años. Aquella Joanne no fue muy convincente. Aquella Joanne estaba disgustada, pero no daba crédito.

—Escúpelo —digo con una confianza que no se corresponde con la vulnerabilidad que siento.

—Esa no fue la primera vez que Darren tuvo una relación más que profesional con una de sus alumnas. —Hace una pausa y estudia mi rostro antes de continuar—. Veo el miedo y la culpa en tus ojos. Tu reacción me dice todo lo que necesito saber.

—¿Y qué es?

—Que no es ninguna novedad para ti. No estás sorprendida. De hecho, estás enfadada y asustada.

—Te estás agarrando a un clavo ardiendo. —El corazón me late con fuerza y el estómago se me encoge.

—Leah Hewitt. Universidad de Hammerton. —Lanza las palabras así sin más, y cada una me repugna.

Intento respirar, pero en el estado en que me encuentro me falta el aire y lo hago con dificultad. Mis piernas parecen flaquear, pero logro mantenerme en pie.

—Cállate. Cierra la puñetera boca.

Oigo las palabras y reconozco mi voz; aunque me sorprendo, porque no recuerdo haberlas pensado siquiera, y mucho menos haberlas pronunciado.

—He dado en el blanco, ¿eh? —Se aferra con más fuerza a mi brazo. Intento zafarme, pero me aprieta todavía más—. Por eso Darren se cambió de universidad, ¿verdad? Le pidieron que se marchara y como la universidad no quería que se montara ningún escándalo, se tapó todo el asunto, ¿no es así? ¿Eh?

Me zarandea el brazo y yo, por mi parte, hago acopio de todas mis fuerzas e intento soltarme de un tirón, pero Joanne no me deja, incluso a pesar de que pierde el equilibrio y casi se me cae encima. Forcejeamos, balanceándonos, como resultado de la pelea. Noto cómo se suelta de mi brazo y la aparto de un empujón valiéndome de las manos. Se tambalea de espaldas y tropieza con su propio pie. Joanne cae al suelo y se golpea en la cabeza contra la pared del porche.

Me quedo parada, sorprendida. La miro. Tiene los ojos cerrados y no se mueve. Sé que debería arrodillarme a su lado y comprobar que está bien, ayudarla. Pero no hago ninguna de esas cosas.

Y entonces suelta un gruñido y cierra con fuerza los ojos antes de abrirlos. Se lleva la mano a la cabeza. Cuando retira los dedos están manchados de sangre. Me mira.

—Zorra estúpida. Mira lo que has hecho.

La miro e intento sentir algo de preocupación o compasión, pero soy incapaz. Y en un momento de honestidad brutal, reconozco lo que siento: primero decepción y luego miedo. No puedo permitir que Joanne le cuente la verdad a nadie.

CAPÍTULO 15

El calor del salón me reconforta del mismo modo que lo haría un abrazo de Seb. Ojalá estuviera con él. Ya he tenido suficiente de Escocia y de todo lo que empiezo a asociar con este lugar.

Agito el vodka con Coca-Cola que me he servido. La proporción de alcohol y refresco no está demasiado equilibrada, en favor del primero. Escucho movimiento en el piso de arriba. El ligero crujido de la tarima y el sonido amortiguado de pasos me indican que las chicas ya están despiertas.

Escucho pisadas en las escaleras, pero la puerta está cerrada y no me molesto en hacerme notar. Quiero retrasar el tener que encontrarme con alguien todo lo posible. Mi entusiasmo por la falsa jovialidad y las amistades fingidas se ha perdido entre la niebla. Me termino la copa y me fundo un poco más con el sofá, dejándome caer en una especie de duermevela.

No sé a ciencia cierta cuánto tiempo llevo adormilada cuando escucho un grito de terror absoluto que atraviesa las gruesas paredes de la casa. De inmediato, salgo de mi ensimismamiento. Me levanto de un salto y el vaso vacío se me cae, pero, afortunadamente, va a parar al sofá. Lo dejo ahí y me apresuro hacia el recibidor, donde casi me choco con Andrea, que justo en ese momento acaba de bajar las escaleras.

—¿De dónde ha venido ese grito? —pregunta con cierto tono de nerviosismo.

—De fuera. —Me calzo rápidamente las botas de senderismo sin pararme a atar los cordones. Otro grito atraviesa el aire nocturno en cuanto abro la puerta principal y Andrea y yo salimos corriendo.

Andrea lleva una linterna.

—Es Zoe —dice—. Suena como si viniera de la parte de atrás.

Sin pararnos a pensar en lo que nos encontraremos, rodeamos la casa a toda prisa hacia el jardín trasero.

Zoe está sentada en la hierba, con las rodillas contra el cuerpo, meciéndose con los brazos alrededor de las piernas. Está mirando al frente. Lleva puesto el pijama y una toalla enroscada en la cabeza. Me recuerda a un niño asustado. Corro a su lado.

—Zoe, ¿qué te ocurre? ¿Qué ha pasado? —Me agacho junto a ella y la rodeo con los brazos—. ¿Estás herida?

Se cuelga de mi cuello y hunde su rostro en mi brazo. Se estremece y se le escapa otro sollozo.

Andrea está de pie frente al porche.

—Dios mío…

Sus palabras apenas son audibles.

Sigo el haz de luz de la linterna y me estremezco espantada ante la visión iluminada en el suelo.

—Joder. —Me oigo decir.

La cabeza me da vueltas y estoy a punto de desmayarme, pero me obligo a levantarme y a mover un pie detrás de otro hasta llegar junto a Andrea.

Joanne yace bocarriba en el umbral del porche. Sus ojos miran fijamente al vacío del cielo nocturno, y un cuadrante de sangre rodea su cabeza contra el suelo.

Zoe se acerca gateando a sus pies y se tumba en el suelo junto a Joanne, le sostiene la mano y se la acaricia, y entre sollozo y sollozo pronuncia el nombre de Joanne. Se limpia la nariz con la manga y nos mira.

—Tenemos que llamar a una ambulancia. ¡Haced algo!

—¿Cómo? No tenemos ni un puto teléfono —dice Andrea desesperada.

—No podemos dejarla así. Necesita ayuda —insiste Zoe. Se pone en pie de un salto y empieza a mirar a su alrededor presa del pánico—. ¡Carys! ¡Andrea! Haced algo.

Me agarra de los brazos con las manos y me zarandea.

Su gesto me aviva. Mi formación en servicios de emergencia se activa y me arrodillo junto a Joanne. Pongo los dedos en su muñeca flácida para localizar el pulso mientras la llamo por su nombre.

—¿Respira? —pregunta Zoe.

—¿Tiene pulso? —pregunta Andrea.

—No logro encontrarlo.

Zoe deja escapar otro gemido.

—Dios mío, está muerta.

—Tócale el cuello, a ver si puedes encontrarle el pulso. —Andrea se contiene, pero su pánico y su miedo son evidentes. Se dirige a Zoe—: Cállate, Zoe. Solo un momento. Deja que Carys la revise. No ayudas nada perdiendo los nervios ahora.

Por un instante me compadezco de Zoe, que lloriquea y une sus manos delante de la boca, como si estuviera rezando. Pongo los cinco sentidos en Joanne y presiono con los dedos bajo su mandíbula, contra su cuello suave y frío.

No siento ni el más leve de los pulsos. Me echo sobre ella e intento sentir su respiración en mi rostro, o escuchar el más tenue aliento.

Nada.

—Compruébalo de nuevo —insiste Andrea—. Otra vez.

Entiendo la urgencia y la desesperación de Andrea. Tardo un momento en centrarme. ¿Habré cometido un error? ¿Acaso no noto el pulso porque es muy débil? ¿Se pueden mantener los ojos abiertos, sin pestañear, si se está inconsciente?

Me tiemblan los dedos cuando, una vez más, intento localizar el pulso, tanto en el cuello como en la muñeca. Estoy atenta al más mínimo sonido de su respiración.

—No encuentro nada —digo.

—RCP. Prueba con la RCP —me indica Andrea.

Me vuelvo a fijar en los ojos de Joanne, que no pestañean, en el nimbo carmesí de sangre y en la frialdad de su piel. Cierro con fuerza los ojos para impedir que las lágrimas que asoman por ellos empiecen a caer.

—Carys, haz lo que dice Andrea. —Zoe está a un paso de la histeria.

De pronto me veo haciendo compresiones en el pecho de Joanne, aunque sé que ya no hay nada que se pueda hacer. Básicamente lo hago para tranquilizar a Zoe y para allanarle el camino a mi tranquilidad de conciencia cuando lo necesite en los días y semanas venideras. No es la primera vez que me enfrento a la muerte. Sé qué aspecto tiene. Y conozco la culpa que la sigue.

No cejo en mi empeño durante cinco minutos, pero todos mis intentos por reanimar a Joanne son inútiles. Finalmente, me echo hacia atrás, sobre los talones y, mirando a las chicas, niego con la cabeza.

Zoe se tapa la cara con las manos y emite unos débiles sollozos, que vuelan hacia la noche llevados por el viento, antes de que salga corriendo hacia la esquina del jardín y se ponga a vomitar.

—¿Qué demonios ha ocurrido? —pregunta Andrea.

Niego con la cabeza mientras siento cómo la gravedad de los acontecimientos se impone a la parte objetiva y serena de mi capacitación en primeros auxilios. Lucho contra ello, no me quiero derrumbar.

—No lo sé —respondo con firmeza mientras me seco el sudor de las palmas de las manos con mis pantalones—. Todo apunta a que se cayó y se golpeó la cabeza contra el porche.

Intento dejar a un lado que es Joanne, mi amiga, la que yace muerta en el suelo. He tenido que lidiar con accidentes graves e incluso con la muerte durante el tiempo que trabajé en el servicio de emergencias. Tengo que convencerme de que se trata de alguien con quien no tengo ningún tipo de relación. Si empiezo a pensar en ello en cualquier otro contexto, sé que me derrumbaré.

Soy incapaz de contener las lágrimas, que se deslizan por un lado de mi nariz. Me las enjugo con la mano, pero no paran de fluir.

—Dios, Joanne —digo tan bajito que apenas puedo oír mis palabras—. ¿Qué te ha pasado?

—Ella está…, ya sabes, totalmente… —Andrea deja la palabra prendida en el aire.

Antes de que pueda añadir nada más, escucho un alarido a mi espalda y Zoe me agarra por los hombros, haciendo que me dé la vuelta a la vez que me agacho y pierdo el equilibrio.

—¿Qué le has hecho? —me grita—. ¿Que qué le has hecho?

Andrea me quita a Zoe de encima.

—Joder, Zoe. Por Dios. ¡Estate quieta!

Consigo recuperar el equilibrio, sorprendida ante este ataque inesperado. Zoe empuja a Andrea, da varios pasos hacia atrás con las manos extendidas hacia delante, dándonos a entender que se ha tranquilizado y que Andrea puede apartarse.

—Mantengamos la calma —dice Andrea. Me mira primero a mí y luego a Zoe mientras nos mantiene separadas—. ¿Estás bien, Zoe?

—Sí, estoy bien —responde antes de mirarme—. Tú estabas aquí fuera con Joanne. Os escuché desde mi habitación. ¿Qué pasó?

El tono desafiante de su voz no me pasa desapercibido.

—No ha pasado nada —respondo del mismo modo. No estoy segura de que Zoe me crea, pero, ahora mismo, no me importa demasiado—. Ya no tiene importancia —digo mientras de nuevo las lágrimas rompen en la comisura de mis ojos.

Andrea toma la iniciativa.

—Deberíamos entrar. Aquí fuera hace un frío que pela —dice—. Nos congelaremos hasta…

No sé si son las lágrimas o la razón la que evita que termine la frase.

—¿Y qué hay de Joanne? —dice Zoe, ahora con incertidumbre.

—Lo resolveremos enseguida —digo—. Tenemos que hacer algo. No podemos dejarla ahí fuera.

—¿Y qué hay de la policía? Deberíamos llamar a alguien —dice Zoe entre sollozos.

—¿Y cómo vamos a hacer eso? —pregunta Andrea—. No tenemos nuestros teléfonos y, aunque los tuviéramos, al parecer no hay cobertura.

—El *walkie-talkie* —digo al recordar de pronto que, cuando emprendimos la caminata esta mañana, Joanne nos contó que tenía uno —. Joanne llevaba uno.

Todas miramos a Joanne.

—Alguien va a tener que registrarle los bolsillos —dice Zoe—. Yo preferiría no hacerlo.

Respiro hondo.

—Lo haré yo.

Me arrodillo junto a Joanne una vez más y evito mirarla a la cara cuando empiezo a palpar los bolsillos de su plumas con la esperanza de encontrar el *walkie-talkie*. Están vacíos.

—Tendrás que abrirle la chaqueta —dice Andrea.

Me siento muy invasiva cuando le bajo la cremallera y compruebo los bolsillos interiores y la pretina de los pantalones de Joanne, por si se hubiera enganchado el *walkie-talkie* al cinturón.

—No lo encuentro —digo—. Quizá ya lo había guardado dentro. Tendremos que buscarlo en cuanto entremos. Y de paso podemos intentar encontrar nuestros teléfonos. Puede que captemos alguna señal desde lo alto.

—No estarás proponiendo en serio que salgamos esta noche en medio de la oscuridad a buscar una más que improbable señal de móvil, ¿verdad? —dice Andrea—. Eso no tiene ni pies ni cabeza. ¿Y si te pierdes o te pasa cualquier cosa?

Me levanto.

—¿Tienes alguna idea mejor?

—Pues da la casualidad de que sí. Y no incluye estar aquí plantadas congelándonos mientras trato de convencerte de que salir en plena noche no solo es una tontería, sino que es una puñetera locura.

—Andrea tiene razón —coincide Zoe.

—Aunque te las apañes para encontrar una señal —continúa Andrea—, ¿cómo vas a decirles dónde estamos?

—Podrían averiguarlo a través de mi teléfono. O, si consigo hallar una señal, podría activar la ubicación y consultar la aplicación del mapa. —Veo un pequeño rayo de esperanza a medida que considero esa posibilidad.

—En cualquier caso, no va a ser esta noche. El tiempo está empeorando y ya ha oscurecido —dice Andrea.

—Pero no podemos dejarlo así —protesto.

—Entraremos y trataremos de encontrar la radio y los móviles —dice Andrea—. No sé vosotras, pero yo necesito una copa. Algo fuerte.

A regañadientes seguimos a Andrea hasta la casa donde, más por entretenerme en algo que por necesidad, lleno el hervidor eléctrico y lo enciendo. Andrea va al salón y regresa con una botella de vodka bajo un brazo y otra de Coca-Cola y tres copas de vino en las manos.

—No hay nada mejor. No he encontrado *whisky*.

Coloca las copas sobre la mesa, coge la botella y desenrosca el tapón de color rojo hasta que se rompe el precinto. Entonces sirve en cada copa una buena cantidad de alcohol. Nos pasa una copa a cada una.

—Aquí tenéis un poco de Coca-Cola, si queréis mezclarlo —digo ofreciéndole a Zoe la botella.

Por nuestras noches de fiesta, sé que a ninguna nos gusta beber alcohol a palo seco. Andrea apura su copa de un trago y se sirve de nuevo.

—Gracias —dice Zoe cogiendo la botella y añadiéndole a su vodka una generosa cantidad de Coca-Cola.

Me bebo mi copa de un trago y hago un gesto de asentimiento hacia Andrea cuando sostiene la botella sobre la copa vacía.

—Quiero un poco más de vodka —dice Zoe.

Declino la invitación a tomarme otra. Dos son suficientes. Lo que me apetece, ahora que el alcohol ha limado ligeramente la conmoción, es una agradable taza de té dulce.

—¿Qué vamos a hacer? —pregunta Andrea.

—Pensaba que Joanne había dicho que había una radio aquí, en caso de emergencia. ¿La habéis visto?

—No, pero debe de estar por aquí. Si no, ¿cómo nos las íbamos a apañar en una emergencia? —Andrea empieza a registrar la cocina, abriendo alacenas, inspeccionando su interior y cerrándolas de nuevo—. ¿Sabemos al menos qué aspecto tiene?

—Ni idea —respondo.

Después de buscar a fondo en el piso de abajo nos rendimos.

—¿Y qué hay de nuestros teléfonos? ¿Alguna sabe qué hizo Joanne con ellos?

Sus rostros inexpresivos lo dicen todo.

—¿En qué momento se nos ocurriría permitirle que nos los confiscara? —pregunta Andrea—. ¿Para qué, además? —Echa un último vistazo al armario de pared que hay junto a la puerta. En cuanto la cierra, mira por la ventana y se estremece—. No podemos dejarla ahí fuera. Como mínimo deberíamos taparla.

Se le resquebraja la voz y rápidamente le da la espalda a la puerta, cierra los ojos y respira lenta y profundamente.

—No deberíamos moverla —digo.

—¿Cómo? ¿Pretendes dejarla ahí fuera toda la noche? —me suelta Zoe—. No podemos hacer eso. ¿Y si un zorro o algún otro animal salvaje se acerca? —Se lleva las manos a la cara, luego las bate en el aire mientras lucha de nuevo contra el llanto—. No puedo ni pensarlo. Es demasiado horrible como para imaginarlo.

—Sigo sin pensar que sea una buena idea moverla —insisto.

—Me parece que has visto demasiadas series policiacas

—interviene Andrea—. No es nada ilegal, ha sido un accidente. Un accidente terrible. En cualquier caso, ya hemos contaminado la escena, así que no me importa lo que digas, no pienso dejarla ahí fuera toda la noche.

—Yo tampoco quiero dejarla ahí —coincide Zoe.

Me siento en una silla y me atuso el pelo.

—No sé qué hacer. Estoy intentando no derrumbarme y hacer lo correcto, pero entiendo lo que decís —admito—. Dejarla ahí fuera no está bien. Es... irrespetuoso. Pero, al mismo tiempo, no creo que sea buena idea moverla. ¿Y si la velamos toda la noche? Podemos turnarnos.

—¿Con el tiempo que hace? Nos daría una hipotermia o algo —dice Zoe.

—En ese caso, votemos—dice Andrea—. Zoe y yo queremos moverla, así que digo que lo hagamos.

Siento que no puedo dar batalla.

—De acuerdo, la moveremos.

Me masajeo las sienes con la punta de los dedos y cierro los ojos solo para vérmelas cara a cara con una nueva oleada de ansiedad inútil en cuanto la gravedad y los efectos colaterales de lo que ha ocurrido me invaden.

—Todo esto es tan surrealista. ¿Qué le vamos a decir a Tris? ¿Y a los niños?

—Sabe Dios —dice Andrea. Se dispone a coger la botella de vodka, pero cambia de opinión y la deja de nuevo sobre la mesa—. Debo mantener la cabeza fría, por mucho que me tiente la idea de emborracharme.

Se sienta a la mesa y se sirve un poco del té que he preparado. Le tiembla la mano en cuanto coge la taza y se la lleva a los labios. Andrea está mucho más afectada de lo que parece, pero, por ahora, agradezco su actitud pragmática y serena. Necesitamos mantenernos enteras, al menos hasta que llegue la ayuda.

—¿Cuánto tiempo crees que lleva muerta Joanne? —pregunta

Zoe con la mirada perdida en su taza mientras remueve con lentos círculos el contenido.

—No lo sé. Estaba fría como el hielo, así que puede que haga ya un rato. Estoy segura de que una persona no se enfría tan rápido.

—Tampoco es que estemos en el Caribe —puntualiza Andrea—. No creo que la temperatura de su cuerpo haya tardado mucho en disminuir. ¿Crees que ocurrió mucho más temprano?

—No lo sé —digo con sinceridad. Doy un suspiro. Es difícil pensar en ello con lógica.

—¿Estuviste fuera con Joanne?

Asiento con la cabeza.

—Me estaba disculpando por lo de esta tarde. Eso es todo.

—¿Y por qué salisteis de la casa? —Andrea se cruza de brazos.

—Lo sugirió Joanne. Dijo que sería más privado.

—Os escuché hablar —dice Zoe—. No alcancé a entender lo que decíais, pero escuché vuestras voces.

Me pregunto si Zoe está diciendo la verdad. ¿Es posible que haya oído lo que decíamos? Joanne y yo no estábamos precisamente hablando en voz baja, sobre todo hacia el final de la conversación. La habitación de Zoe está justo encima de donde estábamos. Estoy bastante segura de que nos tuvo que oír.

—Hablamos y luego volví adentro y me quedé medio dormida en el sofá. —Me pongo a la defensiva. Andrea me evalúa con la mirada y no me gusta ni un pelo—. Quizá se resbaló o algo así. No lo sé. —Apoyo la cabeza entre las manos mientras intento procesar los acontecimientos—. Antes me pareció ver a alguien al otro lado de la ventana, pero no resultó ser más que mi reflejo.

—¿Estás segura de eso? —pregunta Andrea.

—Sí. Por eso salí a echar un vistazo —respondo—. Salí a la entrada con una linterna. Me puso los pelos de punta. Me sentía como si me estuvieran observando. Entonces Joanne se abalanzó sobre mí y me dio un susto.

—Entonces, ¿no crees que haya nadie más por aquí? —pregunta Andrea.

—¿Qué quieres decir? —replico.

—¿Que puede que haya alguien más ahí fuera? —responde Andrea.

CAPÍTULO 16

—¿Qué estás diciendo? ¿Que hay alguien ahí fuera y ha matado a Joanne? —dice Zoe perpleja—. ¿Y qué le impide venir a por nosotras?

—Espera un momento —digo haciendo un gesto con la mano—. Eso es ridículo. Por lo que sabemos, Joanne pudo haberse caído y que no la oyéramos. Todo eso de que hay alguien ahí fuera nos está poniendo nerviosas.

—Pero si eres tú la que ha dicho que vio algo —dice Zoe.

—Puedo haberme equivocado. No pienso con claridad.

Dejo escapar un suspiro. Es verdad. Me está costando un montón hacerme cargo de todo lo que está ocurriendo y lo que significa.

—Voy a ver si encuentro nuestros móviles —dice Zoe—. Lo más probable es que estén escondidos en la habitación de Joanne.

Durante un rato permanecemos sentadas en silencio, interrumpido por las pisadas de Zoe en el piso de arriba mientras recorre la habitación de Joanne.

Estoy agotada físicamente y apoyo la cabeza en el sofá.

—No me puedo creer que esté ocurriendo todo esto —digo.

—El fin de semana ha sido de lo más raro desde el principio —añade Andrea—. Todo ese secretismo hasta el último minuto, y luego el viaje hasta aquí. Por no hablar del dichoso juego de adivinar personajes.

—Lo sé. ¿De qué iba todo eso?

—Ni idea. —De nuevo guardamos silencio; Andrea es la primera en hablar—: No dejo de pensar en lo que dijo Joanne cuando le pregunté acerca del juego, eso de que la respuesta estaba justo delante de nuestras narices, observándonos. No tengo ni idea de a qué se referiría.

—No he pensado mucho en ello. —Abro los ojos y reparo en la fotografía de nosotras cuatro que Joanne nos sacó en cuanto llegamos. Algo en ella lanza un mensaje subliminal a mi subsconsciente—. La foto. Tiene que ser la foto. —Me levanto de un salto y cojo la fotografía de la repisa de la chimenea.

—No te sigo —dice Andrea.

—«La respuesta está justo delante de nuestras narices, observándonos». Esta foto lleva aquí todo el tiempo. Puede que esté muy descaminada, pero en su momento me pareció que Joanne se estaba tomando muchas molestias respecto a dónde colocarnos a cada una. Y en un lugar tan extraño. ¿Por qué en el recibidor y no aquí o delante de la casa?

—¿A dónde quieres ir a parar?

—Mira el fondo. Esos monigotes con banderas están diciendo algo en código de señales. Cada una de esas banderas deletrea una palabra.

—¿Y cómo demonios vamos a descifrarlo? —pregunta Andrea.

Salgo al recibidor y descuelgo las cuatro imágenes de los clavos que están en la pared, y entonces me doy cuenta de que hay un quinto clavo, uno más grande. Bajo la vista hacia la litografía que está apoyada contra la pared.

—Supongo que antes el gran cuadro de las flores estaba ahí colgado y que Joanne lo sustituyó por estos cuatro. —Mirándolos de cerca resulta obvio que han sido impresos con una impresora casera o de oficina, ya que no tienen la calidad profesional que uno puede encontrarse en las tiendas—. Debe de haberlos hecho ella misma.

—Sigo sin entender por qué —insiste Andrea cogiendo de mi mano una de las imágenes para observarla más detenidamente.

—Así entendía Joanne la diversión. Nos estaba gastando una broma, solo que nosotras no teníamos ni idea.

Alzo los ojos mientras Zoe baja las escaleras. Se detiene a medio camino.

—He oído lo que estabais diciendo. Mirad lo que había colgado en mi puerta.

Desenrolla un póster y lo sostiene en la mano para mostrárnoslo: *Código de señales*. Junto a cada letra del abecedario hay un monigote con banderas en diferentes posiciones.

—Estupendo —dice Andrea—. ¿Qué más tienes ahí?

Andrea hace un gesto con la cabeza señalando la libreta A4 de color rojo que Zoe lleva bajo el brazo.

—Os lo mostraré en un minuto —responde—. Primero descifremos el código de banderas.

Entramos en el salón con las cuatro imágenes y extendemos el póster sobre la mesa de centro. Empezamos con la imagen bajo la que aparezco yo. Letra a letra escribimos la palabra en un trozo de papel. Se me hace un nudo en la garganta al ver el resultado.

A S E S I N A

—Pero ¿qué…? —empieza a decir Andrea. Me mira—. ¿Se os ocurre por qué escribiría eso?

Pese al fuego encendido y el calor corporal de Zoe y Andrea, siento un escalofrío y se me eriza el vello de los brazos. Niego con la cabeza.

—No.

—Descifremos el resto —dice Zoe.

Tardamos unos minutos, pero finalmente logramos averiguar el significado de las otras imágenes en código de señales.

Sobre la cabeza de Zoe figura la palabra «P U T A». Sobre la de Andrea se lee «E S T A F A D O R A» y, finalmente, sobre la de Joanne pone «J U E Z A».

—¿Qué demonios tenía planeado? —pregunta Andrea.

—Todo empieza a tener sentido —dice Zoe.

Andrea y yo la miramos, nuestras caras de perplejidad hacen que no sea necesario formular ninguna pregunta. Zoe recoge la libreta del suelo, donde la había dejado, y la coloca sobre la mesa.

—No he encontrado nuestros móviles, pero he descubierto esto.

Andrea coge la libreta y la abre. Estudia la primera página mientras yo estiro el cuello para intentar leer algo desde el otro lado de la mesa. Andrea hojea algunas páginas.

—Es un dosier sobre nosotras.

—Deja que lo vea como Dios manda —digo arrebatándole la libreta antes siquiera de que me la ofrezca. Lo más probable es que haya una sección de cada una. Ni corta ni perezosa busco la página con mi nombre.

—Cada una de esas imágenes está relacionada con lo que ha escrito de nosotras —dice Zoe mientras voy pasando las páginas.

Carys Montgomery
Personaje: *Mary Ann Cotton.*
Crimen: *asesinó a sus hijos y a sus MARIDOS.*
Secreto: *Carys Montgomery asesinó a su marido.*
Encubrió lo que ocurrió entre Darren y Ruby.

Doy un golpetazo contra la libreta con ambas manos, como si pudiera ocultar las palabras y olvidar que las he visto.

—Ya lo he leído —dice Zoe—. Quizá quieras leer lo que dice de nosotras.

Retiro las manos y paso a la página con el nombre de Zoe.

Zoe Coleman
Personaje: *Diana, princesa de Gales.*
Crimen: *tuvo una aventura con un hombre casado.*

*Secreto: Zoe tiene una aventura con un hombre casado.
Ese hombre casado es Tris.*

Miro a Zoe.

—¿Es verdad?

—¿Acaso es cierto lo que dice acerca de ti? —replica Zoe—. ¿O de ti, Andrea?

—Dame eso. —Andrea me arrebata la libreta y la abre por la página con su nombre. De nuevo, leo el contenido del revés.

Andrea Jarvis
***Personaje**: Nick Leeson.*
***Crimen**: fraude bancario.*
***Secreto**: Andrea Jarvis ha cometido fraude.
Me estafó con el negocio del gimnasio.*

—Vaya zorra —dice Andrea. Ojea rápidamente las páginas dejando escapar un silbido por lo bajo—. Pues sí que estaba Joanne cabreada con nosotras.

—Pero mi tarjeta no era la de la princesa Diana —dice Zoe—. Debió de mezclarlas sin darse cuenta.

—No, yo creo que lo hizo a propósito —digo—. Nos dio la tarjeta que no nos correspondía porque no quería que sospecháramos lo que se traía entre manos. No quería que adivináramos que el juego iba de nuestros propios secretos.

Guardamos silencio durante un momento valorando esa posibilidad. Andrea es la primera en hablar.

—Así que el juego de Joanne no era un juego en absoluto. O, al menos, no un juego demasiado divertido. Pretendía sacar a la luz todos nuestros secretos. ¿O debería decir nuestros «presuntos» secretos?

—Pero ¿por qué? —pregunta Zoe.

—Humillación. Satisfacción. Venganza. —A medida que voy

nombrando los distintos motivos, los enumero con los dedos—. Pensábamos que en esta reunión haríamos las paces. Todas hemos tenido nuestros más y nuestros menos con ella últimamente por diversos motivos, por eso ha estado tan distante. Pero para Joanne este fin de semana no era la oportunidad perfecta para reconciliarse con nosotras, sino para vengarse.

—Estás hablando como si estas acusaciones fueran ciertas, como si tuvieran fundamento —dice Andrea—. Yo la estafé y la eché del gimnasio, Zoe tiene una aventura con Tris y tú mataste a Darren por algo que ocurrió con Ruby, ¿es eso?

—Según ella, sí. Evidentemente, yo no maté a Darren.

Las palabras salen atropelladamente de mi boca, e ignoro la alusión a Ruby. No quiero hablar de ello. Me empieza a temblar la pierna involuntariamente y me la sujeto firmemente con la mano. Considerar esas acusaciones como posibles de nuevo hace que me den ganas de vomitar.

Andrea está más callada de lo normal. Observo cómo mi amiga vuelve a mirar la libreta.

—Iba a sacar nuestros trapos sucios a la luz —dice Andrea por fin—. Zoe, ¿estás liada con Tris?

Zoe se yergue un poco, tensando la mandíbula. Es difícil tomarla en serio ahí de pie, vestida con un pijama a cuadros con un osito de peluche estampado en la pechera sobre las palabras *Dulces sueños.*

—No creo que sea en absoluto de tu incumbencia —dice.

—Me lo tomaré como un sí —replica Andrea, y se dirige a mí, ignorando el movimiento de pececito que Zoe está haciendo con la boca, como si boqueara—. ¿Y de qué va eso que dice Joanne acerca de Darren y Ruby?

—Nada. No hay nada que contar —respondo.

—Carys, esto ya no es ninguna broma. Tiene que haber algo; si no, no lo habría escrito. Formaba parte del juego de Joanne; quería sacar a la luz nuestros secretos más sórdidos.

—Oh, Dios, por favor, no me digas que Darren y Ruby han tenido una especie de aventura —dice Zoe—. ¿Por eso os separasteis?

—No la tenían —zanjo cortante—. Y, no, ese no es el motivo por el que nos separamos.

Me cruzo de brazos y me siento. No tengo intención de contarles la verdad.

—¿Qué quiso decir Joanne, entonces? —Andrea insiste.

Me planteo negarlo todo de nuevo, pero decido que lo mejor es no hacerlo. Tengo que darles algún tipo de explicación. Opto por ofrecerles una versión alternativa y más amable:

—Es una estupidez y completamente falso, además. —Empiezo a decir mientras maquino a marchas forzadas—. Ruby le pidió a Darren que la ayudara con su escrito de presentación para la solicitud de acceso a la universidad. Naturalmente, Darren accedió y terminó ayudándola en varias ocasiones. A Joanne no le hacía ni pizca de gracia; estaba convencida de que Ruby se había encaprichado con Darren y le pidió que no se prestara a ayudarla más. —Miro a las chicas—. Eso es todo. No hay nada más que contar.

Las observo mientras analizan lo que les acabo de decir y consideran su verosimilitud. Zoe es la primera en hablar.

—Muy bien, aunque nunca mencionó nada de eso.

—Era algo entre nosotras —digo.

Zoe le da un codazo a Andrea.

—Y tú ¿qué? ¿Qué problema tenía Joanne contigo?

—Me acusó de comprar el gimnasio a sus espaldas. Pensaba que deberíamos haber sido socias en el negocio. La cuestión es que sí que le pregunté si quería subirse al barco, pero no tenía los fondos necesarios.

—¿Y ya está? —pregunto con la sospecha de que, igual que en mi caso, debe estar ocultándonos parte de la historia.

Andrea resopla.

—Vale… Joanne piensa, o más bien pensaba, que falsifiqué su

firma en un documento y que le oculté información acerca de la venta del negocio y su valoración.

—¿Y lo hiciste? —presiono.

—¿Tú qué crees? —Andrea lanza la libreta sobre la mesa. El golpe de la tapa contra la madera de roble hace que Zoe y yo demos un respingo—. Pues claro que no.

Durante un momento, le doy vueltas a las últimas revelaciones valorando su credibilidad. O incluso su verosimilitud.

—Neguemos o no estas acusaciones es totalmente irrelevante —digo finalmente—. El hecho es que Joanne sí que creía en ellas. Estaba tan convencida que organizó todo este elaborado juego para sacar a la luz la forma en que suponía que la habíamos perjudicado. Y ahora, antes de la gran revelación final, cuando todas estábamos cada vez más cerca de averiguar la identidad de los personajes misteriosos y cómo sus «secretos» nos relacionan con ellos, ella muere. Si yo fuera agente de policía, diría que todas teníamos un buen móvil para matarla.

Andrea estalla en carcajadas.

—¿De verdad crees que una de nosotras ha matado a Joanne?

—Es una posibilidad.

—Te estás dejando llevar por tu imaginación —dice Andrea.

Abre la botella de vodka y se sirve otra copa. Zoe desliza su copa sobre la mesa para que se la rellene y Andrea hace lo propio.

—¿Cuál es tu teoría?

—Empecemos por analizar esa loca idea tuya de que una de nosotras la mató —dice Andrea—. Ya hablaremos de la mía. —Le da un buen trago al vodka—. Estábamos juntas cuando vimos a Joanne por última vez.

—Así es —coincide Zoe con un gesto de la cabeza.

—Luego, subimos al piso de arriba y tú te quedaste abajo. De pronto te escuchamos gritar, bajamos corriendo y te encontramos fuera con Joanne —Andrea continúa—. Bien, ¿quién diríais que es la sospechosa principal?

—Un momento —digo fijándome en la inseguridad de Zoe—. Yo estaba en el salón, dormida. Los gritos de Zoe me despertaron. ¿Cómo puedo saber qué estabais haciendo antes de eso? No estabais juntas, ¿no?

—¿Crees que lo hizo una de nosotras? —Andrea se echa a reír—. Las dos estábamos arriba, durmiendo.

—A Carys no le falta razón —interrumpe Zoe—. Yo estaba en mi cuarto con la puerta cerrada, de forma que no puedo saber a ciencia cierta qué estabas haciendo tú. Del mismo modo, tú no puedes saber qué estaba haciendo yo. Por poder, podrías haber bajado a hurtadillas sin que Carys te viera u oyera.

Andrea se queda boquiabierta y felicito a Zoe para mis adentros. Tiene razón, eché una cabezada y la puerta del salón estaba cerrada.

Andrea niega con la cabeza con incredulidad.

—¿Y cómo sabemos que no hiciste eso mismo? —dice fulminando a Zoe con la mirada—. Carys o tú pudisteis haber salido de la casa sin que nadie se enterara, o pudo pasar algo cuando Carys estuvo hablando con Joanne.

Aparto la vista de Andrea con la firme intención de rehuir su mirada, y luego me paso la mano por la cara para disimular mi sentimiento de culpa ante lo acertado de sus palabras. Sí que ocurrió algo cuando estaba hablando con Joanne, pero estaba perfectamente cuando la dejé fuera. Lanzo un largo suspiro e intento serenarme.

—Mirad, esto no nos va a llevar a ninguna parte. Todo lo que hemos sacado en claro hasta ahora es que cualquiera de nosotras podría haberlo hecho.

—¿Y qué me decís del móvil? —pregunta Andrea—. Zoe, según dice aquí, tú te estabas tirando a Tris, así que tienes un buen motivo.

—Eso no es justo —suelta Zoe—. Tú también tienes móvil. Echaste a Joanne del negocio. Sabes lo mucho que ese gimnasio significaba para ella y conocías los planes que tenía para hacerse con él, pero no se lo permitiste. De algún modo deshonesto e ilegal, la estafaste.

Andrea levanta las manos.

—Incluso aunque todo hubiera sucedido como dices, eso no me convierte en ninguna asesina, no es razón de peso para matar a alguien. —Se gira para mirarme—. Aunque el móvil más sólido es el tuyo, Carys. Si de verdad había algo entre Darren y Ruby, se vería muy mal.

—¿Y por qué me iba a preocupar eso ahora? —digo con la esperanza de que mi falsa fanfarronería me aleje de toda sospecha—. Darren está muerto. No es que pueda manchar su reputación, que digamos.

—No, pero sí la tuya. Si saliera a la luz, la gente no dudaría en preguntarte si lo sospechabas, o incluso si lo sabías. Si estás casada con alguien al que le van las jovencitas, es bastante probable que estés al tanto.

—Cállate, Andrea. ¡No tienes ni idea de qué estás diciendo! —le grito, y de inmediato lo lamento. Con esa actitud solo consigo afianzar su idea de que yo sabía qué se estaba cociendo.

—He dado en el blanco, ¿eh? —dice lejos de cejar en su empeño—. Y luego está Alfie.

Mi labio superior se perla de sudor en un instante cuando nombra a Alfie. Noto cómo los músculos de mi cuerpo se tensan y le lanzo una mirada fulminante a Andrea con los ojos entornados.

—Cuidadito con lo que dices —le advierto.

Andrea tamborilea en la mesa antes de continuar.

—Si se descubriera que Darren tenía una aventura con una de sus alumnas, ¿quién saldría más perjudicado? Probablemente tú no. No importa a lo que te enfrentes, eres de sobra capaz de lidiar con ello. Te creces ante la adversidad y eres una chica dura. Sin duda te las arreglarías, pero Alfie es mucho más inestable.

—Más vale que pares —afilo las palabras.

—Demasiado tarde —añade Andrea—. ¿Cómo haría frente Alfie a las burlas y mofas de que su padre se tiraba a una alumna? ¿A que lo llamaran pedófilo? Algunos incluso puede que decidieran tomarse la justicia por su mano e hicieran pagar a Alfie por las acciones de su padre. A mí me parece que el tuyo es el móvil más fuerte de todos.

CAPÍTULO 17

—¿Sabes qué, Andrea? —digo con la mandíbula tensa de rabia—. Tienes que aprender a cerrar la bocaza.

La repentina necesidad de ponerme en pie y soltar un torrente de negaciones es casi irrefrenable. Me está suponiendo un esfuerzo sobrehumano contenerme.

—Me limito a describir los hechos.

Echo mano del tono de voz más cortés del que dispongo. Ya lo he hecho antes, puedo resistirlo. Respiro profundamente y le digo:

—Deja a mi marido, a mi hijo y a la hija de Joanne al margen de esto. Si Joanne estuviera aquí, te diría lo mismo.

—¿Tú crees? —Andrea me lanza una mirada desafiante.

—Venga, vamos —dice Zoe—. No nos peleemos. No creo que ninguna de nosotras matara a Joanne. Es una sugerencia ridícula. Lo que ha ocurrido ha sido un accidente, eso es todo. Joanne estaba trasteando por ahí, se resbaló en el patio y se dio un golpe en la cabeza. Tan sencillo como eso: un trágico accidente. Que riñamos no va a servir de nada.

Andrea sopesa las palabras de Zoe.

—Sí, tienes razón. Lo siento. —Me mira y me dedica una leve sonrisa—. Todo este asunto me está volviendo loca.

—No pasa nada —respondo, aunque no puedo decir que lo sienta de verdad.

—También está la otra posibilidad de la que hablamos —dice Andrea. Hace una pausa para asegurarse de que tiene toda nuestra atención—. Podría haber alguien más ahí fuera. Y que no haya sido un accidente.

—Oh, venga ya. —Aunque agradezco que el foco de la culpabilidad ya no apunte hacia mí, no puedo evitar pensar que ahora estamos exagerando—. ¿Quién podría ser? ¿Y por qué? ¿Por qué asesinar a Joanne sin más?

—Puede que trataran de atacarla y que ella se defendiera, ¿no?

—Puede que Andrea no esté tan descaminada —dice Zoe abriendo los ojos como platos—. Todo lo que ocurrió ayer en el bosque. Puede que haya un loco por ahí, observándonos. Puede que nos haya seguido hasta aquí.

—Dejadlo ya —digo con determinación—. Estoy segura de que aquello no fue más que el retorcido sentido del humor de Joanne en acción. Se estaba divirtiendo a nuestra costa. Apostaría a que incluso se inventó esa historia acerca de la madre que se sacrificó en el altar para ponernos los pelos de punta. No me trago que haya ningún maniaco asesino en el bosque.

Zoe agacha la cabeza y de pronto me recuerda a un niño al que acaban de regañar.

—Lo siento. Tienes razón. Me estoy poniendo pesada. —Su labio inferior tiembla ligeramente y me acerco para darle un abrazo, pero Zoe me detiene—. No, no lo hagas. Acabaré como un manojo de nervios a este paso y no seré de ayuda. Ojalá supiéramos lo que ocurrió ahí fuera.

—Mantengamos la calma —digo—. Y pensemos en qué hacer.

—No podemos meterla en la casa —dice Andrea—. No podría soportar compartir el mismo techo con un cadáver. —Mira por encima de su hombro en dirección a la puerta de atrás—. Lo siento, Joanne. No te ofendas.

—Ahí fuera hay un cobertizo —digo—. Podríamos envolverla en una manta y dejarla dentro. Probablemente sea el mejor sitio.

Es un lugar más fresco que este. —Intento no pensar en cadáveres y el hedor de la carne pudriéndose—. Más vale que lo hagamos pronto. Está bastante oscuro.

—Y necesitamos encontrar nuestros móviles o la dichosa radio para pedir ayuda —dice Andrea.

—De acuerdo. —Zoe va hacia la puerta del comedor—. Iré a por la manta de la cama de Joanne. Podemos envolverla en ella.

Se detiene en el umbral y nos mira. Ninguna decimos nada, pero creo que todas pensamos lo mismo. Esta es, sin duda, una situación horrorosa y estamos tomando decisiones y cumpliéndolas casi como si de un negocio se tratara.

—Todo irá bien —digo con suavidad—. Tenemos que ser fuertes y pasar por esto. Las situaciones extremas obligan a las personas a tomar decisiones extremas y actuar en consecuencia. Pero todo irá bien, os lo prometo.

Zoe frunce los labios y hace un leve gesto de asentimiento con la cabeza antes de abandonar la habitación.

—Espero que tengas razón —dice Andrea.

Fuera, la neblina ha saturado el ambiente y unas gotitas de humedad se condensan en mi ropa y mi cabello. En cuanto torcemos la esquina de la casa, el aroma a agujas de pino, combinado con el olor terroso de la hierba mojada, nos embarga.

Me sobrecojo al ver de nuevo el cuerpo sin vida de Joanne. Miro a las chicas y todas intercambiamos gestos silenciosos de asentimiento.

Joanne está exactamente como la dejamos. No sé qué esperaba encontrarme. Tal vez, en lo más profundo de mi ser, esperaba que aquello no hubiera sido más que una alucinación colectiva, o alguna de las inteligentes y crueles bromas típicas de Joanne, pero no hay modo de escapar al hecho de que esto es real.

—Extiende la manta lo más cerca posible de Joanne —le

indico a Zoe—. Una de vosotras la coge por las piernas mientras que la levanto por los brazos.

—No creo que pueda —dice Zoe.

Retrocede un paso con la manta todavía enrollada entre sus brazos. Andrea se la arrebata.

—Yo lo haré.

Extiende la manta, y me invade una sensación de alivio al comprobar que Andrea parece haber superado la conmoción y ha recobrado su habitual sensatez. No creo que fuera capaz de hacer esto si las dos estuvieran a punto de derrumbarse. La perspectiva de mover el cuerpo de Joanne no es precisamente plato de buen gusto, pero soy consciente de que alguien tiene que hacerlo.

En el porche, me coloco detrás de la cabeza de Joanne. No tengo más que fingir que está dormida y concentrarme en ese pensamiento. Me agacho y me obligo a agarrarla por debajo de los brazos. Andrea la coge por las piernas. El *rigor mortis* no ha hecho mella todavía en el cuerpo de Joanne, de modo que no nos cuesta demasiado moverla.

La levantamos con cuidado y la ponemos sobre la manta. Coloco los brazos de Joanne a ambos lados de su cuerpo y la tapamos con la manta.

—Lo siento muchísimo, Joanne.

Los ojos se me llenan de lágrimas y empiezo a moquear. Echo mano al bolsillo en busca de un pañuelo con el que secarme la cara.

—Tenemos que meterla en el cobertizo —dice Andrea.

—Abriré la puerta —dice Zoe. Con la linterna en la mano ataja hacia el final del patio y corre entre la hierba. Sacude la puerta—. Mierda, está cerrada con llave.

—¡Joder! —exclama Andrea.

—En realidad está cerrada con un candado —nos grita Zoe.

—Me pareció ver una llave colgada junto a la puerta de atrás —digo—. Esperad, voy a por ella.

Rodeo la casa rápidamente en dirección a la parte delantera. La neblina es cada vez más densa, y los árboles y arbustos solo son contornos sombríos. Me apresuro al interior y descuelgo la llave del gancho. Mirándola más de cerca no tiene pinta de ser la llave de un candado y dudo de que sirva para abrir el cobertizo.

Decido que, si me veo obligada a ello, haré pedazos la puerta del cobertizo, y echo un vistazo a mi alrededor en busca de algo que pueda utilizar para hacer palanca con el candado. Cojo la escoba de madera y, en el último minuto, se me ocurre también llevarme la plancha que hay en un soporte en la puerta.

—¿Para qué demonios te has traído una plancha? —me pregunta Andrea en cuanto reaparezco a su lado en el cobertizo.

—Será un martillo improvisado en caso de que tenga que reventar el candado. No te preocupes, les compraré uno nuevo a los dueños.

—Esa es la última de nuestras preocupaciones —dice Andrea.

Efectivamente, la llave no se corresponde con el candado. Para empezar, es demasiado grande y tiene un aspecto mucho más antiguo que el candado del cobertizo, que parece relativamente nuevo. No tengo tiempo para pararme a pensar en qué cerradura abrirá, así que me la guardo en el bolsillo de la chaqueta.

—Acerca la linterna —le indico a Zoe.

El candado pende de una placa metálica que mantiene cerrada la puerta. No está demasiado bien colocada, por lo que hay cierta holgura entre la puerta y el marco. Coloco con éxito el palo de la escoba entre la placa y el marco e intento hacer palanca para abrir la puerta. Se escucha un crujido y cede un poco. Tiro con más fuerza del palo de la escoba. De pronto se produce un nuevo sonido de astillas y veo que los tornillos de la placa empiezan a aflojarse, pero el palo de la escoba se parte y salgo despedida hacia atrás.

—Pues con la plancha —digo poniéndome de pie mientras la cojo.

Le doy un golpetazo con la plancha al borde de la placa metálica donde se han aflojado los tornillos. Tengo que repetir la operación varias veces, pero, finalmente, la fuerza de los golpes y el peso de la plancha arrancan de cuajo los tornillos.

—¡Bingo!

Echamos un vistazo al interior del cobertizo desde el umbral. Zoe hace un barrido con el haz de luz de la linterna. Tendrá un tamaño de dos metros por uno y medio, aproximadamente, y por lo que alcanzo a ver, hay unas cuantas herramientas de jardín, una manguera y un par de muebles antiguos: una silla de comedor y una cómoda. En uno de los lados hay un estante con muchas macetas de plástico y antiguas herramientas de mano dignas de museo.

—¿Qué es eso? —dice Zoe enfocando con la linterna hacia el estante, iluminando una caja negra rectangular con diales en la parte delantera.

—¡Es una jodida radio! —dice Andrea—. Pero ¿qué narices está haciendo aquí? —Accede al interior y la recoge. Como si fuera un yoyó, un transmisor cuelga del extremo de un cable en espiral.

—Gracias a Dios —dice Zoe—. Ahora podremos contactar con alguien. Si es que funciona, claro.

—Y dando por hecho que sabemos cómo utilizarla —puntualizo apaciguando el alivio que siento, intentando no dejarme llevar por la idea de un rescate inminente.

—Un momento, me pareció ver una especie de manual de instrucciones en el dormitorio de Joanne —dice Zoe—. Estaba en el cajón con la libreta roja. No le di importancia en su momento. Iré a por él cuando entremos.

Mi sentimiento de alivio aumenta. Tenemos ante nosotras el salvavidas que nos conducirá al mundo exterior. De pronto, la idea de un rescate inmediato es una posibilidad real.

—Metamos a Joanne dentro —digo con energía debido a nuestro cambio de suerte.

Es más difícil mover a Joanne ahora que está envuelta en una gruesa manta, pero, al mismo tiempo, mentalmente es más sencillo, ya que no le veo la cara. El contorno de su cuerpo y sus extremidades también son menos evidentes. Andrea la agarra por las piernas mientras yo le sostengo el torso y ambas nos movemos en dirección al cobertizo arrastrando los pies. Zoe permanece de pie detrás de nosotras, iluminando los rincones más oscuros del cobertizo.

Con cuidado dejamos el cuerpo de Joanne en el suelo, y me tomo unos minutos para colocar bien la manta, de modo que Joanne quede perfectamente cubierta y permanezca en una posición buena y respetuosa. Reconozco que es un desvarío, pero para mí es importante mostrar deferencia hacia nuestra amiga, incluso en la muerte.

Con la seguridad de que hemos hecho todo lo que estaba en nuestra mano, cerramos la puerta del cobertizo. Recogemos varias piedras de pequeño tamaño que hay esparcidas por el jardín y las apilamos contra la puerta para que quede perfectamente cerrada.

Una vez en la casa, me doy cuenta de que Andrea comprueba que las puertas están cerradas, y observo que a medida que va de habitación en habitación, echa todas las cortinas. El fuego se ha consumido y lanza otro leño a las llamas.

—Tenemos que ver si somos capaces de hacer funcionar la radio —dice.

Zoe ha colocado la radio sobre el baúl que hay en el centro del salón y se apresura escaleras arriba en busca de las instrucciones.

—Voy un momentito al baño —digo—. ¿Por qué no pones la tetera a calentar?

—Que le den a la tetera —dice Andrea poniéndose de pie y saliendo de la habitación—. Necesito algo más fuerte que el té.

Me dirijo al piso de arriba mientras escucho un tintineo de copas y supongo que Andrea las ha sacado de la alacena y nos está sirviendo a todas una generosa cantidad de vodka. No parece una mala idea. No sé cómo voy a dormir esta noche. No puedo dejar de pensar en los ojos abiertos como platos de Joanne, mirándome, y en el peso de su cuerpo envuelto en la manta mientras la metíamos en el cobertizo.

Al abrir la puerta del baño echo un vistazo al otro lado del rellano, en dirección al dormitorio de Joanne. La puerta está entreabierta, pero no alcanzo a ver el interior. Con un poco de suerte, Zoe habrá encontrado las instrucciones de la radio y en unas horas la policía estará aquí. Como muy tarde, mañana por la mañana.

Cuando salgo del baño, aprovecho y me cambio la ropa húmeda y me pongo una camiseta limpia y unos pantalones de chándal secos, además de una sudadera con capucha y cremallera. La cama es tentadora; podría caer en ella ahora mismo. Noto pesados los brazos y las piernas, pero sé que, si me echara, no podría levantarme de nuevo. El rapel, el paseo en kayak y cargar con el peso del cuerpo sin vida de Joanne empiezan a pasarme factura. Me duelen las extremidades y la espalda me mata cada vez que me inclino hacia delante.

Mi mente, sin embargo, va por libre, y por mucho descanso que necesite mi cuerpo maltrecho, sé que mi cabeza estaría dando vueltas y no conseguiría pegar ojo. Me planteo tomarme una de mis pastillas, pero finalmente me vencen las ganas de algo más fuerte. Puede que el vodka me ayude a conciliar el sueño más tarde. Necesito algo que mantenga las espantosas imágenes de Joanne a raya. No me puedo permitir rememorar esos pensamientos, me derrumbaría.

En el salón, me tomo el vodka que me ofrece Andrea y me siento a su lado en el sofá. El equipo de radio está enfrente de nosotras.

—Es una radio CB o de banda ciudadana —digo.

Hay un dial en el lado derecho de la parte delantera, más grande que los otros, y, sobre él, una pantalla cuadrada. Dispone de un amplio despliegue de diales e interruptores, muchos de ellos etiquetados: regulador, ganancia de entrada del micrófono, volumen y respuesta. A la izquierda hay otra pantalla más pequeña con un dial y una aguja. En un lateral está el cable en espiral, como el de los teléfonos antiguos, con un transmisor sujeto al extremo.

—Doy por hecho que no tienes ni idea de cómo funciona esto, ¿no? —me pregunta Andrea.

—Efectivamente. Lo único que sé es que hay que decir «probando-probando».

Mi pobre intento de hacer un chascarrillo no parece hacernos gracia a ninguna de las dos.

—¿Por qué tarda tanto Zoe? —pregunta Andrea mientras echa un vistazo al recibidor antes de volver a prestar atención a la radio CB. Alcanza la parte de atrás del equipo y coge dos largos cables negros. La conexión del extremo de uno de ellos no es muy diferente a la de un cargador de móvil para el coche y la del otro es un enchufe normal —. Supongo que habrá que enchufar esto en algún sitio.

—¿En la cocina, quizá? —sugiero.

Llevamos la radio CB a la cocina y buscamos un enchufe.

—Aquí —dice Andrea señalando el zócalo cercano a la puerta, donde hay una toma de teléfono y un enchufe normal —. Pásame el cable.

Coloco el equipo sobre la encimera y Andrea extiende los cables por la cocina hasta conectarlos a los enchufes. Prendo el dial de encendido y una pequeña luz roja resplandece en cuanto el sonido de la estática inunda la habitación.

—Parece que tenemos corriente —digo sonriendo por primera vez en toda la tarde.

—No te emociones demasiado —dice Zoe, parada en la puerta de la cocina. Nos muestra las manos vacías—. No encuentro las instrucciones por ninguna parte. Han desaparecido.

—¿Qué quieres decir con eso? —pregunta Andrea poniéndose de pie.

Observo la tensión en el rostro de Zoe.

—Pues exactamente eso. Ya no están. Han desaparecido. Se han evaporado.

—Eso es imposible. —Andrea apaga la radio y el sonido de la estática desaparece.

Zoe pone los brazos en jarras y mira directamente a Andrea.

—Pues así es.

La tensión en el ambiente va en aumento y chisporrotea como un cable eléctrico rasgado, balanceándose sin control. Nos ponemos en pie y nos miramos fijamente; supongo que todas nos estamos preguntando lo mismo. Quién ha cambiado las instrucciones de sitio y por qué.

Andrea es la primera en hablar.

—¿Estás totalmente segura de que lo que viste antes eran las instrucciones de la radio CB?

—Bastante segura, sí. No las examiné en detalle, tan solo las hojeé, pero fuera lo que fuese, ya no está.

—¿Y seguro que no las cambiaste de sitio? —pregunto.

—No. Me fijé en la libreta y su contenido. Ni siquiera saqué las instrucciones del cajón.

—Entonces ha tenido que ser alguna de nosotras —digo, aunque, en realidad, sé que solo ha podido ser Andrea.

Zoe no habría compartido el hallazgo con nosotras para luego fingir no encontrarlas si es que, efectivamente, en realidad no quería que las viéramos. Yo no las he cambiado de sitio así que, por pura lógica, ha tenido que ser Andrea.

—Esto es ridículo —dice Andrea—. Debes haberlas sacado del cajón por error, sin darte cuenta. En cualquier caso, no hay tiempo para discusiones. Nuestra prioridad ahora mismo es hacer que funcione la radio. —Centra su atención en el equipo—. No puede ser tan difícil.

La enciende de nuevo e, igual que antes, el sonido de la estática inunda la habitación.

—Prueba a girar este dial —sugiero—. Parece un sintonizador. Supongo que habrá varias longitudes de onda entre las que escoger.

Andrea coge el transmisor y hace girar el dial. El número dieciséis aparece en la pantalla led digital.

—Pulsa el botón que tiene a un lado… —digo señalando el transmisor que sostiene Andrea en la mano— y di algo.

—¿Hola? ¿Hay alguien ahí? —dice Andrea y se encoge de hombros—. No tengo ni idea de cuáles son los protocolos de transmisión.

Suelta el botón, pero lo único que obtenemos por respuesta es más estática.

—Prueba con la siguiente emisora —propone Zoe.

Andrea gira el sintonizador hasta encontrar la siguiente longitud de onda y repite el proceso, con igual resultado.

—Algo estamos haciendo mal —digo presa de la frustración—. Quizá debamos ir probando con diferentes emisoras.

—¿Y cuándo sabremos que esta maldita cosa está funcionando? —pregunta Andrea—. Está claro que si tuviéramos buena señal no escucharíamos toda esa estática. No creo que sea muy distinto a intentar sintonizar la radio del coche.

—Puede que el problema esté en la antena —sugiero—. ¿No está ahí fuera, enganchada en la parte de atrás?

—No me digas que tenemos que salir de nuevo —dice Andrea refunfuñando—. Ya es noche cerrada, no creo que seas capaz de ver gran cosa.

—Me encanta que des por hecho que me va a tocar salir a mí —replico—. Y no seas tan negativa, anda. No sirve de nada. —Me doy cuenta de que he dado rienda suelta a mi frustración, pero, al mismo tiempo, no me importa lo más mínimo. Lo único que necesitamos ahora es optimismo. Hago caso omiso de la expresión de sorpresa de Andrea y continúo—: Si os quedáis junto a la puerta y descorréis el visillo para iluminar un poco el exterior, yo cogeré la linterna y trazaré el recorrido del cable pared arriba. Si se ha salido de la antena, quizá pueda volver a colocarlo en su sitio.

Andrea y Zoe no parecen demasiado convencidas.

—¿Vas a enchufarlo así sin más? —dice Andrea.

—¿Tienes alguna idea mejor? —le suelto cortante.

Fuera no solo se está completamente a oscuras, sino que el edificio está totalmente rodeado de neblina, ¿o es niebla? Me pregunto inútilmente cuál es la diferencia exacta entre ambas.

Andrea y Zoe están una al lado de la otra en el porche exterior mientras trazo el recorrido del cable con el haz de luz de la linterna desde donde sale de la casa. Primero, asciende por la fachada, sigue a lo largo del tejadillo del porche y desciende por el otro lado. Luego, se extiende por la parte inferior de la fachada hasta llegar a la ampliación del edificio. Finalmente, veo la antena, que está sujeta por dos enganches, justo debajo del borde del tejado, y el cable que vuelve a ascender por la pared, solo que, en esta ocasión, cuelga inerte a mitad de camino de la antena.

—Está roto justo aquí —les digo a las chicas alzando la voz a través de la neblina, o la niebla, sea cual sea el término apropiado.

Apunto el haz de luz hacia el extremo del cable. Es un corte limpio, no hay ni rastro de segmentos de cobre deshilachado o rasgado que se hayan podido ir aflojando con el paso del tiempo hasta romperse o ceder. No. Alguien lo ha cortado.

De pronto, recuerdo la cuerda de rapel. También era un corte limpio. Tanto la cuerda como el cable han sido cortados deliberadamente.

CAPÍTULO 18

—Está roto —repito mientras cruzamos juntas el umbral.

Cierro la puerta y dejo la llave en la cerradura, pero enseguida me arrepiento y la pongo en la encimera, cerca del hervidor de agua.

—¿Puedes arreglarlo? —pregunta Andrea.

En los pocos segundos que tardo en entrar en la cocina, intento decidir si debo contarles la verdad acerca del cable. Algo me dice que sea cauta, pero al final descarto la idea, la ridícula idea de que una de ellas sea la responsable del sabotaje de la radio, porque eso significaría que no quiere que venga la policía. Y, a estas alturas, la única explicación posible para no querer involucrar a la policía es que una de ellas sea la asesina de Joanne. Sin embargo, pienso a continuación, es cuestión de tiempo que eso ocurra, así que ¿qué ganaría la culpable retrasando lo inevitable? Me siento angustiada. ¿Acaso está a punto de ocurrir algo más?

Me doy cuenta de que estoy tardando demasiado en responderles. Andrea me presiona.

—¿Roto? ¿Cómo ha podido ocurrir? —pregunta.

Respiro profundamente, abatida por esas ideas locas. Son mis amigas. Ni Andrea ni Zoe harían algo así a propósito. No. Me estoy dejando llevar.

—Venga, cuenta —me apremia Zoe—. ¿Qué le ha pasado al cable?

175

—Alguien lo ha cortado —respondo—. A propósito.

Las dos me miran incrédulas mientras asimilan lo que les acabo de decir.

—¿Cortado? ¿Estás segura? —pregunta finalmente Andrea.

—Totalmente.

—¿Qué narices está pasando aquí? —Andrea se atusa el pelo.

—¿Qué vamos a hacer? —pregunta Zoe. Percibo un dejo de histeria en su voz y con cada palabra sus ojos se abren más y más—. Quiero irme de aquí.

—¿Y cómo planeas hacerlo exactamente? —pregunta Andrea con creciente impaciencia.

—¿No podemos marcharnos de aquí caminando sin más? ¿Ahora mismo?

—Es una idea pésima —digo—. Mirad, ¿por qué no nos sentamos y pensamos qué hacer con un poco de lógica?

Acompaño a Zoe al salón y de camino cojo una botella de limonada. Andrea nos sigue, pero tiene una idea diferente en cuanto a la elección de bebida e inmediatamente nos sirve un vodka a cada una.

Nos sentamos al borde de los sofás. Zoe a mi lado y Andrea frente a nosotras.

—¿Y bien? ¿Cuál es tu plan maestro? —me pregunta Andrea pasándonos una copa de vodka a cada una.

—Yo no lo llamaría plan maestro. Simplemente creo que deberíamos pasar la noche aquí. Es más seguro —digo rellenando mi copa con limonada—. No tenemos ni idea de adónde ir, ni del tipo de terreno que nos encontraremos ahí fuera. No se ve un pimiento. Podríamos tropezar con algo y hacernos daño, o lo que sería peor, caernos por un terraplén y desorientarnos completamente.

—Pero no me gusta estar aquí —dice Zoe.

—A mí tampoco, pero no tenemos opción. Todas las puertas están cerradas con llave, así que nadie puede entrar ni salir. Solo tenemos que aguantar esta noche y tan pronto como amanezca nos largamos.

—No me estás tranquilizando demasiado con eso de que nadie puede entrar. —Zoe hace un mohín y le da un trago a su vodka.

—Pues esa era mi intención —digo con una sonrisa—. Siento no haberlo conseguido.

—¿De verdad crees que hay alguien ahí fuera que quiere hacernos daño? —pregunta Zoe.

—Si es así, no sé por qué. Además, quienquiera que sea ha tenido muchas oportunidades para acabar con nosotras y no lo ha hecho.

—No seas tan frívola —le suelta Zoe.

Andrea se echa hacia delante y mueve su copa formando un remolino en su líquido transparente.

—No me lo trago. No me creo que haya alguien ahí fuera. —Nos dedica una mirada por debajo de sus pestañas.

—Entonces, ¿crees que ha sido una de nosotras? —Zoe se echa hacia atrás y se apoya en el respaldo del sofá.

—Dejadlo ya —digo—. No hacemos más que dar vueltas en círculos. Estoy segura de que lo que Andrea ha querido decir es que la muerte de Joanne ha sido un accidente y que nos estamos poniendo nerviosas sin motivo alguno. —Le dedico a Andrea una mirada cargada de intención con la esperanza de que coincida conmigo, aunque tan solo sea para aplacar los temores de Zoe.

—Pues claro que me refería a eso —dice Andrea—. Mirad, estoy tan destrozada y disgustada con lo que le ha pasado a Joanne como lo estáis vosotras, pero tengo la seguridad de que ocurrió exactamente tal y como dice Carys.

—Y, entonces, ¿cómo explicas que el cable esté cortado? —dice Zoe.

—Muy sencillo —responde Andrea—. Lo más probable es que se rompiera o que alguien lo cortara antes de que llegáramos. Los propietarios estaban al tanto y por ese motivo decidieron guardar la radio en el cobertizo, para que nadie pensara que funcionaba y tratara de utilizarla.

Es una explicación bastante lógica y decido mostrarme de acuerdo con Andrea. Zoe, sin embargo, no parece quedarse tranquila.

—¿Y qué hay de nuestros teléfonos?

—Eso no fue más que una broma de Joanne. Debe de haberlos escondido. Una pena que no los hayamos encontrado —dice Andrea.

—De acuerdo, así que lo primero que haremos mañana por la mañana será largarnos de aquí —dice Zoe—. ¿Estamos?

Andrea y yo hacemos un gesto de asentimiento.

Permanecemos unos instantes en silencio, ensimismadas, y cuando reparo en la cesta de la leña, me doy cuenta de que está vacía.

—Debería salir a por más leña —digo levantándome. Por poco que me apetezca hacerlo, recuerdo que Joanne nos dijo que para disfrutar de agua caliente había que mantener el fuego encendido.

—¿Quieres que te acompañe? —se ofrece Andrea, pero el tono de su voz me deja claro que la idea no le entusiasma.

—No te preocupes. La leñera está junto a la puerta de atrás.

Aparento más despreocupación de la que siento en realidad, pero pongo buena cara, me levanto y recojo la cesta vacía. Enfilo hacia la cocina y ya en el recibidor me pongo las botas de agua que he dejado junto a la puerta.

Con la linterna en la mano, me dispongo a salir. La oscuridad es absoluta salvo por el lúgubre haz de luz de la linterna. La leña está perfectamente apilada contra la pared de la casa, guarecida bajo un tejadillo muy inclinado que dista aproximadamente un metro del suelo.

Apenas puedo distinguir la forma del cobertizo en la oscuridad, y siento un amago de náusea al pensar que el cuerpo de Joanne está dentro, sobre el suelo húmedo.

De pronto, tengo la extraña sensación de que no estoy sola. Bajo el grosor de mi jersey y mi forro polar, noto cómo se me eriza el vello de los brazos y un escalofrío me recorre la nuca. Me doy la vuelta. Hay algo muy cerca de mí, pero no alcanzo a ver nada.

Escucho mi propia respiración acelerada y reconozco los síntomas: estoy a punto de sufrir un ataque de pánico que hará que todo a mi alrededor empiece a cernerse sobre mí, con el que sentiré que me ahogo ante la imaginaria falta de espacio y que me abandona el oxígeno que me permite respirar, quedándome en medio de un vacío lleno de nada.

Mierda. No creo que sea capaz de mantenerlo a raya. Me escucho tararear en voz alta. No termino de identificar la cancioncilla, pero creo que se trata de un viejo salmo religioso que aprendí en el colegio. Cojo un par de leños más del montón apilado bajo el tejadillo sin dejar de mirar constantemente por encima de mi hombro.

El tarareo se convierte en canción. Se trata de *Jerusalén*. La cantábamos cada mañana a primera hora en el colegio. Es curioso cómo se te quedan grabadas ese tipo de cosas. No me considero una persona especialmente religiosa, salvo por la educación de la Iglesia de Inglaterra que recibí, pero cuando me siento muy asustada me descubro recurriendo a esa idea profundamente arraigada en mi interior que me recuerda que ahí fuera hay un Dios y que si canto lo bastante fuerte, podrá protegerme.

Lanzo el tercer leño sin prestar demasiada atención a lo que hago. No acierto a meterlo en la cesta y rebota contra el borde hasta caer sobre mis pies. Ignoro el dolor. Todo lo que soy capaz de hacer es concentrarme en mantener a raya la imperiosa necesidad de largarme de aquí ya mismo el tiempo suficiente como para volver a dentro y cerrar con llave la maldita puerta.

Me precipito en la cocina y dejo caer la cesta sobre el suelo de baldosas. Cierro de un portazo y echo la llave, luego la saco de la cerradura. Respirando entrecortadamente, me apoyo contra la encimera.

—¿Te encuentras bien?

La voz de Zoe hace que dé un respingo. Me avergüenzo de mi reacción desproporcionada.

—Sí, sí. Es que no quería seguir fuera mucho rato. Hace un frío que pela. —Me froto los brazos con las manos para darle veracidad a mi argumento.

Dejo la llave junto al hervidor y llevo los leños al salón. Zoe me sigue con el dosier que Joanne hizo de nosotras bajo el brazo.

—Te he preparado un chocolate —dice Zoe sentándose en el sofá—. Yo me he hecho otro, pero Andrea no ha querido.

Zoe le dedica una mirada desaprobatoria a Andrea.

—Tengo la intención de dormir como el típico tronco esta noche —dice Andrea.

—No sé cómo puedes decir eso. Yo voy a ser incapaz de pegar ojo después de todo lo que ha ocurrido —dice Zoe.

Le da un traguito a su chocolate y luego, después de colocar la taza en la mesa de centro, le da un golpe con el dedo a la tapa de la libreta incriminatoria que ha traído consigo.

Me siento y cojo la bebida.

—Muchas gracias, Zoe. Me iré pronto a la cama.

De pronto me siento agotada. Ha sido un día largo y complicado, no solo a nivel físico, sino también mental. Me siento tan saturada de tanto pensar y de tantas emociones que por hoy no creo que pueda con mucho más.

—¿Creéis que Joanne nos odiaba? —pregunta Andrea, que se ha acomodado en los mullidos pliegues del sofá de corderoy—. Es decir, para haber planeado todo esto y haberse tomado tantas molestias, no creo que le cayéramos demasiado bien, ¿no?

—Eso mismo estaba pensando yo ahora —admite Zoe—. Me imaginaba que este fin de semana sería para reforzar nuestra amistad, que Joanne añoraba nuestra antigua cercanía y que este era su modo de pedirnos disculpas por ser una paranoica.

—Pero ¿de verdad estaba paranoica? —pregunta Andrea. Un

brillo diabólico resplandece en su mirada. Agita ligeramente la copa antes de bebérsela de un trago—. Debía de estar totalmente convencida de que yo la había echado del gimnasio. No importa si es verdad o no, sino que Joanne así lo creía.

—¿Por qué le das vueltas de nuevo? —pregunto impaciente. No quiero volver a recorrer el mismo calvario.

—Sigo tratando de averiguar quién saldría peor parada del plan de Joanne al desvelarse nuestros secretos.

Noto cómo mi impaciencia se transforma en enfado.

—Pensaba que habíamos acordado no especular. Has bebido demasiado, es tarde, se nos ha echado el tiempo encima con todo lo que ha ocurrido y deberíamos irnos a la cama —digo—. Quedarnos aquí criticando qué podía tener o no Joanne en contra de nosotras no va a ayudarnos a que nos marchemos de aquí por la mañana. Dormir, sin embargo, sí lo hará.

Dejo mi taza sobre la mesa de centro de un golpe y un poco de chocolate se derrama sobre el suelo. Murmuro varias palabrotas innecesarias mientras me levanto y voy a por un rollo de papel de cocina para limpiar el estropicio.

—Simplemente creo que deberíamos sincerarnos, eso es todo —dice Andrea levantando la voz. La ignoro y me tomo mi tiempo buscando el rollo de papel de cocina antes de regresar al salón. Mientras limpio el manchurrón de chocolate, Andrea se echa hacia delante—. Venga, entre nosotras, ¿qué ocurrió exactamente entre Darren y Ruby?

—Déjalo estar, Andrea —digo.

—¿Y qué hay de ti, Zoe? No has confirmado ni negado estar liada con Tris.

—Como ha dicho Carys, déjalo estar.

—Oh, pero qué susceptibles estamos. Bueno, ya que vamos a estar aquí atrapadas toda la noche, os contaré la verdad de lo que pasó entre Joanne y yo a la hora de comprar el gimnasio. Y luego será vuestro turno para confesar.

—No pienso seguirte el juego —digo haciendo una bola al papel de cocina sucio y lanzándola al fuego.

—No es ningún puto juego —dice Andrea taladrándome con la mirada—. Desde luego, no cuando una de nosotras ha acabado muerta. Así que propongo que nos dejemos de tanto secretismo y seamos sinceras.

—Pues venga, adelante —digo, aunque no tengo ninguna intención, bajo ningún concepto, de sacar la verdad a la luz.

Andrea espera a que me acomode junto a Zoe y empieza.

—Cuando el gimnasio se puso a la venta, Joanne y yo hablamos de comprarlo juntas, de ir a medias. Por desgracia, ella no pudo reunir los fondos. Habló con Tris de pedir un préstamo presentando la casa como aval, pero él no estaba por la labor y tampoco quería invertir ningún dinero de su negocio. En cualquier caso, mientras trataban de llegar a una solución o, más bien, discutían acerca de ello, el propietario no dejaba de presionarnos para cerrar el acuerdo. Empezó a amenazar con aceptar la oferta de un tercero. Le dije a Joanne que no podía esperar más y que no quería perder la oportunidad. Ella me preguntó si estaría dispuesta a comprarlo yo en su totalidad y luego venderle a ella la mitad, que pagaría pidiéndole un préstamo al banco.

—Pero supongo que eso nunca ocurrió —digo.

—No. Sinceramente, no me sentía nada cómoda con ese arreglo. Si Joanne incumplía los pagos del préstamo, entonces yo me quedaba seca. Tris y ella tuvieron unas peleas horrorosas por esto. Y… —hace una pausa—, bueno, digamos que yo no estaba muy segura de que su matrimonio fuera demasiado sólido. —Mira a Zoe, que se remueve en su asiento—. Si su matrimonio se iba al traste, tal vez me vería afectada con los reembolsos. A Joanne le podría faltar dinero y Tris podría no seguir pagándola. No, era demasiado arriesgado. Así que seguí adelante por mi cuenta y cerré el trato sola.

—Pero, sin duda, si podías permitírtelo tú sola, también podías haber cubierto cualquier pago al que Joanne no hubiera podido hacer frente —dice Zoe.

—Sí, pero ¿y si Joanne me ocultaba que no podía hacer frente a los pagos? ¿Y si los cobradores empezaban a reclamarlos? En una empresa conjunta, ambas seríamos responsables al cincuenta por ciento y, por mucho cariño que le tuviera a Joanne, no iba a hacerme cargo de sus deudas y ser acribillada a intereses. Incluso podría vender su parte del negocio sin mi conocimiento. No, era demasiado arriesgado.

—Guau. Pues sí que eres una dura mujer de negocios —digo—. Cuando Joanne y tú hablasteis del tema, ¿fue una conversación amistosa?

—¡Y una mierda! —se burla Andrea—. Se pasó por casa para hablar de ello y se acabó convirtiendo en una disputa a voces.

—Sigo sin entender qué es lo que Joanne creía tener contra ti —dice Zoe—. Todo esto que nos cuentas tampoco es para tanto. —Zoe coge la libreta y busca la página de Andrea—. Joanne cree que la estafaste.

—Eso son chorradas. Joanne quería humillarme, obtener algún tipo de satisfacción personal haciéndome sentir incómoda. Quizá su plan era decirnos lo que pensaba de nosotras y luego largarse de aquí y dejarnos tiradas. Así que puede que lo que le ha pasado no sea más que karma puro y duro.

Fulmino a Andrea con la mirada. Se está bebiendo una copa de vodka tras otra demasiado rápido y su afilada lengua está totalmente descontrolada.

—Eso está fuera de lugar —dice Zoe.

—No me importa —dice Andrea—. En cualquier caso, cuando hablemos con la policía sobre esto, verán que no tengo nada que ocultar y que no ganaba nada con su muerte. —Andrea me sonríe satisfecha—. ¿Alguna de vosotras puede decir lo mismo?

—Yo no tengo ningún motivo para haberle hecho daño —digo—. Como en tu caso, Joanne estaba haciendo una montaña de nada.

—No estás siendo honesta del todo —dice Andrea—. ¿Por qué Joanne sugeriría sin más que había algo entre Darren y Ruby? Tiene que haberlo sacado de algún lado. ¿Está relacionado con la muerte de Darren?

Mi rabia contenida por fin explota.

—¡Que lo dejes ya! —grito mucho más alto de lo que pretendo—. ¿Quién demonios sabe lo que se le pasaba a Joanne por la cabeza? —Hago una pausa y cierro los ojos un instante, tratando de controlarme. Cuando vuelvo a hablar, me oigo más calmada—. Como has dicho, estaba haciendo una montaña de nada.

—Relájate, solo estaba elucubrando en voz alta —se justifica Andrea.

—Pues no lo hagas más.

Ahora, Andrea se centra en Zoe.

—No sería justo si no te preguntara a ti también —dice—. Pero no es posible que haya humo si no hay fuego. ¿Por qué Joanne pensaba que tenías una aventura con Tris? ¿Todavía seguís liados o no fue más que un rollo de una noche? Quizá eres tú la que más sale perdiendo con el descubrimiento de la verdad.

Zoe da un respingo y se pone de pie. Su chocolate a medio beber sufre un destino peor que el mío y se derrama por todo el suelo.

—Andrea… Tendrías que aprender a cerrar la maldita boca —dice entre dientes.

Alcanza el rollo de papel de cocina y arranca varias servilletas para limpiar el desastre.

—Vaya, otra que se altera por nada —dice Andrea.

Zoe termina de limpiarlo todo y se levanta.

—Me voy a la cama. Por la mañana, cuando estés sobria, espero que te disculpes por ser una zorra borracha que disfruta removiendo en la mierda de los demás.

Dicho eso, sale de la habitación a buen paso y sube las escaleras. Escuchamos a la perfección sus fuertes pisadas contra el suelo

184

de madera en el piso de arriba. La casa casi se tambalea con el portazo que le da a la puerta de su dormitorio.

Miro a Andrea y niego con la cabeza.

—¿Qué? —me dice con fingida inocencia—. Solo intento averiguar la verdad.

Me pongo de pie.

—Tiene razón, sí que disfrutas revolviendo la mierda de los demás. Me voy a la cama. Despéjate y te veo mañana.

Abandono la habitación escuchando la risita nerviosa de Andrea.

Así que Joanne ha muerto. No parece que esté siendo un muy buen fin de semana, ¿verdad? Y ¿sabes qué? No va a mejorar. Qué va. Me aseguraré de ello.

Apuesto a que estás tumbada en la cama, preguntándote qué le ha pasado a tu amiga. ¿Ha sido un accidente? ¿Se ha resbalado? ¿O acaso sufrió un efecto colateral retardado de tu empujón?

Permíteme emplear el término «amiga» con una licencia. Nunca fuiste una buena amiga para ella. La decepcionaste cuando más te necesitaba, pero parece ser un hábito tuyo muy particular. Siempre pensando en ti misma y nunca en el otro. No soy el único que te ve a través de esa máscara. Yo te veo como realmente eres.

Estoy deseando que todo salga a la luz. Cuando la policía empiece a investigar la muerte de Joanne, no tardarán mucho en ir a por ti. Me aseguraré de proporcionarles una ayudita, de señalarles en la dirección apropiada. No tendré que hablar demasiado, tan solo lo suficiente para ponerles sobre aviso. Dejaré caer cosas como las pastillas que te tomas en secreto, esas que he visto en tu mochila, los betabloqueantes que, claramente, has obtenido sin receta médica.

También mencionaré tu creciente paranoia y cuánto ha empeorado. La policía no tendrá más que analizar cómo te has comportado durante el fin de semana para descubrirlo por ella misma. La manipulación de la comida no fue más que el principio. Ahora que Joanne ha

muerto, doy por hecho que tu comportamiento va a ser mucho más errá-
tico.

Apuesto a que desearías no haber aceptado la invitación. Soy in-
capaz de sentir lástima por ti. No te mereces ser feliz después de lo que
has hecho. Yo, por otro lado, voy a ser extremadamente feliz.

DOMINGO

DOMINGO

CAPÍTULO 19

Una vez en el rellano, llamo a la puerta de Zoe.

—¿Estás bien? —pregunto con suavidad.

Zoe abre la puerta y, aunque no está llorando, observo que tiene los ojos enrojecidos y que sostiene un pañuelo en la mano. Le dedico una sonrisa de empatía.

—No le hagas ni caso. Ya sabes cómo es. Tiene un piquito… Sobre todo cuando bebe.

—No pasa nada. Ya debería haberme acostumbrado a ella, pero es que a veces me saca de mis casillas.

—Intenta dormir, que ya es tarde, y tan pronto como amanezca mañana nos largamos de aquí. Creo que lo que le ha ocurrido a Joanne está pasándonos factura a todas.

Abrazo a Zoe y nos damos las buenas noches.

La tarima cruje cuando cruzo el rellano hacia mi dormitorio. Es duro asimilar todo lo que ha ocurrido. Estoy deseando largarme de aquí. De repente, siento un deseo irrefrenable de ver a Seb. La semana pasada me dijo que me quería, y no sé por qué me sentí un poco avergonzada. Me habría gustado decirle que yo también le quiero, pero no fui capaz de hacerlo. Desconozco el motivo, pero noté una punzada de culpa. No culpa por Darren, no. Había dejado de amarlo como esposa hacía mucho tiempo. La culpa era hacia Alfie. Estoy enamorada de un hombre que no es su padre, un hombre al que mi hijo no ha acogido en nuestra familia precisamente con los brazos abiertos. Si le digo a Seb que le quiero, significará que nuestra relación avanza oficialmente hacia algo más serio, que tiene un nuevo significado. Y me asusta lo que eso implica. El modo en que cambiarán los roles y las rutinas y, en última instancia, el impacto que tendrá en mi ya complicada relación con Alfie.

Esta noche, sin embargo, no siento ni la más mínima culpa. En los momentos que más aterrada y sola estoy, quiero que sea Seb y nadie más quien me abrace y me diga que todo va a ir bien. Ahora mismo no me importa lo que piense Alfie. Pronto será un adulto y, como dice Andrea, se irá a la universidad. No quiero desperdiciar mi vida durante más tiempo sin amar ni ser amada. Estoy decidida. La próxima vez que hable con Seb o quede con él, le diré lo mucho que le quiero. ¿Quién sabe cómo terminará todo? Si algo he aprendido con la muerte de Joanne, es que el tiempo y la vida son preciosos y no deben malgastarse.

Echo un vistazo por la ventana y observo la noche, las sombras de color ónix que recubren el paisaje moteado creando formas extrañas e indistinguibles. Nada tiene el mismo aspecto que bajo la luz del día. Se ha levantado algo de viento, y se afana en hacer cambiar las formas del paisaje creando diferentes siluetas deformadas.

De nuevo me atenaza la sensación de no estar sola, de estar siendo observada. Ahí fuera hay algo peligroso y hostil. Puedo notarlo. No sé qué es, pero hace que se me hiele la sangre. Echo las cortinas rápidamente y me meto en la cama. Estoy tan exhausta que todos mis sentidos están en alerta máxima. Necesito relajarme y dormir.

Miro el bolsillo de mi mochila, donde guardo las pastillas. Una no me hará daño. Necesito algo que aplaque ligeramente mis nervios, algo que me ayude a relajarme. Irónicamente, mi corazón empieza a latir más rápido ante la idea, y sin pensármelo dos veces, rasgo el envoltorio de aluminio, me meto la pastilla en la boca y la trago sin necesidad de agua.

Me tapo con la manta hasta la barbilla, cierro los ojos y empiezo a emplear los métodos de relajación que he aprendido. Inspirar, espirar. Pienso en cada parte de mi cuerpo, en la función que realiza, y dejo que cada músculo se relaje, desde el cuello hasta los dedos de los pies, uno a uno. Me concentro en el aquí y el ahora, procurando impedir que mi mente le dé vueltas a los miedos y las preocupaciones que me rodean. Detengo los pensamientos cuando noto que se adentran a la deriva en territorio peligroso.

Está empezando a funcionar. Comienzo a notar cómo me dejo caer en las primeras fases del sueño… Y entonces Andrea irrumpe en la habitación como un equipo de asalto de los SWAT. La puerta choca con el tope y vibra contra el pie de Andrea.

—¡Mierda! Lo siento —dice entre susurros. Andrea trata de hablar en voz baja, pero no lo consigue. Mantengo los ojos cerrados con la esperanza de que dé por hecho que sigo dormida. No funciona—. Carys. Carys, ¿estás despierta?

Escucho sus pisadas entre las camas gemelas. Abro los ojos.

—No, no estoy dormida. ¿Qué quieres?

—Quiero hablar contigo.

—¿No puede esperar a mañana?

—No. Por favor, Carys.

—Más vale que valga la pena —digo incorporándome. Cuanto antes termine la conversación, antes podré volver a dormirme.

—¿Crees a Zoe? —Andrea se mece ligeramente sentada en el borde se su cama.

—¿Acerca de qué?

—Sobre eso de no estar liada con un hombre casado y que ese hombre casado no sea Tris.

—No lo sé. Ya no soy capaz de pensar con claridad —confieso—. Y tú tampoco. Que Zoe esté diciendo la verdad o no, no tiene ninguna importancia en la situación actual.

—¡Pues claro que la tiene! Está mintiendo y lo sé. Tris y ella están liados, seguro.

—Pero no tienes ninguna prueba. Estoy segura de que Tris no

le sería infiel a Joanne, y menos con una amiga suya. Y Zoe no sería capaz de hacerle algo así a Joanne. —Me tumbo deseando que jamás hubiéramos empezado esta conversación—. Y ahora duérmete.

—Yo no diría tanto de Tris. Ya os conté que se comportó como un cerdo lascivo conmigo en aquellas navidades, ¿recuerdas?

—Puede que haya flirteado con Zoe y que Joanne lo haya malinterpretado —digo en un intento por aplacar a Andrea.

—No lo creo.

Estoy a punto de defender a Tris y a Zoe, pero me contengo. ¿Y si hay algo de verdad? Lo último que quiero es admitir que Andrea pueda tener razón, porque si lo hago, me veré obligada a admitir también que hay algo de verdad en lo que ocurrió entre Darren y Ruby. Escojo mis palabras con cautela.

—Francamente, pienso que Joanne lo ha sacado todo un poco de quicio. Igual que en el caso de sus acusaciones hacia ti por lo del gimnasio o la forma en que dijo que yo había matado a Darren. Las dos sabemos que es ridículo. Puede que Tris y Zoe flirtearan en un par de ocasiones y que Joanne los pillara y diera por hecho lo que no es.

—Puede ser —dice Andrea. Se frota la frente con los dedos—. Estoy muy cansada. No debería haberme bebido ese último vodka.

—Te podías haber ahorrado los últimos tres vodkas, más bien.

Se levanta tambaleándose ligeramente.

—Sabes que Tris nunca habría dejado a Joanne, incluso aunque tuviera una aventura con Zoe.

—Ssh, baja la voz. —Miro hacia la puerta, que está ligeramente entreabierta, y espero que Zoe esté profundamente dormida—. No, yo tampoco lo creo. Llevaban juntos mucho tiempo.

—Sabes tan bien como yo que eso no quiere decir nada. —Andrea me lanza una mirada—. Pero tienes razón, Tris no habría dejado a Joanne, porque, independientemente de los sentimientos que pueda albergar hacia Zoe, su amor por el dinero es más poderoso.

—¿Qué quieres decir?

—Es increíble de la de cosas que se entera una en un gimnasio —dice Andrea, cuyo discurso es increíblemente coherente a pesar de la ingente cantidad de vodka que ha bebido. Se deja caer con fuerza a los pies de mi cama y se inclina hacia mí—. Escuché hablar a dos tipos del banco. Estaban en la zona de cafetería y yo en mi oficina, pero, mira tú por dónde, el pequeño montante en abanico que hay en el techo estaba abierto, y da la casualidad de que se comunica justo con el lugar en el que estaban hablando. En cualquier caso, uno de ellos estaba contándole al otro que Tris tiene acumulada una deuda enorme en el banco, y el otro, a su vez, hablaba de todo el dinero que tenía Joanne. Obviamente no el suficiente como para comprar el gimnasio a medias conmigo, pero sí una buena suma. Dijeron que Tris se vería obligado a persuadir a Joanne para hacer frente a la deuda.

—Entonces, ¿por qué Tris no acudió a Joanne? Seguro que le hubiera echado un cable.

—No me sorprendería lo más mínimo que Joanne se lo estuviera poniendo difícil. Es el tipo de comportamiento del que Joanne haría gala simple y llanamente por el sádico placer que le proporcionaría.

—No sé qué pensar —digo exhalando un largo suspiro.

—¿Y si Tris solo seguía con Joanne porque dejarla le saldría demasiado caro? ¿Y si Zoe y él estaban teniendo una aventura? ¿Y si Zoe le quiere, pero él no la ama lo bastante como para abandonar la seguridad de su hogar?

—Andrea, para. Estás divagando. Has bebido demasiado —digo—. Ya estoy harta de esto, de verdad. Tienes que dormir la mona. Y yo, descansar. —Me tapo con la manta y me acurruco entre las sábanas—. Vete a la cama.

Andrea protesta un poco y me acusa de ser una aguafiestas. Mientras trastea por la habitación preparándose para irse a la cama, la escucho quejarse por lo bajini. No alcanzo a entender lo que dice, pero oigo que menciona el nombre de Zoe un par de veces y me queda claro que lo que sea que esté diciendo no es muy amable.

Andrea por fin se va a la cama y pasados unos diez minutos su respiración se hace más regular y profunda, señal de que ha sucumbido al sueño. Yo, por mi parte, estoy totalmente despierta. A pesar de que Andrea no ha estado muy fina, sus acusaciones me abruman. ¿Estará en lo cierto respecto a Tris y Zoe? ¿Acaso Tris tiene problemas financieros? ¿Es por eso por lo que sigue con Joanne?

Sin poder evitarlo, pienso en Darren y Ruby. Siempre he pensado que Joanne creía la versión de Darren, igual que yo. Ahora me pregunto si no estaría equivocada. ¿Qué habrá ocurrido para que cambiara de opinión?

No tengo respuestas. Nada tiene sentido.

De Darren y Ruby, paso a pensar en Alfie. Es un bucle infinito. Un pensamiento lleva al otro; aunque no siempre en el mismo orden, pero siempre son ellos. Pienso en lo mal que lo ha pasado Alfie.

¿Acaso empezó todo con Ruby? ¿Estaban nuestras vidas destinadas a desarrollarse de este modo desde el principio, cuando conocí a Joanne hace ya tantos años, en el momento en que ella y Tris se casaron y Darren y yo salíamos juntos? Nos habíamos conocido en el club de senderismo al que pertenecíamos Joanne y yo. Si no hubiera entrado en él, quizá jamás habría conocido a Joanne. ¿Eso habría significado que ninguno de los problemas que luego hubo con Ruby jamás habrían ocurrido? ¿Acaso Alfie sería el adolescente seguro de sí mismo y despreocupado que había sido hasta lo de Darren?

¿Hasta dónde tendría que retroceder en el tiempo para detener esta cadena de acontecimientos?

Y ahora, después de todo lo que ha ocurrido entre nuestras familias, Alfie encuentra consuelo en el seno de los Aldridge. Y duele. Soy su madre y quiero ser yo la que lo consuele, la persona a la que acuda cuando las cosas se ponen difíciles. Alfie y yo compartimos un

196

episodio trágico y, aun así, no me quiere a su lado. Cada día siento como si se estuviera alejando cada vez más de mí.

Las lágrimas me escuecen en los ojos. Esto no me hace ningún bien. No podría sobrellevar todos estos pensamientos que me acosan ni en mi mejor momento. Pensar en la desintegración de la relación con mi único hijo en plena noche, atrapada en una casa de campo, Dios sabe dónde, mientras Joanne yace muerta, envuelta en una manta en un cobertizo, no es buena idea.

Me levanto, rodeo la cama, cojo el jersey y salgo de la habitación. Me detengo en el rellano y me pongo el jersey deseando haber cogido también un par de calcetines, pero no quiero volver a entrar y arriesgarme a despertar a Andrea.

Entonces me doy cuenta de que se oye una voz en el piso de abajo. No es más que un murmullo, pero no hay duda de que alguien está hablando. Debe de ser Zoe, pero ¿con quién demonios está hablando? ¿Habrá encontrado los teléfonos móviles?

Emocionada ante esta perspectiva, bajo las escaleras a paso ligero y enfilo hacia la cocina. Cuando llego al comedor veo que la puerta de la cocina está cerrada. El pomo chirría cuando lo acciono.

Zoe da un respingo y ahoga un gritito.

—¡Dios mío, Carys! —dice con voz entrecortada llevándose la mano a la garganta—. ¡Me has dado un susto de muerte!

—Lo siento, he bajado a por un vaso de agua. ¿Con quién estabas hablando? —Entonces me doy cuenta de que Zoe sostiene algo en la otra mano, oculta tras su pierna.

—Yo..., eh... He encontrado esto —dice mostrándome la mano—. Es un *walkie-talkie*.

—¿Dónde lo has encontrado? —Me acerco rápidamente a ella y le arrebato el transmisor—. ¿Funciona? ¿Has podido hablar con alguien?

—No. Ni siquiera sé cómo va.

Mi creciente esperanza se desvanece al instante.

—¿Dónde estaba?

—En el fondo de la despensa. Después de todo lo que dijo Andrea era incapaz de quedarme dormida y se me ocurrió levantarme y echar otro vistazo a ver si encontraba los teléfonos.

—¿Y los has encontrado?

—No, solo esto. He probado a toquetear el botón para sintonizarlo, o lo que sea que haya que hacer con un *walkie-talkie*, pero está bloqueado.

Intento accionar el dial, pero, efectivamente, no cambia de posición.

—¿Y entonces qué estabas haciendo? ¿Apretar el botón y hablar?

Zoe asiente con la cabeza.

—Sí, no sabía qué más hacer.

Presiono el botón situado en el lateral y lo mantengo pulsado. Me acerco el transmisor a la boca.

—¿Hola? ¿Hola? ¿Hay alguien ahí?

—Ahora tienes que soltar el botón —dice Zoe.

Esperamos pacientes la llegada de una respuesta, pero solo se oye la estática.

—¿Qué demonios les pasa a todas las radios de esta casa? —digo presa de la frustración—. Primero la radio CB no funciona y ahora esto.

—Supongo que tiene que haber alguien al otro lado para respondernos. Ni siquiera sé qué alcance tiene esta cosa. —Zoe se atusa el pelo—. Quiero irme a casa. Ojalá no hubiéramos venido.

—Eh, venga, no te vengas abajo —digo rodeándole los hombros con el brazo—. Aguanta unas horas más. Tan pronto como amanezca nos largamos de aquí. Lo prometo.

—Hablas como una heroína de cómic.

—Probemos de nuevo —digo con la esperanza de parecer animada—. ¿Hola? ¿Hay alguien ahí? Necesitamos ayuda. Es una emergencia. —Dejo de hablar y miro a Zoe. Me hace un gesto para que lo intente de nuevo—. Es una emergencia. ¿Hay alguien ahí?

Suelto el botón y ambas nos acercamos más al transmisor. De pronto, la estática se ve interrumpida por una voz que nos responde.

—Hola. Al habla desde la estación del guardabosques. La oigo. ¿Me recibe? Cambio.

Ambas soltamos un chillido de emoción.

—Hola. Le escuchamos. Cambio.

—¿Va todo bien? —El acento escocés es inconfundible a pesar de que la transmisión suene un poco entrecortada.

—¡No! Estamos pasando unos días en una casa de alquiler vacacional. Ha habido un accidente. Necesitamos ayuda. Necesitamos que venga la policía. Cambio.

No sé hasta qué punto es prudente desvelar demasiada información a través de las ondas de radio. Me siento aliviada. Estamos hablando con alguien. No estamos solas.

—¿Las lesiones son graves? Cambio.

Miro a Zoe antes de responder.

—Sí. Alguien ha… ha muerto. Cambio.

—¿Puede repetir eso, por favor? Cambio.

—Nuestra amiga ha tenido un accidente y ha fallecido. —Se me hace un nudo en la garganta—. Por favor, ¿puede enviar a alguien a ayudarnos? Estamos atrapadas en esta casa y necesitamos a la policía. Cambio.

De pronto, la sensación y la gravedad de lo que ha ocurrido me parece mucho más real ahora que lo estoy compartiendo con otra persona, y se me quiebra la voz.

—¿Cuántos son? Cambio.

—Tres. Cambio.

—¿Están todos bien? ¿Hay alguien más herido? Cambio.

—Estamos bien. Nadie más está herido. Cambio.

—De acuerdo. Me pondré en contacto con la policía lo antes posible para que les envíen a alguien. Hasta entonces, quédense donde están. Cambio.

—¿Y cuándo llegarán? Cambio.

Tomo la mano de Zoe y asiento con la cabeza. Todo va a salir bien.

—No lo sé exactamente, pero alguien irá a por ustedes tan pronto como sea posible. Cambio.

Mi emoción inicial se desmorona. Quiero que vengan ya.

—Me ha oído, ¿verdad? Alguien ha muerto. Cambio.

—Sí, la he oído. Estoy seguro de que la policía le dará prioridad a su caso —responde—. Ahora bien, no quiero asustarla, pero asegúrense de que todas las puertas están cerradas con llave. Ha habido algunos allanamientos en casas de alquiler vacacional últimamente. Cierren las puertas con llave y permanezcan en el interior. ¿De acuerdo? Cambio.

—Entendido. Cambio.

No me molesto en explicarle que ya hemos adoptado esa medida de seguridad.

—Bien. Les mantendré informados. Tan pronto como sepa algo, me pondré en contacto con ustedes. No se despeguen de la radio. ¿De acuerdo? Cambio.

—Entendido. Cambio.

—Bien. No se preocupen, la ayuda está en camino. Cambio y corto.

Volvemos a escuchar el sonido de la estática; el guardabosques ha desaparecido.

—Gracias a Dios —dice Zoe—. No sabes lo contenta que estoy. Podría echarme a llorar.

—Me pregunto si este será el *walkie-talkie* que Joanne se llevó a la caminata. Quizá lo había escondido en la despensa por algún motivo. Qué suerte que lo encontraste.

Zoe coge el dispositivo y le da vueltas en la mano.

—Debe estar sintonizado en este canal a propósito, en el canal de emergencia del guardabosques. Sí, seguro que es el que Joanne decía que tenía. —Se guarda el *walkie-talkie* en el bolsillo—. Me lo llevo arriba, por si vuelve a contactar con nosotras.

—Puede que ahora sea capaz de dormirme —digo mientras cojo un vaso de la alacena y me sirvo agua del grifo—. Tú también deberías intentar descansar. Con un poco de suerte, no tendremos que esperar mucho a que llegue la ayuda.

Subimos juntas las escaleras y nos damos las buenas noches en el rellano.

Andrea sigue dormida como un tronco cuando entro en el dormitorio. No parece que se haya movido siquiera. Me detengo a su lado para asegurarme de que respira con normalidad y cuando quedo satisfecha con mi inspección, me meto en la cama.

En cuanto apoyo la cabeza en la almohada, y repaso mentalmente la conversación con el guardabosques, me da la sensación de que algo se me está pasando por alto, pero no sé el qué. Me sumerjo en un sueño intranquilo; me despierto en varias ocasiones y sin realizar un esfuerzo consciente, recuerdo de nuevo la conversación. Sigo sin poder determinar qué es lo que no me acaba de encajar.

CAPÍTULO 20

El resto de la noche discurre de la misma forma: me despierto, le doy vueltas a lo ocurrido y, después de echar un vistazo a la pantalla digital del reloj de la mesilla, caigo en un duermevela. A las seis de la mañana me doy por vencida y decido levantarme. Andrea no se ha movido ni un milímetro en toda la noche a pesar de que yo no he parado de moverme y dar vueltas. El tiempo ha empeorado y desde primera hora de la mañana el viento ha ganado fuerza y la lluvia ha empezado a salpicar el cristal de las ventanas.

Una vez en la cocina enciendo el hervidor. La lluvia es constante y me pregunto cuánto tendremos que esperar a que aparezca la policía. ¿Creerán lo que ha ocurrido? ¿Qué pensarán de la libreta y su contenido? No me apetece nada que se pongan a escarbar en el pasado y a hacer preguntas incómodas. Por nuestro bien, quizá lo mejor sea que no sepan nada de su existencia.

—Buenos días. —Andrea entra en la cocina arrastrando los pies. Se me acerca y me da un abrazo—. Tenía la esperanza de que lo de ayer no fuera más que un sueño.

—Y yo. —Le devuelvo el abrazo y me esfuerzo por impedir que los ojos se me llenen de lágrimas—. Te has levantado pronto —digo interrumpiendo el abrazo—. ¿Quieres una taza de té o de café?

—Estaría genial, gracias. —Andrea se sienta a la mesa del

202

comedor—. Me siento como si me hubiera bebido una botella entera de vodka.

—Te faltó poco. No la soltabas —respondo mientras saco dos tazas de la alacena—. Mientras tú jugabas a ser la Bella Durmiente, Zoe y yo conseguimos contactar con el mundo exterior.

Andrea frunce el ceño y se frota los ojos con las manos.

—¿Cómo dices?

—Zoe encontró un *walkie-talkie* y pudimos hablar con el guardabosques. Nos dijo que avisaría a la policía.

El hervidor alcanza el punto de ebullición y hago el café.

—Repite lo que acabas de decir.

—Zoe encontró un *walkie-talkie* en la despensa y conseguimos hacerlo funcionar. La ayuda está en camino.

Le tiendo la taza de café a Andrea.

—¿Le contasteis lo de Joanne?

—Sí, pero no entré en detalles, simplemente le dije que había ocurrido un terrible accidente. Quería asegurarle que la llamada iba en serio y que necesitamos ayuda tan pronto como sea posible.

—¿Y qué dijo?

—Nos pidió que nos quedáramos aquí a esperar a la policía. Tenía la esperanza de que a estas alturas ya habrían llegado.

—Gracias a Dios. No me apetecía lo más mínimo salir de caminata con este tiempo. Y no solo por la resaca que tengo —dice Andrea.

Nuestra conversación se ve interrumpida por un estrépito y un grito que nos llega desde las escaleras, seguido por un contundente golpe seco. Ambas salimos disparadas de la cocina, atravesamos el comedor y llegamos al recibidor.

Zoe está tirada en el suelo y se lleva las manos al tobillo izquierdo.

—¡Aaaah, mi tobillo! —grita con los ojos cerrados con fuerza, lo que no impide que se le escapen las lágrimas.

—¡Dios mío, Zoe! ¿Estás bien? —Me arrodillo junto a ella.

—Me he caído por las escaleras —dice—. Y me he torcido el tobillo. ¡Me está matando!

—Deja que le eche un vistazo —digo apartándole las manos con cuidado. Examino con la mirada su tobillo desnudo, pero no veo signos claros de lesión—. Deja que vea la pierna y el tobillo. ¿Dónde te duele exactamente?

—Aquí, justo debajo del hueso —dice señalándome el lugar con el dedo.

Con muchísimo cuidado palpo el tobillo y el pie de Zoe. Se estremece de dolor cuando le presiono ligeramente la zona bajo la articulación. Luego la ayudo a trazar lentas rotaciones con la articulación del tobillo.

—En una escala del uno al diez, ¿cuánto te duele? —pregunto.

—Como un siete —responde—. No está roto, ¿verdad? Era lo que nos faltaba.

—No. Aunque es difícil saberlo, no soy ninguna experta. Andrea, trae un trapo de cocina húmedo y un poco de hielo. Te llevaremos al salón para que puedas poner el pie en alto. Eso ayudará a que no se te hinche. ¿Te has tropezado con uno de los peldaños?

—No. Me he tropezado con esto. —Zoe echa la mano a su espalda—. Una de tus botas. Estaba en el tercer escalón empezando por abajo. No lo vi hasta que fue demasiado tarde y traté de esquivarlo.

—¿Y qué hacía en la escalera?

—Supongo que la dejarías ahí.

—¡Qué dices!, es decir, me extraña mucho. —Miro a mi alrededor y observo el lugar donde todas hemos dejado nuestro calzado bien alineado bajo el perchero—. Mira, ahí está la otra. Alguien ha debido de cambiarla de lugar. Andrea, ¿te fijaste si mi bota estaba en la escalera cuando bajaste?

Andrea se encoge de hombros.

—No puedo decir que la viera, pero eso no quiere decir que no estuviera ahí. No es que esté muy lúcida todavía, la verdad. —Se

204

frota la cabeza con la punta de los dedos—. Esta mañana me está costando despejarme más de lo normal.

—¿Y seguro que estaba en la escalera? —le pregunto a Zoe.

—No nos pongamos en plan detective —dice Andrea mientras Zoe insiste en que sí estaba ahí—. Llevemos a Zoe al salón y luego yo iré a por el hielo.

Cojo la bota y la pongo junto a la otra, un poco molesta por que den por hecho que he dejado, supuestamente, la bota ahí. Estoy segura de que la dejé junto a la otra. Totalmente. O, por lo menos, creo estarlo.

Acomodamos a Zoe en el salón y le coloco la bolsa de hielo improvisada que ha traído Andrea.

—No parece que se esté hinchando —digo examinando la zona—. Con un poco de suerte, no será más que una pequeña torcedura.

—Menos mal que solo fueron los tres últimos escalones —dice Zoe.

Me dispongo a defender mi inocencia de nuevo ante la acusación de haber dejado la bota en las escaleras cuando, una vez más, Andrea se me adelanta.

—Carys me estaba hablando del *walkie-talkie* que encontraste anoche y cómo consiguió hablar con el guardabosques —dice—. Menuda suerte tuvisteis.

—Y tanto. Gracias a Dios —dice Zoe—. Solo quiero irme a casa; no me veo capaz de lidiar con nada más.

Todas expresamos eso mismo con monosílabos de afirmación mientras sopesamos el atolladero en el que nos hemos metido y lo terrible que ha sido todo.

—Voy a encender el fuego —digo intentando no obsesionarme demasiado con la muerte de Joanne. Necesito mantenerme ocupada—. Hace un frío que pela y puede que la policía todavía tarde unas cuantas horas en llegar. —Cuando me levanto, miro hacia el comedor a través del recibidor y veo la libreta de Joanne sobre la mesa—. Sois conscientes de que la policía va a hacernos un montón de preguntas —digo mientras me acerco a por la libreta.

—Claro. Es su trabajo —dice Andrea.

—Estaba pensando que…, bueno, que hablarles de esta libreta, que recoge lo que Joanne pensaba de nosotras, podría enredar las cosas.

—Continúa —me pide Andrea.

—No me apetece demasiado que se pongan a hurgar en mi pasado, y estoy segura de que a vosotras tampoco. No necesitan ver esto.

—Pero es una prueba —dice Zoe.

—No, no lo es —zanja Andrea. Deja la taza en la mesa de centro—. Sería una prueba si estuviera relacionada con la muerte de Joanne y si una de nosotras la hubiera matado debido a su contenido.

—Y no la hemos matado nosotras —digo mirando directamente a Zoe—. ¿Verdad?

Niega con la cabeza.

—No, pero…

—Si esto llega a manos de la policía, van a dar por hecho que una de nosotras tenía un motivo de peso para matar a Joanne. Su contenido hará que surjan un montón de dudas acerca de la verdad, que consiste en que la muerte de Joanne fue un accidente —digo.

—¿Quieres que indaguen cada detalle de tu relación con Tris? —pregunta Andrea—. Sí, ya sé que no tienes ninguna aventura con él y, francamente, ahora mismo me importa un comino, pero la policía podría considerarlo móvil de asesinato.

—Tiene razón —digo.

—¿Qué estáis sugiriendo? —pregunta Zoe.

—Que quememos la libreta —respondo.

—Y esas estúpidas tarjetas de juego que nos dio —dice Andrea—. Y que no volvamos a mencionar ni el juego ni la libreta nunca más.

—De acuerdo —accede Zoe.

No parece demasiado convencida, pero Andrea y yo le aseguramos que es lo mejor que podemos hacer dadas las circunstancias.

—Encenderé el fuego. Tú ve a por las tarjetas. Yo tengo aquí la mía —digo.

Mientras enciendo el fuego, Andrea ayuda a Zoe a subir al piso de arriba para vestirse y coger las tarjetas de juego.

Cuando salgo a por un poco más de leña, la lluvia amaina y las nubes plomizas de primera hora han adquirido un tono opaco más suave. Se han formado badenes encharcados y riachuelos en las hondonadas a medida que el exceso de agua se abre paso.

Recuerdo lo asustada que estaba aquí mismo anoche en medio de la oscuridad, y me sorprende la sensación tan diferente que transmite este lugar a plena luz del día. La amenaza de ese algo invisible ha desaparecido, pero en cuanto levanto la vista hacia el bosque y no alcanzo a ver nada más que oscuridad entre los árboles, vuelvo a sentir la misma inquietud.

Centro mi atención en la tarea que tengo entre manos y, de pronto, de pie frente a la pila de leña, me fijo en algo que no recuerdo haber visto antes. Colgada de un gancho hay una cuerda de escalada, como la que utilizamos ayer para hacer rapel en el cañón. Dejar una cuerda de escalada tan cara ahí fuera, al raso, es bastante extraño. Mientras cojo un par de leños más de la pila, vuelvo a mirar la cuerda. Entonces, me fijo en el extremo.

Mi corazón se detiene durante un segundo y tomo una brusca bocanada de aire que me arde en los pulmones. Me quedo petrificada. Cierro los ojos y los abro de nuevo, con la esperanza de que sea una imaginación mía.

Pero no es así.

El extremo de la cuerda ha sido anudado imitando el lazo de una horca. De inmediato, imágenes de Darren inundan mi mente. Me veo introduciendo la llave en la puerta principal, riéndome de algo que ha dicho Alfie, aunque no recuerdo qué. Abro la puerta de un ligero empujón y entro en el recibidor; lo primero que veo son los pies de Darren meciéndose en el aire. Lleva los zapatos negros de cordones que suele ponerse para ir a trabajar y el traje azul oscuro. Mi favorito. Mi mirada recorre su cuerpo hasta llegar a su rostro. Dios mío. Sus ojos. Están abultados e inyectados en sangre.

Nunca olvidaré esa visión. Recuerdo que grité e intenté impedir que Alfie entrara, pero era demasiado tarde. Ya había visto a su padre. Y, entonces, en medio de todo el follón, Alfie me pide a gritos que haga algo.

No recuerdo haber corrido hacia la cocina, pero soy consciente de que acto seguido tengo el cuchillo del pan en la mano. Alfie trata de agarrar a Darren por las piernas, para poder levantarle y reducir el peso del cuerpo de su padre contra la cuerda. Es la visión más triste y descorazonadora que he presenciado jamás. Me mira con los ojos llenos de lágrimas, pánico y pura desesperación. Corro escaleras arriba, me pongo a cortar la cuerda frenéticamente y grito a Alfie que se aparte cuando el cuerpo de Darren cae al suelo con un golpe sordo.

Ahora, aquí, en la casa de campo, mientras miro el lazo, noto cómo se me adormecen las piernas y las rodillas amenazan con ceder. Dejo caer la cesta de la leña y extiendo la mano para agarrarme al tejadillo de la leñera y estabilizarme.

¿Cómo es que no me había fijado antes? No puede ser una coincidencia. Nadie hace un nudo de esas características al azar en el extremo de una cuerda, y menos de una cuerda de escalada.

Escupo la bilis que me sube desde el estómago. No creo que la cuerda forme parte del juego de Joanne. No sería tan cruel, ¿no?

La rabia reemplaza al miedo, agarro la cuerda y la lanzo a un rincón donde no pueda verla más.

Que le den a Joanne y a sus estúpidos jueguecitos. Esto es ir demasiado lejos.

Entonces recuerdo que Joanne está muerta y que no puedo pagar mi rabia con ella. ¿Por qué me siento culpable por estar cabreada con ella porque está muerta?

Recojo la cesta de la leña y entro en la casa. Cierro con llave la puerta. Todo el fin de semana se ha convertido en una auténtica pesadilla.

Paso los siguientes veinte minutos trasteando con el fuego; primero prendiéndolo y luego sentada ante él hipnotizada por las llamas que se extienden abriéndose paso por la superficie rugosa de la leña. Las parpadeantes llamas anaranjadas, el particular crujido del fuego al trepar por la madera, el calor que cada vez se vuelve más intenso… Todo me reconforta.

Me acurruco en el sofá y me tapo con una de las mantas. Pienso en Joanne, en su juego y en las pistas que he encontrado hasta ahora. El billete de dólar, la alianza de boda y la fotografía. Cada artículo estaba relacionado con las acusaciones lanzadas por Joanne. Así que ¿por qué he encontrado ahora otra pista, si es que era eso? No hay duda de que encaja a la perfección con la mente retorcida de Joanne. El lazo del ahorcado no podía ir dirigido a nadie salvo a mí.

Debo de haberme adormilado en algún momento —la falta de sueño se me está pasando factura—, porque lo siguiente que recuerdo es a Andrea despertándome con una taza de chocolate caliente.

—Eh, ¿te encuentras bien? —me pregunta sentándose en el sofá frente al mío. Deja la libreta y las tarjetas en medio de la mesa de centro—. Se está bien calentita aquí, no me extraña que te hayas quedado dormida.

—¿Tenemos noticias de la policía? —pregunto mientras me incorporo y bajo los pies de los cojines. Echo un vistazo al reloj. Ya son las diez y cuarto.

—Todavía no.

—¿Crees que deberíamos tratar de contactar con el guardabosques de nuevo, para asegurarnos de que ha avisado a la policía?

—Démosles un poco más de margen. Seguro que en nada estarán aquí.

—Pensaba que llegarían antes, sobre todo con una muerte de por medio. —Doy un sorbo al chocolate y observo cómo Zoe entra en la habitación y se sienta en el sofá de enfrente—. ¿Cómo tienes el tobillo?

—Todavía me duele un poco, pero mejor —responde mientras se acomoda en el sofá.

A primera vista parece relajada, pero examinándola más detenidamente, observo que su lenguaje corporal dice otra cosa. Sus manos agarran con firmeza la taza, pero sus dedos tamborilean en el lateral inquietos. Tiene los hombros en tensión y sus ojos se pasean de la chimenea a la ventana que tengo a mi espalda.

—No te preocupes —digo—. Ha sido un fin de semana espantoso, pero pronto todo habrá terminado.

—Eso espero —dice, y se enjuga una lágrima. Me acerco a reconfortarla, pero niega con la cabeza y me dedica una leve sonrisa—. Lo mejor será que no me demuestres ninguna empatía ahora mismo, estoy a punto de venirme abajo.

Pretendía mencionar el lazo del ahorcado que encontré fuera, pero cambio de opinión. No quiero disgustarla, y mucho menos asustarla. Desde luego no en las condiciones en las que se encuentra. Cojo la libreta y las tarjetas.

—¿Hago los honores?

—Adelante —dice Andrea.

Zoe se encoge de hombros, gesto que no me tomo como una objeción, así que lanzo la prueba incriminatoria por la portezuela abierta del quemador antes de regresar al sofá. Permanecemos en silencio mientras observamos cómo el papel es engullido rápidamente por las llamas.

—¿Tienes el *walkie-talkie*? —pregunto cuando la libreta se ha convertido por fin en cenizas—. Quizá deberíamos intentar hablar con el guardabosques otra vez. Solo para asegurarnos de que la policía está de camino.

—Está en mi habitación, aunque preferiría no tener que volver a subir las escaleras ahora mismo. —Zoe se echa hacia delante y se frota el pie.

—No te preocupes. Puedo ir yo si me dices dónde está.

—No. No lo hagas. Es decir, ya voy yo. En realidad, puede que lo que más me convenga sea ejercitar el tobillo, ya sabes, para evitar que se me ponga rígido. Solo estaba haciéndome la remolona. —Zoe se levanta y sale cojeando de la habitación para regresar unos minutos más tarde con el dispositivo en la mano—. Mejor será que no lo utilicemos demasiado, no sabemos cuánta batería le queda.

—Bien pensado. No había caído. Solo lo intentaré un par de veces. —En el recibidor me calzo las botas de agua y me pongo la chaqueta—. Probaré fuera, puede que la señal sea más fuerte —digo por encima del hombro.

Me subo la cremallera de la chaqueta y enciendo el *walkie-talkie*.

—Hola. Al habla Carys Montgomery. Anoche hablé con el guardabosques. ¿Hay alguien ahí? —Mientras hablo me doy cuenta de que hasta ahora no les había dado mi nombre.

Desconozco los protocolos en este tipo de situaciones, pero ahora mismo me importan bien poco. Suelto el botón y espero a que alguien responda, pero todo lo que recibo por respuesta no es más que el ya familiar zumbido de la estática. Sigo camino abajo y pruebo de nuevo. En esta ocasión, mi intento se ve premiado con un característico acento escocés que llega a mis oídos a través de las ondas de radio.

—Hola, Carys Montgomery. Al habla el guardabosques con el que habló ayer. ¿Va todo bien? Cambio.

—Hola. Sí, estamos bien. Eeh, me preguntaba si sabría a qué hora va a llegar la policía. Cambio.

—Oh, me temo que no será hasta última hora de la tarde. Con este tiempo… La tormenta de anoche ha causado un desprendimiento de tierra y la carretera está cortada. Están esperando a que la despejen para poder llegar hasta ustedes. Cambio.

Las noticias me decepcionan.

—¿A qué distancia están? Me refiero a en qué pueblo tienen la base. Me preguntaba si podríamos ir caminando hasta allí. Cambio.

—Oh, no. Está demasiado lejos para venir andando. Y más con este tiempo. Se espera más lluvia esta tarde. Quédense donde están. Necesito confirmación, por favor. Cambio.

Dudo antes de responder. Una parte de mí no quiere hacer caso a las instrucciones. Otra, desearía no haber realizado esta llamada nunca y haberse arriesgado a salir en busca de ayuda. La voz del guardabosques suena de nuevo.

—Repito. No abandonen la casa. Es demasiado peligroso. Necesito confirmación. Cambio.

—Sí. Lo confirmo. Cambio —respondo a regañadientes.

—Bien. Por ahora, quédense donde están. Es lo más seguro. Cambio y corto.

Mientras le doy vueltas a la conversación escarbo con la puntera de mis botas en el barro que rodea el camino, que ahora está blandito y suave por culpa del chaparrón. «Quédense donde están. Esperen a la policía». ¿Cuánto van a tardar?

Entonces me fijo en que hay algo extraño en el barro. Incrustado en la tierra empapada acierto a distinguir el dibujo de una banda de rodadura. No lo bastante grande como para ser de un coche, pero sí del tamaño de una rueda de bicicleta. Alguien ha estado aquí en una bici. Justo al lado de la casa.

CAPÍTULO 21

—Francamente, Carys, creo que estás sacando las cosas de quicio —dice Zoe mientras posa una mano en mi hombro. Todo su peso corporal recae en su pierna buena, para mantener el tobillo lesionado relajado—. Esas huellas pueden llevar ahí mucho tiempo. Quizá estaban antes de la lluvia y ahora simplemente parecen más recientes.

—Pues es la primera vez que las veo —digo.

—¿Acaso has estado dando vueltas por la zona tomando notas de todo? —Zoe me mira con desdén.

—Bueno…, no, pero… —empiezo a decir.

—A eso me refiero.

Me sorprende la tirantez de Zoe, pero la atribuyo a su crispación.

—Zoe tiene razón —coincide Andrea. Permanecemos en la pista de tierra, examinando la banda de rodadura—. Incluso aunque fueran recientes, no es un camino privado, así que no hay nada que prohíba a los ciclistas pasar por aquí.

—Tampoco es que sea un recorrido muy apto para ciclistas, que digamos —subrayo, aunque no tiene sentido seguir insistiendo.

—Es verdad, pero no es imposible —puntualiza Zoe—. Entremos, me estoy congelando. —Como justificando su comentario, su

213

cuerpo se estremece con un escalofrío y enfilamos hacia la casa. Zoe cojea, pero logra recorrer la distancia sin problemas.

Zoe y yo nos sentamos a la mesa del comedor mientras Andrea pone a calentar un poco de sopa que ha encontrado en la despensa.

—Como siempre, Joanne está en todo y hay comida de sobra. Por lo menos no nos moriremos de hambre —dice Zoe en cuanto Andrea entra en el comedor con tres platos de sopa. Lleva uno en cada mano y un tercero apoyado en el antebrazo en perfecto equilibrio. Impresionante. Deja los platos en la mesa.

No me gusta nada la frivolidad con la que Zoe habla de Joanne. Me parece muy falto de tacto. Hace menos de una hora lloraba a moco tendido por su pérdida. Supongo que cada uno lidia con acontecimientos traumáticos de un modo diferente, y puede que este sea el suyo. Recuerdo perfectamente que los días siguientes a la muerte de Darren actuaba guiada por una especie de piloto automático. Tenía demasiadas cosas de las que encargarme, además de preocuparme por Alfie, así que no me podía permitir el lujo de llorar su muerte. Puede que ahora esté haciendo lo mismo. Por muy inesperada y triste que sea la muerte de Joanne, no puedo dejarme llevar por los sentimientos, por mucho que desee hacerlo. Al parecer se llama «fase de negación», aunque me parece que no es más que una forma de supervivencia. Intento no pensar en ello.

—Tris y los niños van a estar destrozados —digo—. ¿Cómo se las arreglarán sin ella?

—No te preocupes ahora por eso —responde Zoe—, no sirve de nada. Tienes razón, se quedarán hechos polvo, pero ¿sabes qué?

La miro expectante.

—¿Qué?

—Van a estar bien. Se las arreglarán. Es lo que hace la gente, lo que has hecho tú, ¿no? —Zoe prueba la sopa—. Está deliciosa.

Guardo silencio mientras reflexiono sobre la actitud desenfadada y práctica que ha adoptado Zoe. Sé que es una optimista redomada, pero se está pasando. ¿Cómo le puede parecer deliciosa la sopa o tener humor siquiera para tales comentarios? Para mi gusto, está amarga, como el fin de semana. Y todo eso de «ya se las arreglarán», me parece muy insensible. Noto cómo me empiezo a enfadar. Zoe no tiene ningún derecho a hacer tales suposiciones acerca de Tris y los niños. Ni de mí, ya puestos.

Dejo la cuchara sobre la mesa con más fuerza de la que pretendo.

—Francamente, Zoe, a veces no sé qué pensar de ti —me oigo decir—. Si crees que esos niños van a sobreponerse sin más a la muerte de su madre y echar mano de esa filosofía de «lo superaremos», entonces es que vives en un mundo de fantasía.

—Quieto, león —me advierte Andrea con suavidad poniendo una mano sobre mi brazo. No le hago caso.

—Creo que ya va siendo hora de hablar a las claras —digo sin intención de aflojar ahora—. Por si no te has dado cuenta, cabeza hueca, sigo lidiando con las consecuencias de la muerte del padre de mi hijo. Alfie no se ha limitado a derramar un par de lagrimitas para luego seguir con su vida como si nada. Todavía está muy lejos de conseguirlo.

—Pero eso es diferente —añade Zoe.

—¿Por qué?

—Bueno, Darren se suicidó y Alfie…, en fin, él lo vio… colgando. No es mi intención disgustarte, Carys, pero es la verdad. Los hijos de Joanne no han visto a su madre muerta. No ha hecho esto para castigarlos.

Me levanto de un brinco y del impulso casi tiro la silla.

—Darren no hizo aquello para castigar a Alfie. No es por nada, pero lo hizo porque estaba enfermo. Trastornado. En todo caso, me querría castigar a mí. —Casi no soy capaz de pronunciar las palabras. Intento recuperar el aliento, como si acabara de correr los cien metros lisos en las Olimpiadas—. No sabemos qué le ha pasado a Joanne. ¿Y si resulta que fue asesinada? ¿Cómo van a lidiar con eso sus hijos? ¿Y Tris? Tendrá que vivir con el hecho de que no pudo proteger a su mujer. Y no me mires así, es cierto. Por muy anticuado que

215

pueda parecer, todos nos sentimos en la obligación de proteger a nuestras familias, y Tris no es ninguna excepción. Vivir sin llegar a saber nunca cómo murió Joanne no va a ser fácil para ellos.

Me doy media vuelta y salgo del comedor hecha una furia. Subo las escaleras, entro en mi habitación y me tiro en la cama. Mientras la rabia fluye en mi interior, me quedo tumbada con la vista fija en el techo. De todas las cosas de las que podría haber acusado a Zoe, nunca se me habría ocurrido tacharla de idiota.

Tardo unos minutos, pero, finalmente, recupero el control de mis emociones con ejercicios de respiración, poniendo en práctica estrategias de relajación. Me tranquilizo poco a poco.

Decido que no puedo quedarme en casa de brazos cruzados a esperar a la policía. No entiendo por qué no nos dan prioridad absoluta. Alguien ha muerto, por el amor de Dios.

Después de meditarlo durante treinta minutos, y de haberme calmado, regreso con las otras. Voy a ignorar la falta de empatía y de tacto de Zoe y a atribuirla a la complicada situación en la que nos encontramos.

—Oh, Carys, cuánto lo siento —dice Zoe en cuanto entro en el salón. Se levanta de su asiento y extiende los brazos hacia mí—. No pretendía parecer una desalmada. Tan solo intentaba mantener una actitud optimista.

—No pasa nada —digo devolviéndole el abrazo—. Siento haber perdido los nervios. No debería haber reaccionado así. No pretendía disgustarte.

Soy consciente de la falta de convicción de mis palabras, pero este no es momento para pelearnos. Tenemos que permanecer unidas y evitar que nuestros sentimientos nos dividan. Al menos por ahora.

—Así me gusta —dice Andrea—. Ahora, relajémonos y esperemos a que llegue la policía. Lo último que nos falta es que nos enfademos entre nosotras.

—He pensado que quizá podríamos acercarnos a pie al pueblo

más cercano y pedir ayuda desde allí. No soporto estar aquí sentada sin hacer nada.

Andrea se endereza en su asiento.

—Carys, ¿cómo sabe el guardabosques a dónde enviar a la policía?

—¿Cómo dices? —No la sigo.

—No sabemos dónde estamos, ¿no? —Zoe y yo asentimos—. Así que ¿cómo demonios sabe el guardabosques dónde estamos y a dónde tiene que enviar a la policía?

—¿Puede conocer la casa? —digo con indecisión.

—Pero si debe de haber un montón de casas de este estilo en la zona. ¿Cómo puede saber en cuál de ellas nos encontramos? —Me mira fijamente—. Piénsalo detenidamente: ¿en algún momento te ha preguntado dónde estabas? ¿Se lo mencionaste tú?

Y de pronto caigo en la cuenta de que, durante todo este tiempo, eso era precisamente lo que no me acababa de encajar.

—No lo recuerdo, pero, en fin, tampoco creo que me haya preguntado nada en concreto. ¿Se puede localizar una señal de radio?

—Ni idea. ¿Acaso las señales de radio funcionan como las de los teléfonos móviles?

Miro a Zoe, que por el momento guarda silencio. Parece preocupada. Tiene las emociones a flor de piel, otro síntoma de la ansiedad que estamos padeciendo.

—Supongamos que el guardabosques, por el motivo que sea, no haya podido decirle a la policía dónde estamos exactamente —dice Andrea—. ¿Qué hacemos? ¿Tratamos de contactar con él otra vez?

—Francamente, no me fío mucho —confieso—. Debería habernos hecho alguna pregunta. Muchos de estos guardabosques son voluntarios. Preferiría hablar directamente con la policía.

—Intentemos llamarle una vez más —dice Zoe jugueteando con el guardapelo de su collar. Interpreto su gesto como una muestra más de ansiedad. Se saca el *walkie-talkie* del bolsillo y lo enciende. Después de varios intentos sin éxito de contactar con el guardabosques, se rinde—. Puede que esté fuera de alcance.

—Creo que debería intentar llegar a la casa o pueblo más cercano, lo primero que se cruce en mi camino.

—Pero estamos aisladas. Ha habido un desprendimiento de tierra —insiste Zoe—. No creo que sea una buena idea. En absoluto.

—Seguro que nos pueden sacar de aquí de algún modo. No me creo que por esta zona no lleven a cabo rescates de montaña.

—Estoy con Zoe —dice Andrea—. Ni siquiera sabes en qué dirección ir.

—Tengo una vaga idea. Joanne me señaló unos cuantos puntos de referencia desde lo alto de Arrow Point. Si sigo el sendero hacia el valle, debería llegar a un camino más grande y, en algún momento, cruzarme con algún coche. Haré que paren y daré la voz de alarma.

—Pero ya es mediodía. Se te echará la noche encima, y puede que no te topes con ninguna casa antes de que oscurezca —dice Zoe—. ¿Y qué me dices del tiempo? Podría ponerse a llover otra vez, o levantarse niebla y que te perdieras fácilmente. Imagínate que te caes por un barranco o algo así.

—No me va a pasar nada. Ya he hecho senderismo con mal tiempo; es algo que hacemos muy a menudo con los chavales del Premio Duque de Edimburgo —digo—. Pensaba cruzar campo a través, pero dada la posibilidad de que el tiempo empeore, seguiré el camino. Y luego están los kayaks. Joanne dijo que el río desemboca en un pueblo. No recuerdo el nombre. ¿Gormsly? ¿O era Gormouth? Algo así.

—Creo que seguir el camino es lo más seguro —dice Andrea—. Puede que por el río haya cascadas o rápidos. Si vuelcas, podrías verte en un aprieto.

Pasados unos minutos debatiendo los pros y los contras, finalmente acordamos que la opción más segura es ir por el camino.

—No me acaba de convencer que vayas tú sola —dice Zoe—. Una de nosotras debería acompañarte. —Mira a Andrea.

—Cuando dices «una de nosotras» te refieres a mí, ¿no? No es que estés precisamente en condiciones para ir a ningún sitio con el tobillo como lo tienes —dice Andrea.

—Bueno, sí, supongo que me refería a eso, sí —dice Zoe—. En cualquier caso, alguien debería quedarse aquí, por si aparece la policía.

—¿No te importa quedarte sola? —pregunto sorprendida ante la aparente valentía de Zoe.

—Me encerraré a cal y canto. No es que me encante la idea, pero es la mejor opción.

Miro a Andrea a la espera de una respuesta. Se encoge de hombros.

—Supongo que no hay ninguna solución perfecta, pero estoy contigo, Carys. Quedarnos aquí de brazos cruzados es inútil. Si la policía viene y ya hemos salido, nos los encontraremos por el camino.

—Y cuando veamos una casa o lleguemos a algún pueblo, podremos dar la voz de alarma. Entonces tendrán que darnos prioridad máxima, sobre todo ahora que también tenemos a alguien lesionado. Supongo que podrán enviar un equipo de rescate de montaña con un agente de policía, ¿no? —digo.

—Ya. Es raro —coincide Andrea—. Pero no parece que vaya a ocurrir pronto, así que tendremos que hacer lo que esté en nuestra mano.

—Ahora que estamos tomando cartas en el asunto me siento mucho mejor —digo—. Necesito entretenerme en algo, mantener la mente ocupada.

—Organicémonos. Podemos llevarnos los *packs* de senderismo para emergencias, los que nos dio Joanne ayer.

—Buena idea. En cada uno hay un kit de primeros auxilios, barritas energéticas, una bengala y una manta isotérmica —digo—. Y no nos olvidemos del agua.

—¿Seguro que vas a estar bien? —pregunta Andrea dirigiéndose a Zoe.

—No me va a pasar nada. ¡Pero no os olvidéis de mí! —Se ríe sin mucho entusiasmo—. No me despegaré del *walkie-talkie*, por si el guardabosques vuelve a llamar.

—Buena idea —dice Andrea.

Parece que Zoe está bastante tranquila ante la perspectiva de quedarse sola, lo que me sorprende. De todas nosotras, habría calificado a Zoe como la más cobardica, a falta de una palabra mejor. Siempre que salíamos a practicar actividades al aire libre nos encargábamos de protegerla y cuidar de ella. Ahora la veo con otros ojos. Le doy un par de vueltas más a su cambio de actitud mientras preparo la mochila, y llego a la conclusión de que esa fortaleza que empieza a aflorar en ella probablemente se deba a haber vivido un matrimonio de mierda y a haber tenido que salir adelante por sí misma. Una historia muy parecida a la mía.

Andrea entra en nuestro dormitorio y cierra la puerta.

—¿Estás bien? —me pregunta.

—Eso creo.

—No pareces muy convencida.

—Lo cierto es que me siento un poco inquieta. —Cierro la mochila.

—¿No estás asustada?

—Un poco también, si te soy sincera. Una parte de mí piensa que esta es una buena idea. Sin embargo, hay otra que me dice que deberíamos quedarnos aquí.

—¿Qué les recomendarías a tus chavales del Duque de Edimburgo? —Andrea se acerca a la ventana y observa la arboleda de la parte de atrás.

—Que se quedaran en casa. Que esperaran y no salieran. Que la ayuda está en camino.

—Entonces, ¿me puedes explicar exactamente por qué vamos a salir?

Levanto las manos en un gesto de calma.

—Lo sé. Va en contra de todo lo que me han enseñado. De todo lo que les enseño a mis chavales del centro. De todo lo que me dice mi instinto —confieso—. Pero, por otro lado, siento que tenemos que hacer algo. —Hago una pausa y valoro si contarle o no lo que me ronda la cabeza.

—¿Qué ocurre? —pregunta Andrea al percatarse de mi vacilación.

—Es ese guardabosques. Estoy empezando a dudar de que sea un guardabosques de verdad.

—¿Cómo?

—No me preguntó mi nombre y tampoco me dio el suyo. No nos pidió que le facilitáramos nuestra ubicación exacta. Llevo con la mosca detrás de la oreja desde nuestra primera conversación y lo único que se me ocurre es que, en realidad, no es ningún guardabosques, sino simplemente un tipo cualquiera que casualmente interceptó nuestra llamada.

—¿Por qué alguien haría una cosa así?

—Ni idea. Quizá pensó que sería divertido. Puede que sea algún pirado. Puede que…

—Un momento. Ni se te ocurra insinuar que puede tratarse del asesino de Joanne.

Nos miramos en silencio.

—Son muchas suposiciones —digo finalmente.

—Desde luego. Y valorando todas las posibilidades, sobre todo la última, ¿te parece que es buena idea dejar a Zoe sola?

CAPÍTULO 22

—Estaré bien —insiste Zoe cuando Andrea y yo le transmitimos nuestras preocupaciones—. Ya os he dicho que no me encanta la idea, pero alguien tiene que quedarse aquí con Joanne y esperar a la policía.

—Pero no sabemos seguro que vayan a venir —digo—. Esa es la cuestión.

—Ya, pero cerraré todo con llave, y vosotras no tardaréis mucho en llegar al pueblo más cercano. Además, tengo que quedarme. No me queda otra. No puedo recorrer tanta distancia, no con el tobillo como lo tengo. Tenéis que iros ya. Las dos.

—¿Seguro que no puedes acompañarnos? —pregunta Andrea.

—Totalmente. Ya lo hemos hablado. Venga, marchaos.

A regañadientes, Andrea y yo dejamos a Zoe en la casa y enfilamos hacia el camino.

—Espero que no se ponga a llover —dice Andrea en cuanto doblamos un recodo y cruzamos el puente de piedra. Mira hacia el cielo—. No me gustan nada esas nubes.

—La tierra está totalmente empapada. Es muy probable que haya habido un desprendimiento de tierra. —Doy una zancada para sortear un gran charco en medio del camino—. Espero que no le pase nada a Zoe. Me siento culpable por dejarla sola.

—Te entiendo, pero ya la has oído, nos ha insistido hasta la

222

saciedad que estará bien. Con un poco de suerte, esta noche todo habrá acabado.

—Dios, eso espero.

Durante un rato permanecemos en silencio, ensimismadas, centradas en recorrer el arduo camino. Andrea es la primera en hablar.

—Sé que esto va a sonar fatal, y no podría confesárselo a nadie más que a ti, pero no estoy todo lo disgustada que creo que debería por la muerte de Joanne.

—¿De verdad? —digo, sorprendida ante la honestidad de mi amiga. Incluso para alguien tan directo como Andrea, son palabras mayores.

—No. No creo que ninguna lo estemos.

—Habla por ti. No sabes lo que pienso o siento, ni tampoco estás en la cabeza de Zoe.

El comentario de Andrea me molesta, pero no sé si es porque tiene algo de razón.

No me siento tan triste como debería, y menos tratándose de una de mis mejores amigas. Puede que se deba a lo excepcional de las circunstancias.

—Solo estoy siendo sincera —dice Andrea.

—Lo más probable es que la adrenalina y el miedo nos estén impidiendo llorarla —digo—. Ya nos derrumbaremos más adelante, cuando estemos a salvo en nuestros hogares junto a nuestras familias.

Pienso en Alfie y en que tendrá que hacer frente a otra muerte, la de alguien importante en su vida, alguien relacionado con los dos. La muerte de Darren ha sido tan dura para él..., y ahora tendrá que lidiar con una nueva pérdida. Y, a cambio, yo me llevaré la peor parte de ese duelo, igual que ocurrió con el fallecimiento de su padre.

A veces pienso que se regodea en mi dolor, tanto a nivel mental como físico. Tengo la esperanza de que ese temperamento extremo que le caracteriza se terminará suavizando a medida que vaya haciéndose mayor y aprenda, con ayuda de un especialista, a gestionar sus emociones. Por el momento, la única forma de expresión que parece conocer es la rabia. Una rabia feroz que me aterra. No estoy dispuesta a admitirlo en voz alta, pero me avergüenza el modo en que me ataca verbalmente. No es que me avergüence de él, sino de su comportamiento. Pero también de mí misma. Le he fallado como madre, igual que fracasé como esposa.

Ojalá pudiera hablar con Seb. Él sabría qué hacer. De hecho, ojalá estuviera con Seb ahora mismo. Me imagino sentada junto a él en el sofá, acurrucada contra su pecho mientras me rodea con el brazo, abrazándome fuerte, como acostumbra. Estaríamos viendo la tele y ya habríamos dado cuenta de media botella del vino que habríamos abierto para la ocasión. Los dos ahí, relajados y tranquilos, disfrutando de la compañía mutua. Rodeados de amor. Y todo iría bien.

La emoción sube a borbotones por mi garganta, pero me esfuerzo por tragar saliva. No es el momento para venirse abajo. Tengo que ser fuerte, al menos hasta que consigamos ayuda. Me concentro en el camino.

—¿Estás bien? —pregunta Andrea.

—Sí. Solo estaba pensando en Alfie y Seb, eso es todo.

—¿Cómo marchan las cosas entre ellos?

—Más o menos como siempre.

—Al final todo se arreglará —dice Andrea con una confianza poco convincente.

—Alfie apenas me dirige la palabra, así que a Seb menos todavía —digo. No sé por qué, pero no duele tanto hablar de ello como pensarlo. Intento racionalizar mis pensamientos—. Alfie quiere mudarse con los Aldridge. Al parecer, Ruby y él están saliendo —le digo sin rodeos.

No tenía pensado decir nada, pero desde que Alfie me soltó el bombazo la semana pasada durante una acalorada discusión acerca de que debería pasar más tiempo en casa, es algo que me ronda la cabeza todo el tiempo, como un frustrado animal enjaulado.

—¿Cómo? Alfie y Ruby... ¡no me lo creo!

—También me sorprendió a mí. Pensaba que solo eran amigos, que compartían una relación fraternal, como siempre. No tenía ni idea de que había evolucionado hasta convertirse en algo más. —No le cuento a Andrea que cuando me enteré perdí completamente los papeles, sobre todo teniendo en cuenta el antiguo encaprichamiento de Ruby con Darren. No pude evitar pensar si todo aquello no sería a propósito, una especie de venganza retorcida. Obviamente, no compartí mis inquietudes con Alfie. Miro a Andrea de reojo—. Pues eso no es lo mejor.

—¿Hay más? No me digas que Ruby está embarazada.

—¡No! Eso sí que sería una auténtica pesadilla —digo—. Lo mejor es la reacción de Joanne. Le pareció maravilloso que se tuvieran el uno al otro, y dijo que si Alfie quería mudarse con Ruby, que por ella no había ningún problema. —La tristeza me inunda. Me detengo y desvío la mirada hacia el valle y el vasto paisaje que se abre ante nosotras—. Creo que Joanne me está castigando. Quería apartar a Alfie de mi lado y dejarme sin nada.

—¿Por qué dices eso?

Noto cómo una lágrima se desliza por mi mejilla y sacudo la cabeza.

—Ya no importa. Joanne está muerta.

Andrea se acerca a mí y nos quedamos embelesadas con la vista.

—Es verdad lo de Ruby y Darren, ¿verdad? A eso te referías con lo de que Joanne te está castigando.

—Francamente, no tengo ni idea. Nos reunimos con Joanne y Tris hará un par de años, para aclarar la situación, pero Darren lo negó todo y le creímos, los tres lo hicimos. No teníamos razones para no hacerlo.

—¿Y ahora?

—Bueno, no es que pueda preguntarle a él —digo en un

intento fallido de darle un toque de humor—. Creo que Joanne nunca se quedó del todo convencida, y ha debido de ocurrir algo últimamente que la ha llevado a sacar el tema de nuevo. No sé qué, pero sea lo que sea, es muy probable que fuera a echármelo en cara este fin de semana.

—Nunca fue mi intención decir eso de que Darren era un pedófilo —dice Andrea—. Pero es que estaba enfadada y asustada, ¿sabes?

—No pasa nada —digo restándole importancia, aunque sea mentira. Estoy tan cansada que cada vez me cuesta más mantener esta fachada de calma y tranquilidad—. Por aquel entonces Ruby tenía dieciocho años, así que, legalmente, era una adulta. Aunque, éticamente, ya es otro cantar.

—Si te sirve de consuelo, no creo que Joanne hubiera acogido a Alfie.

—Y ¿por qué no?

—Por el mismo motivo por el que tú tampoco eres capaz de mantener una relación sana con él. No te lo tomes a mal, pero desde lo de Darren, Alfie es problemático. Joanne no habría podido soportarlo, habría sido incapaz de adaptarse a un cambio tan brusco en su vida perfectamente organizada.

Sé que es irracional y muy injusto por mi parte, pero no puedo evitar enfurecerme ante la opinión que Andrea parece tener de mi hijo. Sí, las está pasando canutas, pero solo yo puedo criticarle, nadie más.

Menuda ironía. Sigo saltando a la defensiva en todo lo concerniente a Alfie, como haría cualquier madre. Cuando alguien, incluso una amiga íntima, critica a tu hijo, es imposible que te siente bien.

—Es un buen chaval —digo—. Tampoco es tan malo.

—Recuerda con quién estás hablando. Soy yo, Andrea, tu amiga —dice Andrea.

Sea o no su intención, me ofendo.

—Y supongo que pensarás que tu familia es perfecta —le espeto llevada por la ira—. Deberías mirarte un poquito al espejo antes de criticar a los demás.

—¿Qué pretendes decir con eso?

Andrea se da media vuelta para mirarme. Tiene un pie muy cerca del límite del camino. La inclinada pendiente de la ladera desciende a nuestros pies hasta desembocar en el valle.

—Exactamente lo que he dicho. Tu hijo tampoco es perfecto.

—No puedes decir algo así sin nada que lo respalde. Pues claro que mi hijo no es perfecto, ningún hijo lo es, pero el mío no está nada mal. Al menos yo puedo hablar de Alfie con cierto conocimiento. Me has contado en muchas ocasiones que no es un chaval de trato fácil, desde luego no en el estado emocional en el que se encuentra. Y ese moratón que tienes en la espalda... me juego el cuello a que lleva la firma de Alfie.

—Puede que sea conflictivo, pero por lo menos no trapichea con drogas.

En el fondo sé que mi ataque verbal no es más que una desafortunada reacción al dolor que me inflige la veracidad de sus palabras. Alguien dijo en una ocasión que la mejor forma de defensa es un buen ataque. Supongo que estoy abrazando por completo dicha filosofía.

—¿Drogas? ¿De qué demonios estás hablando?

A pesar de que soy consciente de cómo le están afectando mis palabras, continúo:

—Bradley. Compra maría y se la vende a los chavales de bachillerato. Si le pillaran, lo echarían del instituto y lo denunciarían a la policía por tráfico de drogas. Así que no pienses que tu hijo es mucho mejor que el mío.

El sentimiento de triunfo y satisfacción ante la expresión de sorpresa de Andrea no dura mucho. De inmediato lamento mi arrebato. Mi comportamiento es infantil y vergonzoso. Pero ya es demasiado tarde. No puedo retractarme.

Llega el turno de ataque de Andrea.

—¿Sabes qué, Carys? Más vale que tengas cuidado con lo que dices. No puedes ir por ahí acusando a la gente de ser traficante de drogas. Además, un poco de maría no es ni de lejos el crimen del siglo. Si es verdad, pues que así sea. Ya sabes lo que dicen del que ve la paja en el ojo ajeno.

—Olvídalo. No debería haber dicho nada. —Me doy cuenta de que, para mi gusto, Andrea está demasiado cerca del precipicio, y extiendo el brazo para advertírselo—. Aléjate del borde.

Me aparta el brazo con brusquedad, pero se desestabiliza. Cuando quiere recuperar el equilibrio afianzando su posición, se da cuenta, tarde, de que no tiene dónde apoyar el pie.

Andrea grita y empieza a agitar los brazos frenéticamente tratando de agarrarse a mí. Me abalanzo para ayudarla, pero su plumas de nailon se me resbala de las manos por culpa de los guantes que llevo.

La expresión de Andrea es de puro terror. Cae de espaldas y por poco me arrastra con ella. Vuelve a gritar, aunque ahora emite un sonido más largo y fuerte. Es espeluznante.

La observo mientras cae en picado pendiente abajo, y me sobrecoge ver cómo su cabeza pasa rozando una de las muchas rocas que encuentra a su paso. Sus pies se elevan en el aire y sus extremidades parecen querer tomar direcciones diferentes mientras rueda de espaldas sobre la ladera pedregosa, ganando velocidad a cada voltereta. Finalmente, se detiene, quedando oculta detrás de unos arbustos.

—¡Andrea! ¡Andrea! —grito—. ¿Me oyes? ¿Estás bien?

Es una pregunta ridícula, ¿cómo demonios va a estar bien después de una caída así?

Oteo el despeñadero. Quizá pueda llegar hasta ahí abajo, pero no estoy segura de que sea capaz de volver a subir. No sin una cuerda y anclajes para enganchar en las rocas y tener puntos de sujeción. Lo último que quiero es que las dos nos quedemos atrapadas ahí abajo. Llamo a Andrea otra vez.

En esta ocasión escucho un gemido distante.

—Carys…

La voz es débil, pero por lo menos está viva.

—¿Estás herida?

—No puedo moverme. Creo que me he roto el tobillo.

—Vale, eh… —Me quedo en blanco y tardo unos segundos en asimilarlo todo—. Voy a volver a la casa, cojo una cuerda y algo para hacer un cabestrillo para tu pierna y vuelvo. —Aguardo una respuesta—. ¿Andrea? ¿Me oyes?

—¡Sí! Date prisa, el tobillo me está matando.

Antes de marcharme busco a mi alrededor algo para marcar el lugar, porque luego puede que me cueste encontrarlo. Corro hacia el límite del bosque, al otro lado del camino, y estudio la zona en busca de una rama lo bastante grande para poder clavarla en el suelo.

Cuando la encuentro, clavo el poste improvisado en el suelo reblandecido por la lluvia al borde del precipicio. Para que no se me pase inadvertida la señal cuando vuelva, saco la manta isotérmica de mi mochila, corto un trozo con mi navaja y lo ato a la rama.

Satisfecha con el resultado y convencida de que podré encontrar el lugar más tarde, le grito unas palabras de consuelo a Andrea antes de salir corriendo hacia la casa. Miro mi reloj y calculo el tiempo que habremos tardado en llegar hasta allí. Finalmente deduzco que tardaré entre diez y quince minutos en volver a la casa. Estoy acostumbrada a correr campo a través, pero con las botas de montaña me cuesta más.

Al final tardo doce minutos en llegar. Me dispongo a llamar a la puerta a golpes cuando me doy cuenta de que está entreabierta. Me paro en seco, con la mano suspendida en el aire frente a la puerta. Zoe dijo que iba a cerrar con llave. Era la condición que acordamos para marcharnos dejándola allí sola. Aguzo el oído atenta a cualquier sonido y me llegan unas voces airadas del interior. Una de mujer y otra de hombre.

Mi corazón late con fuerza debido a la energía nerviosa que recorre mi cuerpo. Empujo la puerta y pongo un pie sobre la alfombra de fibras de coco, cuyas cerdas se doblan bajo mi peso. Ahora escucho claramente la conversación.

Al principio creo que sufro alucinaciones. No hay duda de que la voz de mujer es la de Zoe, pero la voz masculina suena muy parecida a la de Tris. En cuanto los escucho un poco más, me doy cuenta de que sin duda es la suya.

—¿Por qué no se lo impediste? —pregunta él.

—Imposible. Carys estaba empeñada en salir. Y Andrea también. Pensé que si al menos yo me quedaba...

—¿A dónde dijeron que iban?

—No recuerdo el nombre, pero a un pueblo a unos veinticuatro kilómetros de aquí. Joanne se lo indicó a Carys cuando estuvimos en Arrow's Head.

—Gormston. —Tris lanza un suspiro—. ¿Y qué hacemos ahora?

Escucho sollozar a Zoe.

—Lo siento —dice ella.

—Venga, cariño, no pasa nada. Lo siento, no pretendía disgustarte. Es solo que preocupa que estén solas por ahí... Es peligroso.

Guardan silencio y aprovecho para inclinarme un poco hacia delante; no quiero pisar el suelo de baldosas para no ser descubierta. Los observo por la estrecha rendija de la puerta entornada. Tris rodea con sus brazos a Zoe, consolándola. Entonces, ella lo mira a los ojos y se besan. Un beso de verdad.

Contengo una exhalación de sorpresa. Así que es verdad. Zoe y Tris tienen una aventura. Joanne tenía razón.

Ensimismada, casi paso por alto el agudo sonido procedente del salón. Parece el timbre que anuncia la llegada de un mensaje de texto. Tris y Zoe se separan y él saca un teléfono móvil del bolsillo. Qué raro. Se supone que aquí no hay cobertura. Maldigo para mis adentros a Joanne por mentirnos. Tris pasa el dedo por la pantalla y lee el mensaje. Hace una pausa y se inclina hacia Zoe para susurrarle algo al oído. No sé qué le habrá dicho, pero se ha puesto nerviosa. Mira hacia la puerta con expresión preocupada, y rápidamente me aparto de su vista.

Entonces, Tris enfila hacia el recibidor. No me da tiempo a escabullirme. Tengo que pensar rápido.

—¡Oh, Dios mío, Tris! —digo procurando fingir sorpresa. Cierro la puerta principal a mi espalda—. ¿Qué estás haciendo aquí?

—¡Carys! Has vuelto. Gracias a Dios —dice acercándose a mí y abrazándome—. Zoe me ha contado vuestra ridícula ocurrencia de salir a pedir ayuda.

Me conduce al salón. Observo a Zoe, que permanece de pie frente a la chimenea con las manos entrelazadas; primero repara en mí y luego mira a Tris. ¿Le habrá contado lo de Joanne? Desde luego, no parece un marido destrozado por la pena. A pesar de que, evidentemente, está liado con Zoe, estoy segura de que quería a Joanne.

—Carys, ¿te encuentras bien? —me pregunta Zoe, saliendo de su ensimismamiento. Se me acerca cojeando, me toma del brazo y me lleva al sofá—. Tris acaba de llegar.

Miro a Tris.

—¿Qué estás haciendo aquí? No tenía ni idea de que fueras a venir.

—Al parecer he sorprendido a todo el mundo —dice—. Zoe tampoco me esperaba, pero Joanne me pidió que viniera. Lo habíamos acordado así.

De nuevo, me fijo en Zoe. Está muy nerviosa, parece que se dispone a hablar, pero finalmente se arrepiente. Miro de nuevo a Tris.

—¿Te ha contado Zoe que…?

Dejo la pregunta prendida en el aire. Si lo sabe, no hace falta decir nada más.

Tris baja la cabeza y se pasa el pulgar y el índice por los ojos. Observo cómo inhala profundamente y luego exhala lentamente. Mantiene la vista fija en el suelo y asiente con la cabeza.

—Sí, me lo acaba de decir.

—Lo siento muchísimo —digo.

Me levanto y me dispongo a acercarme a él, pero me detengo. Qué situación tan incómoda. Inmediatamente después del fallecimiento de Darren, solo quería que me abrazaran; hallaba consuelo en el reconfortante contacto humano, pero Tris parece tener sus sentimientos bajo control.

Y entonces recuerdo por qué estoy aquí: Andrea yace herida en el fondo de un barranco. Sin embargo, antes de empezar a hablar, Zoe se me adelanta.

—¿Cómo es que ya estás de vuelta? ¿Dónde está Andrea?

—Ha tenido un accidente. Se ha despeñado por un barranco y está herida. Cree que se ha roto el tobillo.

—¡Oh no! Ella también no. Bueno, el mío no está roto, pero ya me entiendes. —Zoe hace un mohín mirándose el pie.

Obvio el hecho de que Zoe no parece demasiado afectada por lo ocurrido; ahora mismo lo único que me preocupa es rescatar a Andrea.

—Necesito una cuerda para descender por el barranco y sacarla de ahí.

—¿Dónde se ha caído? —pregunta Zoe—. No hace tanto que os marchasteis.

—A unos quince minutos de aquí siguiendo el camino. He colocado una señal para poder localizarla fácilmente. —El pánico y la urgencia se vuelven a apoderar de mí—. Sé dónde hay cuerda de escalada. La vi ayer. —Me dispongo a dar media vuelta, pero me detengo y miro a Tris—. Un momento, ¿cómo has llegado hasta aquí? ¿En coche? Nos puedes llevar hasta ella.

Entonces caigo en la cuenta de que no vi ningún coche fuera cuando ascendí corriendo la pista de tierra hacia la casa. Miro por la ventana y luego observo a Tris. Ha dejado de llorar y me mira fijamente, aunque no logro descifrar su expresión.

Todos mis sentidos se activan a la vez, y un instinto primitivo me advierte de que estoy en peligro. Aprieto los puños y se apodera de mí esa particular sensación de lucha o huida. No controlo la reacción de mi cuerpo, y mi cerebro es incapaz de asimilar lo que perciben mis sentidos.

—El coche está aparcado camino abajo —dice Tris—. Ha habido un desprendimiento de tierra. He recorrido el último trecho a pie.

—Es cierto —coincido, aunque sé que es imposible que me esté diciendo la verdad. De haber subido andando por el camino, Andrea y yo le habríamos visto. Doy un par de pasos hacia la puerta—. Bueno, esto…, voy a por la cuerda para que podamos rescatar a Andrea.

Nunca un silencio había sido tan asfixiante y opresivo. El ambiente de la habitación es agobiante.

—Buena idea —dice Tris—. Ve fuera a por la cuerda.

Se me acelera el ritmo cardiaco y la sangre empieza a bombear más rápido por mis venas. Sabe dónde está la cuerda. ¿O simplemente ha sido una coincidencia? Me esfuerzo por mantener la calma y espero que Tris achaque la ansiedad que detecta en mí a la preocupación que siento por Andrea.

—Estoy preocupada por Andrea —digo en un intento por reforzar esta idea. Miro a Zoe—. ¿Me echas una mano?

Espero que Zoe capte la indirecta y salga conmigo de la casa. Algo no encaja. El ambiente asfixiante de la habitación se intensifica mientras espero paciente a que Zoe responda.

—No puede —dice Tris mientras posa una mano en su hombro—. Se ha torcido el tobillo, ¿recuerdas?

Zoe abre los ojos como platos y, aunque sé que intenta decirme algo, no soy capaz de descifrar su expresión. Intenta gesticular una palabra, pero no estoy segura de lo que intenta decirme. ¿«Huye»? ¿Está diciéndome que huya?

El miedo se apodera de mí y noto la piel pegajosa. Echo otro vistazo a Zoe y en esta ocasión no hay duda: quiere decirme algo.

«Consigue ayuda».

—No pasa nada, me las apañaré —digo, y sin esperar una respuesta, salgo al recibidor, cruzo el comedor y llego a la cocina, cerrando la puerta que comunica ambas estancias.

El *walkie-talkie* está sobre la encimera y lo cojo sin detenerme. Me apresuro al patio de atrás por la puerta trasera, que no está cerrada con llave, y enciendo el dispositivo. El transmisor cobra vida con un crujido. No pierdo ni un segundo y empiezo a hablar.

—¿Hola? Necesito hablar con el guardabosques. ¿Hay alguien ahí? —No obtengo respuesta. Me acerco al lugar en el que arrojé la cuerda y tiro de ella con la mano libre sin dejar de intentar contactar con el guardabosques—. Hola, por favor, ¿hay alguien ahí?

La cuerda se arremolina a mis pies y me agacho a recogerla. En cuanto me yergo, observo el jardín y reparo en que la rueda de una bicicleta sobresale desde detrás del cobertizo.

Sé con seguridad que esa bicicleta no estaba antes ahí. De pronto visualizo la banda de rodadura en el barro.

—Hola. ¿Me oye alguien? —digo desesperada, intentando contactar por tercera vez.

Y entonces escucho el inconfundible acento escocés del guardabosques, salvo que ahora la voz no proviene del otro lado del transmisor, sino de detrás de mí. Un sentimiento de alivio me inunda. Debe de ser la bicicleta del guardabosques. Ha venido a comprobar que estamos bien.

Me doy la vuelta y dejo caer mi mano flácida a un lado. Es Tris. Me dedica una leve sonrisa de diversión.

—Sí, la escucho —dice—. Cambio.

CAPÍTULO 23

Tris sostiene un *walkie-talkie* en el aire con petulancia.

—¿Qué está pasando aquí? —pregunto tratando de mantener los nervios a raya.

La sonrisa se desvanece de su cara.

—Nada. Era una broma —dice acercándose a mí.

Respondo a su acercamiento alejándome un paso de él. Mira a mi espalda, hacia el cobertizo, y vuelve fijar la vista en mí. Siento un escalofrío, no de frío sino por la expresión vacía de sus ojos.

—Zoe y tú… Me da igual lo que os traigáis entre manos —digo—. No es asunto mío. Ni siquiera me importa que estés aquí. Lo único que quiero es rescatar a Andrea. —Me cuelgo el rollo de cuerda al hombro—. Lo entiendes, ¿verdad?

—Claro. —Asiente con la cabeza—. Por supuesto que lo entiendo. Mira, Joanne me pidió que viniera. Me dio este *walkie-talkie* y me dijo que debía fingir ser el guardabosques si alguien llamaba.

—¿Por qué? ¿Por qué te pediría tal cosa?

—Dijo que no era más que una broma. Era parte de su juego. No sé qué tenía planeado. Me aseguró que no hacía falta que supiera nada más, que simplemente tenía que venir, estar pendiente del *walkie-talkie* y no preocuparme por nada de lo que me dijerais. Cuando me contaste que había muerto alguien…, joder, pensé que todo era parte del juego.

Hay algo en la historia de Tris que no me cuadra. No tiene ningún sentido. Sin embargo, tampoco sé qué nos tenía preparado Joanne. ¿Confío en Tris o hago caso de lo que me dice mi instinto? Mi mente bulle con miles de pensamientos que demandan mi atención, pero uno se hace oír por encima del resto.

Tris y Zoe están teniendo una aventura. No cabe duda, pero desconozco el alcance de las implicaciones. ¿De verdad Joanne le pidió a Tris que viniera o está aquí por Zoe? ¿Y por qué Zoe me ha pedido que busque ayuda? Algo va mal, eso seguro. ¿Por qué otro motivo estaría Zoe tan asustada como para no pronunciar las palabras en voz alta?

Tris repara en la cuerda que llevo al hombro y en el lazo del ahorcado que cuelga de un extremo a la altura de mis rodillas.

—No irás a hacer ninguna estupidez, ¿verdad? —pregunta.

—¿Cómo dices?

—No podría soportar que tú…, bueno, ya sabes…, lo que le ocurrió a Darren… Joanne no os habrá contado la historia acerca de la madre que se sacrificó en el bosque, ¿verdad?

El estómago me da un vuelco ante su suposición. ¿Cree que me voy a quitar la vida? Lo siguiente que se me pasa por la cabeza me deja sin aliento. Mi reacción natural es ignorarlo, pero no puedo. ¿Acaso Tris pretende contribuir a que se cumpla su suposición? Todas las fibras de mi cuerpo están en alerta máxima.

—No sé qué está pasando aquí, Tris —digo, y me sorprendo de la tranquilidad que transmite voz, porque en realidad estoy aterrada—, pero tengo que ayudar a Andrea. No importa qué te haya dicho Joanne, el juego ya se ha acabado. No es ninguna broma. Todo esto es muy serio.

Tardo unos segundos en sopesar mi próximo movimiento. Necesito la cuerda para rescatar a Andrea, pero pesa mucho y no podré huir de Tris si voy muy cargada. Está bastante en forma gracias a todas esas carreras 10K a las que se apunta, pero creo que puedo superarle campo a través; él está acostumbrado a la superficie llana y regular del asfalto. Si logro asegurarme una buena salida, puede que lo consiga.

De pronto me parece increíble que esté pasando todo esto. Todo es tan surrealista. Tris me está asustando de verdad. Pienso en Zoe, todavía en la casa. No tengo muy claro de qué lado está. Por lo que he podido comprobar, no creo que esté en peligro; además, con el esguince de tobillo, no podrá acompañarme. Pedir ayuda depende única y exclusivamente de mí.

—Carys, pareces aterrorizada —dice Tris. Extiende una mano hacia mí—. No seas tonta. No hay razón para que me tengas miedo. Estoy aquí para ayudaros.

Retrocedo un paso, alejándome de él.

—¿Por qué estás aquí? ¿Para ver a Joanne o para ver a Zoe?

—Ya te lo he dicho, Joanne me pidió que viniera.

—¿Cuándo viste a Joanne?

—Carys, no sé de qué va todo esto…

—¿Cuándo viste a Joanne por última vez?

—Un momento… ¿me estás preguntando lo que creo? —Tris estalla en una leve carcajada de incredulidad—. No. Imposible. No puedes estar insinuando que yo tuve algo que ver con el accidente de Joanne, ¿a que no?

Miro de reojo el cobertizo.

—Estás liado con Zoe —le espeto.

—Eso no me convierte en ningún asesino. Además, Joanne se cayó. Fue un accidente.

—Pareces estar muy seguro al respecto.

—Nunca le haría daño a Joanne. Estás sacando las cosas de quicio, Carys. No pasa nada, lo entiendo, o al menos me hago cargo. Recuerdo lo difícil que fue para ti encontrarte a Darren muerto. Así que, supongo que descubrir a Joanne del mismo modo, debe de haberte afectado psicológicamente.

—Eso es un golpe bajo —le suelto—. Encontrarte a tu marido ahorcado afecta a cualquiera, pero eso no quiere decir que sea una persona emocionalmente inestable.

—Yo no he dicho tal cosa, simplemente quería decir que lo que ha ocurrido puede resultarte particularmente difícil. No hay duda de que ha nublado tu buen juicio. Por el amor de Dios, he perdido a mi esposa. No importa lo que haya entre Zoe y yo, esta situación es muy dolorosa para mí.

Casi me lo creo. Casi.

—Tengo que irme —digo, pero me atormentan las dudas, y me debato entre si esquivar a Tris y echar a correr lejos de aquí o no. ¿Me dejará? ¿Puedo correr el riesgo?

Pero Tris no ha dado la conversación por finalizada. Como si anticipase mi próximo movimiento, se coloca bloqueándome el paso.

—Bajo mi punto de vista, eres tú la que tienes más motivos —me dice—. Sabías que Joanne estaba molesta con todas vosotras. Con Andrea por lo del gimnasio; con Zoe por tener una aventura conmigo, y contigo por lo que ocurrió entre Ruby y Darren.

—No ocurrió nada.

—Ahora eso no tiene ninguna trascendencia. Lo que importa es que Joanne así lo creía.

—No entiendo a qué viene todo esto. Lo solucionamos entre nosotros. Joanne y tú estuvisteis de acuerdo en que no había sido más que un encaprichamiento adolescente. La típica historia de la estudiante pillada por su profesor.

—Joanne dijo que tenía una sorpresa para ti. Nunca me explicó de qué se trataba, pero tengo el presentimiento de que recientemente había descubierto algo de ti.

—¿Como qué?

—No lo sé. No me lo dijo. —Se atusa el pelo—. Ya sabes que Ruby se quedó destrozada con lo que ocurrió. Imagina lo mal que lo pasamos Joanne y yo como padres, atormentados ante la posibilidad de que quizá nuestra hija había sido seducida por su profesor, un hombre al que creíamos digno de nuestra confianza. Estaba absolutamente desconsolada cuando se suicidó. Y, entonces, la guinda del pastel: tu hijo y nuestra hija se vuelven inseparables, y ahora resulta que ¡nuestra niña siente algo por el hijo del hombre que le rompió el corazón! Imagínate cómo nos sentimos cuando nos lo contó. Nos salía humo por las orejas, joder, Carys. Te puedes hacer una idea.

Tris tiene razón. Ha sido muy difícil para todos afrontar las consecuencias del encaprichamiento de una adolescente por un hombre mayor. Rehúyo la mirada de Tris, para evitar que lea la verdad en mi expresión.

—No sé qué decir. —Siento la pesada carga de los dos últimos años sobre mis hombros. Darren me había jurado que no era más que una adolescente encaprichada y yo le había creído.

Le había creído entonces.

Levanto los ojos hacia Tris, nuestras miradas se cruzan y me quedo paralizada por un momento. Ladea la cabeza.

—¿Qué ocurre, Carys?

Pestañeo. Soy incapaz de afrontar mis propios pensamientos. Es demasiado. Necesito largarme de aquí. Si Tris supiera lo que estoy pensando…

Mis neuronas no parecen reaccionar a las órdenes que envía mi cerebro a mis pies. «¡Huye! ¡Sal corriendo!», una voz retumba en mi cabeza. «¡Lárgate de ahí! ¡Ya!».

Sin previo aviso, mi cuerpo se pone en acción, obedeciendo todas las órdenes al mismo tiempo.

No me había percatado de que Tris se había ido acercando a mí. Un error por mi parte, pero todavía hay suficiente distancia entre nosotros, lo que me permite hacerle una finta para sortearlo y escapar de él. Sin embargo, agarra la cuerda que llevo al hombro y me la arrebata de un tirón. El impulso hace que pierda el equilibrio y dé un traspié, casi chocándome contra él. La cuerda se cae al suelo y me veo obligada a tomar una decisión en cuestión de segundos. Recoger la cuerda y arriesgarme a que me atrape o intentar sacarle ventaja en la huida.

Opto por la segunda opción y salgo corriendo por el jardín. La

carrera de antes hasta la casa me ha servido para calentar los gemelos, así que me lanzo hacia la pendiente que conduce al bosque. Si
consigo adentrarme en la arboleda, quizá le pierda de vista.

El sonido de sus pisadas retumbando contra el suelo detrás de
mí hace que corra más rápido. De vez en cuando le oigo refunfu-
ñar mientras esquivamos y tropezamos con obstáculos en nuestro
camino y sorteamos madrigueras y baches. No sé lo cerca que está,
pero noto que me pisa los talones. Me echo hacia delante y echo
mano de toda la energía y determinación de la que dispongo, exi-
giéndome al máximo. Un esfuerzo más y llego a lo alto de la pendiente; la hierba y las rocas desaparecen en cuanto enfilo hacia el
bosque.

Sé que mi chaqueta color amarillo fluorescente no me está ayudando a pasar desapercibida, pero quitármela me retrasaría y me
obligaría a cargar con ella, ya que sería una locura deshacerme de
ella con este clima. No sé cuánto voy a estar aquí fuera en plena naturaleza.

—¡Carys! No seas ridícula —grita Tris—. ¿A dónde vas? ¡Vuelve!

Mi instinto de supervivencia toma el control y la distancia entre nosotros aumenta. Me desvío hacia la derecha en un intento por
correr lo más paralela posible al camino. La arboleda empieza a es-
pesarse y cada vez llega menos luz a través de las ramas de los árboles. Intento visualizar el recorrido que hicimos el viernes, cuando
Joanne nos llevó al claro de los sacrificios. Estoy segura de que tomamos rumbo norte, es decir, que debe quedar a mi izquierda.

Ya no oigo las pisadas de Tris a mi espalda, ni tampoco sus jadeos y quejidos fruto de su inexperiencia en carrera campo a través.
Por primera vez, miro por encima del hombro, y siento alivio al
descubrir que no hay ni rastro de él.

Reduzco la marcha a un *footing* suave, para conservar toda la
energía posible, y observo con detalle los alrededores. Me parece
percibir un leve movimiento detrás de mí. Debe de ser Tris. Me

escondo detrás de una roca enorme, me asomo ligeramente por encima de ella y lo vigilo con cautela, siguiendo sus pasos con la mirada mientras recorre la zona incansablemente. Es imposible que me haya visto. He tenido suerte.

Veo que se detiene. Estará a unos cuarenta metros de mí. Aguanto la respiración y me agazapo tras la roca sin dejar de seguirle con la vista mientras traza un pequeño círculo a su alrededor, atento al más mínimo movimiento. En cuanto se gira en mi dirección, me oculto completamente de su vista.

Unos segundos más tarde, escucho el crujido de la radio, y la voz de Tris irrumpe en la quietud del bosque.

—Carys, sé que puedes oírme. Déjalo ya. Esto ha ido demasiado lejos. Tenemos que hablar.

¡Mierda! La radio portátil que llevo conmigo está encendida. Manipulo torpemente el transmisor para bajar el volumen. ¿Habrá escuchado su propia voz a través del *walkie-talkie*? Muy despacio, me vuelvo a asomar por encima de la roca.

Está más cerca. Puede que a unos treinta metros. Debe de haberse oído.

Me preparo para levantarme y salir corriendo a toda velocidad ahora que todavía puedo sacarle ventaja cuando, de pronto, se me ocurre algo. Tengo que actuar con rapidez. Se acerca cada vez más.

—¡Caaaryyys! ¡Sé dónde estás! —Se está burlando de mí con una vocecita cantarina que me recuerda a la del personaje del capturador de niños de la película *Chitty Chitty Bang Bang*.

Me guardo el *walkie-talkie* en el bolsillo de la chaqueta y lo cierro con cremallera. Selecciono una roca pequeña, del tamaño de mi puño, y la desentierro escarbando con las uñas; gracias a todo lo que ha llovido, el suelo está húmedo y no me cuesta demasiado. Intento controlar la respiración todo lo posible a la espera de que Tris haga una pausa entre llamada y llamada.

—Venga, Carys, sal. No sirve de nada que te escondas, querida.

Y ahí está. Se ha callado. Ya no oigo su voz ni ningún otro movimiento entre las hojas y los matorrales. Echo otro vistazo por encima de la roca y descubro que la suerte está de mi lado: me está dando la espalda. Rápidamente, lanzo la piedra hacia un montón de rocas enormes que hay a su izquierda.

Tan pronto como la roca sale disparada de mi mano, me escondo. Escucho cómo la roca golpea las piedras con un sonoro bum para luego caer contra el suelo emitiendo un potente ruido sordo.

—¡Oh, Carys! —exclama. Escucho sus pisadas corriendo a través de los matorrales hacia el montón de rocas.

Lentamente, tan agachada como puedo, empiezo a caminar de espaldas, alejándome cada vez más de mi escondite. Me traicionan los nervios, mi instinto de supervivencia toma las riendas y huyo. Me doy la vuelta y corro todo lo rápido que puedo adentrándome en lo más profundo del bosque.

Escucho cómo Tris grita mi nombre en la lejanía. Ya no hay ni rastro de diversión en su voz, sino pura rabia por haber sido engañado.

No sé hacia dónde corro. Desde luego, no sigo ningún camino, sino que zigzagueo y serpenteo entre los árboles. Voy tan rápido que no me da tiempo a parar cuando descubro que el terreno traza una violenta pendiente y caigo rodando por ella. Me golpeo en el hombro izquierdo contra una rama enorme y estallo en un grito de dolor. Levanto tierra y hojas a mi paso sin poder detenerme. Rezo por no correr la misma suerte que Andrea, o peor, chocar de frente contra un árbol.

Milagrosamente, a pesar de la caída no sufro ninguna lesión, pero aterrizo de boca en un arroyo. Levanto la cabeza, toso y escupo un poco de agua. No es muy profundo, pero su lecho es de roca y noto el sabor de la sangre en la boca. Supongo que me habré mordido el labio en la caída.

Me quedo quieta, aturdida y jadeante. No sé cómo, pero me levanto hasta apoyarme en las manos y las rodillas, y me tomo unos instantes para recuperar el aliento. Por encima de mí escucho la voz de Tris, llamándome. No creo que pueda verme. Los matorrales desperdigados por la ladera actúan como escudo protector, ocultándome.

Despacio y en silencio, gateo hasta la ribera del arroyo. Me agazapo y prácticamente me arrastro por el suelo bocabajo, notando cómo de vez en cuando se me clava el *walkie-talkie* en la cadera. Me desabrocho la chaqueta y me la quito. Compruebo el estado del *walkie-talkie*. Parece seco; mi chaqueta impermeable ha cumplido y lo ha protegido. No sé si sigue funcionando, pero con Tris todavía tan cerca, no tengo ninguna prisa por descubrirlo. Vuelvo a guardar el transmisor en el bolsillo y cierro la cremallera.

Intento no hacer ruido ni movimientos bruscos mientras le doy la vuelta a la chaqueta. El revestimiento interior de forro polar negro que ahora queda a la vista por fuera me ayudará a camuflarme mejor que el amarillo fluorescente.

No sé cuánto llevo aquí tumbada, apretujada contra la ribera helada, pero se me están empezando a dormir los dedos de los pies, y los de las manos están adquiriendo un tono entre amarillento y blanquecino. De hecho, estoy helada y calada hasta los huesos, y noto cómo mi temperatura corporal está cayendo en picado después de todo ese esfuerzo físico. Lo último que me faltaba es sufrir una hipotermia. Tengo que moverme.

Aguzo el oído, pero no alcanzo a escuchar nada salvo el viento, que agita las hojas de los árboles como si alguien estuviera estrujando un montón de papeles.

Lentamente, me giro y miro hacia la orilla. Abandono la cobertura de los matorrales y estudio con cautela lo que me rodea. No tengo motivos para creer que Tris siga por aquí, así que aprovecho para salir corriendo como si me fuera la vida en ello.

CAPÍTULO 24

Sigo el curso del arroyo, que serpentea por el bosque, pero de momento no hay rastro del río principal que recorrimos ayer en kayak. ¿Fue ayer? Parece que fue hace mil años.

Mi sentido de la orientación me dice que me estoy adentrando cada vez más en el bosque, alejándome del camino que lleva a la casa. Visualizo su trazado y recuerdo cómo ascendía hacia el este y, pasado un tramo de curvas, se desviaba y descendía hacia el valle hasta desembocar en una carretera.

Utilizo el término «carretera» demasiado a la ligera, ya que no era más que un trecho de camino asfaltado.

Ha empezado a llover de nuevo, y aunque los árboles me protegen un poco de los elementos, no ofrecen suficiente cobijo como para evitar que me empape. Me arrepiento de haberme quitado el gorro y los guantes en la casa y haberlos lanzado en el sofá. Noto un cosquilleo en las orejas y las puntas de los dedos a causa del frío. Por lo menos los dedos de los pies están un poco mejor gracias a los dos pares de calcetines que me puse antes de salir esta mañana.

El cansancio empieza a hacer mella en la poca energía física y mental que me queda. Noto cómo me arden los músculos por el esfuerzo, una sensación que a menudo experimento cuando corro campo a través. Solo tengo que exigirme un poco más, como si estuviera compitiendo. No puedo parar ahora, si lo hiciera no creo que fuera capaz de volver a ponerme en marcha. Ahora mi prioridad es hallar cobijo. Un lugar seguro donde Tris no pueda encontrarme.

Pensar en él y en el lazo del ahorcado colgando de un extremo de la cuerda de escalada me acicatea, energizando mi cuerpo y mi mente. Como atrapados por un remolino interminable, mis pensamientos giran en torno a Andrea. Espero que su mochila no se haya perdido en la caída, y que tenga a mano las barritas energéticas, la manta isotérmica y las botellas de agua del kit de emergencia. Si hace buen uso de los recursos, estará bien por lo menos durante veinticuatro horas. No por primera vez en este fin de semana, recurro a la religión y rezo una plegaria silenciosa pidiendo que mi amiga sobreviva a la noche.

El subidón de energía no dura mucho. Diez minutos más tarde mi cuerpo empieza a ralentizarse de nuevo. Paso de caminar a buen ritmo a prácticamente arrastrar los pies a medida que el terreno va embarrándose y haciéndose cada vez más pesado por culpa de la lluvia. Me cuelgo la mochila por delante y saco la botella de agua y una de las barritas energéticas.

Tengo que pensar en cómo voy a sobrevivir a la noche. Igual que la de Andrea, mi mochila cuenta con unos cuantos suministros de emergencia, suficientes para una noche. Siendo sincera, no creo que vaya a alcanzar el pueblo antes de que oscurezca. La luz solar va disipándose y mi visión se nubla a causa de la extenuación. Sé que no podré seguir durante mucho más tiempo.

Camino un poco más por el bosque y pasados unos minutos me percato de que la arboleda no es tan espesa. Delante de mí acierto a ver un poco de claridad, sin embargo, está teñida de un tono gris sucio.

Me retiro un mechón de pelo de la cara, pestañeo un par de veces y vuelvo a fijar la vista al frente. Es un edificio. Un edificio de piedra.

Acelero el paso y me apresuro hacia él.

—Por favor, que haya alguien dentro —musito en voz alta.

A medida que acorto la distancia, descubro que el edificio tiene el tamaño de un garaje doble y que, igual que la casa rural, es una construcción tradicional de piedra. El terreno que la rodea es irregular, y para acceder a ella hay que descender una pendiente poco inclinada. Hay una ventana pequeña en lo que parece ser la parte trasera de la propiedad.

Doy la vuelta al edificio, y en la parte delantera hay una ventana más grande y una puerta. Debe de ser un *bothy*, un típico refugio escocés, hay cientos de ellos esparcidos por toda Escocia; antiguamente servían de dependencias para los jornaleros empleados en una hacienda determinada, pero hoy en día las utilizan los senderistas que necesitan cobijo.

El refugio consta de una sola estancia con chimenea en la pared del fondo. Unas planchas de madera han sido recicladas en bancos rústicos, del tipo que se ve en los colegios. Al otro lado de la habitación hay dos camas de madera; igual que en el caso de los bancos, llevan la definición de «rústico» al siguiente nivel. Hay dos mantas grises bastante llenas de polvo colgadas en un trozo de cuerda que se extiende a lo largo de una pared a modo de tendedero.

Básico sería la forma más halagadora de definir el refugio, pero no estoy en situación de ponerme quisquillosa. Es el sitio perfecto para pasar la noche, al abrigo de los elementos.

Miro la chimenea de cerca y descubro restos de ceniza en su interior. A un lado hay una caja de cerillas, pero cuando la abro veo que solo quedan dos y parecen estar húmedas. Hay un montoncito de ramitas en el suelo, que alguien ha tenido la amabilidad de dejar ahí para que se sequen y puedan utilizarse como encendedor. Tomo nota mental de hacer lo mismo cuando me marche. Solo necesito unos trozos de madera más grandes para alimentar el fuego en cuanto lo haya encendido.

Fuera descubro una pequeña reserva de madera apilada. No es que sea mucha, apenas unas cuantas ramas caídas que alguien ha recogido por el bosque, pero me ahorrarán el trabajo de salir a buscar madera seca.

Cargo con la madera y la llevo en brazos adentro. Echo un vistazo a las mantas colgadas. Supongo que son mejor que nada. Tengo una manta isotérmica en la mochila, de modo que puedo dormir sobre una de las mantas del refugio y echarme la otra sobre la isotérmica. Más vale poner solo una debajo si así puedo echarme dos encima, eso es lo que les digo a los chavales en los fines de semana de aventura en el Duque de Edimburgo.

Me pongo a encender el fuego y me alegro bastante al descubrir una caja de mecheros. Los senderistas más puristas seguro que se escandalizarían ante este atajo, pero yo no tengo ningún miramiento en utilizarlos. No es que esté precisamente disfrutando de unos días al aire libre para satisfacer una necesidad urbanita de estar en contacto con la naturaleza, sino que se trata de un caso de supervivencia real. Por un momento pienso que el humo puede que me descubra y que Tris me localice, pero me convenzo de que, a estas alturas, lo más probable es que haya regresado a la casa. Además, tengo frío y estoy empapada y cansada. Tengo que entrar en calor para sobrevivir.

Me quito la chaqueta y saco el *walkie-talkie* del bolsillo para dejarlo en el banco de madera. Mi forro polar está un poco húmedo en los puños y el cuello, así que también me lo quito. Por suerte, mi jersey y mi camiseta térmica de manga larga están secos. A continuación, me quito los pantalones y los *leggins* térmicos. Ambos están empapados, igual que mis calcetines y mis botas. Noto el suelo de tierra frío en contacto con las plantas de mis pies mientras pequeños restos de arenilla y suciedad se me pegan a la piel.

Muevo uno de los bancos frente a la chimenea y coloco mi ropa encima bien extendida para que se seque; luego, vacilante, tomo una de las mantas que cuelgan de la improvisada cuerda tendedero. Un rancio olor a cerrado y millones de motitas de polvo inundan el ambiente cuando sacudo la manta. Al pensar que me la voy a echar encima, me dan escalofríos, así que saco la manta isotérmica de la mochila y me envuelvo en ella en primer lugar. Revuelvo en el bolsillo lateral de la mochila y saco el pequeño paquete de pastillas blancas. Cojo una, dudo por un instante, y luego rasgo con la uña el aluminio protector de otra. Me trago la culpa con las pastillas. Son circunstancias excepcionales y al menos así podré dormir un poco y estar preparada para mañana.

El fuego está encendido, pero no es demasiado intenso y apenas calienta, de vez en cuando, de hecho, una columna de humo negro desciende por el tiro de la chimenea. Me pregunto sin mucho interés cuándo fue la última vez que la deshollinaron. El mantenimiento de este tipo de refugios está a cargo de voluntarios, y supongo que los ubicados más cerca del camino principal están probablemente en mejores condiciones que este. Parece falto de amor y cuidados, pero, aun así, estoy agradecida. Dormir bajo las estrellas con este tiempo es francamente muy poco atractivo.

La angustia que siento cuando pienso en Andrea hace que se me revuelva el estómago. Está atrapada en el fondo del barranco, expuesta a los elementos. Rezo por que haya podido cubrirse con la manta isotérmica. Quizá los arbustos que me impedían verla desde lo alto del precipicio puedan ofrecerle algo de protección de la lluvia y el frío. Trago saliva para escurrir el bulto de miedo que me atenaza la garganta.

—Lo siento muchísimo, Andrea —susurro—. Por favor, mantente a salvo. Por favor, sobrevive a la noche. Por favor, no pienses que te he abandonado.

Escucho movimiento en el exterior, me asusto y doy un respingo. Me pongo de pie y corro a la ventana para mirar fuera, que está cada vez más oscuro.

No sé a qué distancia estaré de la casa y solo espero que Tris no me haya seguido la pista. Mientras corría por el bosque no dejaba de comprobar por encima del hombro que no me seguía.

Más para tranquilizarme que por cualquier otro motivo, cojo

la navaja, que había dejado sobre el banco junto mi ropa. Noto el peso del largo mango de madera en la palma de mi mano; la hoja de acero permanece perfectamente recogida en su ranura. Extiendo la cuchilla de diez centímetros y el metal pulido refleja las parpadeantes llamas del fuego. Siempre y cuando la amenaza esté a poca distancia, tendré algo con lo que defenderme.

Aunque, francamente, no estoy segura de tener el temple necesario para utilizarla contra otro ser humano, pero si mi vida depende de ello, espero que mi instinto básico de supervivencia tome la rienda de mis acciones.

Aguzo el oído atenta a cualquier sonido que me indique que hay alguien en los alrededores, pero no hay más que quietud. Me consuelo al pensar que el sonido que escuché posiblemente fue originado por algún animal del bosque, y dejo la navaja a un lado, aunque decido no plegar la cuchilla. Me ruge el estómago y necesito comer algo antes de que mi cuerpo empiece a limitar sus funciones vitales para conservar la energía y mantener la temperatura. Me quedan tres barritas energéticas y una manzana. Me decanto por la fruta.

De reojo observo que la lucecita roja del *walkie-talkie* está parpadeando. El miedo se apodera de mí. Eso solo puede significar una cosa: Tris. ¿Quiere decir que está dentro del alcance de la señal? ¿A cuánta distancia pueden transmitir estas cosas? Extiendo la mano hacia el aparato y dudo si atender a la llamada antes siquiera de tocar el transmisor; la descabellada idea de que de algún modo sepa qué estoy haciendo me hace flaquear.

La luz roja deja de parpadear antes de que me decida a cogerlo. ¿Se ha ido? ¿O solo está esperando a que responda?

Me acerco el *walkie-talkie* y hago girar el dial del volumen. No hay más que silencio.

Y entonces la voz de Tris suena tan alto por el auricular, que casi se me cae. Ajusto el volumen hasta que alcanza un nivel más natural.

—Hola, Carys, soy yo, Tris. Espero que estés bien. Es una estupidez que te hayas escondido en el bosque. Sé que no voy a poder hacer que cambies de opinión, pero hay alguien aquí que quizá sí lo consiga. —Hace una pausa, pero guardo silencio—. ¿Puedes por lo menos decir si me oyes? ¿Me escuchas, Carys? Cambio.

Una parte de mí me grita que ni se me ocurra contestar, pero otra parte, una más insistente, procedente de mi cerebro, grita más alto.

Pulso el botón para hablar.

—Estoy aquí.

—Estupendo. Muy bien, te paso.

Sigue un breve silencio y la voz que escucho a continuación me deja sin aliento.

—Hola, mamá. Soy yo, Alfie.

CAPÍTULO 25

Todo el cansancio y el dolor abandonan mi cuerpo en cuanto esas palabras me sacuden, devolviéndome a la vida. Me pongo de pie de un salto y la manta se cae de mis hombros. Mi cerebro tarda un segundo en procesar que Alfie debe de estar con Tris y me obligo a responder.

—¿Qué estás haciendo ahí? —Paso de las formalidades de la comunicación por radio y me ahorro el «cambio».

—Yo…, pues, eh… Ya no me apetecía estar más con Bradley.

—¿Por qué?

—Discutimos. Le dije que iba a quedarme en casa de un amigo. No dije de quién y él tampoco preguntó.

—¿Cómo sabías dónde encontrarme? —Puede que no sea la más apremiante de las preguntas, pero estoy totalmente desconcertada ante su presencia.

—Ruby me lo dijo. Toda la información estaba en el portátil de Joanne.

Tardo unos segundos en asimilar lo que pasa. El cómo o el porqué Alfie está aquí es, en términos generales, poco relevante. Todo en lo que pienso es que está con Tris, y temo por su seguridad.

—Pero ¿te encuentras bien? Es decir, bien de verdad.

¿Entenderá el fondo real de la pregunta? No se me ocurre ningún código secreto que pueda utilizar.

—Sí, claro, mamá. Estoy bien —responde.

Escucho con atención en busca de cualquier inflexión en su voz, cualquier pista que deje translucir que no está bien, pero no detecto nada. Su tono es bastante agradable y, francamente, esta es una de las conversaciones más civilizadas que hemos tenido en bastante tiempo. Aunque, bien pensado, puede que eso sea en sí mismo un código. Su habitual comportamiento adolescente gruñón y quejicoso brilla por su ausencia. ¿Acaso está intentando decirme que algo marcha mal simplemente fingiendo que no es así? Por segunda vez en lo que va de fin de semana, mis pensamientos se arremolinan confusos en mi cabeza. Me siento incapaz de pensar con lucidez.

—¿Cómo has venido? —pregunto centrándome en aspectos prácticos.

Antes de que Alfie pueda responder, habla Tris.

—Carys, ya hablaremos de eso mañana por la mañana. Doy por hecho que volverás a la casa. No abandonarías a Alfie, ¿verdad?

Pues claro que no, joder. Contengo mi respuesta, agradecida de que esta forma de comunicación, en la que tengo que presionar un botón para hablar, me dé el tiempo que necesito para tranquilizarme. No quiero que Alfie se dé cuenta de que estoy asustada. Si de pronto pierdo los estribos con Tris, puede que provoque en mi hijo una reacción temeraria. De qué tipo, no lo sé.

—Sí, volveré mañana —digo, consciente de que no me queda otra opción—. Pero, Tris, confío en que cuidarás de Alfie por mí. Y, Zoe, si puedes oírme, tú también lo harás, ¿no? También cuidarás de él como si fuera uno de tus hijos, ¿verdad?

Espero que Zoe esté escuchando. Puede que no sea capaz de predecir qué hará Tris, pero Zoe es mi amiga y, como yo, es madre, así que sé que no dejará que Tris le haga daño a Alfie.

—No te preocupes, Carys —dice Tris—. Cuidaremos de Alfie por ti, ¿verdad, Zoe?

—Sí, Carys. Te doy mi palabra. —Es la voz de Zoe, que procede de un lugar más alejado.

—Ya ves, tienes la palabra de Zoe —concluye Tris.

—¿Y la tuya? —me obligo a preguntar. Mi sensor de alarma maternal está totalmente descontrolado.

—Por supuesto que también tienes mi palabra —dice Tris—. Ahora descansa un poco, mañana necesitarás toda la energía posible. Asegúrate de estar aquí a las once. Ni un minuto más tarde.

—¿O qué?

El transmisor se queda en silencio. No sé si Tris sigue ahí. Pasados unos segundos vuelvo a escuchar su voz. Esta vez habla en voz baja y destila un tono amenazador.

—Mira, Carys, deja de tomarme el maldito pelo. Más te vale que mañana por la mañana estés aquí, joder.

—Un momento, Tris. ¿Te estás oyendo? ¿Qué demonios estás haciendo?

—En caso de que lo hayas olvidado, mi esposa ha muerto. Y estoy seguro de que no tengo que recordarte que tu hijo está aquí. Así que no me toques las narices.

Escucho su respiración profunda a través del auricular, así como el tono controlado y amenazante en su voz. Percibo una frialdad que hasta ahora me había pasado desapercibida, y me pone los pelos de punta.

Visualizo a Joanne tirada en el porche de la casa. ¿Es posible que su muerte no haya sido un accidente? ¿Acaso es una coincidencia la aparición de Tris? De pronto recuerdo lo que me contó Andrea de Tris y sus dificultades económicas. Si tiene una aventura con Zoe, ¿serán motivos suficientes para matarla?

El estómago me da un vuelco y una oleada de náuseas me sube por la garganta produciéndome arcadas. La bilis me deja un sabor amargo en la boca, provocándome un ataque de tos que me hace escupir, y me obligo a tragarme las ganas de vomitar.

No dejo de pensar que Alfie está en esa casa con Tris. Tengo que sacarle de ahí. Y luego está Andrea. Tengo que pensar en un modo de ayudarla. A saber cómo estará.

Valoro la posibilidad de salir ahora y, en lugar de dirigirme a la casa, poner rumbo hacia el pueblo. Tengo que dar la voz de alarma y hacer que la policía vaya a la casa lo antes posible.

—¿Carys? ¿Me estás escuchando? —La voz de Tris interrumpe mis pensamientos.

—Sí, te estoy escuchando, pero primero presta atención a lo que tengo que decirte —respondo. Soy incapaz de reconocer al Tris que conozco desde hace veinte años en el que me he encontrado hoy. El Tris que quería que me ahorcara. Su comportamiento debe atender a una explicación lógica—. La muerte de Joanne... ¿y si alguien estaba con ella cuando ocurrió, pero no quería que sufriera ningún daño?

—¿Qué estás diciendo?

Trago saliva.

—¿Y si mataste a Joanne por accidente?

—¿Por qué demonios iba a querer yo matar a mi mujer?

—No a propósito, sino por accidente —puntualizo—. Sé lo de tu aventura con Zoe y tus problemas económicos. Si discutiste con ella y se te fue de las manos, puede que su muerte fuera un accidente.

Soy consciente de que le estoy lanzando un salvavidas a Tris, pero no es tanto por su beneficio como por el mío y el de Alfie. No creo que sea capaz de algo así, pero si me equivoco, entonces, convencerle de que creo que fue un accidente puede que sea mi única esperanza de sacar a Alfie de ahí.

—Estás totalmente trastornada. Joanne me advirtió que estabas al borde del colapso nervioso, y por lo que me ha contado Zoe, tú fuiste la que discutió con Joanne, la última en verla con vida. En fin, ya solucionaremos todo este puñetero desastre por la mañana.

—Vale, prometo que allí estaré. Déjame hablar con Alfie.

—Un momento...

Supongo que Tris está regresando a la habitación en la que ha dejado a Alfie. La siguiente voz que escucho es la de mi hijo.

—¿Mamá? ¿Estás bien? Mañana vendrás, ¿verdad?

—Sí, claro. —Le doy a mi voz un ánimo que no siento.

—¿Dónde estás exactamente? —pregunta Alfie—. ¿Por qué no estás aquí?

—Estaba…, eh…, haciendo senderismo en el bosque y me pilló el mal tiempo —respondo pensando rápido. No sé qué le habrá contado Tris. Cruzo los dedos mentalmente para atraer a la buena suerte y espero que Alfie no me pregunte por Andrea o Joanne. ¿Qué le puedo decir? No puedo decirle que creo que Tris está detrás de la muerte de Joanne. No quiero cargarle con mis sospechas. Abrazo la idea de que la ignorancia es una bendición—. Mira, cariño, tengo que colgar. Estoy muy cansada. Te veo mañana, ¿vale?

—Claro, sí.

—Te quiero.

Espero a que me responda. No recuerdo la última vez que Alfie me dijo que me quería. ¿Fue la mañana que Darren se suicidó? ¿O cuando salió hacia el instituto aquel día, siendo todavía un chaval de quince años feliz y sin preocupaciones? ¿Fue aquella última vez que se detuvo a mitad del camino de acceso a casa, cuando se giró y me dijo adiós con la mano y que también me quería? Cuando regresó aquel día de clase su vida cambió para siempre. Igual que nuestra relación. Desde entonces no me ha vuelto a decir que me quiere.

Las lágrimas se agolpan en mis ojos y se desbordan. Ahora tampoco me lo va a decir. Se me rompe de nuevo el corazón. Ojalá pudiera hacer desaparecer su dolor y arreglar a mi pequeño, pero cada día temo que se aleje cada vez más hacia el horizonte, acercándose al evento absoluto, el punto de no retorno, cuando lo perderé para siempre.

No detengo las lágrimas. Debo dejarlas correr. Después de todo lo que ha ocurrido este fin de semana, sumado a que Alfie está aquí, tengo que liberarme de todas estas emociones. Me dejo caer de rodillas y grito, meciéndome, dejando que las lágrimas se deslicen por mis mejillas con la esperanza de que, de algún modo, se lleven consigo el dolor.

CAPÍTULO 26

Tris le cogió el *walkie-talkie* a Alfie.

—Bien hecho.

—Y ahora ¿qué? —Alfie se sentó a la mesa de la cocina y empezó a remover su chocolate caliente con la cuchara.

—Esperamos a que venga tu madre —respondió Tris.

—¿Qué les has dicho a todos en casa? —preguntó Zoe.

—Nada. Que me quedaba en casa de un amigo.

—¿Y a Colin no le importó? —Zoe se había puesto en modo madre y sacando a Tris de sus casillas.

—Deja al chaval en paz —zanjó—. Ya tiene bastante con soportar esas preguntas de mierda por parte de su madre, no empieces también tú.

—No puedo evitarlo —se disculpó Zoe—. Lo siento, Alfie. Sé que casi tienes dieciocho años. Siempre se me olvida que eres de los mayores de tu curso, mientras que Ben es de los pequeños. —Miró a Tris—. Cumple en agosto.

—Vale, lo he pillado. —Sonrió a Zoe y le indicó con un gesto que se marchara al piso de arriba—. Esto…, Alfie, ¿estarás bien aquí tú solo un rato? Voy a echarle una mano a Zoe con las camas.

—Oh, yo puedo quedarme en el sofá —dijo Alfie—. Francamente, no me apetece dormir en la cama de nadie sin haber cambiado las sábanas.

—¡Mira tú por dónde! —Se rio Tris—. Lo siguiente será que nos pidas sábanas de algodón egipcio—. Le dio un golpecito amistoso en el hombro. Quizá un poco más fuerte de lo necesario, para asegurarse de que Alfie supiera quién está al mando—. Muy bien, no hay problema. Aun así, tengo que subir a ayudar a Zoe.

Dejaron a Alfie en la cocina escuchando música en su iPod.

—¿Qué demonios vamos a hacer ahora? —le susurró Zoe en cuanto llegaron a la habitación.

Tris se llevó un dedo a los labios y cerró la puerta.

—Baja la voz —le dijo—. No pasa nada. No te preocupes. Que Alfie esté aquí nos viene de perlas. Solo así atraeremos de vuelta a Carys. Tenemos que conseguir que confíe en nosotros. ¿Qué clase de amigos seríamos si no nos preocupáramos por ella?

—No te sigo. —Zoe se dejó caer en la cama y Tris se sentó a su lado, rodeándola con un brazo por los hombros.

—Escucha, lo tengo todo planeado.

—No vas a hacerle daño a Alfie, ¿verdad?

La preocupación de Zoe parecía auténtica y aquello le recordó a Tris las razones por las que la amaba. Era mucho más sensible, amable y cariñosa de lo que nunca fue Joanne. Zoe estaba envuelta en una especie de halo de vulnerabilidad que nunca había percibido en su esposa. Joanne nunca lo había necesitado. Sí que lo había deseado, claro, pero nunca había necesitado nada de él. Siempre se bastaba ella sola, era una mujer independiente y capaz. Y todas aquellas características le hacían sentir que no daba la talla. No, Zoe había sacado lo mejor de él, le había permitido ser el hombre, el que llevara los pantalones. Ella ansiaba sentirse cuidada y él deseaba complacerla. Tris la besó en la cabeza y ella se movió para mirarlo a la cara y que sus labios se fundieran en un beso.

Zoe fue la primera en apartarse.

—Te quiero mucho —dijo ella—. Lo sabes, ¿verdad?

Tris ignoró la punzada de culpa y le sostuvo el rostro entre las manos, como si tratara de absorber su fuerza interior.

—Sí, lo sé. Yo también te quiero. Mucho.

—Lo que le ocurrió a Joanne… Sé que es realmente horrible —dijo Zoe con la vista fija en los ojos de él—, pero, en cierto modo, es algo bueno. —Tris notó cómo la mandíbula de Zoe se tensaba contra su mano al tragar saliva—. Es decir, algo bueno puede surgir de algo malo, ¿no?

—Sí, claro que sí.

Volvió a darle un beso en la cabeza rehuyendo su mirada y, por lo tanto, impidió que Zoe leyera las dudas de Tris en su rostro.

—Espero que Carys no lo joda todo —dijo Zoe con inusitada amargura—. Puede que le vaya a la policía con el cuento de que uno de nosotros mató a Joanne, porque eso es precisamente lo que está pensando, no lo dudes. ¿Por qué iba a huir si no?

—No lo hará. Mira, Carys fue la última persona que vio a Joanne con vida. Tiene móvil y oportunidad. Es ella la que está a la defensiva.

Tris se pellizcó el puente de la nariz y cerró los ojos en un intento de reprimir sus emociones por la muerte de su esposa.

—¿Estás bien? —le preguntó Zoe—. Venga, Tris. No te vengas abajo.

—Sí, claro. Estoy bien. —Se pasó la mano por la cara mientras abría los ojos y su atención se centró en los objetos del tocador: tres teléfonos móviles alineados sobre una bolsa de tela azul—. ¿Qué es eso? —preguntó moviendo la cabeza hacia el tocador.

—Eh… ¿teléfonos móviles? —respondió Zoe haciendo hincapié en la entonación.

Tris le puso mala cara antes de hablar.

—¿De quién son?

—Nuestros. De Andrea, Carys y mío. Tuvimos que entregarlos cuando nos recogieron en Chichester. Joanne dijo que nos los guardaba para que no utilizáramos la aplicación del mapa para averiguar nuestra ubicación.

—¿Dónde los encontraste?

—En su mesilla de noche. Antes eché un vistazo, aunque no se lo conté a las otras.

—¿Por qué no?

Zoe se encogió de hombros.

—No lo sé. Estaba asustada por lo que le había ocurrido a Joanne. Pensé que una de ellas podía estar tramando algo. No sabía en quién confiar.

Tris miró a Zoe, especulativo. No acababa de entender sus razones, pero decidió dejarlo correr.

—Mejor vuelve a dejarlos donde los encontraste, así será la policía quien los descubra. Puedes decirles lo frustrada que se sentía Carys sin su teléfono.

—En realidad, es verdad —dijo Zoe—. Le dijo a Joanne que quería recuperarlo, pero Joanne no quería ni oír mencionar el tema.

—Asegúrate de que le dices eso a la policía. Tenemos que hacerles ver lo disgustada y nerviosa que estaba Carys con la política de nada de teléfonos. Que estaba claramente molesta con el comportamiento de Joanne.

—Ojalá hubiera bajado e interrumpido la discusión, entonces nada de esto habría ocurrido —dijo Zoe abrazándole—. Así podrías haber dejado a Joanne, pero, en lugar de eso, vas a tener que lidiar con su muerte. Lo siento mucho.

Tris se tomó un momento para serenarse. Le estaba costando mucho procesar todos aquellos sentimientos enfrentados. En ningún momento le había dicho a Zoe que se proponía dejar a Joanne. Hacerlo habría sido un suicidio financiero. Pero ahora que había fallecido, se acababa de convertir en el principal beneficiario del seguro de vida, así como de los fondos de la cuenta bancaria de su esposa. Tomó las manos de Zoe y observó sus facciones delicadas, que siempre le habían parecido no encajar del todo con su cuerpo tonificado y su altura por encima de la media.

—Las cosas no siempre salen como uno las planea, Zoe. No nos queda más remedio que adaptarnos y sacar el máximo provecho de una mala situación. ¿Cómo era eso que has dicho, que algo bueno puede salir de algo malo…?

LUNES

CAPÍTULO 27

Caigo rendida ante la más pura extenuación, tanto a nivel físico como mental, y me dejo arrastrar a una duermevela que no dura mucho antes de despertarme de golpe. Inmediatamente, el miedo regresa y me acurruco en posición fetal sobre la cama de madera mientras, una vez más, repaso mi plan para la mañana.

Cuando las primeras luces del amanecer se abren paso a través de los árboles y se cuelan por la ventana del refugio, el pánico y la expectación luchan por aflorar ante lo que me depara el día.

Alfie es mi prioridad, y lo primero que debo hacer es apartarlo de Tris. Tampoco dejo de pensar en el bienestar de Andrea, y me pregunto cómo habrá pasado la noche. Espero que haya podido protegerse de la lluvia, que no ha parado de arreciar en toda la noche. ¿Estará a salvo? Espero que pueda soportar el dolor de su lesión.

—Iré a por ti en cuanto pueda, Andrea. Lo juro —digo en voz alta.

No hay nadie que pueda escuchar mi promesa, pero, igualmente, la comparto con el refugio vacío.

Me desperezo, y con la manta todavía envuelta al cuerpo, me acerco al fuego que se extinguió hace ya bastante. Duró lo suficiente como para que se me secara la ropa. Me visto rápidamente y entro en calor en cuanto me pongo en marcha.

No debería costarme seguir el curso del río por la ribera, pero tengo que asegurarme de encontrar el lugar por el que me caí. En cuanto llegue a lo alto del terraplén, tendré que confiar en la suerte y mi buen juicio para encontrar el camino de vuelta.

No ha parado de llover en toda la noche, así que el terreno está resbaladizo y empapado. Tardo más de lo que pensaba y no dejo de mirar la hora en mi reloj de pulsera para hacerme una idea del ritmo que llevo. Ayer, cuando me oculté de Tris consulté la hora y me obligué a recordarla, algo que también hice cuando llegué al refugio. Calculo que ayer caminé aproximadamente unos noventa minutos. Si acelero un poco el ritmo y controlo el tiempo, podré llegar al lugar desde el que me caí.

Apenas llevo caminando fatigosamente por el bosque veinte minutos cuando se pone a llover de nuevo. Por el amor de Dios, ¿cuánto puede llegar a llover en un mismo sitio? Me subo la cremallera de la chaqueta hasta arriba, que todavía llevo puesta del revés, y espero que no pase de una llovizna ligera.

Al final, resulta que no hace falta que cronometre mis tiempos para llegar hasta donde me caí. Una hora más tarde localizo la roca tras la que me oculté de Tris ayer. Solo tengo que subir hasta lo alto del terraplén.

El ascenso es complicado. El terreno empapado por la lluvia neutraliza el agarre de las suelas de mis botas, y no dejo de resbalar mientras trepo aupándome en rocas cubiertas de musgo. Ayer tuve mucha suerte de no darme de cabeza contra ellas. En las zonas en las que la tierra está pelada, abro hoyos con la puntera de las botas para impulsarme haciendo palanca. Al final, consigo llegar a rastras hasta la cima y alcanzar terreno llano.

Ruedo sobre mi espalda para recuperar el aliento. Las ramas se mecen con el viento, que ha desplazado las nubes de lluvia. Las luces de primera hora dan paso a un sol reluciente, que se abre camino entre los huecos que dejan las copas de los árboles, calentando el suelo y liberando un aroma a tierra húmeda mezclada con agujas de pino. En otras circunstancias habría sido magnífico permanecer aquí tumbada y dejarse envolver por la paz y tranquilidad del lugar. Es curioso cómo antes me reconfortaba permanecer dentro de la casa y me aterraba el bosque; ahora, sin embargo, es exactamente al contrario.

En cuanto abandone el bosque, no tendré nada que perder.

Finalmente, llego al límite del bosque que linda con la parte trasera de la casa. Agachada, oculta tras el tronco de un árbol, observo el edificio, más abajo. Reparo un momento en el cobertizo y pienso en Joanne y en cómo han terminado las cosas.

No me puedo permitir distracciones. Sea como sea, Joanne está muerta, mi vida está en peligro y la de mi hijo también, y, sin duda, esto último es lo que más miedo me da. No sé cómo, pero tengo que sacar a Alfie de ahí. Tenemos que alejarnos todo lo posible de Tris.

Con la chaqueta todavía del revés, me pongo la capucha. Luego, compruebo que el *walkie-talkie* está apagado; esta vez no quiero echar a perder mi escondite. Estudio el terreno que dista entre donde me encuentro y la casa. La distancia más grande a campo abierto se extiende entre el límite del bosque y el cobertizo, donde sigue apoyada la bicicleta. Calculo que serán unos cincuenta metros. Al hallarme en terreno elevado, me puedo beneficiar de la gravedad: si corro agachada en línea recta justo detrás del cobertizo, minimizaré las posibilidades de ser descubierta. Espero tener suerte y que ni Tris ni Zoe escojan ese momento para mirar por cualquiera de las ventanas del piso de arriba.

Respiro hondo y cierro los ojos un segundo para armarme de valor, y después de echar un último vistazo a mi alrededor, salgo disparada de entre los árboles hacia el espacio abierto que se extiende ante mí.

El terreno es irregular y está minado con piedras, rocas y madrigueras que no alcanzo a ver hasta el último minuto, pero que, afortunadamente, soy capaz de sortear. Largas briznas de hierba húmeda golpean como látigos el bajo de mis pantalones mientras me precipito hacia el cobertizo. Levanto los ojos hacia la casa, pero solo un segundo; el terreno es demasiado peligroso como para perder de vista mis pasos. Una roca oculta hace que me tuerza el tobillo, pero saco fuerzas de flaqueza y me trago el grito de dolor que amenaza con liberarse. No tengo tiempo para preocuparme por un posible esguince. Me pongo de pie y sigo corriendo.

A medida que recorto distancia hacia el cobertizo, me doy cuenta de que mis intentos por aminorar se están viendo truncados por culpa de la hierba húmeda que piso. Aunque me echo un poco hacia atrás y acorto las zancadas, no es suficiente. Voy a estamparme contra el cobertizo. Tengo dos opciones. O bien me dejo llevar por la inercia y me doy un golpetazo arriesgándome a que el ruido alerte a Tris de mi presencia, o esquivo el cobertizo, pero me aferro a él al pasar por su lado para intentar frenar en seco.

Elijo la segunda opción y me agarro a una de las esquinas del cobertizo. Noto cómo un trozo de madera se me clava en la palma de la mano provocándome un dolor agudo que se extiende por todo el brazo, pero el cobertizo cumple y me las arreglo para detener mi carrera descontrolada. Me dejo caer al suelo y me siento con la espalda pegada al lateral del cobertizo, fuera de la vista de la casa, mientras recupero el aliento y examino mis heridas.

—Mierda —maldigo entre dientes al verme la mano.

Me he hecho un buen corte con la madera en la palma de la mano, justo en la base de los dedos. Sangra y me escuece. También se me ha clavado una gran astilla en el dedo índice. Se ha incrustado completamente bajo la piel, de modo que no hay ningún extremo a la vista por el que la pueda arrancar. Me duele horrores, pero no tengo más remedio que dejarlo estar por ahora. El corte me preocupa más. Me descuelgo la mochila de los hombros, revuelvo en el bolsillo lateral en busca del kit de primeros auxilios y me limpio la herida con una gasa estéril.

Cuando veo el corte con claridad, me doy cuenta de que con los materiales que tengo a mano toda solución será temporal. Me he hecho un buen tajo en forma triangular del ancho de los dedos, y puedo separar la piel de la mano como la puerta de una trampilla. Estoy segura de que voy a necesitar puntos. Mientras tanto, me las tendré que arreglar con un trocito de gasa y una estrecha venda microporosa de color blanco. Rasgo uno de los extremos de la venda hasta la mitad y me lo ato alrededor de la muñeca, ayudándome con los dientes para apretarlo en condiciones.

Desde el lateral del cobertizo, tengo una visión clara de la parte de atrás de la casa, a unos veinte metros de distancia. Observo las ventanas del piso de abajo, pero no veo a nadie. Agachada, me apresuro a cruzar el jardín y a ocultarme junto al porche.

Aguzo el oído atenta a cualquier señal que me indique que he sido descubierta, pero todo parece apuntar a que he conseguido pasar desapercibida. Despacio, asomo la cabeza y, todavía agachada, enfilo hacia la puerta de la cocina. A través del cristal puedo ver a Alfie. Está de espaldas a mí, apoyado en la encimera que hay junto a la ventana que da a la parte delantera de la propiedad.

Parece que se está preparando un bol de cereales y una bebida caliente. Llena el hervidor de agua y lo pone en marcha. Menea la cabeza a un lado y a otro, a la vez que mueve los hombros. Tiene los auriculares puestos y seguro que está escuchando esa música *heavy* que en casa no tiene el detalle de oír con cascos. Viste una sudadera con capucha y, sorprendentemente, no lleva la capucha puesta. Tiene los pantalones caídos por la parte de atrás, hechos un gurruño a la altura de las deportivas de marca. Esas que quería por su cumpleaños y que le compré, a pesar de que no me las podía permitir. El máximo agradecimiento que obtuve fue un gruñido seguido de un «mmm».

Alfie parece estar solo en la cocina, así que puede que sea mi única oportunidad. Rápidamente me aparto del porche y manteniéndome tan cerca de la pared como me es posible, camino pegada al revestimiento de madera hasta alcanzar la ventana doble del salón. Aguanto la respiración y lentamente miro por la ventana. Tris y Zoe están en la habitación. Veo sus cabezas sobresalir por encima del respaldo del sofá. Entonces, Tris se levanta y yo agacho la cabeza, rezando por que no me haya visto.

Pasados un par de segundos oigo hablar a Tris. Va a encender el fuego. Echo otra ojeada y ahora lo veo arrodillado frente a la chimenea, manipulando el fuego con un atizador.

Esta es mi oportunidad. Me apresuro hacia la puerta de atrás y acciono el pomo con delicadeza, lanzando un suspiro de alivio al descubrir que no ofrece ninguna resistencia: no está cerrada con llave. La empujo con cuidado y la puerta se abre sin problemas.

La adrenalina me atraviesa y se me acelera la respiración.

No sé si se trata de algo instintivo o qué, pero en cuanto atravieso el umbral, Alfie se da la vuelta hacia mí. Abre los ojos como platos y se pone colorado por la sorpresa. La taza se le escurre entre los dedos, pero logra atenuar el golpe con el pie. Aun así, la taza choca con el suelo y se le rompe el asa.

Levanto una mano en gesto de calma y luego me llevo el dedo índice de la otra mano a los labios para pedirle silencio. Se saca los auriculares y me mira.

—¿Va todo bien? —Escuchamos la voz de Zoe procedente del salón.

Alfie duda, pero asiento con la cabeza, apremiante, y hago un ademán para que responda.

—¡Sí! ¡Todo bien! —grita.

Respiro tranquila.

—Coge el abrigo —susurro. Hace demasiado frío fuera como para plantearse salir al exterior sin una chaqueta—. Date prisa. —Alfie parece que ha echado raíces—. ¡Alfie! —apremio en voz baja.

—Está en el recibidor —dice Alfie, lanzando una mirada hacia la puerta del comedor.

Hago un gesto con la mano para meterle prisa.

—Ve a por él.

Alfie mira la taza rota que sigue en el suelo, pero le doy en el brazo y casi lo saco de la cocina a empujones.

Por una vez, Alfie me hace caso y va a por su abrigo al recibidor; cuando vuelve, cierra la puerta de la cocina tras de sí.

—Tenemos que irnos —le digo—. Póntelo fuera.

En cuanto me doy la vuelta para marcharnos igual que llegué, la puerta de la cocina se abre.

—He escuchado un ruido. ¿Has…?

La pregunta se queda flotando en el aire. Zoe se ha quedado de piedra. Está inmóvil y no me quita ojo.

Entrelazo las manos como si rezara.

—Por favor, Zoe, por favor…

No tengo nada que añadir. Las dos sabemos qué le estoy pidiendo.

Entonces se oye a Tris.

—Mataría por un café. ¿Queda leche?

—Yo te lo preparo. No te muevas —dice Zoe—. Alfie va a salir a fumarse un pitillo.

Miro a Alfie que se encoge de hombros. Primera noticia que tengo de que fuma. Zoe aletea las manos y, apartando a Alfie de un codazo, coge el hervidor. Me mira y durante un segundo le aguanto la mirada. No sé qué está intentando transmitirme.

—Ven con nosotros —le digo.

Zoe niega con la cabeza.

—No puedo. Marchaos de una maldita vez.

—No sin ti.

—Por favor, Carys, vete. Estoy bien. Lo prometo. Estoy a salvo.

No puedo arriesgarlo todo tratando de convencerla. No hay tiempo que perder si quiero salvarme a mí misma y, lo que es más importante, a Alfie. Él está por encima de cualquier amistad. Miro a Zoe una última vez antes de darme media vuelta y agarrar a Alfie por la manga de la chaqueta, que por fin se ha puesto, y tirar de él hacia la puerta. Por el rabillo del ojo veo un teléfono móvil. No sé de quién es, pero, sin pensármelo dos veces, lo cojo y me lo guardo en el bolsillo.

Corremos hacia el límite del jardín y ascendemos por la ladera hacia la arboleda.

—¿A dónde vamos? —dice Alfie entre jadeos.

—Ahora te lo digo, limítate a correr.

En cuanto nos hemos adentrado un par de árboles hacia el interior del bosque, me permito parar y apoyarme contra un árbol para recuperar el aliento. Miro el teléfono que cogí en la cocina. Parece un modelo barato muy básico.

—¿De quién es? —pregunto.

—Ni idea —responde Alfie.

No sé si me dice la verdad, pero no hago más preguntas. En lugar de eso, saco del bolsillo una pequeña bolsa impermeable y guardo el teléfono dentro, asegurándome de que queda perfectamente cerrada. Tiene el aspecto de una riñonera y está diseñada para llevarla en torno a la cintura, así que ajusto la tira antes de colocármela.

—Lo guardaré, puede que más tarde nos sea útil —digo.

—¿Qué vamos a hacer ahora? —pregunta Alfie.

—No podemos adentrarnos más en el bosque. Nos perderíamos. No tengo ni idea de a cuánto está el lugar más próximo en el que pedir ayuda, ni en qué dirección ir —digo al recordar los esfuerzos en vano que realicé ayer—. Así que tenemos dos opciones. La primera es dirigirnos hacia la carretera, aunque creo que Tris no tardaría en darnos alcance, debe de tener un coche en alguna parte.

—¿Cuál es la otra opción?

—El río.

—¿El río?

—Sí. Hay dos kayaks amarrados en un pequeño embarcadero en la orilla del río que hay frente a la casa. Si conseguimos llegar hasta allí sin que nadie nos descubra, podremos escapar. Luego no tendremos más que seguir el curso del río hasta llegar al pueblo más cercano, y allí podremos pedir ayuda.

—Mamá, es una locura. ¿Por qué estamos huyendo de Tris?

—Porque es peligroso. Vas a tener que confiar en mí, porque no hay tiempo para explicaciones. Créeme, tenemos que alejarnos de él todo lo posible.

—Mamá…

—Alfie, no me lleves la contraria, por favor. También tenemos que pensar en Andrea. Se ha caído por un barranco y se ha hecho daño. Lleva ahí tirada toda la noche y necesita atención médica urgente. Por favor, confía en mí.

—¿Que confíe en ti? —Alfie enarca las cejas por debajo del flequillo.

Se me agota la paciencia.

—No empieces. Por una vez en la vida, haz el favor de hacerme caso. Vamos a ir a hurtadillas hasta el río y a subirnos en los malditos kayaks. ¿Estamos?

Me doy cuenta de que en algún momento de la conversación lo he agarrado por los brazos. Le suelto.

—De acuerdo —dice Alfie en un tono que parece significar «¡tranquilízate!».

Me alivia que haya accedido sin discutir. No tenemos tiempo para eso. En cualquier momento, Tris se dará cuenta de que Alfie ha desaparecido. Tan solo espero que Zoe esté bien.

—Vale, bajemos por el camino —digo—. Y luego podremos volver sobre nuestros pasos. Date prisa, no tenemos mucho tiempo antes de que Tris salga a buscarnos.

Corremos por el bosque, paralelos a la pista de tierra, hasta que doblamos un recodo, nos topamos con el camino y ascendemos por él, de modo que evitamos ser vistos desde las ventanas de la casa.

—Ahora no nos queda otra que arriesgarnos —digo en voz baja—. Mantente cerca de este extremo y a la de tres echamos a correr cuesta abajo hacia el río. ¿De acuerdo?

—Vale.

—¿Preparado? —Miro a Alfie, que asiente con la cabeza—. Uno, dos, tres.

Salgo corriendo del camino tan rápido como puedo mientras escucho las pisadas de Alfie detrás de mí. Trepamos por el terraplén y luego nos dejamos caer hacia el otro lado, donde el terreno desciende hacia el agua.

Los kayaks están exactamente donde los dejamos. Tiro de la cuerda para deshacer el nudo corredizo de una de ellas.

—Llevémonos los dos —dice Alfie liberando la cuerda del otro kayak—. Ya nos desharemos de uno más adelante, así Tris no podrá utilizarlo para seguirnos.

—Pero nos ralentizará —digo. De pronto, veo a Tris en lo alto del terraplén. Debe de habernos visto por una ventana de la casa y haber salido en nuestra busca. Empieza a gritar nuestros nombres. Me dirijo a Alfie—: ¡Súbete al kayak! ¡Rápido!

Empujamos ambas embarcaciones hacia el centro del río. El agua está congelada, pero no hay tiempo para preocuparse por eso. A medida que el agua empieza a llegarme a las rodillas, echo un vistazo por encima del hombro. Tris ya ha bajado el terraplén y corre hacia el embarcadero.

Grito de nuevo.

—¡Venga, Alfie! —Acaba de soltar el segundo kayak. Si no se da prisa, Tris lo atrapará—. ¡Súbete! —le grito mientras me subo al primer kayak y cojo el remo.

El corte que me he hecho en la mano me duele en cuanto agarro el mango de madera del remo y noto cómo se me abre la herida debajo de la venda.

Vuelvo a mirar hacia atrás. Tris está prácticamente en la orilla. Apremio a Alfie con cada átomo de mi cuerpo para que se suba a la embarcación y se ponga a remar.

El kayak se balancea peligrosamente en cuanto Alfie sube al asiento de atrás. Ata la cuerda del otro kayak al nuestro y coge el remo.

—¡Vamos! —grita en cuanto introduce el remo en el agua.

Lo imito ignorando el dolor que siento en la mano, y me concentro en remar. Alfie va marcando el ritmo a gritos y, a pesar de llevar a rastras el otro kayak, pronto avanzamos a buena velocidad.

Oigo a Tris gritar a nuestra espalda y lo miro una última vez. Ha echado a correr a lo largo de la orilla, pero, al darse cuenta de que no puede hacer nada para detenernos, se ha parado en seco. Tiene los brazos en jarras mientras nos observa alejarnos.

CAPÍTULO 28

Remamos sin descanso siguiendo la corriente mientras el río serpentea abriéndose camino por el paisaje, ensanchándose. La ribera se va alejando cada vez más y el viento azota de un lado a otro, golpeándonos a su paso.

—¿Cuánto queda? —me pregunta Alfie—. Los brazos me arden. ¿Podemos descansar un poco?

Poso el mango del remo en mi regazo y me vuelvo a mirar a mi hijo.

—Quiero poner tanta distancia entre nosotros y Tris como sea posible. —Miro detrás de Alfie hacia el kayak que arrastramos con nosotros—. Podemos soltarlo ya.

—Enseguida, primero descansemos un poco.

—Vale —accedo—. Aunque permaneceremos en el kayak, en medio del río, por si acaso Tris aparece con el coche. No quiero perder la ventaja. Dejaremos que nos arrastre la corriente un poco. —Muevo el remo para colocarlo en el suelo del kayak entre los dos asientos. Alfie hace lo mismo con el suyo. El cielo está encapotado y ha bajado la temperatura—. No me gusta la pinta de esas nubes.

—Tampoco tiene buena pinta lo que tengo yo delante —dice Alfie.

Me vuelvo en mi asiento del kayak y miro de frente a mi hijio. Su voz suena extraña. Oscura, como el cielo. Fría, como la temperatura.

Dura, como las rocas que flanquean la orilla. Tiene los brazos apoyados en las rodillas y las largas piernas encogidas dentro de la embarcación, la espalda encorvada y la cabeza gacha, pero bajo sus espesas pestañas tiene los ojos fijos en mí. Me recuerda muchísimo a Darren.

—¿Te encuentras bien? —pregunto.

Me inclino hacia él y apoyo una mano en su brazo para consolarlo. Mi gesto carece de desafío o confrontación. He visto esa expresión en su rostro antes, demasiado a menudo últimamente. Llega y se dibuja en su cara cuando se pone melancólico, se viene abajo y está en su momento más volátil.

Alfie mueve el brazo un milímetro, lo suficiente para que me dé cuenta de que rechaza mi compasión. Está enfadado conmigo, pero no sé por qué. Nos miramos a los ojos durante un par de segundos, pero decido romper el silencio para disipar cualquier mal pensamiento que le esté rondando.

—No he tenido oportunidad de preguntártelo antes, pero ¿cómo llegaste hasta aquí? ¿Y qué estabas haciendo exactamente? ¿Por qué has venido?

—Son muchas preguntas.

—Como he dicho, no he tenido oportunidad de preguntártelo.

El kayak se mece suavemente en el río mientras nos arrastra la corriente. De pronto me viene a la memoria un recuerdo repentino de Alfie en la cuna cuando era un bebé y yo le susurraba palabras tranquilizadoras para calmarle. Siempre ha demandado mucha atención, por llamarlo así. Incluso antes de que Darren muriera. Pero entonces había amor. Algo que no he visto en mi hijo desde hace bastante tiempo. Ojalá pudiera ayudarle. Me he cuestionado tantas veces a mí misma y a mi forma de ser madre cuando era un niño… ¿Habré contribuido a crear a este joven tan enfadado y extraño? Lo único que siempre he querido ha sido quererlo, pero él nunca me ha dejado. A mí no, al menos. Alfie solo buscaba la aprobación de Darren y, como cabía esperar, la recibía. A veces, era como si ambos pertenecieran a una especie de club secreto, pero nunca me importó. Siempre me pareció algo típico de la relación padre-hijo, y me llenaba de alegría saber que tenían una relación tan estrecha.

Alfie se endereza en su asiento y estira las piernas. Tamborilea con los dedos sobre las rodillas.

—Tomé un tren a Aberdeen y luego hice autostop hasta aquí.

¿Autostop? Me muerdo la lengua ante la necesidad de echarle un sermón acerca de los peligros de hacer autostop. No está siendo muy preciso en sus respuestas y noto algo extraño en su voz. No quiere que le haga más preguntas. Sin embargo, está atrapado en el kayak conmigo y no puede salir hecho una furia de aquí. Decido tentar a la suerte.

—¿Hiciste autostop?

—Más o menos —dice despreocupadamente—. Me trajo Tris.

—¿Tris? —La sorpresa hace que mis palabras suenen mucho más agudas de lo normal.

—¡Por el amor de Dios, mamá! ¿Puedes dejar de enloquecer con cada cosa que digo? —Alfie me mira fijamente—. Es tu cumple, ¿no? Averigüé por Ruby que Tris iba a venir, así que me acoplé. Quería darte una sorpresa.

Miro a mi hijo con cautela. No ha mostrado ningún interés en mi cumpleaños desde la muerte de Darren. Ni siquiera me ha felicitado, y mucho menos me ha escrito una tarjeta ni me ha hecho un regalo. No puedo evitar preguntarme cuál puede ser el motivo de que hoy se haya tomado tantas molestias.

—Bueno, no hay duda de que me has sorprendido —digo—. ¿Cómo estaba Tris cuando veníais? ¿Parecía alterado? ¿Dijo algo de Joanne?

—Me pareció normal. Dijo que no le apetecía nada conducir hasta aquí, pero que Joanne había insistido.

—¿Estaba enfadado con ella?

Alfie chasquea la lengua dramáticamente para enfatizar su irritación.

—¿Puedes dejar de hacerme todas esas preguntas sobre Tris? Ya te he dicho que parecía normal.

—Eres consciente de lo que ha pasado, ¿verdad? —le pregunto—. Y de que lo más probable es que Tris esté involucrado de algún modo.

—¿Qué eres ahora, detective?

Me masajeo las sienes con las yemas de los dedos. Quiero levantarme y empezar a dar vueltas, pero, obviamente, es imposible hacerlo en este pequeño kayak. Incluso en un espacio abierto como en el que me encuentro, me siento encerrada. Respiro profundamente, lo que contribuye a que controle la histeria que crece en mí. Hablo de nuevo, controlando el tono de voz.

—Sé que no te das cuenta de lo que ha hecho Tris, pero tienes que saber que... es peligroso. Tenemos que ir a la comisaría y contárselo. Querrán hablar contigo sobre Tris. Podemos llamar a Seb primero para que te diga qué esperar exactamente.

—En primer lugar, no soy ningún crío, joder, así que deja de tratarme como tal. Soy perfectamente capaz de tratar con la policía. Y, en segundo lugar, ¿de verdad esperas que hable con ese imbécil? —refunfuña Alfie—. Me parece que no.

Miro a mi hijo y me obligo a ignorar sus modales. Se me rompe el alma al descubrir el odio que alberga en su interior. No debería haber mencionado a Seb. Había fantaseado con que Alfie acudiría a Seb en busca de ayuda y compartirían un inesperado momento de conexión, en el que mi hijo finalmente aceptaría a Seb y se daría cuenta de que es un buen tipo. Qué bonito sería. Todos podríamos tener un final feliz.

Pero solo es una fantasía. Alfie nunca aceptará a Seb, ¿y en qué posición me deja a mí eso? No puedo esperar que Seb siga como hasta ahora. Viene a casa y pasa conmigo sus días libres, caminando de puntillas alrededor de Alfie, pasando por alto como un caballero el modo en que Alfie lo ignora e incluso, por mi bien, manteniéndose al margen cuando Alfie ha sido grosero conmigo. Aunque la última vez que ocurrió, Seb me confesó que no sabía hasta cuándo podría seguir mordiéndose la lengua. También me ha dicho que no sería capaz de vivir bajo el mismo techo que Alfie.

No puedo culparlo. Yo tampoco querría. Del mismo modo que tampoco quiero que Seb sea testigo del tipo de mis desencuentros con Alfie. Me siento tan avergonzada… Mi única esperanza es que, si se va a la universidad, las cosas entre nosotros mejoren. Me aferro al pensamiento de que la vida podría mejorar.

El kayak se balancea a un lado y a otro. El tiempo ha empeorado de repente, las aguas han empezado a agitarse y el viento racheado nos impulsa a la deriva. La corriente también se ha acelerado y ahora nos desplazamos más rápido. Noto cómo las gotas de lluvia empiezan a salpicarme en la cara. El río se ha teñido de un gris oscuro, reflejo del cielo encapotado de nubes de lluvia que se cierne sobre nosotros. Se escucha el fluir del río embravecido y caprichoso, agitándose y batiendo contra rocas y pedruscos que sobresalen en su caudal.

Miro a mi alrededor y me fijo en que el cauce se ha estrechado de modo que la presión del agua ha aumentado, concentrándose en un espacio más reducido.

—Creo que deberíamos empezar a remar —digo apartando los pensamientos de una vida sin Alfie—. El río se eleva más adelante y no hay forma de saber qué nos espera, pero debemos estar preparados. Corta la cuerda que sujeta el otro kayak, nos va a retrasar. —Alfie no se mueve. Cojo mi remo—. Alfie, tenemos que remar. Deshazte del kayak.

Sigue sin moverse.

—¿No quieres preguntarme cuál es la sorpresa que te tengo preparada por tu cumpleaños? ¿No sientes curiosidad?

—¿Cómo? —Me cuesta pensar por qué, en un momento como este, mi regalo de cumpleaños es de pronto tan importante.

—¿Y bien? —Me sonríe, pero no hay calidez en su rostro.

—¿Qué está ocurriendo? —digo con preocupación.

—Estoy a punto de darte mi regalo de cumpleaños.

La sonrisa desaparece de su cara y me mira fijamente con esos ojos azules que me recuerdan tanto a Darren. Por primera vez en dos años, Alfie se abre a mí y aguanto la respiración mientras observo su alma.

CAPÍTULO 29

—Sé que no he sido un hijo muy atento en tus últimos cumpleaños, así que me he roto la cabeza pensando en algo que te pudiera gustar —dice con falsa consideración mirando hacia el cielo —. No tengo mucho dinero para comprarte regalos caros, no como solía hacer papá.

—Eso no importa —le digo con cautela.

Alfie continúa con su discurso.

—Así que se me ocurrió regalarte algo que no puede comprarse con dinero. —Me dedica una amplia sonrisa—. Pensé en que el regalo podía ser yo mismo. Bueno, mi corazón, en realidad.

—¿Tu corazón?

—Sí, he pensado que te gustaría que te dejara ver en mi interior, lo que alberga mi corazón, y descubrieras todo lo relacionado conmigo, porque, asumámoslo, mamá, no es que hayamos tenido una muy buena relación últimamente, ¿no crees?

Niego con la cabeza.

—Ha sido difícil —coincido con él.

El kayak se mece violentamente hacia la izquierda y me agarro a uno de los laterales para mantener el equilibrio. El agua fluye mucho más rápido y hace mucho ruido mientras arrastra el kayak. Siento un escalofrío por la espalda al tener una especie de presentimiento, algo parecido a lo que siento cuando está a punto de estallar una discusión con Alfie, solo que en esta ocasión es muchísimo más intenso. Una palabra en falso, o incluso un tono de voz fuera de lugar, puede hacer que nos precipitemos al abismo de una discusión turbulenta. O algo peor.

Observo cómo Alfie desliza la punta de su zapatilla bajo la pala del remo y con un movimiento la levanta de una patada y la agarra con la mano extendida. Sostiene el remo con las manos y lo bate trazando un semicírculo por encima del lateral del kayak. Un acto reflejo hace que me aparte de la trayectoria e impide que me dé un golpe con el remo por apenas unos centímetros.

—¡Eh! ¡Ten cuidado!

—No soy yo el que debe tener cuidado —dice Alfie.

Introduce la pala del remo en el agua unos instantes antes de sacarla y colocar el remo en uno de los lados del kayak.

Hace tiempo que sé que Alfie es impredecible. Inestable. Desagradable. Y aunque nunca lo admitiría ante nadie, me da miedo. Hoy, si me pidieran que indicara el miedo que siento en una escala de uno a diez, siendo diez lo más alto, tendría que decir que ahora mismo estoy en el nueve. Al límite del nueve.

—Hablo de ti, mamá —dice con mofa—. Debes tener cuidado.

Empieza a tamborilear los dedos de nuevo, muestra indiscutible de que su nerviosismo va en aumento.

Si puedo cambiar el curso de la conversación, distraerle, hacer virar sus pensamientos hacia otra cosa, puede que sea capaz de evitar una pelea de las gordas. Una parte de mí piensa que es inútil. Las técnicas de distracción nunca han funcionado con él, al menos no cuando ya está en modo inflexible, pero debo intentarlo. Como madre no puedo evitar intentar ayudar a mi hijo sin importar lo que ocurra, lo que haga o lo que haya visto acechando en su mirada. Rendirme y no luchar por él no es una opción. Durante un segundo, vuelvo a recordar mi fantasía de una vida con Seb y armonía con Alfie. Mientras lo hago, me golpea un momento de lucidez: nunca podré tener a ambos. Tiene que ser uno u otro, Seb o Alfie.

Bajo la mirada y observo el agua que se ha acumulado dentro del kayak. Las olas más altas están empezando a sobrepasar los laterales de la embarcación.

—Creo que deberíamos prepararnos para un viaje movidito —digo haciendo un gesto con la cabeza hacia el río—. ¿Te parece que primero nos encarguemos de superar el próximo trecho? Podremos hablar tranquilamente en cuanto lleguemos al pueblo.

—No quiero hablar más tarde. Quiero que charlemos ahora —dice Alfie—. Siempre haces lo mismo. No me dejas hablar. Siempre tenemos que hacer las cosas a tu manera, cuando a ti te viene bien. Bueno, pues yo quiero hablar ahora y como no puedes huir de mí en esta ocasión, supongo que no te queda más remedio.

—Alfie, por favor. Pongámonos a salvo —le ruego.

Perfectamente consciente de mi falta de autoridad, agarro el remo con mano temblorosa, pero cuando lo levanto para asirlo cómodamente con ambas manos, Alfie se echa hacia delante repentinamente y se aferra a él con fuerza. Lo gira hacia la izquierda, retorciendo mi muñeca hasta tal punto que, si no lo suelto, terminaré en el agua o con la muñeca rota. Decido soltarlo. Alfie me lo arrebata y lo lanza al interior del otro kayak.

—Vas a escuchar lo que tengo que decirte te guste o no.

Me mira fijamente. No digo nada por miedo a contrariarlo más. Sé lo que ocurrirá si lo hago. Me quedo pegada al asiento, y me doy cuenta de que me toco inconscientemente la parte superior del brazo. El moratón de su último ataque prácticamente ha desaparecido. Resultó ser de los duraderos. Pensar en cuánto me dolió hace que me estremezca. Me molestó durante días, todo el brazo se resentía cuando lo levantaba. Seb me había preguntado qué había pasado, pero le resté importancia diciéndole que me había dado un golpe contra el poste de la barandilla al pie de la escalera. No pareció muy convencido pero, afortunadamente, tampoco insistió más. Creo que si lo hubiera hecho, mi determinación se habría hecho añicos. En varias ocasiones he estado a punto de confesarle la toxicidad de mi relación con Alfie, pero siempre me he arrepentido en el último segundo. Incluso en mis momentos más vulnerables, el deseo de proteger a mi hijo ha sido más fuerte. Pero todo el mundo tiene un límite.

Respiro profundamente y pruebo un acercamiento distinto. Conciliador y nada desafiante. A veces funciona.

—Muy bien, Alfie. —Le sonrío como prueba de mi disposición—. Me parece bien. ¿De qué quieres hablar?

—Pensaba que a estas alturas ya te lo habrías imaginado. —Deja escapar un largo suspiro—. Pero veo que voy a tener que deletreártelo, ¿no? —Enarca las cejas y me preparo para recibir el impacto mientras hace una pausa para hacer crecer la tensión, como si estuviéramos en un concurso de talentos de la tele un sábado por la noche. Por fin lanza su ataque—: Te odio. Sí, O D I O. Te odio. No, espera. Odio no es suficiente. Te detesto.

Me obligo a mantener la calma. No es la primera vez que Alfie me dice esas palabras. Antes dolían mucho pero, hoy por hoy, me rodea una especie de escudo invisible que hace maravillas para bloquear comentarios rencorosos. No me odia. Solo está enfadado, eso es todo. Odia lo que ha ocurrido, no a mí. Estoy completamente segura de ello. Es bastante parecido a lo que a veces me pasa a mí con él. No es que esté dispuesta a admitirlo ante nadie, salvo ante mí misma; apenas soy capaz de soportar la verdad. A veces no me gusta mi hijo. Lo quiero, pero no me gusta.

Guardamos silencio y Alfie estudia mi reacción después del duro reproche. Mantengo la calma.

—Sé que estás enfadado conmigo y herido por todo lo que pasó —empiezo, pero me interrumpe antes de que pueda continuar.

—¡Cállate la puñetera boca! —me grita y, por segunda vez, es como si no estuviera allí, a pesar de que tiene su cara pegada a la mía. Puedo ver cómo le palpita la vena de la sien y los ligamentos de su cuello parecen a punto de reventarle la piel—. Sí que te odio y sí que estoy enfadado, pero todo es culpa tuya y eso hace que te odie más. ¿Lo entiendes? ¿EH, LO PILLAS?

Asiento con la cabeza.

—Sí. Está bien. Lo entiendo.

Esta situación no es nueva. Necesita descargar toda la rabia y confusión que le produce el dolor que siente. Soy su madre, y tal y como me explicó mi terapeuta, debo ser un receptor seguro para que se exprese libremente.

El estallido de ira disminuye y Alfie se vuelve a acomodar en su sitio. El fluir del río y el viento soplando entre los árboles se desvanece como ruido de fondo mientras observo a mi hijo. Le tiembla la pierna, otro síntoma de agitación extrema, y cierra y extiende los dedos en torno al mango del remo. Su humor cambia, y no para mejor. Contrae la mandíbula y en su rostro se dibuja una expresión dura que añade a su comportamiento un trasfondo más peligroso.

—No lo entiendes. Te gusta pensar que sí, pero no es verdad —dice Alfie—. Te empeñaste en enviarme a esas sesiones de terapia, como si de ese modo todo fuera a estar bien. Te he oído hablar con Seb, hablar en susurros en la cocina, convencidos de que no os escucho, pero sí lo hago. Te he oído decirle que necesito tiempo para procesar todo lo ocurrido, aceptarlo y asumirlo. Toda esa jerga de loquero de mierda.

—Lo siento. Pensaba que hablar con el doctor Huntingdon te ayudaba.

Alfie mira al cielo presa de la exasperación. Las gotas de lluvia rebotan en su nariz. Se aparta el pelo empapado de la frente y me devuelve la mirada.

—No son más que estupideces, mamá. Y yo te seguí el rollo. De hecho, fue bastante divertido averiguar hasta qué punto podía convencer a ese viejo imbécil de que por fin estaba asimilándolo todo.

Me doy cuenta de su uso del pasado.

—¿Qué quieres decir con que «me seguiste el rollo»? —le pregunto.

—Ah, sí, me olvidé de mencionártelo. Lo despedí.

—¿Al doctor Huntingdon? ¿Ya no lo visitas?

Alfie se encoge de hombros.

—Terminé aburriéndome.

Asimilo la noticia e intento relacionar esta revelación con el comportamiento reciente de Alfie. Francamente, no puedo decir que haya habido ningún cambio evidente, al menos ninguno que yo haya detectado. Se ha comportado como siempre, en su línea.

—Se suponía que debía ayudarte.

—¿Ayudarme a mí o a ti? No hacía nada por mí salvo divertirme. Siento decepcionarte. Sé que te encantaría que me arreglaran. —Su pierna tiembla más rápido—. Te encantaría que se resolvieran todos mis problemas, ¿no? Porque esa es la expresión apropiada, ¿verdad? Bueno, si así fuera, te sentirías menos culpable. Y eso te vendría estupendamente.

—La terapia no era para mi beneficio directo —digo, aunque soy consciente de que Alfie no va mal encaminado. Si no le hubiera afectado tanto todo lo que ocurrió, podría haberme perdonado por mi participación en ello. Tal y como están las cosas, debo aceptar cierta responsabilidad por cómo es mi hijo ahora.

—Si no hubieras echado a papá, él no se habría suicidado.

—No es tan sencillo.

—Esa es tu respuesta para todo. —Alfie niega con la cabeza indignado—. ¿Por qué echaste a papá?

Alfie parece un maestro que intenta sonsacarle a un alumno apabullado. Y yo soy el alumno que no sabe si está a punto de llevarse un premio o un castigo. Noto cómo la inquietud colapsa mis vías respiratorias, casi sofocando mi voz. Toso para aclararme la garganta antes de hablar.

—No quería a tu padre. Había problemas irresolubles en nuestra relación.

—¡Incorrecto! ¡Esa respuesta es incorrecta! —Alfie se echa hacia delante—. Nunca te creíste la versión de papá sobre lo de Ruby.

—Eso no es verdad. Sí que creí a tu padre. —Y así fue. Cuando

Joanne y Tris vinieron a casa aquella tarde para enfrentarnos por lo ocurrido con el encaprichamiento de Ruby hacia Darren, no dudé ni por un momento de la versión de la historia de mi marido. La alternativa era demasiado ridícula como para considerarla siquiera. Sabía que Darren no se habría liado con una niña de dieciocho años, y mucho menos siendo la hija de nuestros amigos íntimos. Miro a Alfie—. Nadie creyó a Ruby, ni siquiera sus padres.

—Venga ya, mamá. Ya sabes lo enfadada y disgustada que estaba Joanne. Por eso las dos reñisteis.

—Pero eso fue porque, como cualquier madre, ella saltó como un resorte a defender a su hija. Cuando Tris habló con tu padre como Dios manda, se dio cuenta de que no había sido más que un encaprichamiento que Ruby había sentido por tu padre.

Todo lo que estoy diciendo es verdad y, aun así, me duele darme cuenta de que no le estoy contando toda la verdad.

—Joanne nunca se lo creyó. ¿Por qué crees que te invitó este fin de semana? Iba a decirte exactamente lo que pensaba de ti.

—Ahora lo sé, pero Joanne está…

—¡¿Podemos dejar de hablar de Joanne!? —me espeta Alfie—. Estás echando a perder mi regalo de cumpleaños. Volvamos al tema principal, es decir, yo abriéndome a ti. ¿Te parece bien?

Asiento levemente con la cabeza.

—Claro.

—Para que puedas saber más de mí, necesito saber un par de cosas de ti.

—Muy bien, ¿como qué?

—Como que no me querías lo suficiente para permitir que papá se quedara. Puede que tú ya no lo quisieras, pero yo sí lo quería. No pensaste en mí entonces. Lo único que te importaba eran tus motivos egoístas. Nunca te molestaste en pensar en el daño que me haría ver a mi padre en algún apartamentucho de alquiler sucio. Verlo como un hombre hecho pedazos. Ver su autoestima destruida, su orgullo borrado de un plumazo. Nunca pensaste en cómo me haría sentir eso.

—Pero permanecer juntos no habría sido mejor, sino peor.

—¿Para quién? Para ti, no para mí. No, ¡tener a mi padre a mi lado no habría sido peor para mí! —Alfie agarra el remo y golpea el mango contra el fondo del kayak—. Querías quitártelo de en medio para poder meterte en la cama de Seb. Seguro que ya estabas liada con él mucho antes de echar a papá.

—¡Eso no es verdad!

Me pongo en pie de un brinco, olvidándome de dónde me encuentro. El kayak se balancea peligrosamente hacia un lado, desequilibrándonos a los dos. Por un momento pienso que vamos a caer al agua, pero el kayak vuelve a su posición y sigue el rápido discurrir del río. El ancho adicional necesario para dar cabida a dos pasajeros nos salva de volcar.

Alfie no parece darse cuenta. Se pone de pie aferrando el remo con las manos. La ira hace que su rostro adopte un color rojo brillante. Sus ojos parecen salírsele de las órbitas en cuanto la tensión reprimida estalla en su interior. Levanta el remo y lo echa hacia atrás en el aire.

Respiro entrecortadamente cuando, demasiado tarde, me doy cuenta de lo que planea hacer. Levanto las manos en el aire para protegerme mientras Alfie balancea el remo trazando un arco hacia mí y grita:

—¡Feliz cumpleaños, mamá!

Es increíble cómo el cerebro puede procesar tantos pensamientos en una fracción de segundo. Quizá porque llevaba mucho tiempo esperando este momento, anticipándolo, ensayando este tipo de situación. Quizá porque llevaba tiempo sopesando esta posibilidad en mi subconsciente, desde mucho antes de que lo pudiera asimilar mi consciencia. Esta es la única oportunidad que tendré de hacer mi vida más fácil. Esta es mi vía de escape.

CAPÍTULO 30

Tris había permanecido en la orilla del río observando los dos kayaks y a sus ocupantes desaparecer bajo el puente de piedra hasta perderse de vista. Dio un suspiro resuelto. No tenía sentido intentar darles alcance. Incluso aunque fuera a por el coche, ya estarían muy lejos para entonces.

Caminó fatigosamente de vuelta a la casa y lo recibió Zoe en la puerta.

—¿Qué ha pasado? ¿Dónde están?

—Se han marchado. Cogieron los kayaks.

Parecía que Zoe iba a decir algo, pero se arrepintió en el último momento y se limitó a apretar los labios con fuerza. Sus facciones adoptaron una expresión amistosa antes de hablar.

—Vale, entonces estamos solos tú y yo.

—Eso parece. ¿Y qué pasa con Andrea?

—Tenemos que ir a por ayuda. Cogeremos tu coche y nos acercaremos al pueblo más cercano. No tiene sentido tratar de encontrarla por nuestra cuenta, no podemos hacer nada. Tenemos que dejar que el equipo de búsqueda y rescate haga su trabajo.

—Más vale que salgamos ya o suscitará muchas preguntas, ya sabes, que por qué no informamos de todo antes y demás.

Tris se subió a la bici y partió hacia el refugio en el que había permanecido oculto, a unos tres kilómetros de distancia. Había dejado su coche aparcado en la parte de atrás.

Veinte minutos más tarde ya había regresado de vuelta y empezado a cargar las pertenencias de Zoe en el maletero. Le echó un último vistazo a la casa antes de subirse al coche. No lo admitiría ante Zoe, pero estaba hecho un manojo de nervios. Estaban a punto de realizar la actuación de sus vidas en la comisaría. No era tan ingenuo como para pensar que sería pan comido, pero mientras mantuviera la calma, todo saldría bien. Sonrió a Zoe.

—¿Estás bien?

—Sí, descuida.

Ya que no parecía tener muchas ganas de hablar, guardaron silencio mientras el coche avanzaba por el sendero y cruzaba el puente. El BMW de Tris no era el vehículo más apropiado para recorrer pistas de tierra y agarraba el volante con firmeza mientras sorteaba baches y desniveles en el terreno, la gravilla repiqueteaba contra las llantas del coche y los neumáticos rechinaban contra el suelo.

Llegaron al final del sendero y enfilaron por una estrecha calzada de asfalto que se abría paso a través de la escarpada ladera de la colina. Tris miró hacia Zoe y se sorprendió al ver que sostenía un pequeño teléfono móvil.

—¿De dónde has sacado eso? —le preguntó.

—Es uno de repuesto —le contestó sin mirarlo. Pulsaba las teclas con el pulgar como escribiendo un mensaje de texto.

—¿Qué quieres decir con uno de repuesto? Pensaba que habías dejado los teléfonos móviles en la casa.

—Sí, bueno, había olvidado que llevaba este encima. Es un modelo viejo que tengo por si acaso. No es un *smartphone*, y solo puedo enviar mensajes de texto y hacer llamadas, olvídate de sacar una foto decente.

Tris le echó otro vistazo.

—Veo que ahora tienes cobertura.

—Solo una rayita. Estoy escribiendo a los niños para asegurarme de que están bien.

—Lo mejor será que no le digas a la policía que lo tienes —dijo Tris, nervioso porque Zoe no le había mencionado lo del teléfono de repuesto—. De hecho, no creo que sea una buena idea que les escribas por si la policía investiga los registros telefónicos.

—No pasa nada, es de prepago. No podrán rastrearlo.

—¿Y desde cuándo eres una experta en telecomunicaciones? —Su nerviosismo se acrecentó—. Por el amor de Dios, Zoe. Apaga esa maldita cosa, joder. ¡Déjalo ya!

—Ya va. Tan pronto como reciba una respuesta. —Como por arte de magia, el teléfono de Zoe emitió un sonido—. Y ahí está —dijo.

—Entonces ya puedes apagar el puñetero aparato —le espetó Tris.

No se había tragado que estuviera escribiéndoles a los niños. Con un ojo en la carretera y otro puesto en Zoe, vio cómo apagaba el teléfono y se lo guardaba en el bolsillo lateral del bolso. No sabía cómo, pero tendría que separar a Zoe de su bolso y echar un vistazo al teléfono.

—Antes de ir a la comisaría, ¿podemos parar en algún sitio a refrescarnos? No me vendría mal ir al baño.

Tris estaba a punto de decirle que probablemente todo sería más creíble si llegaban desaliñados y apurados, pero cambió de opinión. Una paradita podría darle la oportunidad que andaba buscando para echarle un vistazo al teléfono.

—Sí, claro. Hay una gasolinera a las afueras de Gormston. Podemos parar ahí.

Quince minutos más tarde, se detuvieron junto a la estación de servicio.

—No tardaré mucho —dijo Zoe—. Ya que entro, pensaba comprar una botella de agua. ¿Quieres algo?

Zoe se disponía a echar mano de su bolso.

—Espera, ten. Toma mi cartera —dijo antes de que le diera tiempo a cogerlo—. Tengo suelto. Tráeme una botella de agua a mí también.

Zoe aceptó la cartera y salió al trote hacia la gasolinera. Tris no perdió ni un segundo e introdujo la mano en el bolso para sacar el teléfono. Tardó siglos en encenderse pero, finalmente, escuchó el sonidito de inicio y la pantalla se iluminó.

—Maldita antigualla —maldijo Tris mientras trataba de averiguar cómo llegar hasta los mensajes.

Era una pieza digna de museo. Se sorprendió al ver un intercambio de mensajes entre el teléfono de Zoe y otro número que no estaba guardado bajo ningún nombre de contacto. Tris echó un vistazo hacia la estación de servicio para asegurarse de que Zoe todavía no había salido. No la vio, así que dio por hecho que seguía en el baño.

Abrió la cadena de mensajes.

Mensaje enviado: ¿Todo bien?
Mensaje recibido: Sí.
Mensaje enviado: ¿Totalmente?
Mensaje recibido: Al 100%

Tris frunció el ceño y volvió a leer los mensajes. Trasteó a ver si encontraba más, pero no había ningún otro y la lista de contactos estaba vacía, aparte de este número.

La puerta del coche se abrió y Tris dio un respingo. ¡Mierda! Era Zoe y lo había pillado con las manos en la masa.

—¿Qué estás haciendo? —le preguntó en cuanto se sentó en el coche—. ¡Has estado hurgando en mi bolso! —Le arrebató el teléfono.

No tenía sentido negarlo o fingir que estaba haciendo cualquier otra cosa salvo cotillear.

—Quería averiguar a quién le habías escrito.

—Ya te lo he dicho. A los niños.

—Pues vaya conversación más insulsa.

—Son adolescentes. ¿Qué esperabas? —Apagó el teléfono y volvió a guardarlo en el bolso—. Venga, terminemos con esto.

CAPÍTULO 31

Escucho el ladrido de un perro en la lejanía. Es un sonido amortiguado, como si el perro estuviera a unos cuantos jardines de distancia y las vallas y una ventana de doble acristalamiento absorbieran el sonido. Me esfuerzo por escuchar. Puedo oír a alguien gritando. De nuevo, es una voz lejana, como cuando los domingos por la mañana escucho jugar al fútbol en el parque de detrás de casa.

Pero no estoy en casa. No estoy acurrucada entre los mullidos cojines de mi sofá, mientras suena de fondo una suave música de meditación. Tardo unos segundos en poner en orden mis pensamientos antes de que, finalmente, me vea obligada a enfrentarme a la realidad del suelo de piedra, mis pies empapados y el batir del agua.

Abro los ojos completamente consciente de todo lo que me rodea. Estoy tumbada bocarriba junto a la orilla. El agua me lame los tobillos y una tenue lluvia me salpica la cara. Giro la cabeza hacia la derecha y observo el violento discurrir del río. Cuando muevo la cabeza a la izquierda veo a Alfie. Está despatarrado bocarriba con un brazo echado sobre el cuerpo y el otro extendido en el suelo. Tiene los ojos cerrados y la piel pálida, un tono azulado empieza a asomar a sus labios.

Nos hemos caído al agua y la corriente nos ha arrastrado río abajo por los rápidos, pero no sé cómo nos ha escupido a la orilla. No recuerdo cómo hemos llegado hasta aquí.

El perro ha dejado de ladrar y los gritos se han visto reducidos a una única voz. Una voz masculina. Sigo el sonido con la vista y veo a varias personas alineadas al otro lado del río. Un tipo con traje y chaqueta impermeable tiene las manos ahuecadas a ambos lados de la boca. Le oigo, pero no entiendo lo que dice. A su lado hay un hombre vestido con una chaqueta impermeable de color morado junto a un perro, también con una chaqueta morada. ¿Será el equipo de búsqueda y rescate?

Dos agentes de policía uniformados permanecen de pie junto al perro mientras que otros se acercan terraplén abajo para unirse a ellos.

El alivio que siento se transforma en lágrimas y apoyo la cabeza en el suelo rendida ante la extenuación. Solo pienso en que nos han encontrado. Que van a rescatarnos. Pierdo la noción del tiempo, como si fuera a la deriva, entrando y saliendo de un estado de débil consciencia, agotada por habernos sacado del río, con toda la ropa empapada y probablemente sufriendo leves síntomas de hipotermia.

De mi formación en emergencias sé que el momento del rescate puede ser crítico. Es cuando el cerebro y el cuerpo pueden rendirse y dejar de luchar por la supervivencia, atraídos por una falsa sensación de seguridad ante la perspectiva de estar siendo rescatados, traspasándole la responsabilidad a quien efectúa el rescate. Lucho por permanecer despierta y alerta. No puedo dejarme llevar hasta ese punto.

—Alfie —digo—. Alfie. La policía está aquí. Todo va a ir bien.

Extiendo el brazo para tocarle, pero el dolor que me atraviesa me lo impide. Bajo la vista y veo sangre cubriéndome la mano como si llevara un guante. No creo que tenga el brazo roto, puedo mover los dedos, pero me duele muchísimo.

No sé si me he desmayado o me he quedado dormida de puro agotamiento, pero lo siguiente que percibo es el sonido atronador de un helicóptero sobrevolándonos y el aire que levantan las hélices del rotor, haciendo que me salpique agua del río.

Se escucha un golpe seco y un par de botas negras aterrizan en el suelo a pocos metros de distancia. Un tipo vestido con un mono de color naranja y un casco blanco corre hacia mí. Se arrodilla a mi lado y me pone una mano en el hombro para tranquilizarme; luego se inclina sobre mí para hablarme.

—Hola. Me llamo Rick y estoy aquí para ayudarla.

—Mi hijo, Alfie…, necesita ayuda —digo—. Atiéndalo a él primero. Por favor.

Todavía no me han dicho nada de Alfie. Todo lo que sé es que está en observación. Yo no he salido tan mal parada: ni un hueso roto, unos cuantos cortes superficiales y moratones que según los médicos eran de esperar dadas las circunstancias, es decir, cuando un río te ha revolcado a su antojo. Mis lesiones son leves, y de todas ellas la más grave es la torcedura de una muñeca y un corte bastante feo en la cabeza con el que me he ganado un buen afeitado en una pequeña sección de la cabeza, así como puntos adhesivos.

Las lesiones de Alfie, en cambio, son bastante más serias.

—Por ahora lo mantenemos sedado —dice el médico mientras permanecemos junto a su cama en la UCI—. El cerebro es un órgano maravilloso. En situaciones como esta descansa para poder repararse. Le haremos un escáner por la mañana. Para entonces, con suerte, la hinchazón habrá desaparecido.

—¿Qué le dice su instinto?

El médico me dedica una mirada compasiva.

—Soy médico, no puedo basarme en instintos. No sería justo para usted que lo hiciera.

Toqueteo el dobladillo de la manta que me han echado sobre las rodillas. La enfermera insistió en llevarme en silla de ruedas a pesar de asegurarle que era perfectamente capaz de andar. Me siento como una impostora dejándome empujar por ahí.

—Debería regresar a su sala, señora Montgomery —dice el médico—. Usted también necesita descansar.

—Una cosa más —digo cuando noto cómo la enfermera, a mi espalda, levanta el freno de la silla de ruedas—. ¿Cómo se encuentra Andrea Jarvis? ¿Va a estar bien? Pregunté antes, pero no me pudieron decir nada salvo que la habían rescatado y la habían traído aquí. No sé nada más.

—Su amiga va a ponerse bien —dice el médico reconfortándome—. Se ha roto una pierna y sufre hipotermia, nada que no tenga fácil solución. Fue muy afortunada por tener a mano un buen kit de supervivencia.

—Qué alivio. Iré a verla mañana.

—Por favor, ahora descanse un poco —dice el médico—. Buenas noches, señora Montgomery.

Le echo un último vistazo a Alfie antes de que la enfermera haga girar la silla de ruedas para enfilar hacia la puerta. Tiene un aspecto muy tranquilo ahí tumbado. No veía esa paz en su expresión desde hacía mucho tiempo. No desde la muerte de Darren, desde luego. Había ansiado el regreso de aquellos días, cuando la vida era más sencilla y no había complicaciones. Cuando Darren y yo éramos una joven pareja de recién casados con un niño pequeño, tremendamente enamorados. Antes de que la vida empezara a pesarnos tanto. Y ahora, parece que estoy a punto de hacer realidad mi deseo, pero no del modo en que hubiera imaginado.

Me enjugo una lágrima que se desliza por mi mejilla.

—Estará bien —dice la enfermera consolándome—. Puede venir a verle por la mañana.

—Gracias.

Miro por última vez a mi hijo antes de que me empujen en la silla hacia el pasillo. La enfermera me da una palmadita en el hombro, un gesto tranquilizador con el que intenta hacerme saber que todo va a ir bien. No me resisto.

MARTES

MARTES

CAPÍTULO 32

Estoy sentada en la silla, mirando por la ventana del hospital, cuando la enfermera entra con un teléfono en la mano.

—Un sargento de la policía, el agente Adams, quiere hablar con usted —dice—. Al parecer es urgente.

Cojo el teléfono que me tiende y espero a que abandone la habitación para hablar.

—¿Seb?

—Eh, hola —dice. Su voz actúa como un bálsamo que calma el dolor de mi corazón—. He tenido que fingir que era una llamada oficial de la policía, de otro modo no me habrían pasado contigo. ¿Te encuentras bien?

—No sabes lo feliz que me hace escucharte —digo notando cómo se me quiebra la voz por la emoción—. Ha sido un fin de semana horrible. ¿Te han contado lo que pasó?

—Sí, me llamó tu madre. La policía se puso en contacto con ella, pero está fuera de vacaciones y va a tardar un poco en volver. Me llamó y me pidió que me acercara. Si lo hubiera sabido antes, ya estaría ahí contigo. Lo siento.

—No te preocupes. ¿Cómo ibas a saberlo? ¿Mamá está bien?

—Sí. Está preocupada, claro, y un poco agitada por tener que esperar al siguiente vuelo disponible.

—¿Te han contado lo de Joanne? —Noto cómo mi labio inferior empieza a temblar.

—Bueno, no exactamente. No me han dicho mucho, pero he hecho unas cuantas averiguaciones por mi cuenta, discretamente. Sé lo que ha pasado.

Percibo su vacilación.

—¿Qué has averiguado?

—Que Joanne está muerta y que su marido, ¿Tris se llamaba?

—Sí, Tris.

—Pues que Tris y Zoe se presentaron en la comisaría de Gormston e informaron de la muerte de Joanne, además de la desaparición de Andrea.

—¿Y de mí? ¿Qué dijeron de mí? —Otra pausa de vacilación, que me recuerda a los días en que había retardo en las llamadas de larga distancia, hace que se activen en mí todas las alarmas—. Seb, tienes que contármelo. ¿Qué han dicho de mí?

—Mira, Carys, no te alteres, no son más que habladurías por ahora. La policía tendrá que hacerte unas preguntas.

—Seb, por favor, deja de lanzarme evasivas. Dime lo que sabes.

—De acuerdo… Han interrogado a Zoe y a Tris por separado, pero ambos dicen lo mismo. —Reprimo mi frustración ante la incapacidad de Seb para hablarme a las claras, y después de otra pausa, continúa—: Dicen que tú fuiste la última en ver a Joanne con vida y que discutisteis. Tris dice que hacía tiempo que las dos estabais en desacuerdo. Dicen que te largaste llevándote a Alfie contigo. ¿Es verdad?

Ahora me toca a mí dudar.

—Más o menos. Es decir, sí que es verdad, pero no es lo que parece.

—Vas a tener que ser más convincente cuando la policía se presente en el hospital para interrogarte —dice Seb.

—¿Qué quieres decir?

—Pues que ahora mismo no pinta nada bien.

300

—¡Pero si yo no he hecho nada! —El volumen de mi propia voz me sorprende. Me sereno—. Yo no maté a Joanne. Fue Tris. O, por lo menos, eso es lo que sospecho. Estaba liado con Zoe, por el amor de Dios. Tiene problemas financieros. Él sería el más beneficiado con su muerte.

—Venga, venga, Carys, cálmate. Escucha, intentaré llegar al hospital antes de que la policía te interrogue, pero, si no llego a tiempo, tienes que mantener la calma cuando hables con ellos. No pierdas los papeles, no te ayudará en nada.

—Lo siento, pero es que ha sido un fin de semana horroroso. —Antes de que pueda continuar, la enfermera regresa. Me dedica una expresión de pesar y sacude la cabeza hacia el teléfono—. Tengo que colgar. La enfermera necesita el teléfono. Gracias por llamar.

—Vale, y recuerda lo que te he dicho: mantén la calma, di la verdad y todo irá bien. Lo prometo. Te quiero, Carys.

Soy incapaz de responder. Incluso aunque la enfermera no estuviera aquí, no habría sido capaz de decir nada. Las emociones me abruman y descanso la frente sobre la palma de la mano con la esperanza de que Seb no tarde en llegar. Lo necesito a mi lado.

A pesar de dejarme hecha trizas, agradezco su llamada. Me anima que en estos momentos esté de camino y, aunque no me apetece que la policía se presente aquí y empiece a interrogarme, por lo menos ahora estoy sobre aviso. Trato de decidir qué tipo de conducta adoptar, pero después de sopesar varias opciones y descartar otras tantas, llego a la conclusión de que lo mejor que puedo hacer es ser yo misma. Estoy segura de que la policía se dará cuenta enseguida de cualquier intento por mostrarme de un modo distinto a como soy en realidad, y eso no hará sino convencerlos de que intento ocultar algo.

La visita oficial no se hace esperar demasiado. Todavía no tengo muy claro si es un buen o un mal presagio.

—Hola, ¿señora Montgomery?

Me vuelvo en la silla para mirar de frente al hombre de cuarenta y tantos años que se dirige a mí.

—Sí, soy yo. Hola —digo fijándome en su pelo oscuro salpicado de mechones blancos en las sienes y en sus ojos amables, cuyas arruguitas en las comisuras se acentúan cuando sonríe.

—Qué hay. Soy el agente Matt Chilton, inspector jefe de la policía. —Me muestra su identificación. Asiento con la cabeza y la guarda en el bolsillo interior de su chaqueta—. ¿Puedo llamarla Carys?

—Sí, claro.

—¿Cómo se encuentra? —pregunta.

—Bien, teniendo en cuenta las circunstancias.

Trasteo con la manta que cubre mis rodillas, más por tener las manos entretenidas en algo que por modestia.

—¿Puedo? —Chilton hace un gesto hacia la silla de plástico ubicada en un rincón de la habitación. Asiento con la cabeza y la coge con una mano, la acerca hacia mí y la coloca enfrente. Se sienta, me sonríe de nuevo y empieza a hablar—: La enfermera me ha dicho que le han tenido que dar puntos.

Automáticamente, me llevo la mano hacia la cura que tengo en la cabeza. Toco con cuidado el cuadrado autoadhesivo.

—Tres puntos y una gotita de pegamento —digo—. Y eso sin mencionar este estupendo corte de pelo.

—Según dicen, ha tenido usted mucha suerte —dice Chilton.

—¿Sí?

Bajo la vista hacia mis manos que, nerviosas, toquetean el lazo del borde de la manta, como si intentara no pensar en lo que ocurrió en el río.

—Carys. —La voz del agente interrumpe mis pensamientos—. Ayer por la tarde, Tris Aldridge y Zoe Coleman se presentaron en la comisaría de Gormston e informaron de la muerte de Joanne Aldridge. El señor Aldridge estaba muy consternado, como podrá imaginar. Los dos lo estaban. También informaron de la desaparición de Andrea Jarvis, así como de la suya y de la de su hijo, Alfie Montgomery. Estoy aquí para intentar llegar al fondo de lo sucedido.

—Sí, me hago cargo. —Su tono condescendiente me irrita—. ¿Qué le han contado Zoe y Tris?

—Por ahora no puedo hablar de eso con usted. Lo que quiero es conocer su versión de los hechos.

—¿Han arrestado a Tris?

—Estamos empezando la investigación. Todavía no hemos arrestado a nadie. —Su voz es firme y su mirada inalterable—. Así que, Carys, necesito hacerle unas preguntas.

—De acuerdo.

—¿Puede hablarme de lo ocurrido a lo largo del fin de semana para que tome nota de su perspectiva de los acontecimientos?

Respiro hondo. Las palabras de Seb me vienen a la cabeza: mantén la calma y cuéntale a la policía exactamente lo ocurrido.

—Mi amiga Joanne Aldridge me invitó a pasar el fin de semana. Llegamos a la casa el viernes a mediodía. Todas estábamos de muy buen humor. Comimos y luego salimos a dar un paseo. Por la tarde nos quedamos en la casa charlando. El sábado por la mañana salimos a dar un paseo más largo hasta Archer's Falls.

—¿Y cuál diría usted que era el estado de ánimo general del grupo?

—Bueno. Nos lo estábamos pasando bien. —Es una mentira bastante atrevida, pero no tengo fuerzas suficientes para entrar en las intrigas del fin de semana. No estoy muy segura de lo que le han contado a Chilton y decido mantener la historia y los detalles al mínimo—. Andrea, Zoe y yo regresamos luego a la casa en kayak.

—¿Joanne no?

—No. Ella regresó a pie, hasta donde yo sé.

—¿Y por qué?

—Hizo que descendiéramos haciendo rapel hasta la orilla del río. Dijo que sería divertido. Un desafío, supongo, para ver si éramos capaces de llegar por nuestros medios.

—Se trataba entonces de un fin de semana de aventura al aire libre, ¿no es cierto?

—Supongo. Como le he dicho, Joanne lo planeó todo. Era una sorpresa para el resto de nosotras.

—De acuerdo. Y bien, ¿qué ocurrió cuando regresaron a la casa?

—Cenamos. Joanne y yo charlamos en el jardín. Entré en la casa y más tarde Zoe salió a buscar a Joanne y se la encontró… muerta.

—Permítame que retrocedamos un poco. ¿De qué hablaron Joanne y usted en el jardín?

—De nuestros hijos.

—Zoe Coleman dice que las escuchó discutir. ¿Qué tiene que decir al respecto?

Noto cómo empiezo a acalorarme y estoy segura de que mis mejillas están a punto de sonrojarse.

—No fue nada, una simple diferencia de opinión acerca de mi hijo, Alfie. —Hago una pausa momentánea para tragar saliva y con ella arrastrar el nudo de culpa que me atenaza la garganta—. Al final la dejé allí y volví a entrar.

Miro de reojo al inspector mientras se toma unos momentos para repasar mi declaración. No hace ningún comentario, pero asiente con la cabeza como si hubiera llegado a alguna conclusión.

—Cuando usted y Andrea Jarvis salieron de la casa en busca de ayuda, la señora Jarvis dice que discutieron. ¿Es correcto?

—Eh…, sí. No fue una gran discusión, la verdad. —Me quedo perpleja ante el repentino cambio de tema.

—¿Cómo la describiría? ¿Insignificante?

—Supongo.

—¿Y por qué discutieron usted y la señora Jarvis?

—¿Es necesario todo esto? ¿Qué relevancia puede tener? —Las palabras salen a borbotones de mi boca antes de que me dé tiempo a reflexionar—. Lo lamento. Es que todo esto me resulta muy difícil.

—Sí, me lo imagino. Pero me temo que no me queda otra que

hacerle estas preguntas —dice Chilton. Parece lamentarlo de verdad—. Así que, si no le importa contestarme…

—Por nuestros hijos. Discutimos sobre nuestros hijos. —Casi sueno malhumorada al decirlo. Me doy cuenta de que con este comportamiento no me estoy ganando al inspector—. Lo siento. Es que estoy muy cansada —digo intentando recuperar el terreno perdido.

—No lo dudo. Tengo un par de preguntas más y luego la dejaré descansar —dice Chilton—. Cuando Tris Aldridge apareció en la casa, ¿qué la hizo huir de él y de Zoe Coleman?

—Cuando llegué a la casa en busca de algo con lo que ayudar a Andrea, Tris estaba allí con Zoe. El ambiente era muy extraño. Nada parecía encajar. Quería regresar junto a Andrea y ayudarla, e intenté que Zoe me acompañara, pero no podía. Tris no dijo nada, pero tenía la mano apoyada en el hombro de ella, impidiendo que se levantara. Zoe gesticuló con la boca las palabras «consigue ayuda» y «huye» hacia mí.

—¿Y por ese motivo huyó?

—Salí al jardín en busca de cuerda de escalada y Tris me siguió al exterior —le explico—. Había cogido un *walkie-talkie* de la cocina cuando salí de la casa e intenté contactar con el guardabosques o, al menos, quien creía que era el guardabosques. Al final, resultó que había sido Tris todo el tiempo.

—El señor Aldridge dice que no fue más que una broma. Algo que había planeado su mujer.

Me encojo de hombros.

—No lo sé. Puede que sí, pero a esas alturas estaba muy asustada y…

Mi voz se va apagando. Me siento avergonzada por haber dejado a Zoe atrás, incluso aunque sé que no habría podido seguirme el ritmo en la carrera por el bosque.

—¿Fue entonces cuando huyó? —apunta Chilton.

Me sereno y respondo.

—Sí. Hacia el bosque. Sabía que podría sacarle ventaja a Tris.

—Entiendo. —No tengo muy claro qué es lo que entiende, pero continúa antes de que pueda añadir nada más—. ¿Sabía que Tris Aldridge había acordado con su mujer que iría a la casa aquel día?

Niego con la cabeza.

—No mencionó nada al respecto. Di por hecho que estaríamos solo nosotras cuatro, pero a Joanne le encantaban las sorpresas.

—¿Por qué cree que le pidió a Tris que las acompañara?

Me vuelvo a encoger de hombros como muestra de mi desconocimiento. Chilton entrelaza las manos y apoya los codos sobre las rodillas.

—El señor Aldridge dice que su mujer estaba nerviosa por el fin de semana. Sobre todo desde que usted y su mujer habían reñido recientemente.

—Oh, por el amor de Dios. Eso le ha dicho, ¿verdad? —Me contengo de nuevo—. Joanne y yo estábamos bien.

—¿No estaban peleadas?

—No. Al menos, no desde hacía años. Hace un tiempo tuvimos un desencuentro, pero estaba todo solucionado.

—¿Puede que ese desencuentro tuviera algo que ver con su hija y su marido fallecido?

Me quedo boquiabierta, como un pececillo. Tris debe de habérselo contado, ¿cómo habría de saberlo Chilton si no?

—Eso no fue más que un malentendido. Su hija se encaprichó de mi marido, que era su profesor en la universidad. No ocurrió nada entre ellos. Y la relación entre los Aldridge y nosotros fue buena después de aquello.

—A ver si lo he entendido. Usted y Joanne Aldridge tuvieron ciertas rencillas en el pasado por todo lo ocurrido con su hija, usted discutió con Joanne durante el fin de semana y fue la última persona en verla con vida. También se peleó con Andrea Jarvis, de nuevo, en relación con sus hijos. Y por último riñó con Tris

Aldridge. Parece haber un denominador común. ¿Siempre se pelea con sus amigos?

—¡No! Está haciendo que suene peor de lo que es.

Nos miramos el uno al otro en un silencioso enfrentamiento. No me gusta nada la dirección que está tomando el interrogatorio, ni la perspectiva desde la que el inspector está llevándola a cabo.

—Le juro que no he hecho nada para herir a Joanne. Estaba viva cuando la dejé fuera.

—De acuerdo, pasemos a lo que ocurrió en el río. Usted y su hijo decidieron coger los kayaks. ¿Por qué?

Nuevo cambio de tema. No puedo evitar pensar que todo esto no es más que una treta para intentar pillarme desprevenida. Me obligo a concentrarme, a pesar del dolor de cabeza que poco a poco empiezo a sentir.

—Estaba preocupada ante la posibilidad de que Tris pudiera alcanzarnos si optábamos por recorrer a pie el camino, y no teníamos ningún otro medio de transporte. Tampoco los teléfonos. No teníamos nada.

Agacho la cabeza y paso las manos por la manta que me tapa las rodillas, intentando secarme el sudor de las palmas.

—¿De verdad pensaba que Tris Aldridge era una amenaza para usted y su hijo?

—Sí. Como ya le he dicho, Zoe me dijo que huyera. Le tenía miedo. Me asustaba lo que pudiera hacerle a Alfie. Ya había intentado… ya había intentado atraparme a mí. Creo que pensaba ahorcarme y que pareciera un suicidio.

Mis últimas palabras son prácticamente un susurro. Después de todo lo que ha ocurrido desde entonces, apenas he tenido tiempo para asimilar lo que Tris había querido hacerme. Desde entonces, mi objetivo principal ha sido mantenerme con vida y rescatar a Alfie.

El peso repentino de la realidad cae como un mazazo sobre mí. Tris Aldridge no solo quería ver a su esposa muerta, sino a mí también. De ese modo podría haberme cargado a mí con el asesinato y haber hecho pasar mi suicidio como un acto de arrepentimiento. Trago saliva con dificultad y pestañeo para detener las lágrimas.

—Tómese su tiempo —insiste Chilton—. Cuando esté preparada, dígame qué ocurrió cuando Alfie y usted estaban en el kayak. ¿Iban juntos en uno o cada uno por separado?

—Íbamos en el mismo, pero nos llevamos los dos para que Tris no pudiera seguirnos. Pensábamos soltarlo a la deriva cuando hubiéramos avanzado un poco.

El recuerdo de las aguas turbulentas, el ruido de la corriente y el frío del viento me atormenta. Cierro los ojos un instante. No quiero rememorar ese momento. Tengo que mantener la distancia. Puedo describirlo, pero no revivirlo.

—Lo siento, es que esto es tan difícil… Vale. Todo iba bien hasta que tomamos un recodo. Había rápidos. La corriente era cada vez más violenta y el agua batía chocando con las rocas y los peñascos. No pudimos evitar que la corriente nos arrastrara.

Hago una pausa y cuento para mis adentros mientras retomo el control de mis emociones. Uno…, dos…, tres…, respira. Puedo hacerlo. No me queda otra.

—¿Iba en la parte de delante o de detrás del kayak? —pregunta Chilton con voz suave y firme a la vez. Una voz imposible de ignorar.

—Iba delante y Alfie detrás. Es más fuerte que yo. —Me da un vuelco el estómago, y por un momento me parece que voy a vomitar el desayuno. De nuevo echo mano de todas las técnicas de relajación que he aprendido para controlar la ansiedad que se acumula en mí—. No nos quedó más remedio que esperar que la suerte estuviera de nuestra parte. No sé qué ocurrió a continuación. Recuerdo el ruido. Oía a Alfie gritar, pero no entendía lo que me decía. Entonces, de improviso caímos en picado. Fue como ir en uno de esos descensos en vagón de madera de los parques de atracciones.

Primero estábamos suspendidos en el aire y un segundo después chocábamos con fuerza contra el agua. Debimos de darnos contra una roca porque de pronto salí disparada del kayak y caí al agua.

—¿Llevaban chalecos salvavidas?

—No. Nos los dejamos en la casa, no nos dio tiempo a cogerlos.

—¿Se quedó inconsciente en algún momento?

—No lo sé. Está todo muy borroso. Recuerdo sentir cómo me empujaba la corriente y me arrastraba bajo el agua. Pensé que me iban a explotar los pulmones. Me golpeé contra las rocas. Perdí por completo el sentido de la orientación. Y entonces, no sé cómo, subí a la superficie. Miré a mi alrededor en busca de Alfie, pero no lo veía. No podía hacer nada salvo mantenerme a flote mientras me dejaba arrastrar por la corriente...

Hago una pausa. Noto cómo se me encoge el pecho. Quiero llorar. Quiero dar rienda suelta a todas las emociones que reprimo, a todo el dolor, tanto físico como mental. Es demasiado difícil controlarlo. Extiendo la mano para alcanzar la caja de pañuelos de papel que hay sobre la encimera de formica, pero se me escurre. Chilton sostiene la caja y saca un pañuelo que me tiende.

—Tómese su tiempo. Lo está haciendo fenomenal.

Me limpio el rostro y la nariz varias veces antes de continuar.

—Entonces vi a Alfie flotando bocabajo. El agua lo empujaba hacia mí. Conseguí agarrarme a una roca e impedir que la corriente siguiera arrastrándome, y en cuanto estuvo a mi altura lo atrapé por la manga. Casi lo pierdo, pero no sé cómo, fui capaz de sacarlo de la corriente.

De nuevo, los recuerdos inundan mi mente. Capturas de lo ocurrido. Deshilachadas, sin cohesión entre ellas como para contar una historia en orden cronológico, sino fragmentos mezclados.

—¿Cómo pudo hacerlo con la muñeca lesionada? —me pregunta Chilton.

Sus palabras me sacan de golpe de mi ensimismamiento. Lo

miro con rostro inexpresivo. «¿Cómo demonios lo hice?». Me encojo de hombros.

—Ni idea. No recuerdo haber sentido dolor. Supongo que intercedió mi instinto de madre, ese que pone la vida de los hijos por delante de cualquier otra cosa. Todo lo que recuerdo es que lo arrastré de espaldas por el agua hasta llegar a la orilla.

—En ese margen del río la orilla está a ras del agua. Tuvo mucha suerte.

¿Suerte de qué? ¿De estar viva? Supongo que sí, pero eso no quiere decir que haya tenido suerte en nada más. Ahora tengo que vivir con lo que ha pasado. Y eso no es ninguna suerte.

—¿Los médicos han hablado ya con usted sobre Alfie?

Rehúyo su mirada y me fijo en las copas de los árboles que se ven al otro lado de la ventana. Mi corazón está por los suelos, el peso de la tristeza que alberga en su interior es una carga demasiado grande para soportarla.

—Sí —logro decir.

—Se dio un buen golpe en la cabeza —dice Chilton—. Contra una de esas rocas en los rápidos, sin duda. ¿Vio lo que ocurrió?

Observo lentamente lo que me rodea hasta que finalmente me vuelvo para mirar de frente al inspector.

—Había rocas por todas partes. Pudo golpearse contra cualquiera de ellas. Todo ocurrió tan deprisa…

Se me quiebra la voz y las lágrimas rebosan mis ojos inesperadamente. El pañuelo que sostengo es suave y está húmedo, y lo aprieto con tanta fuerza entre los dedos que al principio no noto el dolor. Clavo las uñas contra la palma de la mano, pero hasta que no siento el cálido fluir de la sangre en mi piel y miro hacia abajo no veo lo que me he hecho.

Dejo escapar un grito de alarma y lanzo el pañuelo lejos de mí. Me roza las rodillas y cae silencioso al suelo. Una pelota arrugada de sangre resplandeciente.

—Eh, eh, Carys. ¿Se encuentra bien?

Me encojo en cuanto noto que algo me toca el brazo. Levanto la vista y descubro que se trata del inspector. Se ha inclinado hacia mí y tiene la mano apoyada con suavidad sobre mi brazo. Miro hacia el pañuelo. Esta vez no veo sangre, solo un trozo de papel arrugado.

—Yo…, esto…, pensaba que… —Vuelvo a mirar a Chilton y luego reparo en el pañuelo. Me examino la mano. No hay ni rastro de sangre—. Lo siento, no me encuentro muy bien.

—Sé que es difícil, Carys, pero necesito establecer el orden de los acontecimientos. —Me dedica una sonrisa empática. Cuando vuelve a hablar, su voz es suave y está llena de compasión—. Si recuerda cualquier cosa, no tenga miedo de contármela. Según mi experiencia, en situaciones extremas la gente realiza acciones extremas. Cosas que jamás harían, ni pensarían siquiera, en circunstancias normales. Da miedo, lo sé, pero si recuerda algo más, me serviría de muchísima ayuda.

En esta ocasión miro al inspector jefe Matt Chilton directamente a los ojos.

—Lo siento, pero no recuerdo nada más.

CAPÍTULO 33

Hace ya veinte minutos que se marchó el inspector Chilton. Vi cómo abandonaba el edificio y cruzaba el aparcamiento del hospital desde la ventana de mi habitación. Aunque solo es un alivio momentáneo. Enviará a alguien más tarde para tomarme declaración oficial. Me ha pedido que no abandone la zona, por si acaso necesita hacerme más preguntas, pero sé leer entre líneas. Soy la sospechosa principal y simplemente está ganando algo de tiempo para poder reunir más pruebas.

Le he pedido a Seb que me compre un teléfono barato de prepago. El mío lo han encontrado en la casa y lo están analizando en estos momentos. Chilton me ha asegurado que es el procedimiento habitual y que el resto de los teléfonos también están siendo examinados. Al parecer, no estoy siendo víctima de un trato especial.

A mi espalda oigo abrirse la puerta. Me doy la vuelta esperando encontrarme con la enfermera, que me trae el té de media mañana, así que me sorprendo al ver aparecer un enorme ramo de flores en su lugar, tan grande que oculta el rostro de la persona que lo lleva. Lo primero que se me ocurre es que se trata de Seb y mi ánimo sube como la espuma, pero en cuanto me fijo en los vaqueros y las deportivas que lleva el hombre, me doy cuenta de que no los reconozco.

312

—Hola, Carys —dice. Aparta el ramo de flores y me sonríe—. Sorpresa.

—¡Tris!

Me dan ganas de levantarme de la silla, pero el gotero me lo impide.

Se acerca a mí y, sin dudarlo ni un segundo, me planta un beso en la mejilla. No sé si se da cuenta de que retrocedo ante su contacto, pero no hace ningún comentario al respecto.

—Me alegro de verte —dice con tanta tranquilidad que tengo que evocar los acontecimientos del pasado fin de semana—. ¿Cómo te encuentras? —continúa mientras se acerca al lavabo y pone el tapón antes de llenarlo con agua y dejar las flores dentro.

—¿Qué estás haciendo aquí? —digo por fin cuando soy capaz de articular palabra.

—Tengo que hablar contigo. —Toma asiento en el mismo lugar que Chilton ocupó hace menos de una hora.

—No quiero hablar contigo. Vete. Ahora mismo.

Tris permanece inmóvil.

—Sé que piensas que he tenido algo que ver con la muerte de Joanne, pero te prometo que no es así.

—¿Por qué tendría que creerte? —le espeto mientras miro hacia la puerta, deseando que Seb haga su aparición ahora mismo.

—Porque me conoces, y sabes que sería incapaz de hacer algo así.

—¿Tú crees?

—Pues claro que sí.

—Entonces, ¿por qué intentaste matarme?

Incrédulo, estalla en carcajadas.

—¿Qué demonios estás diciendo? ¿Matarte? Por Dios, Carys, ¿de dónde has sacado esa idea?

—Me perseguiste por todo el puñetero bosque, Tris. Intentaste darme caza como si fuera un animal. Y luego me amenazaste, me dijiste que si no volvía algo malo le ocurriría a Alfie.

—¿Te estás escuchando? —dice Tris manteniendo la expresión de incredulidad—. Te perseguía porque estaba preocupado por ti. Estaba claro que habías perdido la cabeza, que estabas totalmente paranoica. Salir corriendo hacia el bosque de esa manera... Estaba preocupado por si te pasaba algo. Por eso te seguí.

—No. Eso no es verdad —digo mientras repaso los acontecimientos mentalmente. No hay duda de que me perseguía y que no era por mi propio bienestar, ¿verdad?

—Carys, párate a pensarlo. ¿En qué momento te amenacé? ¿Qué te dije?

—Tenías el *walkie-talkie* y fingiste ser el guardabosques, dijiste que nos ibas a ayudar.

—Sí, eso hice, pero solo porque me lo había pedido Joanne.

—Entonces, ¿por qué respondiste esa última vez, cuando me seguiste al jardín?

La expresión de Tris ahora se torna afligida.

—Lo siento. Fue de muy mal gusto. No estaba muy lúcido. —Se atusa el pelo—. Pero me crees cuando te digo que fue idea de Joanne, ¿no? Todo eso de que fingiera ser el guardabosques... Te juro que no sabía lo que había pasado cuando llamaste por primera vez. Creí de verdad que era parte del juego. Joanne me dijo que os siguiera la corriente sin importar lo que me dijerais. Estaba haciendo lo que me había pedido. O eso pensaba.

—¿Cómo? —Niego con la cabeza. Tris está empezando a sembrar la duda en mí—. Pero ibas a hacerle daño a Alfie.

—¿Cuándo? Te lo prometo, Carys, nunca le haría daño al chaval. Dios, ya ha tenido bastante mierda con la que lidiar en la vida. Sabes cuánto le aprecio. Tan solo te estaba informando de que estaba con nosotros.

—¡Eso es mentira!

—¡No! Piensa en ello, Carys, ¿cuándo dije que fuera a hacerle daño a Alfie?

Trato de recordar la conversación que mantuvimos por el

walkie-talkie y repaso cada palabra, pero no soy capaz de precisar el momento exacto en el que Tris amenazó a Alfie. ¿Cómo puede ser? Rebusco en las profundidades de mi mente, pero no encuentro nada. No puedo recordar la amenaza de Tris, no en términos literales. La pequeña semilla de la duda gana fuerza, aumentando su tamaño mientras trato de localizar el momento exacto de la amenaza y fracaso en el intento.

—Dijiste algo, pero ahora no lo recuerdo. Me estás confundiendo.

—No puedes recordarlo porque no hay nada que recordar —dice Tris con tanta sinceridad y tranquilidad que bastan para acrecentar mi ansiedad. Estoy segura de que detecta la desesperación y la falta de certeza en mi mirada. Enarca las cejas, inquisitivo—. No te amenacé, ¿a que no?

—Estás jugando con mi mente —digo dejando entrever mi frustración. Me yergo en mi asiento—. Lárgate de aquí. Quiero que te vayas. Si no lo haces, llamaré a la enfermera.

—No te estreses —dice Tris—. No te conviene.

—Lo digo en serio —insisto obviando su falsa preocupación. Extiendo la mano para alcanzar el pulsador de llamada situado en la mesa que hay a mi lado, pero Tris se me adelanta y aparta la mesa dejándola fuera de mi alcance—. ¿Qué quieres? —le digo examinando su expresión en busca de pistas.

—Quiero asegurarme de que estás bien. Has sufrido una terrible conmoción durante el fin de semana, y también te has dado un buen golpe en la cabeza, así que estoy preocupado por ti. —Sus palabras carecen de honestidad.

—Y una mierda —le espeto.

—No pierdas la calma. No te conviene ponerte nerviosa… de nuevo.

—¿Qué quieres decir con «de nuevo»?

—Ya sabes, igual que reaccionaste cuando me viste en la casa. Sé por lo que has pasado… y me hago cargo del efecto desestabilizador que puede tener. —Tris frunce los labios y ladea la cabeza en un gesto de compasión fingida—. Ver a una amiga muerta de ese modo puede afectarte psicológicamente. Especialmente con tus antecedentes.

—No sé de qué estás hablando.

—Pues claro que lo sabes. Cuando Darren se suicidó no estabas demasiado bien. Recuerdo que Joanne, que Dios la tenga en su gloria —se santigua—, me contó que empezaste a tomar antidepresivos después de aquello.

—Eso no es de tu incumbencia —musito intentando ocultar lo dolida que me siento al descubrir que Joanne había traicionado mi confianza.

No le había contado a nadie, ni siquiera a Andrea, que estaba tomando antidepresivos. Joanne se enteró por casualidad. Se me cayeron las pastillas del bolso un día y ella las vio. Me preguntó por ellas y me sentí obligada a contárselo. En aquel momento había sido un alivio, pero ahora desearía no haber sido tan confiada. Qué ingenua fui.

Me sentí avergonzada por tomarlas. Me habían hecho sentirme débil y abochornada; y luego estaban los efectos secundarios, que me dejaban tan atontada que la apatía y el cansancio general se convirtieron en habituales en mi vida. Me costaba tomar decisiones, incluso las más cotidianas. Por todos estos motivos me había convencido de que me iría mejor sin medicación. Dejarla había sido difícil, pero había encontrado por casualidad una página web en Internet en la que podía comprar betabloqueantes. Era totalmente anónima. No me sentía juzgada y no hacía falta acudir a visitas regulares con la médica de cabecera, que siempre me hacía un montón de preguntas. Mi fuente *online* me había ofrecido seguir enfrentándome a la situación por mi cuenta. Del mismo modo que he seguido luchando sola con Alfie. Y de la misma forma que sigo lidiando con mi vida cada día.

—Ver a Joanne muerta fue duro, pero no pienses ni por un

momento que me ha trastornado —le digo a Tris—. Sé lo que estás intentando hacer, pero no va a funcionar. Será mi palabra contra la tuya.

—Bueno, no exactamente —dice—. ¿Acaso no te estás olvidando de alguien? ¿Zoe, quizá?

Lo miro con cautela.

—Es mi amiga. Se pondrá de mi lado.

—Oh, venga ya, Carys. No te hagas la tonta. Zoe ya le ha contado a la policía lo disgustada e irracional que estuviste durante todo el fin de semana.

—Pero eso no es verdad —replico—. De hecho, fui yo la que tomó prácticamente todas las decisiones.

—Eso es lo que tú dices.

—¡Vete a la mierda! Lárgate de aquí de una maldita vez. No tengo por qué seguir soportando todas tus estupideces.

Tris se pone de pie y camina hacia la ventana con las manos apoyadas detrás de la cabeza.

—Todo esto es una mierda —dice—. Si Zoe se hubiera quedado en Hammerton y nunca se hubiera mudado a Chichester, ninguno de nosotros estaríamos con este papelón ahora mismo.

Observo cómo coge el pulsador de llamada y presiona el círculo azul con la silueta de una enfermera en el centro, pero mi mente está dándole vueltas a lo que acaba de decir.

—¿Hammerton? ¿Zoe vivía en Hammerton? —pregunto.

Tris me mira.

—Sí, en Hammerton. ¿Por qué?

No respondo, estoy muy ocupada tratando de unir los puntos, de hacer las conexiones que se me habían pasado por alto. Una serie de pequeños detalles, en apariencia inocuos e independientes unos de otros, empiezan a encajar en su lugar. ¿Cómo es posible? ¿Cómo no me he dado cuenta?

La puerta de la habitación se abre con un silbido y una enfermera entra rauda.

—¿Va todo bien?

Me siento incapaz de pronunciar palabra alguna mientras a mi mente acude un torbellino de pensamientos e imágenes de un lugar con el que ya creía no tener ninguna relación.

—Carys se está disgustando —dice Tris dándose la vuelta para mirar a la enfermera, que se acerca a examinarme.

—Oh, pues sí que te has puesto pálida, Carys. Permíteme que te mire la tensión. ¿Cuándo empezaste a sentirte indispuesta?

Tris deja el pulsador de llamada sobre la silla.

—Yo ya me marchaba. Carys estaba con mi mujer cuando falleció —le explica echando la cabeza hacia delante—. Creo que haber venido a verla le ha afectado. Yo solo quería asegurarme de que se encontraba bien. Está siendo muy difícil para todos.

—No lo dudo —dice la enfermera, y apoya la mano en el brazo de Tris—. No se preocupe, márchese. Si le apetece un té antes de irse, la cocina está al fondo del pasillo. Ya me quedo yo con Carys.

—Gracias, es usted muy amable.

—¡Largo de aquí! —le grito, recuperando el habla de pronto.

—Carys, por favor —dice la enfermera mientras da la vuelta alrededor de la silla con el tensiómetro en la mano—. Remángate. Eso es. ¿Quieres un poco de agua?

En cuanto la enfermera se afana en su tarea, Tris se da la vuelta para salir de la habitación. Se detiene en el umbral y me dedica una última mirada. No soy capaz de descifrarla, pero soy la primera en apartar la vista.

Me recuesto en la silla y dejo que la enfermera lleve a cabo el examen mientras lo repaso todo en mi cabeza.

En primer lugar, está esa perlita de información respecto a que Zoe vivía en Hammerton. ¿Cómo es que nunca ha salido a colación en una conversación? Intento recordar si en alguna ocasión he mencionado dónde trabajaba Darren. Lo más probable es que sí lo haya hecho, así que es bastante extraño que no haya hecho ningún comentario al respecto.

Francamente, tengo cosas más apremiantes en las que pensar. Como en Tris y en la imagen que está intentando dar de mí a todo el mundo: que soy una persona inestable y que mis problemas con Joanne eran demasiado para mí. Parece tan sincero, que casi estoy empezando a creérmelo y a dudar de mí misma.

CAPÍTULO 34

Tardo un buen rato en asegurarle a la enfermera que ya me encuentro bien. Dejo que me examine y me bebo la taza de té que me ha traído.

—¿Has tenido un ataque de pánico alguna vez? —me pregunta la enfermera.

—No era un ataque de pánico —respondo—. Simplemente no me apetecía seguir hablando con Tris Aldridge.

La enfermera no parece escucharme.

—Podemos ponerte en contacto con terapeutas especializados que te enseñen técnicas para hacer frente a los ataques de pánico. Podría pedirle al médico que te remita a alguien del equipo de salud mental. Quizá con algo de TCC...

—Terapias cognitivo-conductuales —la atajo cortante—. Sí, las conozco. Gracias, pero no será necesario.

—No era más que una sugerencia. La elección es tuya.

Sonrío a la enfermera y me doy cuenta de que solo está haciendo su trabajo.

—En realidad, lo que me gustaría es ir a ver a mi hijo. ¿Es necesario el gotero y la vía?

—Puedo retirártelos si quieres, pero no te quiero dando vueltas por el hospital sola. Tienes que seguir utilizando la silla de ruedas. Quizá, cuando llegue tu pareja, él pueda llevarte a ver a tu hijo.

—Pero necesito verle tan pronto como sea posible. Quiero saber cómo se encuentra.

—Contactaré con la UCI a ver qué me dicen. Espera aquí.

Antes de que pueda oponerme, la enfermera abandona la habitación. Golpeo el brazo de la silla presa de la frustración. Me siento perfectamente capaz de ir yo misma hasta la UCI. De hecho, estoy bastante segura de que hoy me darán el alta. Detesto que se le dé tanta importancia a estas tonterías.

Unos minutos más tarde, la enfermera regresa. Le han hecho un escáner a Alfie y ahora está en sala.

—Ha recuperado la consciencia, es decir, que ha abierto los ojos a ratos.

—Oh, gracias a Dios —digo—. ¿Ha dicho algo? ¿Se encuentra bien?

—No, todavía nada, pero es pronto. Sin embargo, suena prometedor. Tan pronto como llegue alguien, o una de nosotras quede libre, podrás ir a verle.

—¿Y qué hay de mi amiga Andrea? ¿Cómo se encuentra hoy?

—Si tengo noticias, te lo haré saber.

Vuelvo a reprimir mi frustración. Lo único que quiero es saber cómo se encuentra la gente a la que quiero. En cuanto la enfermera se marcha, pienso en Zoe. Me pregunto por qué no la he visto todavía. Me sorprende que no haya venido a visitarme o que ni siquiera haya llamado para interesarse por cómo estoy.

Las siguientes dos horas transcurren tan solo interrumpidas por la comida. La enfermera no vuelve a aparecer por mi habitación y doy por hecho que el personal ha debido de estar muy ocupado para llevarme a ver a Alfie.

Cuando por fin llega Seb me siento tan aliviada al verlo que sollozo descontrolada en sus brazos durante unos largos cinco minutos. Me acaricia el cabello y me besa en la cabeza mientras me envuelve en sus fuertes brazos, haciendo que me sienta segura. Doy rienda suelta a mis emociones reprimidas hasta que finalmente caigo presa del agotamiento.

—Oh, Seb, estoy tan contenta de que estés aquí —le digo por fin agarrándolo con firmeza con mi brazo bueno alrededor del cuello gracias a que la enfermera me retiró el gotero.

—He venido todo lo rápido que he podido —dice abrazándome con más fuerza. Luego se aparta de mí y observa mi rostro. Su mirada repara en el vendaje de la cabeza, los rasguños del rostro y los moratones de los brazos—. ¿Cómo te encuentras?

—Mucho mejor ahora que estás aquí. —Es mi turno para examinar su aspecto—. Tienes cara de estar cansado, debes de estar hecho polvo después de todas esas horas al volante.

—Estoy bien —dice dejando a un lado mi preocupación—. ¿Alguna noticia sobre Alfie?

—Al parecer ha recuperado la consciencia, pero no ha dicho nada. Todavía no he podido ir a verle.

—Yo te llevo. —Echa un vistazo hacia la silla de ruedas—. ¿Ese es tu medio de transporte?

Seb me empuja en la silla por los pasillos del hospital hasta llegar a la UCI sin tan siquiera pararse a tomar un café o descansar un rato. Me emociona su conducta desinteresada.

—Es por aquí —le digo señalando hacia la puerta doble que hay más adelante—. Tenemos que pulsar el timbre para que nos abran.

Antes de que lleguemos a la puerta, se abre y me sorprendo al ver salir la figura de melena rubia de Zoe. Y casi de inmediato me doy cuenta de que no cojea. Se para en seco con una expresión de estupefacción en el rostro que bien podría ser reflejo de la mía propia.

—¿Zoe? Pero qué… ¡no sabía que estabas aquí!

—Hola, Carys —dice y de pronto detecto cierto recelo en su voz. Su mirada se entretiene en el suelo y todo su lenguaje corporal transmite la incomodidad que desde luego está experimentando. Levanta la vista y hace un gesto a Seb—. Hola, Seb.

Seb le devuelve el saludo.

—¿Qué estás haciendo aquí? —le pregunto incapaz de comprender qué hacía en la UCI.

—Esto…, eh… Me he pasado a ver a Alfie. —Fija la mirada en un punto indeterminado entre Seb y yo.

—No entiendo, ¿cómo les has convencido de que te dejen pasar? Se supone que el acceso está restringido y solo permiten la entrada a la familia.

—Lo siento. He dicho que éramos parientes.

Quiero preguntarle a Zoe sobre Hammerton, pero me contengo. Tengo que comprobar un par de cosas antes, repasar los hechos. Un paso en falso y las consecuencias pueden ser desastrosas. En lugar de eso, me obligo a concentrarme en lo que ocurre ahora mismo.

—¿Por qué querías verlo? ¿Por qué no has venido a verme a mí?

Noto la mano de Seb apoyada en mi hombro y que me da un apretoncito, que interpreto como una señal de que me tranquilice, que me relaje.

—Estaba preocupada por él. Me enteré de lo que había pasado. No sé, sentí la necesidad de venir a verle —me explica—. No pensé que fuera buena idea verte a ti. No después de lo que ha ocurrido. He tenido que firmar una declaración.

—Sí, todos lo hemos hecho, pero no te entiendo. —En cuanto pronuncio las palabras, me doy cuenta de lo que está pasando—. ¿Tu declaración me involucra en lo ocurrido? ¿Crees que soy responsable de lo que le pasó a Joanne?

—No creo que deba hablar contigo de esto —dice Zoe. Mira a Seb en busca de apoyo.

—Depende de lo que hayas dicho —responde él.

—¿Qué les has dicho, Zoe?

—Por favor, Carys —dice Zoe. Su rígido lenguaje corporal y

su incapacidad de mirarme a los ojos se acentúa a cada minuto que pasa.

—¡Piensas que yo maté a Joanne! Por el amor de Dios, ¿por qué piensas eso? O, lo que es peor, ¿por qué demonios dirías algo así en una declaración oficial? Pensaba que eras mi amiga.

—Y lo soy. Soy tu amiga, pero también tenía que contar la verdad —dice Zoe—. Lo lamento. Y también lo siento por Alfie. Espero que se mejore pronto.

—Veo que se te ha curado el tobillo —le suelto.

—No era más que una torcedura leve. —Se aparta a un lado y casi se choca con la pared al intentar mantenerse todo lo alejada de mí que puede—. Tengo que irme. Hasta luego, Carys. Seb.

Me vuelvo en mi asiento. A pesar de que llamo a Zoe y le pido que vuelva, no se detiene ni por un momento. Dobla una esquina y la pierdo de vista. Miro a Seb.

—Yo no he hecho nada. ¿Por qué dice eso? —Estoy a punto de echarme a llorar, pero la rabia es más rápida—. Hay que joderse, Seb, no me puedo creer que esté pasando todo esto.

Seb mueve la silla de ruedas a un lado del pasillo y se pone en cuclillas delante de mí, tomándome de la mano.

—Carys, no pasa nada. Mantén la calma. Escucha, no importa lo que diga Zoe, no es más que su opinión. Sin pruebas, nadie puede acusarte de nada. Yo te creo totalmente. No dudo de ti en absoluto.

—¿Y si dicen que es un caso de duda razonable?

—La policía todavía no tiene el informe del forense. Si en él dicen que murió por culpa de una caída accidental, entonces ni siquiera habrá caso.

—Pero ¿cómo se puede probar una cosa así?

—Según el tipo de lesión, las características son diferentes. Los forenses examinarán la escena, ya sabes, en busca de manchas de sangre, cosas contra las que puede haberse golpeado la cabeza… La policía no puede acusar de nada a nadie solo por haber sido la última persona en ver a la víctima con vida.

—Pero me has dicho que estoy bajo sospecha. Todos piensan que tengo un móvil.

—¿Y lo tienes?

Me muerdo el labio. No le he contado a Seb lo de Ruby y Darren y lo que ocurrió entre nuestras familias.

—Mira, debería habértelo dicho antes, pero la hija de Joanne se encaprichó durante un tiempo con Darren, ya hace mucho. Él era su profesor en la universidad. Joanne y Tris se enfrentaron a nosotros por ello, pero lo hablamos y se solucionó todo. No fue más que un malentendido por parte de los Aldridge. Ya hacía mucho tiempo que estaba todo olvidado. O eso pensaba yo.

En cuanto termino, me doy cuenta de que he decidido conscientemente no contarle a Seb toda la verdad. ¿Cómo iba a hacerlo? Es mejor para los dos que él no lo sepa.

—De acuerdo —dice Seb mientras enarca las cejas ligeramente.

—Al parecer, Joanne no estaba preparada para dejar el tema correr. Así que había planeado volver a enfrentarse a mí este fin de semana. Francamente, Seb, es una locura. Hasta llegó a organizar un estúpido juego para vengarse de todas nosotras. De mí por apoyar a Darren en todo el tema de Ruby. De Andrea por dejarla al margen en la compra del gimnasio, y de Zoe, ojo al dato, por tener una aventura con Tris.

Las cejas de Seb se elevan un poco más.

—Guau. ¿Es verdad?

—Hay cierto grado de veracidad en las tres acusaciones.

—Así que todas tenéis móviles potenciales.

—Sí, así que ¿por qué soy yo la única a la que están tratando como sospechosa principal?

—Doy por hecho que le has contado todo esto a la policía, ¿verdad?

Hago una mueca.

—No. No quería que todo saliera a la luz.

—¡¿Cómo?! Por Dios, Carys, tenías que habérselo contado a

Chilton. Tarde o temprano lo van a descubrir, y al habértelo callado, va a parecer que quieres ocultar algo.

—Lo sé. No pensaba con claridad. No quería tener que lidiar de nuevo con todo ese tema de Darren y Ruby. No salgo muy bien parada.

—Tienes que contárselo a Chilton. Al darles un móvil a las demás tú dejarás de estar sola en el punto de mira.

—Vale. Le llamaré. Me dejó su tarjeta por si recordaba algo más.

—No estoy sugiriendo que mientas, pero ¿quizá el golpe en la cabeza hizo que lo olvidaras temporalmente?

Seb me dedica una mirada que habla por sí sola y que yo traduzco mentalmente.

—Sí, eso ha sido. Un poco de amnesia.

Seb me da un toquecito en la pierna.

—Preguntaré por ahí a ver si averiguo algo, extraoficialmente, claro. Estoy seguro de que los agentes están siendo muy rigurosos y están considerando todos los móviles posibles —dice Seb—. ¿Y qué hay de Tris? La pareja siempre suele ser el sospechoso principal. Si estaba liado con Zoe, entonces él también tiene un móvil.

—No lo sé. Me vino a ver esta mañana. Defendía su inocencia.

—Joder. Tiene que mantenerse alejado de ti —dice Seb levantándose—. Puedo hablar con él, si quieres.

—No te preocupes. Le he dejado bien claro que no es bienvenido. —Dejo escapar un largo suspiro—. Vayamos a ver a Alfie.

Unos minutos más tarde nos abren la puerta de acceso a la UCI. En la pared, junto al sector de enfermería, hay un tablón de anuncios en el que figuran las fotografías del personal de enfermería y sus nombres. Busco a la enfermera de Alfie, Dawn. Tiene unos treinta años y cierto aire maternal, lo que hace que me pregunte si he sido la mejor madre posible para Alfie o si, por el contrario, carezco de ese inidentificable e impreciso instinto maternal. ¿Acaso ese es el motivo por el que Alfie ha terminado en cuidados intensivos?

Nos limpiamos las manos con gel desinfectante antes de entrar en la habitación de Alfie. Dawn está con él.

—Anda, mira, Alfie, tienes visita —dice animadamente mientras le coloca la sábana—. Le hemos bañado y espero haberle peinado bien. —Mira a Alfie—. No me odies.

Seb empuja mi silla junto a la cama de mi hijo y me ayuda a ponerme de pie para que pueda verle bien. Me doy cuenta de que Seb y Dawn desaparecen, dejándome a solas con Alfie.

Con mi mano buena, le toco la mano.

—Hola, Alfie. ¿Cómo te encuentras?

La pausa que hago a la espera de una respuesta es automática, y recuerdo que el médico me ha advertido de la aparente falta de habla de Alfie. Observo sus ojos. Me miran directamente, taladrándome. Su mirada tiene tal intensidad que me obliga a apartar la cabeza ligeramente y de manera totalmente involuntaria. Pestañea, pero no deja de mirarme.

Soy la primera en romper el contacto visual y reparo en la venda que lleva alrededor de la cabeza. Sus heridas parecen superficiales y no reflejan los daños que ha sufrido en su interior. Me dan náuseas y busco a mi alrededor el baño por si lo necesito urgentemente.

Dawn vuelve a entrar en la habitación con un taburete de patas ajustables.

—He pensado que quizá estarías más cómoda sentada —dice mientras ajusta la altura de las patas—. No quiero que te me desmayes.

—¿Cómo está? —le pregunto.

—Está portándose muy bien, ¿verdad, Alfie? —dice Dawn guiándome hacia el taburete—. Estamos bastante seguras de que puedes oírnos. Solo que todavía no estás listo para hablar, ¿a que sí, Alfie? —Hace contacto visual con él todo el tiempo, lo llama por su nombre y le sonríe. Ahora se dirige a mí—. Háblele como haría normalmente. —Echa un vistazo a la pantalla del monitor cardiaco y ojea el impreso—. Mire —Señala la gráfica en la pantalla—. Esto ha ocurrido hace cinco minutos, cuando entró. Su ritmo cardiaco aumentó. Eso podría indicar que sabe que está usted aquí. Es buena señal, quiere decir que responde a su entorno.

Dawn nos deja a solas de nuevo y dirijo la mirada a Alfie.

—Ojalá me hubiera dado cuenta antes de lo que intentabas decirme —le digo y me pregunto si es verdad. Miro hacia el monitor cardiaco y la línea de la gráfica que Dawn me acaba de señalar que marca el ritmo cardiaco en numerales rojos en un extremo. Los números suben y bajan de vez en cuando, pero la tendencia general es de ascenso—. Por favor, intenta descansar —le digo intentando pensar qué decirle que no le altere—. La abuela está volando de vuelta a casa. Vendrá a verte tan pronto como pueda.

Alfie aparta la mirada y, en lo que parece una acción intencionada, cierra los ojos. Si pudiera verbalizar dicha acción, me diría que me fuera, que me largara de allí. Ya no quiere hablar conmigo. Es el equivalente a marcharse de la habitación y dar un portazo.

Me siento a su lado durante otros diez o quince minutos, pero se ha quedado dormido. No puedo evitar sentirme dolida y rechazada. Incluso en los momentos difíciles, cuando está en una situación tan vulnerable, sigue sin querer saber nada de mí. Nunca me va a perdonar por lo que he hecho.

Seb asoma la cabeza por la puerta.

—¿Estás bien? —me pregunta en susurros.

—¿Podemos irnos? —Me acomodo en la silla de ruedas y Seb me empuja por la habitación.

—Dale tiempo —dice Seb mientras abandonamos la UCI.

—Llevo dándole tiempo desde hace dos años —le digo—. Pensaba que ya estaban las cosas bastante mal, pero creo que hemos pasado al siguiente nivel.

—Venga, vayamos a la cafetería y pidamos una taza de té.

—No. Espera. Quiero ir a ver a Andrea —digo levantando la mirada hacia Seb.

—¿Crees que es buena idea?

—No lo sé, pero necesito verla. Si Zoe ha ido a ver a Alfie, tiene que haber ido a ver a Andrea. Quiero saber qué piensa de todo esto.

—Vale, si estás segura…

—Totalmente. Andrea es mi mejor amiga. Y de todos modos quiero saber cómo está.

Enfilamos hacia el pabellón general en el que está ingresada Andrea y la encontramos en su cama, situada en el rincón más alejado de la habitación. Está sentada con las piernas tapadas por una manta azul que oculta la pierna derecha escayolada. Colin, su marido, está sentado junto a ella.

—¡Carys! No te esperaba —dice—. Hola, Seb.

—Quería venir a ver cómo estabas. Hola, Colin —digo mientras Seb me acerca un poco más a la cama. Me levanto y me inclino hacia ella para darle un abrazo. Resulta una maniobra algo incómoda y muy falta de gracia—. No sabes lo contenta que estoy de que estés bien. Quería volver a por ti, pero no pude. Tenía que ir a por ayuda. —Las palabras me salen a borbotones involuntariamente.

—No pasa nada. Me encontraron rápido —dice ella.

En esta ocasión no hay taburete, así que me vuelvo a sentar en la silla de ruedas.

—Tengo que hacer una llamada —dice Seb sacando el móvil del bolsillo—. Vuelvo en un momento.

Andrea y yo intercambiamos una mirada.

—Muy sutil —dice ella—. En fin, ¿cómo te encuentras?

—No es para tanto.

—Me he enterado de lo de Alfie. Me lo ha contado Zoe. Lo siento mucho, Carys. Espero de verdad que se mejore.

—Gracias. —Miro hacia mi mano vendada y pienso en la cabeza vendada de Alfie. No es la primera vez que me pregunto cómo es posible que hayamos llegado a esto.

—¿La policía ha hablado contigo? —me pregunta.

—Sí. Esta mañana. Un tal inspector jefe Chilton.

—El mismo que habló conmigo —dice Andrea—. Me hizo preguntas acerca del fin de semana. Que si cuándo vi por última vez a Joanne; que si os había visto hablar a las dos en el jardín…

—¿Y qué le dijiste?

—La verdad. La última vez que vi a Joanne fue cuando regresamos del paseo en kayak por el puñetero río, y que, por lo que sé, estuvo en su habitación hasta que Zoe la encontró fuera. —Andrea hace una pausa y respira hondo—. Joder, Carys. ¿Qué demonios ha pasado este fin de semana? ¿Soy yo o me parece que estamos viviendo en algún tipo de extraña realidad alternativa? Sigo sin poder creerme que esté muerta. Estoy como a la espera de que Joanne atraviese esa puerta en cualquier momento y nos diga que todo fue una de sus malditas bromas.

—Ojalá —digo—. Lo que no entiendo es qué hacía Alfie allí.

Colin tose y se remueve inquieto en su asiento.

—Carys, acerca de eso… Lo siento. Los chicos querían ir a una fiesta el sábado por la noche, al otro lado de la ciudad. Dijeron que cogerían el bus hasta allí, se encontrarían con unos amigos, pasarían la noche con ellos y volverían a casa el domingo.

—¿Una fiesta? No sabía nada de eso —digo y entonces me pregunto por qué me sorprendo tanto. Ni que Alfie me mantenga al tanto de todos sus movimientos—. ¿Dónde era la fiesta?

—No lo sé exactamente. —Colin mira a Andrea. No sé si en busca de apoyo o para disculparse—. Bajaron al pueblo el sábado por la mañana. Yo fui al *pub* a ver el fútbol. Cuando llegué, como a eso de las cinco y media, ya se habían marchado. Bradley me mandó un mensaje diciéndome que nos veríamos el domingo.

—¿Y no te preocupaba no saber dónde estaban? —le pregunto.

Otra pausa.

—La verdad es que no. Son jóvenes. Pensé que les vendría bien algo de rienda suelta. —Detecto cierto tono defensivo en la voz de Colin—. Sé cómo es Andrea. Todo el día encima de Bradley, queriendo saber en todo momento dónde está, qué está haciendo y con quién, y todo eso. Los jóvenes necesitan volar del nido, así que les dejé hacer sus propios planes, para variar. Mi madre no tenía ni idea de dónde me metía cuando tenía su edad.

—En este momento es cuando me veo en la obligación de disculparme por el pedazo de idiota que tengo por marido —dice Andrea. Está claro que ya ha tenido esta misma conversación con Colin, que agacha la cabeza arrepentido—. Quédate tranquila, Carys, le he explicado bien clarito por qué tenemos teléfonos móviles y escribimos a nuestros hijos para interesarnos por lo que hacen cuando están por ahí.

Pongo los ojos en blanco, coincidiendo con ella.

—Bueno, llega el domingo y no hay ni rastro de Alfie. ¿Qué hiciste? —le pregunto.

—Nada. Envió un mensaje diciendo que volvería el lunes, que se quedaba en casa de otro amigo.

—¿Y no lo llamaste para comprobarlo? ¿O les preguntaste a los padres de ese amigo si les parecía bien? —pregunto.

Colin hace una mueca.

—Confié en él. Lo siento.

—¿Le has dicho esto a la policía? —le pregunto.

—Entiendo que a ti tampoco te dijo nada, ¿no?

Niego con la cabeza.

—Alfie es como una máquina Enigma y, desafortunadamente, no tengo el código para descifrarla.

Permanecemos en un incómodo silencio hasta que Andrea habla, cambiando de tema.

—El inspector me preguntó acerca de lo que ocurrió en el camino cuando me caí. —Detecto cautela en su voz.

—¿Y? —apunto mientras los músculos de mi abdomen se contraen para recibir el golpe.

—Quería asegurarse de que mi caída fue accidental. —Dice las palabras con cuidado.

Me siento más erguida en mi silla.

—Y lo fue. Lo sabes, ¿no?

Duda una fracción de segundo.

—Eso es lo que le he dicho.

—Pero lo fue. Traté de impedir que te cayeras, pero no pude agarrarte. —Observo cómo Andrea y Colin se miran—. Andrea, te estoy diciendo que fue un accidente.

—Eh, no levantes la voz —dice Colin, de pronto erigiéndose como el macho alfa en lo que presupongo que es un intento por reestablecer parte del respeto perdido a ojos de su mujer. Se levanta de su asiento—. Andrea necesita descansar.

—¿Andrea?

Miro a mi amiga.

—Estoy cansada, Carys. Tú también pareces estarlo. Tienes un montón de historias con las que lidiar ahora mismo. Descansa un poco.

Cierra los ojos y, por segunda vez en lo que va de tarde, me echan de la habitación con la misma acción insignificante.

MIÉRCOLES

CAPÍTULO 35

A la mañana siguiente me dan el alta, gracias a Dios, aunque bajo la condición de que no me quede sola. Seb se ha portado fenomenal y ha podido arreglarlo todo en el trabajo para pedir un día más libre, así que me puede llevar a casa y quedarse conmigo hasta que llegue mi madre.

—¿Ya sabes cuándo trasladan a Alfie? —pregunta Seb mientras me ayuda a ponerme la ropa que me ha comprado en el supermercado de la zona.

Me enternece que haya acertado con la talla, y aunque no sean más que un par de pantalones flojos y una camiseta, son totalmente de mi estilo. Me conoce bien y este pequeño acto de amabilidad actúa como un bálsamo en mi corazón hecho trizas.

—Están esperando a que les confirmen que hay una cama libre en el pabellón de neurología de Southampton —respondo mientras me calzo un par de suaves zapatos de lona con cordones, que, de nuevo, son de mi número y van totalmente con mi estilo—. Están mejor equipados que aquí y queda a menos de una hora en coche de mi casa.

—¿Quieres ir a verlo antes de irnos?

—No te preocupes, he ido a verlo temprano.

—¿Cómo se encuentra?

—Despierto a ratos. Todavía no ha hablado. —Me entretengo

más de la cuenta en el zapato, ya que me siento incapaz de mirar a Seb.

—Estará mejor en Southampton, son especialistas, ¿no?

Se sienta a mi lado en la cama y me pasa un brazo sobre los hombros para reconfortarme. Me niego el lujo autocomplaciente de fundirme en su abrazo. Tengo que ser fuerte. Le sonrío con intención de mostrarme optimista y agradecida, pero apenas logro parecer resignada.

—Eso espero —respondo finalmente.

En cuanto me levanto para marcharnos y Seb recoge la bolsa con mis efectos personales, alguien llama a la puerta y me pilla desprevenida ver al inspector Chilton en la puerta.

—Ah, estupendo, sigue aquí —dice saludando a Seb con un movimiento de cabeza—. Esperaba pillarla antes de que se marchara.

—¿Va todo bien? —pregunta Seb dejando la bolsa en el suelo.

—Sí, solo que ha habido algún avance y necesito cotejar un par de datos. —Chilton me mira—. ¿Le parece bien, Carys?

—Por supuesto.

Me siento en la cama y Seb se acomoda a mi lado, lo que interpreto como un gesto de solidaridad. Chilton queda en una posición algo inferior al sentarse en la silla que hay junto a la cama.

—Me alegra verla levantada —dice—. ¿Cómo se encuentra?

—Mejor —respondo pensando que ojalá se saltara todas las formalidades y fuera al grano.

—Las enfermeras me han puesto al día sobre Alfie. Esperaba poder interrogarle, pero entiendo que, tal y como están las cosas, todavía no puede ser.

—¿Interrogarlo? ¿Por qué iba a querer hacer eso? —Un sentimiento de alarma me golpea.

—Tengo que hablar con todos los involucrados en el caso —dice Chilton—. Para que no quede ningún cabo suelto. —Mira a Seb y continúa—: Quiero preguntarle acerca de los kayaks y el río.

—¿Es necesario? —pregunta Seb—. La situación es bastante delicada.

—Me temo que sí —dice Chilton—. Ya sabes cómo van estas cosas.

Percibo que Seb está a punto de protestar de nuevo, pero le ahorro las molestias.

—Está bien. Por favor, inspector, continúe.

Chilton se aclara la garganta antes de hablar.

—Cuando usted y Alfie se decidieron a atravesar los rápidos, ¿de quién fue la idea? ¿Qué les llevó a escoger esa ruta?

—Eh… no estoy segura —digo tratando de ganar unos segundos para intentar adivinar a dónde quiere llegar Chilton—. Creo que nos vimos atrapados por la corriente. Parecía más fácil de lo que finalmente resultó ser. Todo ocurrió tan deprisa que no tuvimos tiempo de pensar en ello, y mucho menos discutirlo.

—Hemos recuperado los dos kayaks. Estaban río abajo. Sorprendentemente sobrevivieron a los rápidos —dice Chilton. Saca su libreta de bolsillo y pasa un par de páginas—. Refrésqueme la memoria, ¿en qué kayak viajaban usted y Alfie?

—En el rojo.

—¿Y usted iba delante?

—Correcto.

—¿Recuerda el color de los remos que utilizaron?

—Eh… Los rojos, creo.

—¿Está segura de ello?

—Hasta donde recuerdo, sí.

—Y antes de llegar a los rápidos, ¿iba todo bien? ¿Tuvieron algún accidente o percance en el camino?

—No, me parece que no.

—¿Está segura?

Miro a Seb en busca de confirmación. No sé por qué, pero siento como si me estuvieran tendiendo una trampa, una en la que no podré detectar el mecanismo oculto.

—¿A qué viene eso? —pregunta Seb.

—Hemos encontrado sangre en el kayak. —Chilton no aparta la vista de mí—. ¿Tiene idea de cómo ha podido llegar hasta ahí, Carys?

—¿Sangre? —repito. Empiezo a notar una especie de tic en el rabillo del ojo. Vuelvo a pensar en el kayak—. Ah, sí, disculpe. Tuve un accidente. Me olvidaba. Así debió de ser cómo me hice daño en la cabeza. Me golpeé con la pala cuando estaba remando.

—Debió de ser todo un golpe.

—Sí, dolió bastante.

Seb me aprieta la mano.

—Supongo que el pánico y la adrenalina debieron de bloquear el dolor —dice Seb—. Es increíble cómo reacciona nuestro cuerpo cuando tu vida corre peligro.

Chilton frunce los labios y asiente, aunque sospecho que es en respuesta a algún pensamiento que le ronda por la cabeza más que por mostrar acuerdo con Seb.

—La cuestión es que la sangre estaba en el remo amarillo. No en el rojo, que usted dice que estaba utilizando.

Me quedo sin habla mientras intento procesar lo que Chilton está diciendo y las posibles implicaciones que puede tener, y me pregunto si ya habré caído en la trampa.

—Lo siento, es difícil hablar del tema, tratar de recordarlo todo claramente. Supongo que estaría utilizando el remo amarillo. No lo recuerdo. Estoy bastante confundida.

—¿Podríamos dejar el interrogatorio aquí? —pregunta Seb—. Es muy duro para Carys.

—Lo lamento, pero tengo que hacerle estas preguntas para hacerme una imagen clara de lo que ocurrió. No estaría cumpliendo con mi deber si no lo hiciera.

—Sin embargo, yo creo que Carys ha tenido suficiente por hoy —insiste Seb. Nunca lo había visto tan inflexible—. Sigue en estado de *shock*.

—Solo una pregunta más —accede Chilton poniéndose en pie—. ¿Sabía que Alfie estaba acudiendo a terapia con Tris Aldridge?

Doy una brusca bocanada de aire al levantar la cabeza de golpe y encontrarme con la mirada de Chilton.

—¿Cómo? ¿Tris era el terapeuta de Alfie?

—Sí. Me tomo su reacción como que no estaba al tanto.

—No, en absoluto. Nadie me lo dijo. —Me quedo perpleja ante la revelación y, al mismo tiempo, no me sorprende el engaño de Alfie—. ¿Cuánto tiempo llevaba Tris tratando a Alfie? ¿No se trata de un caso de conflicto de intereses?

—Según el expediente médico, Tris Aldridge aceptó el puesto hace varios meses. He hablado con su secretaria y, según parece, Tris le dijo específicamente que no la informara, siguiendo instrucciones de Alfie.

—No tenía ni idea —digo—. Para nada.

—El antiguo terapeuta de Alfie, el doctor Graeme Huntingdon, se sentía cada vez más incómodo con esta decisión y nos ha dicho que le escribió para contárselo. ¿Recibió alguna carta de él? Estaba preocupado al respecto y le pareció que debía usted estar al tanto.

—¿Qué preocupaciones? ¿Le dijo algo? —pregunta Seb.

—Solo que le parecía que había un conflicto de intereses y que Tris Aldridge y Alfie parecían tener una relación muy estrecha. Discutió con Aldridge al respecto y, como resultado, terminó decidiéndose a contactar con usted. Según dice, desearía haberle escrito antes —explica Chilton—. ¿Recibió una carta?

Niego con la cabeza. Estoy segura de que recordaría una carta así.

—No creo. ¡Un momento! Sí que me llegó una carta, justo el día antes de marcharnos.

—¿Era del doctor Huntingdon? —presiona Chilton.

—No lo sé. No llegué a abrirla. La dejé a un lado y me distraje con la invitación de Joanne y los detalles del fin de semana.

—Me llevo una mano a la boca para intentar reprimir el temblor de mi labio.

Chilton saca del bolsillo una hoja A4 doblada por la mitad.

—Tengo una copia aquí. La secretaria de Huntingdon me la envió por correo electrónico.

Cojo el papel y lo desdoblo.

Estimada señora Montgomery:

Como sabe, he estado tratando a su hijo Alfie desde hace algún tiempo, y ha estado acudiendo a mi consulta regularmente para someterse a sesiones de terapia. Sin embargo, hace tres meses Alfie tomó la decisión de que no deseaba continuar reuniéndose conmigo y me preguntó si podía acudir a la consulta del doctor Tristan Aldridge en mi lugar.

Según tengo entendido, el doctor Aldridge es amigo íntimo de la familia, y aunque no es del todo inmoral, siento que es mi deber informarla. Es, por supuesto, un derecho de Alfie escoger a quien desee que le trate, pero me siento en la obligación de avisarla de este reciente cambio.

Atentamente,

Dr. Graeme Huntingdon, licenciado en Ciencias con honores.

Seb coge la carta de mi mano y la lee.

—¿Es importante para la investigación? —pregunta—. ¿Crees que tiene alguna relación?

—Es una línea de investigación que estamos siguiendo —responde Chilton.

CAPÍTULO 36

El trayecto de vuelta a casa fue largo y duro. Me dolía la muñeca y tenía la espalda hecha polvo por culpa de los golpes que me di contra las rocas en los rápidos. Los baches de la calzada me hacían estremecerme contra el asiento, provocándome escozor en los arañazos de la espalda. Ojalá hubiera dejado que la enfermera me los vendara, pero tenía tanta prisa por salir del hospital que se lo impedí.

En un principio mi intención había sido ir con Alfie, pero al trasladarle en avión a Southampton, el espacio para pasajeros estaba restringido. Al final, me limité a observar cómo lo metían en la ambulancia aérea con la esperanza de que permaneciera sedado todo el viaje.

Seb me ayuda a acomodarme en el salón y me trae una taza de té mientras escucho el mensaje que me ha dejado mamá en el contestador.

—Está de camino —digo mientras acepto la taza que me tiende—. Cuando aterrice, vendrá directa a casa. Debería llegar sobre las seis. —Seb intenta mirar discretamente el reloj. Sé que pronto tiene que volver al trabajo—. No pasa nada, no necesito niñera. Estaré bien.

—Podría llamar al trabajo e intentar que me dejen empezar el turno más tarde —dice.

Por su expresión de preocupación, apenas disimulada, sé que no es algo que le apetezca. No porque no quiera quedarse conmigo, sino porque está sometido a mucha presión en el trabajo.

—De verdad, Seb, estaré bien. No serán más que un par de horas, como mucho. Me dará tiempo a echarme una siestecita antes de que llegue mamá. Porque en cuanto ponga un pie en casa no me va a dejar ni a sol ni a sombra, y necesito un poco de tiempo para mentalizarme.

Es un débil intento por quitarle importancia. Efectivamente, mi madre va a estar pendiente de mí en exceso, rayando lo insoportable, y no sé a ciencia cierta si seré capaz de lidiar con ello.

Seb se sienta a mi lado y vemos la tele juntos, aunque creo que ninguno de los dos está prestándole atención. Es agradable estar así, sentados en silencio, sintiéndome a salvo con Seb a mi lado. No dejo de pensar en Alfie, y me pregunto qué se le estará pasando por la cabeza. Aunque no hable, está consciente y pienso en si será capaz de procesar pensamientos. ¿Recordará lo que ocurrió en el río? Y si es así, ¿cómo se sentirá al respecto? El hospital llamó para decirme que llegó sano y salvo y que están acomodándolo. Mañana iré a visitarlo con mamá.

Doy una cabezada y el duermevela trae a mi mente imágenes de Alfie de cuando era pequeño. Cuando me despierto, experimento un dolor real en el pecho al recordar aquellos años mágicos. De pronto, siento la imperiosa necesidad de mirar sus fotos de bebé y de su infancia. Necesito tiempo para llorar a Alfie. He perdido al hijo que traje al mundo y vi crecer, y ahora solo me queda alguien al que ni reconozco ni entiendo. Sigo queriéndolo, pero me destroza pensar en lo ocurrido. Necesito tiempo a solas con mis pensamientos y emociones, incluso con aquellos que me avergüenza admitir en voz alta. Y no podré hacerlo con mamá revoloteando a mi alrededor. No lo entendería. Desde luego que estará todo el tiempo pendiente de mí, sobreprotegiéndome, regalándome palabras de compasión y abrazos de consuelo cuando las palabras no basten, pero no podrá entenderme de verdad. ¿Cómo podría? Nunca ha pasado por lo que he pasado yo. Soy su única hija y siempre la he querido y respetado. Mamá no entendería el alcance del dolor emocional que siento, ni las cicatrices que sin duda dejará en mí.

Quiero perderme en las fotografías de Alfie de antes de la muerte de Darren, cuando era un bebé, cuando dio sus primeros pasos y se convirtió en un niño alegre y después en un adolescente desenfadado. Quiero empaparme de esas instantáneas, absorber y atesorar esos momentos felices y todo ese amor mutuo. Necesito evocar esos sentimientos, recordarme a mí misma que una vez tuve un hijo que me quería. Me ayudará a sobrellevar las emociones con las que me veo obligada a lidiar ahora y las que están por llegar. O, al menos, eso espero. No tengo muy claro cómo voy a ser capaz de superar todo esto.

Todo lo bueno dura poco y, antes de que me dé cuenta, Seb me despierta con dulzura.

—Lo siento, Carys, pero tengo que irme —dice y me da un beso en la coronilla.

Me acurruco junto a él con la mejilla apoyada contra su pecho firme y aspiro el fresco y estimulante aroma de su gel de ducha. Ojalá pudiera quedarse, pero no quiero que se sienta presionado. Ya ha hecho mucho por mí.

—Te voy a echar de menos —digo.

—Joder, y yo a ti. Y voy a estar preocupado. ¿Seguro que estarás bien?

—Sí, por favor, no te preocupes. —Miro mi reloj de pulsera—. Mamá no tardará nada en llegar.

—Podría quedarme a esperarla —insiste Seb.

Es tan considerado…, pero ahora mismo no le necesito y no tengo valor para decírselo.

—Por favor, Seb, agradezco tu preocupación, pero te prometo que voy a estar bien. Te lo juro. Además, no me van a venir nada mal una o dos horas para mentalizarme para la llegada de mamá. Al fin y al cabo, ella también tendrá que hacer frente a lo que le ha ocurrido a Alfie. —Dejo entrever un ligero tono de irritación en estas últimas palabras, e inmediatamente lo lamento cuando observo un fugaz destello de sufrimiento en el rostro de Seb—. Gracias de todas formas —añado para suavizar el golpe.

—Lo siento. Me voy, pero si me necesitas, llámame y estaré de vuelta. —Me besa y me abraza por enésima vez—. Recuerda cerrar con llave la puerta en cuanto me vaya. Te llamaré en cuanto llegue al trabajo.

—Ten cuidado —le digo acompañándole a la puerta de entrada.

Seb recoge su bolsa de viaje y se detiene en el escalón de acceso a la vivienda.

—Te quiero, Carys.

Le observo arrancar el coche y alejarse por la calle. Cierro la puerta, echo la cerradura de tambor y la cadena. Me prepararé un baño y repasaré las fotos de Alfie en el piso de arriba.

En el baño, vierto un poco de mi gel favorito bajo el chorro de agua. El dulce aroma a coco inunda el aire húmedo. Mi bañera tarda bastante en llenarse, así que me entretengo en el dormitorio eligiendo un pijama limpio. Lo ideal sería que pudiera lavarme la cabeza, pero no sé si seré capaz de arreglármelas con una sola mano. Quizá lo mejor sea esperar a que mañana me ayude mamá.

Escucho el sonido de mi nuevo teléfono móvil, que le pedí expresamente a Seb que me comprara, procedente del salón, en la planta baja. Me apresuro por las escaleras y cojo el aparato. Es mamá.

—Cuánto lo siento, cariño. El vuelo ha llegado con retraso y ahora el tráfico está fatal. No llegaré a tu casa hasta por lo menos las nueve de la noche, ¿de acuerdo?

—Claro, no te preocupes — digo—. ¿Estás conduciendo?

—Tengo puesto el manos libres —responde. Escucho un

impaciente sonido de claxon—. ¡Imbécil! No es a ti, Carys. Un idiota en un BMW se me acaba de cruzar para cambiar de carril.

—Mira, mamá, mejor colgamos. Concéntrate en conducir y ya te veré cuando llegues. No corras.

Cuelgo y dejo el teléfono en el brazo del sofá, entonces, por el rabillo del ojo veo algo que sobresale por un lado. Es la bolsa del hospital con todo lo que llevaba encima cuando me rescataron.

Me la llevo a la cocina y vacío su contenido sobre la superficie de madera de la mesa. Ayer le entregaron mi ropa a Seb y ahora languidece en la lavadora, a la espera de que llegue mamá y se encargue de ella. Insistió mucho en que no hiciera nada y, francamente, no tenía energía para contradecirla. Sé que dejar a mi madre ayudar en algo práctico le proporcionará mucha satisfacción y la hará sentirse útil.

Entre mi ropa encuentro la pequeña bolsa impermeable que llevaba Alfie cuando cogimos los kayaks. Noto la boca seca mientras paso los dedos por el plástico. Recorro el contorno del teléfono móvil. El teléfono de Alfie. Solo una persona sabe que lo tengo y desea tanto como yo que no llegue a manos de la policía.

Saco el móvil de la bolsa y me lo guardo en el bolsillo. Lo esconderé al fondo de mi armario, en la misma caja en la que guardo otra bomba de relojería cuyo tictac silencioso no se detiene. Aunque no comprendo del todo su importancia, me da la impresión de que está a punto de estallar en cualquier momento, una sensación que se va haciendo más fuerte cada vez que pienso en ella.

—Hammerton —digo en voz alta.

Vuelvo a subir las escaleras hacia mi dormitorio, haciendo una parada en el baño para cerrar el grifo de la bañera. El armario empotrado está frente a mí. Darren pidió que nos lo hicieran a medida para aprovechar al máximo el espacio a cada lado de la chimenea. Deslizo la puerta derecha. Esta parte del armario, la más próxima a la campana de la chimenea, tiene cajones. El cajón de arriba del todo es la mitad de profundo que los otros tres y, a primera vista, lleno de ropa, de calcetines en este caso, es imposible darse cuenta del falso fondo. Saco el cajón completamente y queda a la vista un pequeño escondite secreto, del tamaño justo de una caja fuerte como las que tienen en las habitaciones de los hoteles. Introduzco el código y la lucecita led roja se pone verde.

Hace casi dos años que no abro la caja fuerte. Los fantasmas de mi pasado han sido recluidos en un oscuro rincón de mi dormitorio, un lugar similar al que han estado enterrados en mi mente. Cierro los ojos, respiro hondo y abro la caja.

En su interior hay un sobre tamaño A4 con la palabra «Privado» estampada y mi nombre escrito de mi puño y letra.

Sentada a mi tocador, vacío el contenido sobre la superficie de cristal. Un recorte de periódico, la fotocopia de un perfil de estudiante de la universidad, una pluma y una pequeña tarjeta, parecida a las que suelen acompañar a los ramos de flores que te regalan por tu cumpleaños. O tu funeral.

Pienso en el funeral de Darren y en la multitud de estudiantes que vinieron a despedirse de él. Me había parecido especialmente enternecedor ver a toda aquella gente con la que Darren había tenido una afinidad real allí congregada; ser testigo de cómo su afecto por ellos era claramente mutuo. Me había sentido obligada a consolar aquellos corazones rotos, a pesar de que el mío estaba hecho pedazos. Fue un momento muy emocionante, y estoy segura de que aquel gesto les hizo tanto bien a ellos como a mí.

Sin embargo, cuando me alejé del grupo, vi a otra estudiante. No se había percatado de que la observaba. Lo primero que me llamó la atención de ella fueron sus ojos, la pena y la desdicha que albergaban, y el dolor claramente dibujado en su rostro; eso y varios mechones de cabello trenzados, entrelazados con tiras de colores, recogidos con una pluma en el extremo. Me había acercado a ella para ofrecerle algo de consuelo, pero en cuanto la saludé y le pregunté si ella también era alumna de Darren, se puso tan pálida que pensé que se iba a desmayar. Entonces se alejó de mí dando dos o tres pasos de espaldas antes de darse media vuelta y salir corriendo del cementerio. No fue hasta más tarde, después de revisar los papeles de Darren, cuando encontré una copia de su perfil de estudiante. Leah Hewitt. Había sido capaz de encontrarla en Facebook, pero sus ajustes de privacidad me impedían averiguar nada más.

Había preguntado por ella en la universidad, pero me dijeron que había abandonado los estudios y que incluso aunque tuvieran una dirección de contacto, el personal administrativo no podría facilitármela. Cuando volví a buscar su cuenta de Facebook había sido dada de baja.

Había algo en Leah Hewitt que me hacía pensar que no era una estudiante más. Para empezar, parecía querer mantenerse al margen del resto, pero no solo eso me había llevado a querer encontrarla. Había algo en sus ojos, un nivel de emoción más profundo, que me alteraba. Algo con lo que sabía que tendría que lidiar en algún momento. Quizá no entonces ni en los días inmediatamente siguientes al funeral, pero sabía que más tarde o más temprano volvería a mi vida. Nunca había conseguido encontrarla, y como estaba atrapada lidiando con las consecuencias del suicidio de Darren, aunque no me olvidé de ella, la dejé a un lado y me concentré en ocuparme de mi propio hijo, que me necesitaba.

Cojo la pluma. La había encontrado en el suelo del coche de Darren, en el lado del copiloto, unas semanas después de su funeral. Había estado aspirando el coche cuando vi la pluma multicolor sobresaliendo bajo el asiento, entre el enganche del cinturón de seguridad y la consola central. Cuando alguien encuentra una pluma, se dice que es una señal que indica que un ser querido fallecido está de visita. En un inusual gesto sentimental, había guardado la pluma y me la había llevado a casa. No fue hasta más tarde cuando todo cobró sentido.

Dirijo mi atención a la copia del perfil de estudiante. Al inicio del curso académico, cuando los estudiantes regresan a la universidad, el personal dispone de registros temporales con una copia de los particulares de cada alumno y una fotografía. Una vez pasadas las tres primeras semanas, cuando los estudiantes ya se han matriculado, los registros temporales son reemplazados por otros digitales permanentes. Recuerdo haber pensado que debía existir una razón por la que él había conservado el de esta chica, pero mi cerebro había estado totalmente nublado a causa de la pena.

Observo la fotocopia en blanco y negro del rostro de Leah Hewitt y estudio cada una de sus facciones, tanto por separado como en conjunto, en busca de un mínimo parecido con alguien. ¿Son los ojos? ¿La nariz? ¿La boca? No lo sé. El nudo en mi estómago se aprieta cuanto más miro el rostro de la joven bajo las palabras *Universidad de Educación Superior Hammerton*.

Ahora que se ha disipado la niebla de la pena y la aflicción, empiezo a vislumbrar las razones por las que él guardó su perfil, veo cómo emergen de los lúgubres y distorsionados vericuetos de mi mente hasta convertirse en el monstruo del que me he estado escondiendo durante estos dos últimos años.

CAPÍTULO 37

Mi cerebro es una madeja de pensamientos que da vueltas en mi cabeza como un vals vienés, mareándome mientras trato de desenmarañarlos. También noto una pesada sensación, como si algo tirara hacia abajo de mi corazón a punto de derrumbarse, precipitarse hacia el interior de mi estómago, tambaleante, a un paso de que todo cobre sentido. Todavía no lo he conseguido, pero cuando el vals se detenga y mi cabeza deje de dar vueltas, cuando mis pensamientos se alineen adecuadamente en el orden correcto, sé que entonces mi corazón se vendrá abajo.

La imperiosa necesidad de hace un rato de revisar las viejas fotos de Alfie me ha abandonado. Solo soy capaz de lidiar con un descubrimiento doloroso a la vez. Como una autómata, bajo las escaleras hacia el salón y revuelvo entre los CD con la esperanza de que la música me ayude a aclarar la mente. Si dejo todas las puertas abiertas podré escucharla desde la bañera. Puede que incluso me ayude a ahogar los recuerdos de Alfie y Darren que me acosan, oscuros recuerdos que nunca se alejan demasiado de la superficie.

La delicada melodía de James Blunt fluye escaleras arriba. Por un fugaz momento desearía haber aceptado el ofrecimiento del hospital de recetarme algo que me ayude a dormir. Mis betabloqueantes se perdieron en el río y al no tener más en casa, me aferro a la alternativa que tengo más a mano y me sirvo una copa de vino.

Debo de haber utilizado más gel de baño del que pensaba, porque una enorme masa de espuma blanca flota en la superficie del agua. Abro la llave del agua fría y la regulo con la del agua caliente.

En cuanto me siento en el borde de la bañera trazando la forma de un ocho en el agua con mi mano sana, experimento la horrible sensación de no estar sola. Me doy la vuelta y casi me caigo de espaldas en la bañera dejando escapar un gritito de sorpresa.

Veo la cabeza de Zoe, que está al pie de las escaleras. Salgo al rellano y la miro mientras me pregunto cómo demonios ha entrado en casa.

—Te dejaste abierta la ventana de la cocina —dice, como si pudiera leerme la mente.

Nos miramos en silencio, y en pocos segundos empiezan a encajar todas las piezas, no solo del fin de semana, sino también de todo lo ocurrido en los dos últimos años y que, muy probablemente, le dieron origen. Me agarro a la barandilla para mantener el equilibrio, ya que las piernas me flaquean.

Y entonces, Zoe empieza a subir las escaleras de dos en dos. Dejo escapar otro grito, con más convicción esta vez, y cruzo el rellano a la carrera hasta llegar a mi dormitorio y cerrar la puerta de un portazo. Enloquecida, miro a mi alrededor en busca de algo con lo que atrancar la puerta, aunque solo sea para ganar unos segundos. La mesilla de noche es mi única opción, pero valiéndome de una sola mano no seré capaz de moverla lo bastante rápido.

—¡Carys! Carys, no seas tonta.

Escucho la voz de Zoe, cada vez más cerca. Ya ha subido las escaleras; oigo cómo cruje la tarima floja del rellano bajo sus pies.

—Vete. Déjame en paz —le grito—. Estoy llamando a la policía ahora mismo.

Chasquea la lengua un par de veces y continúa:

—No mientas. Tengo tu móvil y el fijo está abajo. —Está al otro lado de la puerta del dormitorio—. ¿Qué va a ser? ¿Vas a salir para que podamos hablar o tengo que entrar yo?

Me planteo mantenerme firme y prepararme para emplearme a fondo en una pelea cuerpo a cuerpo contra Zoe, pero con un brazo lesionado y la ventaja en altura de Zoe, las probabilidades no me son muy favorables. Está claro que se ha recuperado por completo de su torcedura de tobillo, aunque ahora dudo que haya estado lesionada. Sospecho que no era más que una treta para desestabilizarme más y una razón para que pudiera quedarse en la casa. Rodeo la cama en dirección a la ventana. ¿Sobreviviré a la caída? Un pequeño porche se extiende a lo largo de la puerta principal y la ventana en voladizo del salón. Frenaría mi caída. Forcejeo con la llave en el cierre de la ventana, maldiciendo la hora en la que insistí en que los instalaran cuando nos vinimos a vivir aquí. Se suponía que los cierres nos protegerían de los peligros procedentes del exterior, pero no fueron diseñados para evitar que me escapara de los peligros que me acecharan dentro de casa.

—¡Parece que voy a tener que entrar! —grita Zoe.

El pomo se mueve y la puerta se abre unos centímetros.

He conseguido abrir el cierre. Agarro con firmeza el cordón de las persianas y tiro de él hacia abajo trazando un ligero ángulo hacia un lado para asegurarme de que se quedan en su lugar, pero antes de que pueda hacer nada más, Zoe rodea la cama y me aparta de la ventana.

—¡Suéltame! —grito tratando de liberarme de su abrazo.

Mi brazo vendado es un impedimento, y mis pies descalzos no causan ningún daño en las espinillas de Zoe. Me agarra del brazo y me lo retuerce contra la espalda infligiéndome un dolor terrible; con la otra mano, me tira del pelo y lo mantiene sujeto haciendo que eche la cabeza hacia atrás antes de que abandonemos la habitación.

—¡Zoe, ¿qué demonios estás haciendo?! —grito llevándome la mano libre al pelo. Si me tira más fuerte, estoy segura de que podría arrancármelo de raíz.

—Te lo he dicho. Quiero hablar contigo. Vayamos abajo, ¿te parece?

—No es que tenga elección —digo—. Por favor, suéltame el brazo, me estás haciendo daño.

—Esa es la idea —dice Zoe. Se detiene en lo alto de las escaleras y por un terrible momento pienso que me va a lanzar por ellas—. Despacito, pasito a pasito.

Zoe me conduce hacia el comedor, pero solo para coger una silla. Me suelta el brazo y, con la mano todavía firmemente agarrada a mi pelo, utiliza la mano libre para arrastrar una silla hasta el recibidor. Me lanza sobre la silla y saca varias bridas de color rojo del bolsillo del pantalón.

En cuanto Zoe me suelta el pelo para atar mi muñeca al brazo de la silla, aprovecho la que puede que sea mi única oportunidad para escapar. Levanto las rodillas y le doy una fuerte patada en el estómago. Zoe gruñe y se mueve hacia un lado, pero no me suelta el brazo, más bien todo lo contrario, me lo aprieta con firmeza a la altura de la muñeca lesionada. Como un atizador al rojo vivo, el dolor me atraviesa y me inmoviliza de inmediato.

—Esos no son modales —dice Zoe mientras amarra con destreza mis muñecas a los brazos de madera tallada.

Chillo y grito, golpeo mis pies y talones contra la tarima de madera con la esperanza de que alguno de mis vecinos me escuche. Al vivir en un chalé sé que es poco probable, pero no puedo quedarme quieta y rendirme a lo que sea que Zoe haya planeado hacerme. No soy tan ingenua como para pensar que lo único que pretende es que mantengamos una amistosa conversación.

—Joder, Carys, ¡déjalo ya! —grita Zoe.

Echa mano de una bolsa que no había visto hasta ahora y saca un rollo de cinta adhesiva *gaffer*. Corta un trozo con los dientes y me la pone con firmeza en la boca.

Zoe se sienta en el suelo y recupera el aliento apoyada contra la pared que tengo enfrente; tiene las rodillas flexionadas contra el cuerpo y los brazos apoyados sobre ellas.

—Estoy agotada —dice—. No tendrías que haberte molestado

en resistirte. Necesitarás conservar toda la energía posible para luego.

No puedo replicar y me esfuerzo por liberar mis brazos, pero las bridas están muy apretadas y mi mano y hombro izquierdos me duelen demasiado como para hacer nada. Decido seguir el consejo de Zoe y guardar fuerzas.

Al rato, Zoe se pone de pie y se sacude el polvo de los pantalones.

—Así, calladita y quietecita, mucho mejor. —Luego, tarareando una cancioncilla que soy incapaz de reconocer, Zoe revuelve en la bolsa que ha traído consigo y saca una cuerda. Se da la vuelta y sonríe—. ¿Te acuerdas de esto?

Los ojos casi se me salen de las órbitas y una nueva oleada de pánico me inunda. Es la misma cuerda que estaba en la casa, la que tenía el lazo del ahorcado anudado en un extremo.

Presa del pánico, observo cómo Zoe sube por las escaleras. Se detiene a medio camino, ata firmemente un extremo en torno a la barandilla, entre dos balaustres, y deja caer el extremo del lazo del ahorcado, que queda colgando frente a mí, a la altura de mis ojos. La visión me hipnotiza. Imágenes de Darren inundan mi mente. No puedo hacer frente a esto. Se me agolpan las lágrimas en los ojos, incontenibles, y noto cómo descienden en cascada por mi rostro. Me esfuerzo por liberarme de las bridas que mantienen mis muñecas atadas y luego intento ponerme de pie echando los brazos hacia atrás y apartando la silla por debajo de mi cuerpo. El dolor que siento en la muñeca y el hombro es insoportable. Me encorvo hacia delante y me dirijo hacia la puerta principal, pero no llego más allá del pie de la escalera antes de que Zoe se interponga en mi camino.

—No seas tonta, Carys —dice—. Si no tienes bastante paciencia para estarte quieta, lo mejor será que nos pongamos manos a la obra cuanto antes.

Retoma su canturreo mientras me empuja sin apenas esfuerzo.

Por desgracia, la silla descansa ahora sobre la alfombra situada al otro lado del recibidor, y todo lo que tiene que hacer Zoe es arrastrar la alfombra para volver a colocarme donde estaba.

Grito a través de la cinta adhesiva, pero está tan apretada que amortigua mi voz. Zoe me pasa el lazo del ahorcado por la cabeza y noto cómo el nudo me golpea la base de la nuca. Luego vuelve a subir las escaleras y noto cómo ajusta el largo de la cuerda porque se me empieza a incrustar en la piel. Me estiro todo lo que puedo, pero Zoe sigue tirando de la cuerda hasta que me empieza a estrujar la tráquea. Me esfuerzo por inspirar aire suficiente a través de la nariz.

Vuelve a mi lado y echa mano de su bolso, del que saca un cúter. Intento apartarme de la cuchilla, que destella debido a la luz solar que entra por la puerta. Un arcoíris se refleja en la habitación como si fuera una bola de discoteca, pero no estamos en una fiesta. Zoe corta las bridas y mis manos quedan libres de la silla. De inmediato me llevo las manos al cuello e intento aliviar parte de la presión. Me pongo de pie y la tensión disminuye, pero no por mucho. Zoe agarra el extremo suelto de la cuerda y tira de él, obligándome a ponerme de puntillas para evitar ahogarme.

—Ponte de pie en la silla —me ordena.

Hago lo que me dice. No me queda otra. Por un momento, la presión alrededor del cuello disminuye, pero tan pronto como estoy de pie en la silla, Zoe empieza a tirar de la cuerda de nuevo, acortándola. Pierdo contacto con la silla cuando Zoe ata con varios nudos el extremo de la cuerda en torno a uno de los balaustres.

Mis pies se agitan en el aire mientras trato de encontrar un lugar donde apoyarlos. Apenas toco el brazo tallado de la silla con la punta de los pies.

Zoe se para frente a mí para admirar su trabajo. Se cruza de brazos y sonríe.

—Pareces una bailarina ahí arriba —dice.

Me arranco la cinta de la boca; la piel me escuece ante la brutalidad de mi gesto.

—Por el amor de Dios, Zoe, detén esta locura. Por favor, no sigas. —Lloro y me cuesta respirar—. Para ahora que aún no es demasiado tarde.

—¿Dónde está el teléfono? —pregunta con sus desalmados ojos fijos en mí—. El teléfono de Alfie. El que te llevaste de la casa. ¿Dónde está?

En cuanto Zoe menciona el teléfono, otra pieza del rompecabezas encaja en su lugar.

—Fuiste tú la que le escribiste el mensaje a Alfie, no Tris —digo.

—Querida, ¿todavía te das cuenta ahora? —dice Zoe—. Por supuesto que fui yo.

—La policía dijo que Tris era el terapeuta de Alfie. Pensé que habría logrado meterse a Alfie en el bolsillo de algún modo, pero no fue él, sino tú. ¿Cómo?

—Francamente, Carys, se te da tan mal como a Tris y a los demás. ¿Sabes?, deberían darme el Óscar por mi actuación. Todos os tragasteis mi personaje de la rubia tontita que siempre ve lo mejor en los demás, ¿a que sí?

—Nos engañaste —digo.

—Totalmente. La mejor parte fue en la casa, cuando volviste y te encontraste con Tris allí. Ya sabes, cuando te puse ojitos y dije que salieras corriendo. —Recrea la expresión que puso en la casa y gesticula las palabras «huye» y «pide ayuda», antes de echarse a reír—. Fue desternillante. Te lo tragaste.

—¿Tris y tú estáis juntos en esto?

—Por favor, cómo se me iba a ocurrir involucrar a ese inútil. —Se examina las uñas y luego levanta la vista para mirarme—. El problema de Tris es que con las mujeres es todo seducción y cero cerebro. Hazle un par de cumplidos, reafirma esa imagen de macho y listo. Sí, le seguí el juego para metérmelo en el bolsillo. —Una expresión de satisfacción se dibuja en su rostro—. Le hice creer que me estaba ayudando a desviar toda sospecha de mí hacia ti. Le dije que todo el rollo de la aventura saldría a la luz, y que si alguien sospechaba que yo estaba involucrada en la muerte de Joanne, él también estaría en el punto de mira. Sin embargo, si ambos hacíamos que pareciera que habías perdido la cabeza y matado a Joanne, ambos estaríamos libres de toda sospecha.

—¿Lo utilizaste?

—Fue el medio para un fin, igual que Joanne.

—¿Qué quieres decir?

Quiero entender la forma de pensar de Zoe, sobre todo, porque tenerla hablando me está haciendo ganar tiempo. No tengo ni idea de cómo voy a salir de esta, pero ahora mismo mi instinto de supervivencia lleva las riendas.

—Estoy segura de que a estas alturas ya lo has averiguado —dice Zoe enseñándome la imagen del perfil de estudiante que guardaba en mi habitación—. Leah Hewitt era mi hija. La tuve muy joven; su padre se largó en cuanto supo que estaba embarazada, y la crie sola.

—¿Era? ¿Leah Hewitt era tu hija?

Un destello de dolor cruza fugazmente sus ojos. Mira la fotografía de su hija antes de hablar, ignorando mi pregunta.

—Tu marido se aprovechó de Leah. Era una estudiante vulnerable en busca de una figura paterna.

Dobla el perfil por la mitad y se lo guarda en el bolso.

—Cuando la universidad de Hammerton me dijo que Darren se había marchado, me tomé muchas molestias en localizarlo, en averiguar dónde vivía. Lo observé durante unas semanas. Y a Alfie y a ti también. —Zoe permanece frente a mí con los brazos cruzados—. Quería saber qué tipo de pervertido era tu marido. Pensaba plantarle cara, obligarle a responsabilizarse de lo que había hecho, que admitiera qué tipo de desecho humano era.

Me pregunto cuántas veces nos habrá espiado a mí y a mi familia en nuestro día a día. Es inquietante pensar que alguien ha estado acosándonos sin que nos diéramos cuenta. O por lo menos, sin que yo lo advirtiera.

—¿Le plantaste cara?

—No, no tuve oportunidad. El muy cobarde se colgó.

—¿Y no te sentiste mejor al saber que algún tipo de justicia divina había intercedido por ti?

—Como he dicho, era un cobarde, y quizá me habría sentido tentada de dejarlo estar de no haber sido por Leah. —Zoe traga saliva y de nuevo observo ese destello de dolor en sus ojos—. Mi Leah, mi hermosa hija, fue incapaz de hacer frente a su muerte. Estaba destrozada. Seguía albergando alguna estúpida ilusión infantil de que te dejaría por ella. —Zoe se lleva las manos a la cara y respira hondo antes de apartarlas—. Se colgó dos días más tarde. Fue como una pésima versión de *Romeo y Julieta*. Estaba tan enamorada que no podía vivir sin él.

Me quedo sin aliento.

—Oh, Zoe. Lo siento muchísimo.

Zoe le da un puñetazo a la estantería.

—¡No quiero tus disculpas! —grita—. ¿De qué me sirven? Son inútiles. No me devolverán a mi hija.

—Pero esto que estás haciendo tampoco lo hará.

—Alguien tiene que pagar por ello. —Su voz es fría y cruel. Se pasea por el recibidor arriba y abajo unos instantes antes de detenerse frente a mí—. He decidido que me lo debes. Tenías que estar al tanto de lo que pasaba, o al menos intuirlo. No puedo perdonarte por haberte quedado ahí sin hacer nada.

—Zoe, te lo juro, no tenía ni idea.

—Cállate. No me interesa escuchar tus mentiras. —Zoe le da una patada a la silla, lo que hace que se sacuda y que la cuerda me estrangule un poco más—. Después de que Leah muriera, me iba a la cama cada noche y lloraba hasta quedarme dormida, deseando haber hecho algo para ayudarla; haber sido más insistente en la universidad, haberme enfrentado a Darren… Entonces un día me levanté y leí un artículo en el periódico acerca de un hombre cuya hija había sido atacada. El tipo había salido a por el atacante y le había dado una paliza hasta casi matarlo. El juez se apiadó de él. Dijo que se trataba de un crimen pasional. Recuerdo que pensé que aquel hombre era un buen padre por haber defendido a su hija de esa manera, por mostrarle lo mucho que significaba para él. Incluso decía el artículo que si no hubiera hecho nada, la habría decepcionado. Entonces lo supe, quizá no pueda recuperar a Leah, pero tampoco la iba a decepcionar.

—¿Y entonces decidiste venir a por mí?

—Ya lo vas pillando —dice Zoe—. Pero tenía que ser cuidadosa. Tomarme mi tiempo. Entablé amistad con Joanne en el gimnasio. Ya te había visto con ella en varias ocasiones, y la había visto contigo en el colegio. Fue fácil hacerme su amiga y asegurarme de que me aceptabais en vuestro círculo de amistades. Incluso me mudé aquí, joder.

—Y en todo este tiempo no he sospechado nada.

—Cuando descubrí que la hija de Joanne había estado en clase de Darren, di gracias a Dios por mi buena suerte. ¡Envuelto para regalo y todo!

—No te sigo.

Zoe lanza un suspiro de impaciencia.

—No tenemos mucho tiempo, pero te lo contaré igualmente. —Sonríe, pavoneándose por su inteligencia—. Joanne me contó lo del encaprichamiento de Ruby por Darren. Me dijo cómo habías defendido a tu marido. Me lo contó todo. Vi en Joanne el mismo sentimiento de impotencia que había experimentado yo. Es algo que no desaparece. Arraiga en tu interior y te carcome por dentro. Eso y el hecho de que lo defendiste, a pesar de su habitual gusto por las jovencitas.

—Eso es mentira.

—Venga, Carys. Las dos sabemos que no. Darren Montgomery ya lo había hecho antes. Por eso tuvo que abandonar Hammerton. No tengo ninguna duda de que mi hija no fue su primera conquista, aunque Ruby sí que parece haber sido la última.

—¡Cállate!

—Lamento que no te guste lo que oyes. —Zoe sonríe y ladea la cabeza en un gesto de falsa empatía—. Veamos, ¿por dónde iba? Ah, sí. Bajo mi punto de vista, tú eras tan culpable como tu marido. Así que alimenté la obsesión de Joanne, la animé a que te expusiera, a que sacara a la luz cómo eras en realidad. Todo este tiempo he estado aguardando la llegada del momento idóneo, esperando una oportunidad para atacar. Cuando me habló de sus planes para el fin de semana, supe que sería el mejor momento para hacerte experimentar el dolor y la desgracia que yo he sentido.

—Zorra —musito.

Zoe agarra los brazos de la silla y la sacude, desequilibrándome mientras trato de recuperar el punto de apoyo.

—Yo no soy ninguna zorra, ¡tú sí que lo eres! Defendiste al cabrón de tu marido.

—¿Por qué no acudiste a la policía?

—No me habrían creído. Ni mi propia hija quería presentar pruebas contra Darren. Ya sabes, lo quería. —Observo cómo la rabia abandona su cuerpo por el modo en que relaja los hombros y afloja el agarre de la silla—. Incluso después de que se suicidara seguía queriéndole.

—Lo sé —digo con suavidad—. Me acabo de dar cuenta ahora mismo de que la vi en el funeral. Malinterpreté su tristeza por la de una joven estudiante traumatizada ante la muerte de su profesor. Me equivocaba, era una joven afligida por la muerte de alguien a quien amaba. Cuánto lo siento, Zoe. No tenía ni idea.

—Pues deberías haberlo sabido —me suelta y su humor cambia con la velocidad de una veleta impulsada por el viento.

—Zoe, por favor. Bájame. Hablemos de esto tranquilamente.

Le estoy suplicando. Lo más probable es que no pretenda llevar a cabo este linchamiento. Solo quiere asustarme.

El siguiente cambio de humor de Zoe vira de conciliador a amenazador. Agarra la silla y me mira amenazante.

—El teléfono, Carys. ¿Dónde está el móvil que Alfie tenía en la casa?

—En mi bolsillo. —Las palabras salen de mi boca como un graznido mientras mis piernas se tambalean y la cuerda se me hinca más en la piel, colapsando mis vías respiratorias.

Zoe palpa los bolsillos de mi forro polar, localiza el teléfono y lo saca.

—Gracias —dice guardándoselo en el bolso—. ¿Sabes?, me engañaste durante un tiempo en Escocia. En el río, contestando a mis mensajes.

—Pensaba que eras Tris —digo observando sus facciones, tratando de averiguar su humor.

—Alfie debía escribirme para hacerme saber que ya podía dar la voz de alarma. Quería esperar en la casa, pero Tris insistió en que fuéramos a informar de tu desaparición. Al final tuve que enviar el mensaje. Así que, muy bien, Carys. ¡Enhorabuena por engañarme!

Los gemelos me duelen de mantener esta precaria posición que me obliga a realizar ajustes minúsculos para mantener el equilibrio. Ojalá mamá hubiera llegado a casa a su hora, quizá las cosas no habrían llegado tan lejos. Por otro lado, también cabe la posibilidad de que Zoe hubiera intentado hacerle daño a ella. Decido que si veo a mamá acercarse por el camino de acceso, voy a gritar con toda la energía que me quede para advertirla. Puede que le dé tiempo a llamar a la policía antes de que sea demasiado tarde. Mientras tanto tengo que conseguir que Zoe siga hablando.

—¿Cómo conseguiste involucrar a Alfie en todo esto?

—Oh, eso fue lo más fácil. Sabía por Joanne que Alfie estaba acudiendo a terapia con Tris… —Deja la frase prendida en el aire, colgando igual que yo.

—¿Lo sabías?

Me siento consternada ante la revelación y experimento la ya familiar punzada de celos; una vez más, Joanne sabía más de mi hijo que yo misma.

—Tan pronto como lo supe no me costó mucho…, ¿cómo decirlo?, distraer a Tris, y entonces, mientras se daba una ducha, husmear en su maletín. Tendrías que haberme visto, parecía una espía, encendiendo su ordenador y copiando los archivos a una memoria USB. —El rostro de Zoe se llena de alegría al recordarlo—. De ese modo, pude averiguar todo lo que necesitaba saber de Alfie. Después de eso, no tuve más que ganarme su confianza y tomarme mi tiempo para plantar la idea de que podría vengarse e igualar los marcadores.

—¿E hiciste todo eso sin que Tris se enterara?

—Por supuesto. Pensé que el fin de semana sería un buen momento para completar la sorpresa de Joanne con la mía. Tal y como sucedió todo, al final las cosas se pusieron mucho mejor de lo que jamás habría podido esperar. Tu enfrentamiento privado con Joanne me brindó la oportunidad perfecta para plantarle cara. Una pena que terminara mal. No pretendía hacerle daño. Primero me estaba llamando zorra por acostarme con su marido, y lo siguiente que sé es que la tumbé con un leño. Ni siquiera recuerdo haberlo cogido, probablemente me dejé llevar por el arrebato del momento.

—Mataste a Joanne.

—Fue un accidente, pero no podía arriesgarme a que me acusaran de asesinato o de homicidio involuntario. Al final, tú te las arreglaste para ponerte en el punto de mira. Nadie está investigándome. Es perfecto.

—Estás trastornada, lo sabes, ¿verdad? Nos engañaste a todos.

—Como ya he dicho, merezco un Óscar. Fue tan fácil… Todo lo que tenía que hacer era transmitiros esa falsa sensación de seguridad a Joanne, a Andrea y a ti, para que no pensarais que podía suponer ninguna amenaza. Pero, ¿sabes qué?, es una pena. Creo que tú y yo podríamos haber sido grandes amigas. Veo mucho de mí en ti.

—¡No seas engreída! —digo mientras la ira empieza a apoderarse de mí.

—Las dos tenemos las manos manchadas de sangre —dice haciendo una mueca maliciosa—. Yo maté a Joanne después de que tú hablaras con ella. Lo admito. Y tú tienes que admitir que mataste a Darren.

—¡Cállate! ¡No sabes de lo que hablas!

—Lo sé todo. Leí las notas de Tris, las transcripciones de sus sesiones con tu hijo. Alfie os oyó a Darren y a ti discutir en la cocina la mañana de su muerte.

—¡Para! —gimoteo—. Por favor. —Pero Zoe está disfrutando demasiado del momento.

—Darren te dijo que estaba pensando en quitarse la vida, que estaba en tus manos. Y tú le contestaste que haría un favor a todos si se decidiera a hacerlo y se suicidara.

—No lo pensaba de verdad —digo mientras las lágrimas corren descontroladas por mi cara.

—Le dijiste que cuanto antes, mejor.

—Estaba furiosa. Pensaba que estaba intentando llamar la atención. Me había amenazado tantas veces con lo mismo…

Estoy desconsolada y empiezo a moquear, y por un momento suelto una de las manos de la cuerda para limpiarme la nariz.

—Alfie escuchó cada palabra. ¿Ahora entiendes por qué te odia tanto? Te culpa de lo que ocurrió, y tiene motivos para hacerlo.

Lloro en silencio, incapaz de rebatir lo que Zoe ha dicho. Cada palabra es cierta. No sabía que Alfie me había oído aquella mañana. No era mi intención, pero Darren me había castigado del único modo que sabía que me haría daño. Quería que sufriera el resto de mi vida. Por ahora, lo está consiguiendo. De pronto, la muerte no parece tan mala opción. Lo único que debo hacer es volcar la silla con la punta de los pies. Podría hacerlo sin problema.

Zoe habla de nuevo y el sonido de su voz me saca de mi ensimismamiento. No quiero morir.

—Por favor, Zoe, para todo esto —le suplico.

—Es demasiado tarde para parar ahora. Incluso aunque quisiera, no puedo —dice—. Llevo esperando este momento desde hace mucho tiempo. ¿Por qué iba a parar ahora, justo cuando estoy a punto de hacer realidad mi sueño?

—Zoe, podemos hablar de esto. Te lo prometo, no sabía nada de lo ocurrido en Hammerton. Lo juro por la vida de mi hijo.

—¿Si no lo sabías, por qué lo mencionas? —dice Zoe sentándose con las piernas cruzadas en el suelo del recibidor, mirándome—. ¿Por qué guardas estos recuerdos? —Me muestra la foto de Leah.

—Lo he relacionado todo hace un rato, y ni siquiera estoy segura de entenderlo.

—Juguemos a algo en honor a Joanne. Ya sabemos lo mucho que le gustaban los juegos. —Zoe entrelaza las manos y las coloca debajo de su barbilla—. Tú me dices lo que crees saber y te premiaré o castigaré según los aciertos.

—Zoe, esto es ridículo. Por favor, hablemos.

Zoe ojea su reloj.

—No tengo mucho tiempo, así que no discutamos más. Venga, dame un hecho. Tic tac.

Doy un par de bocanadas de aire y trato de mantenerme lo más quieta posible. Con cada sacudida la cuerda se va ciñendo cada vez más a mi cuello.

—Vale, lo haremos a tu modo. Darren enseñaba Lengua Inglesa en la universidad de Hammerton, donde estudiaba Leah Hewitt.

—Continúa. Necesitas algo más que eso para conseguir un premio.

—Se hicieron buenos amigos. —Hago una pausa a la espera de la reacción de Zoe. Frunce los labios y me hace un ademán para que continúe—. Eran íntimos.

—Joder, Carys, deja de andarte por las ramas. —Zoe se pone de pie de un brinco y me quita la silla. Mis pies baten frenéticos en el aire. El peso de mi cuerpo está haciendo fuerza hacia abajo y noto cómo se colapsan mis vías respiratorias. Luego, tan de repente como me ha quitado la silla, la vuelve a poner en su sitio, bajo mis pies, y jadeo agradecida ahora que puedo volver a sostenerme—. Ese es el castigo por equivocarte. Tienes que decirlo en voz alta, para que pueda oírte, de lo contrario va a ser un juego muy corto.

No me cabe duda de que habla en serio. Me obligo a pronunciar las palabras.

—Darren y Leah tenían una relación. —Veo la chispa de la ira destellar en los ojos de Zoe y rápidamente añado—: Tenían una aventura. Darren y Leah Hewitt eran amantes.

La supervivencia no tiene escrúpulo alguno para decir en voz alta mis pensamientos más oscuros, pero igualmente me estremezco para mis adentros.

—Mucho mejor. —Zoe camina hacia delante y hacia atrás frente a mí—. Continúa.

—No sé qué ocurrió, o por qué terminó, pero Darren abandonó la universidad de Hammerton. Dijo que habían ascendido a otro en su lugar y que el equipo de administración había cambiado. Quería trabajar más cerca de casa.

—Interesante —dice Zoe—. La universidad nunca entró en muchos detalles sobre la marcha de Darren, tan solo concluyeron que había sido de mutuo acuerdo. —Se detiene frente a mí—. Debías de estar al tanto de que estabas casada con un pervertido. No me vengas con que nunca lo sospechaste.

—¡No! —protesto con voz áspera—. De verdad que no. Nunca me dio motivos para sospechar. Abusó de su posición de poder, lo sé, pero Leah tenía veinte años. No era ninguna niña.

—¡Era MI niña! —El volumen de la voz de Zoe aumenta varios decibelios—. Leah Hewitt era mi hija. Tu marido se aprovechó de ella. Le prometió todas las maravillas del mundo. —Su voz ahora suena más calmada.

Me cuesta creerlo. ¿O es que he estado sumida en un permanente estado de negación? Incluso hacia mí misma. Sabía que era un hombre encantador, que le gustaban las mujeres; solía decir que le gustaba todo de ellas, pero siempre me lo tomé como mera admiración respetuosa.

—Lo siento, no tenía ni idea. Tienes que creerme.

—No creo que estés en posición de exigir nada —dice Zoe—. En fin, volvamos al juego. ¿Qué crees que ocurrió a continuación?

—Yo… No lo sé.

Zoe mira hacia el techo en un gesto exagerado de exasperación.

—No tiene gracia si ni siquiera intentas adivinarlo.

Ya no soporto más las estupideces de Zoe. Está jugando conmigo y no tiene ninguna intención de dejarme vivir. No ahora que lo ha confesado todo. Solo tengo una oportunidad más de salvarme. Si logro que se me acerque lo suficiente para darle una patada en la cara, lo bastante fuerte para tumbarla, creo que luego podría balancearme y alcanzar la estantería con la pierna. Si soy capaz de darme la vuelta y mantener el equilibrio, podría mantener una holgura mínima entre la cuerda y mi cuello y quitármela.

Lo único que necesito es que se me acerque, y la única forma en que va a hacer tal cosa es si quiere quitarme la silla. Es una apuesta arriesgada, pero nadie va a venir a rescatarme.

—¿Sabes qué, Zoe? Que te jodan a ti y a tu estúpido juego. Me he cansado de tus estupideces y no me importa una mierda lo que hagas al respecto.

—Bueno, querida amiga, a mí me parece que la única que está jodida aquí eres tú. Y no lo digo en el sentido carnal de la palabra.

CAPÍTULO 38

—¿Cómo vas por ahí arriba? —pregunta Zoe apoyada contra la mesita del recibidor mirándome. Lleva ahí de pie observándome varios minutos—. Espero que no sientas que te dejo colgada. —Se ríe de su propia broma sádica.

—¿Sabes qué?, envié una copia de esos mensajes de texto a mi teléfono —digo aferrándome a un clavo ardiendo. Mis pies se tambalean en lo alto de la silla. Miro a Zoe con la esperanza de que me crea—. También se los he enviado a Seb.

Zoe ladea la cabeza y se pasa el teléfono de Alfie de una mano a la otra.

—No me digas. ¿Y se supone que me lo tengo que creer? Puedo comprobarlo fácilmente, ver qué mensajes se han enviado.

Mierda. No había pensado en eso. Mi plan de persuadir a Zoe para que se acerque a mí para intentar liberarme no está funcionando. Ojalá mamá no se hubiera quedado atrapada en ese atasco o hubiera aceptado el ofrecimiento de Seb y le hubiera permitido quedarse. Se me escapa una lagrimilla que corre por mi mejilla.

—Oh, mi querida Carys. No llores —dice Zoe—. Sabes que siempre puedes dar una patada a la silla y acabar con todo esto en cuestión de segundos. Es terrible ser una colgada. —Se vuelve a reír—. Venga, Carys. Hazlo.

Se aparta de la mesa y, por un momento, pienso que o bien va

366

a apartar la silla definitivamente o a acercarse lo suficiente para que mi pie haga contacto con su cara. Tengo que darle una buena patada. En un lado de la cabeza. No sé dónde leí que la sien es un punto débil. Si la puedo dejar aturdida, quizá sea capaz de quitarme el lazo rápidamente. Solo unos segundos, eso es lo que necesito.

Algo en el exterior capta la atención de Zoe. Permanece de pie en la puerta del salón y mira de reojo por la ventana. ¿Será mamá? ¿Trato de liberarme ahora o la llamo? Si no hay nadie fuera y me pongo a gritar, Zoe puede volver a ponerme la cinta adhesiva. Mi indecisión me pasa factura. Zoe se acerca a mí a toda prisa, pero el espacio entre nosotras sigue siendo demasiado grande como para alcanzarla.

—Mantén la bocaza cerrada, de lo contrario, te prometo que te quito la silla. —Le da una patadita a la silla haciendo que se balancee—. Un solo ruido y será tu final. Para cuando quienquiera que sea entre aquí, serás la mismísima personificación de Darren.

Se me escapa un gemido.

—Por favor, Zoe. Déjalo ya.

—Calla la maldita boca.

Mi pierna izquierda empieza a temblar involuntariamente y me cuesta mantener el equilibrio. Mis manos se aferran a la cuerda por encima del nudo, liberando a mis pies de parte del peso, pero me duelen los brazos de tenerlos sobre la cabeza y la falta de circulación está haciendo que me ardan los músculos, dificultándome cada vez más mantener la posición. Mi columna está extendida al máximo y mis omóplatos me arden de dolor.

Se escucha cómo llaman con los nudillos a la puerta, seguido de tres insistentes llamadas al timbre, la última sostenida varios segundos. A través del cristal translúcido de la puerta alcanzo a ver las borrosas figuras de dos personas.

—¡Carys! ¿Está ahí? Es la policía.

Una gigantesca ola de alivio me inunda. La policía está aquí. Pueden rescatarme. Miro hacia Zoe, que me dedica una mirada de advertencia. Debo tomar una decisión ya. No tengo tiempo para preocuparme por lo que pueda pasar. Puede que nunca más se me vuelva a presentar una oportunidad así. Puede que la policía se dé media vuelta y se marche ¿y entonces qué? Zoe estará majara, pero llevará a cabo su plan para que mi muerte parezca un suicidio. Y de ninguna manera le voy a dar semejante gusto.

Cierro los ojos, me aferro con más fuerza a la cuerda y me armo de valor antes de gritar todo lo fuerte que puedo.

—¡AYUDA! ¡SOCORRO!

—¡Zorra estúpida! —musita Zoe, y empuja la silla.

No es lo bastante rápida, ya me había mentalizado para impulsarme todo lo posible con las puntas de los pies y balancearme hasta alcanzar con la pierna la estantería. El peso de mi cuerpo es enorme y mientras mis pies tratan desesperadamente de tocar la estantería, me doy cuenta de que no voy a ser capaz de sostener mi cuerpo más de un segundo o dos.

En pleno ajetreo soy fugazmente consciente de que Zoe ha salido disparada hacia la cocina. Estoy sola. Nadie salvo yo misma puede salvarme.

Toco el borde de la estantería con la punta del pie. La cuerda cada vez se me ciñe más en torno al cuello y noto cómo me empiezan a fallar las fuerzas de los brazos.

El agente de policía golpea la puerta de nuevo. Está gritando mi nombre. Intento responder, pero mis vías respiratorias se están colapsando y apenas emito un sonido ronco. He logrado poner un pie sobre la estantería, pero no es suficiente. Necesito poner el otro pie y darme la vuelta. ¿Acaso he calculado mal el largo de la cuerda o, lo que es más importante, mi propio aguante y fuerza corporal? Se me empieza a nublar la vista y pierdo la visión periférica a medida que me dejo caer en un silencioso agujero negro. Los brazos cuelgan sin fuerzas a ambos lados de mi cuerpo y los pies se resbalan de la estantería.

Y luego me convierto en un ser ingrávido. Estoy flotando.

—¡Bájala de ahí! ¡Por el amor de Dios!

La voz irrumpe en mis pensamientos. De pronto noto unos brazos que me rodean, sosteniéndome. De inmediato la presión que atenaza mi garganta disminuye. Abro los ojos, pero sigo teniendo la vista borrosa. Luego me bajan; toco el suelo con los pies, pero tengo las extremidades tan adormecidas que no puedo mantenerme en pie.

—Ponla en el suelo. —Creo que es la misma voz que gritaba al otro lado de la puerta—. Y quítale la puñetera cuerda del cuello.

—Que alguien llame a una ambulancia. —Una voz de mujer.

En cuanto me quitan la cuerda del cuello, noto cómo una ráfaga de aire me llena los pulmones, lo que hace que tosa violentamente mientras trato de respirar con dificultad, y por un momento me pregunto si al final no me ahogaré a pesar de haber sido rescatada. La tos remite y respiro hondo, llenando mis pulmones y mi cerebro con el preciado oxígeno. Me llevo la mano al cuello, que escuece al tacto, y cuando retiro los dedos, las yemas están pegajosas.

—Intente no tocarse el cuello —dice la agente arrodillándose a mi lado—. La piel se ha desgarrado un poco. Los técnicos de emergencias se la limpiarán cuando lleguen.

Me llaman la atención los gritos y los sonidos de una refriega procedentes de la cocina. Giro la cabeza hacia la puerta de la cocina. Pestañeo. Debo de estar sufriendo alucinaciones. Pestañeo de nuevo. No, no son imaginaciones mías. Zoe está bocabajo en el suelo y Seb la tiene inmovilizada con el cuerpo; le sostiene las manos mientras otro agente la está esposando.

—Zoe Coleman, queda detenida bajo sospecha del intento de asesinato de Carys Montgomery. Puede permanecer en silencio, lo que se abstenga de mencionar durante el interrogatorio puede que afecte a su defensa si luego decide compartirlo en el juicio. Cualquier cosa que diga será utilizada como prueba. —La voz de Seb suena fuerte y clara.

Casi se me saltan las lágrimas de puro alivio al oírle deteniendo a Zoe. Toso y ruedo sobre mi espalda hasta apoyarme en un costado para poder sentarme.

La agente de policía me mira detenidamente.

—¿Se encuentra bien? —me pregunta.

—Estoy bien, solo necesito sentarme.

Y entonces Seb se acerca a mí y me abraza con fuerza.

—Gracias a Dios que hemos llegado a tiempo.

Me examina el cuello y por la cara que pone debe tener un aspecto bastante desagradable.

—Estoy bien, de verdad.

Seb me ayuda a levantarme y me sienta en la silla. El lazo del ahorcado se extiende en el suelo junto a mí. Seb lo aparta de una patada.

Me rodea con un brazo en un gesto protector y uno de los agentes uniformados escolta a Zoe fuera de la casa y la mete en un coche patrulla que ha anunciado su llegada con la sirena puesta mientras sus luces azules resplandecen en la casa a través de la puerta principal, que está abierta.

—¿Qué te hizo volver? —pregunto—. ¿Cómo supo la policía que tenía que venir?

—Fue una cuestión de suerte —me explica Seb—. Cuando me marché antes, al llegar al cruce del final de tu calle un maldito coche cinco puertas giró tomando la curva tan abierta que me vi obligado a dar un volantazo para evitar chocarme con él. No me dio tiempo de ver quién iba al volante antes de que se perdiera calle abajo. En fin, no pensé más en ello, pero cuando paré a por un café se me ocurrió llamar a la poli local para averiguar si había novedades —explica Seb—. Resulta que habían dado orden de busca y captura a un Fiesta azul registrado a nombre de Zoe Coleman. Al parecer, ha habido un gran avance en el caso de Joanne y Zoe debía permanecer bajo custodia policial para ser interrogada hasta que llegara el inspector jefe Chilton, que está de camino.

—Sigo sin entenderlo, ¿qué te hizo dar media vuelta?

—Estaba inquieto. Al cruzarnos con Zoe en el hospital ayer me di cuenta de que estaba tratando de ponerte en el punto de mira de todas las sospechas. Y después de lo ocurrido con ese Fiesta que casi me saca de la carretera… até cabos.

—Entonces, ¿le hablaste a la policía de que casi chocas con el coche?

—Sí. Intenté llamarte, pero tenías el teléfono apagado.

—Seguro que fue cosa de Zoe.

—También te llamé al fijo, pero daba tono y nadie lo cogía.

—No lo escuché.

Seb coge el teléfono fijo y examina el auricular.

—Está en silencio.

—Zoe —musito.

—Siento interrumpir. —Los dos levantamos la vista y vemos a un técnico de emergencias cruzar el umbral—. Debemos llevarla al hospital para hacerle un chequeo.

—No hace falta. Estoy bien —digo.

—Y tanto que tienes que ir —dice Seb—. Mira, tengo que ir a comisaría a entregar a Zoe. Luego tengo que hacer algo de papeleo, pero vendré a verte lo antes posible. Supongo que uno de los agentes de la policía local se pasará por aquí para tomarte una declaración inicial.

—Me estoy convirtiendo en una experta en esto de prestar declaración. Por desgracia. —Dejo escapar un suspiro.

Seb me acompaña hasta la ambulancia.

—Me encargaré de tu madre.

En cuanto subo a la ambulancia, no puedo evitar preguntarme qué habré hecho para merecer a un hombre tan leal y cariñoso como Seb. Si supiera toda la verdad acerca de mí no sé sí querría quedarse conmigo. En cuanto se cierra el portón de la ambulancia y arranca el motor, cierro los ojos e imagino las posibles reacciones de Seb en caso de que descubriera la verdad. En ninguna salgo bien parada.

CAPÍTULO 39

Para cuando Seb llega al hospital, ya he prestado mi declaración inicial a la policía, me ha examinado un médico de urgencias y me han dado el alta.

—Lo siento. Me ha llevado más de lo esperado —dice Seb. Se sienta en la silla que hay junto a mí—. Respecto a los avances del caso que te mencioné antes, no tengo mucha información, pero Chilton viene desde Escocia y va a acusar a Zoe del asesinato de Joanne. O eso he oído.

—Si Zoe no me lo hubiera dicho, no sé si podría creer que ella tenga algo que ver —digo.

—No se basarán exclusivamente en tu declaración, pero desde luego que lo tendrán muy en cuenta.

—¿Sabes qué pruebas tienen?

—Al parecer, tienen pruebas forenses que la relacionan con el arma homicida.

Noto la vacilación de Seb y sospecho que se está guardando los detalles para intentar protegerme.

—Dímelo. Me enteraré tarde o temprano.

—Utilizó un trozo de madera para golpear a Joanne en la cabeza —me dice con delicadeza—. Encontraron restos de sangre que coincidían con el ADN de Joanne en la madera y fibras de un jersey de Zoe.

—Menuda suerte.

Seb asiente con la cabeza.

—A veces pasa. También ha sido muy útil que Tris haya decidido salvar su pellejo y colaborar con la policía.

—Francamente, no creo que Zoe lo planeara. Y tampoco creo que Tris supiera nada de lo que se traía entre manos.

Guardamos silencio y noto que Seb quiere decir algo más, pero está pensando en cómo hacerlo. Finalmente se lanza.

—La policía encontró un teléfono móvil en la bolsa de viaje que Zoe tenía en tu casa. No sabrás nada de eso, ¿verdad?

—¿Un teléfono móvil? No, ¿debería? —Por poco me ahogo en mi mentira.

—Tenía dos teléfonos encima. Sin registrar. Hay un intercambio de mensajes de texto entre ellos.

—Oh. —Mantengo mi voz en un tono neutro.

—Los informáticos van a llevar a cabo un análisis de la estación base de comunicaciones para ver si pueden averiguar dónde se utilizaron, y ese tipo de cosas.

Quiero contarle a Seb la verdad, pero algo me lo impide. Si se lo digo, tendré que confesar que Alfie está involucrado. Entonces empezarán a hacer preguntas y no sé si podré aguantar el tirón. Chilton ya me ha interrogado acerca de la sangre en el remo. Estoy segura de que sospechaba de mi versión de los acontecimientos acaecidos en el kayak con Alfie.

—Sabes que pueden rastrearlos y averiguar cuándo y dónde se utilizaron.

Seb me habla con dulzura, sosteniéndome la mano y acariciándome la palma con el pulgar.

Miro a Seb. No quiero vivir otra relación basada en mentiras, pero si hago lo que me pide, el mundo sabrá todo lo que me odiaba mi hijo, lo ciega que estuve a la verdad de Darren y Leah Hewitt, cómo ignoré las afirmaciones respecto a Ruby y Darren y cómo me burlé de mi marido y lo animé a quitarse la vida, incluso aunque no fuera mi intención.

Cierro los ojos y apoyo la cabeza contra la pared. Estoy cansada. Muy cansada. Quizá debería simplemente dejar que la verdad saliera a la luz. O al menos parte de ella.

—El teléfono era de Alfie. Lo cogí en la casa. Yo envié esas respuestas. Zoe pensó que estaba escribiéndole a Alfie. —Seb asiente con la cabeza. No parece sorprendido—. Lo suponías —digo.

—Tenía una teoría. No te preocupes, Carys. Sé cuánto debe dolerte todo esto, pero no van a juzgar a Alfie, sino a Zoe. Tu hijo no tuvo nada que ver con el asesinato de Joanne o con lo que ha ocurrido hoy aquí.

Experimento cierto alivio por haberle contado a Seb casi todo. Dejo que me guíe hasta el coche.

—No quiero ir a casa —digo en cuanto me abrocho el cinturón—. Esta noche no. No creo que pueda soportarlo.

—No hay problema. Nos alojaremos en un hotel. Llamaré a tu madre y le contaré todo lo que ha pasado. Quería verte esta noche, pero he conseguido postergarlo hasta mañana.

—Gracias. La llamaré. ¿Mañana me puedes llevar a ver a Alfie?

—Claro.

Los médicos me dicen que el estado de Alfie se ha estabilizado sin signos de mejora. Han empleado la expresión «estado de coma persistente», que es una nueva forma de decir que se encuentra en estado vegetativo. Ha perdido la consciencia de sí mismo y de lo que le rodea.

—Lo siento, por ahora no tenemos nada más que decirle —asegura la médica.

Le doy las gracias y nos deja a Seb y a mí solos en la habitación con Alfie.

—Cuánto lo siento —dice Seb.

—¿Podrías dejarme a solas con Alfie unos minutos? —le pregunto.

—Claro. Te espero en la cafetería. —Me da un beso en la mejilla antes de irse.

Me acerco a Alfie. Respira sin ayuda, pero está conectado a monitores y otros aparatos.

—Lo siento, Alfie —susurro tomándole la mano y entrelazándola con la mía—. Siento no haber sido capaz de educarte para saber distinguir entre el bien y el mal, no haber sido capaz de llevarte por el camino de la felicidad. Pero, sobre todo, siento haberte dejado en este estado. —Me seco las lágrimas de las mejillas—. No sabía que me habías oído aquella mañana mientras discutía con tu padre. Nunca fue mi intención decir aquello. Me dejé llevar por el momento. Ni por un segundo pensé que cumpliría con su amenaza. Ya lo había hecho antes y pensé que en esta ocasión podía ver su apuesta y marcarme un órdago. Pero me equivoqué. Si pudiera volver al pasado, daría lo que fuera para cambiar lo que dije aquella mañana. De verdad que sí.

Por un instante, me parece ver que los ojos de Alfie se mueven. Me quedo helada observando su rostro con atención en busca de cualquier movimiento de sus pestañas, un tic en su rostro, incluso el leve movimiento de un dedo. Cualquier señal de que me ha oído. De que me puede perdonar. ¿Acaso mis palabras han podido cruzar la barrera de su mente que le impide comunicarse?

—Espero que puedas perdonarme, Alfie. Los dos hemos hecho cosas que no habríamos hecho en una situación normal. Te perdono. Te perdono por haber intentado matarme en el kayak. Sé que sufrías, que has estado sufriendo desde hace mucho tiempo, y que no pensabas con claridad. Nunca quise que esto terminase así. Nunca. —Me inclino sobre Alfie y le doy un beso en la frente—. Ojalá las cosas hubieran sido diferentes, cariño. Lo siento muchísimo.

Encuentro a Seb sentado en la cafetería, como me prometió. Ha sido todo un pilar para mí y no sé cómo me las habría arreglado sin él. Se guarda el teléfono en el bolsillo.

—Era tu madre —dice poniéndose de pie y colocando una mano sobre mi hombro—. Se encontrará con nosotros en el hotel.

—Gracias. —Cuando hablé con mi madre antes, dejé que me convenciera de que me quedara con ella unos días. La policía ha terminado de examinar mi casa en busca de pruebas, pero sigo sin querer volver. No sé cuándo podré volver, si es que ocurre alguna vez. Es la casa en la que se suicidó mi marido y el lugar en el que mi supuesta amiga intentó matarme. Esa casa es sinónimo de tristeza, rabia y peligro.

—Te voy a echar de menos —dice Seb.

Le sonrío.

—Yo también, pero no serán más que un par de semanas. En cuanto tengas unos días libres, vendré a pasarlos contigo.

Seb no me cuestiona por ello ni por cómo seré capaz de dejar a Alfie; puede que piense que cambiaré de opinión antes de que llegue el momento.

Seb extiende el brazo y me toma la mano para llevársela a los labios y darme un dulce beso.

—Te quiero, Carys.

—Lo sé.

Quiero decirle que yo también le quiero, pero mis sentimientos se ahogan bajo una capa de tristeza. Es complicado hallar amor cuando está asfixiado bajo tanto dolor. Espero que Seb sepa comprenderlo.

Cambia su sonrisa de resignación por una de ánimo.

—Oh, me ha llamado Andrea —dice. Seb parece mi relaciones públicas extraoficial.

—¿Qué quería?

—Decirte que había estado pensando en ti y que cuando vuelvas la llames y la invites a un café. Dijo que estaba segura de que para entonces Colin la habría vuelto loca de atar, sobre todo mientras su pierna siga escayolada y permanezca anclada a la maldita silla. Son sus palabras, no las mías.

Me río ligeramente.

—Parece que Andrea vuelve a estar en forma —digo—. Así es ella.

—También tengo novedades acerca de Tris. Le van a acusar de obstrucción a la justicia. Iban a intentar añadir los cargos de cómplice de asesinato, pero no hay pruebas suficientes.

—A pesar de todo, me alegro. Ruby y su hermano, Oliver, van a necesitar a su padre ahora más que nunca.

—Pobres críos. La que se les viene encima…

Cuando llegamos al hotel, mamá está esperando en el vestíbulo con dos maletas. Una llena de la ropa que se llevó de vacaciones y otra con mi ropa, que recogió antes de mi casa.

Anoche fue a ver a Alfie, pero yo he sido incapaz de hacerlo. Puedo ver en sus ojos que ha debido de pasarse la noche llorando. El maquillaje no logra ocultar la hinchazón de sus párpados ni sus ojeras.

—Hola, cariño —me dice dándome un abrazo.

—Hola, mamá.

—¿Estás preparada? El aparcacoches ha ido a por mi coche. Fíjate, qué coincidencia.

El Mercedes plateado de mamá aparece frente a la entrada del hotel y el botones lleva las maletas hacia el coche.

Mientras mamá supervisa la carga de nuestro equipaje, me giro hacia Seb y lo abrazo con fuerza.

—Gracias —le digo—. Siento que hayas tenido que comerte todos mis problemas. Ojalá las cosas hubieran sido diferentes.

—Carys, no puedes cambiar lo ocurrido. No es culpa tuya.

—Ojalá me hubiera tomado más en serio lo que Ruby dijo acerca de Darren —continúo—. Tenía que haberle insistido más a Darren sobre los motivos que le llevaron a abandonar Hammerton, pero me tomé sus explicaciones al pie de la letra. Si hubiera estado al tanto de lo ocurrido con Leah Hewitt, o al menos hubiera sospechado algo, quizá cuando todo lo de Ruby salió a la luz, la habría creído y nada de esto habría ocurrido.

Seb me toma la cara entre las manos y me mira fijamente.

—No es culpa tuya. Deja de torturarte. Aquí la única culpable es Zoe. Nadie más. Fue ella la que tomó la decisión de vengarse. Fue premeditado. Cuando averiguó que Darren había muerto y que jamás podría ser llevado ante la justicia, fue tras de ti. Escúchame bien: tú no has hecho nada malo. Nada en absoluto.

Siento que estoy traicionando la confianza y la credibilidad absoluta que Seb ha depositado en mi inocencia. Debería haberle contado toda la verdad antes, pero ahora la mentira es imparable y no puedo retractarme.

Me atormenta el recuerdo de mi enfrentamiento con Alfie en el kayak. Nunca olvidaré el momento en el que me asomé al interior del alma de mi hijo y descubrí al monstruo torturado en que se había convertido. En cuanto batió el remo hacia mí, supe que nuestras vidas habían tomado caminos distintos. Me di cuenta de que Ruby nunca había sido una bomba de relojería a punto de explotar, que nunca había sido el agujero negro de mi noche estrellada... Era Alfie. Él era la supernova de los agujeros negros. Absorbió todo el amor y la vitalidad que encontró a su alrededor y los estrujó tan fuerte que nada pudo sobrevivir.

La fuerza del golpe me tiró por la borda del kayak. En un intento desesperado por volver a subirme, amarrada a los laterales, el kayak se balanceó violentamente lanzando a Alfie al río. La corriente era rápida y había atrapado a Alfie sumergiéndolo bajo el agua para finalmente escupirlo unos metros más abajo. Me había lanzado tras él, nadando a favor de la corriente, recortando la distancia que nos separaba, hasta que finalmente logré agarrarlo por la chaqueta. El río nos revolcó y nos hizo dar vueltas, pero finalmente pasamos los rápidos y desembocamos en aguas más tranquilas, momento en el que, agotados, nadamos hasta la orilla.

No sé cuánto tiempo estuve allí tirada, tosiendo y escupiendo agua, tratando de recuperar el aliento. No mucho después recibí el mensaje de texto que, equivocadamente, di por hecho que enviaba Tris.

Ahora no tiene ninguna importancia.

—Más vale que vayas. Tu madre te llama. —La voz de Seb me saca de mi ensimismamiento.

Le abrazo por última vez y me despido con un beso.

Sentada en el asiento del copiloto junto a mamá, le dedico a Seb una última y larga mirada. Es un buen hombre. No se merece a alguien como yo. Si puedo hacer solo una cosa buena con el resto de mi vida, será dejar a Seb.

No puedo impedir que las lágrimas broten a medida que nos alejamos del hotel. No sé qué va a ser de mí sin él. Si fuera egoísta, no permitiría que algo así sucediera, pero Seb se merece a alguien mucho mejor que a una mentirosa como yo.

No se suponía que yo terminaría así. Y tampoco se suponía que tú saldrías ilesa con apenas unos cortecitos, unos moratones y un esguince de muñeca. Se suponía que pagarías caro por todo lo que has hecho, por todo el dolor y el sufrimiento que me has infligido. Se suponía que te ahogarías en aquel río, pero no podías hacer eso por mí, ¿verdad?

Pero, de nuevo, puede que todo haya sido para bien, después de todo. Es decir, puede que me pase el resto de mi miserable vida confinado en este edificio, incluso en esta habitación, pero, francamente, no me importa una mierda. Ya no. Puede que mi venganza consista en saber que te pasarás toda la eternidad sumida en una tristeza lamentable, asfixiada por la culpa.

Incluso si no vienes a visitarme, porque seas incapaz de soportar el dolor que te produce verme, me satisface que sufras cada día de tu vida sabiendo que fuiste tú la que me hiciste esto. Tú me pusiste aquí.

No vi la roca que tenías en la mano, estaba demasiado ocupado disfrutando de la expresión de sorpresa y horror que tenías cuando lentamente empecé a estrangularte con mis propias manos en cuanto logramos salir del río. Debí haber estado más alerta. Debí haber supuesto que no te darías por vencida tan fácilmente. Te subestimé. No pensaba que fueras capaz de dañar a tu propio hijo. Me equivoqué.

Y ahora aquí estoy, atrapado en este cuerpo inútil, sin poder comunicarme. Nadie sabrá nunca la verdad, pero no tienen por qué. Tu remordimiento y tu angustia eterna es mi dulce venganza.

AGRADECIMIENTOS

Sin la eterna paciencia y el apoyo de toda mi familia en casa, no creo que hubiera podido terminar este libro. ¡Muchas gracias, equipo!

Como siempre, tanto mi agente como el responsable de publicación han sido todo un apoyo para mí y les estoy más que agradecida.

También quisiera dar las gracias a mis dos editoras, Emily y Anne, que han trabajado realmente duro conmigo en este libro. Sus comentarios han sido inestimables, exigentes y gratificantes.

Printed in the USA
CPSIA information can be obtained
at www.ICGtesting.com
JSHW022329221123
52451JS00006B/28